VERWESUNG

SIMON BECKETT
VERWESUNG

THRILLER

Aus dem Englischen von
Andree Hesse

Weltbild

Die englische Originalausgabe erschien 2010 unter dem Titel
The Calling of the Grave bei Bantam Press, London.

Besuchen Sie uns im Internet
www.weltbild.de

Genehmigte Lizenzausgabe für Verlagsgruppe Weltbild GmbH,
Steinerne Furt, 86167 Augsburg
Copyright der Originalausgabe © 2010 by Hunter Publications Ltd.
Copyright der deutschsprachigen Ausgabe © 2011 by
Rowohlt Verlag GmbH, Reinbek bei Hamburg
Übersetzung: Andree Hesse
Umschlaggestaltung: Johannes Frick, Neusäß/Augsburg
Umschlagmotiv: © Johannes Frick, Neusäß/Augsburg
Gesamtherstellung: GGP Media GmbH, Pößneck
Printed in the EU
ISBN 978-3-86800-921-7

2015   2014   2013   2012
Die letzte Jahreszahl gibt die aktuelle Lizenzausgabe an.

Für Hilary

PROLOG

Eins. Zwei. Acht.

Die Ziffern des Zerfalls. In diesem Verhältnis verwesen alle Organismen, ob groß oder klein. An der Luft, im Wasser, unter der Erde. Bei gleichen klimatischen Bedingungen wird eine Leiche im Wasser zweimal so lange brauchen, um zu verwesen, wie eine an der Oberfläche. Unter der Erde wird es achtmal so lange dauern. *Eins. Zwei. Acht.* Eine einfache Formel – und eine unveränderliche Wahrheit.

Je tiefer etwas vergraben ist, desto länger wird es überdauern.

Vergräbt man eine Leiche, schützt man sie vor den Insekten, die sich von verdorbenem Fleisch ernähren. Auch die Mikroorganismen, die normalerweise das Gewebe zersetzen, können ohne Luft nicht existieren, und die kühlende Isolierung der dunklen Erde verzögert das Einsetzen des Zerfalls. Jene biochemischen Reaktionen, die normalerweise die Zellen auflösen, werden durch die niedrige Temperatur verlangsamt. Ein Prozess, der unter anderen Umständen nur Tage oder Wochen braucht, kann Monate dauern. Sogar Jahre.

Manchmal noch länger.

Ohne Licht und Luft und Wärme kann eine Leiche für

fast unbestimmte Zeit konserviert werden. Tief unter der Erde, geschützt vor den Witterungseinflüssen, überdauert sie.

Doch auch hier gelten die Regeln von Ursache und Wirkung. Genauso wie in der Natur nichts vollständig zerstört werden kann, kann nichts wirklich verlorengehen. Egal wie tief eine Leiche vergraben ist, es wird immer Hinweise geben, die ihr Versteck verraten. *Eins. Zwei. Acht.*

Nichts bleibt für immer verborgen.

VOR ACHT JAHREN

KAPITEL 1

«Wie war der Name?»

Das Gesicht der Polizistin war kalt, in jeder Hinsicht. Ihre Wangen waren rissig und rot, ihre weite gelbe Jacke glitzerte vom Nebel, der sich über das Land gelegt hatte. Sie betrachtete mich mit unverhohlener Abneigung, als machte sie mich nicht nur für das schlechte Wetter verantwortlich, sondern auch dafür, dass sie an einem solchen Tag draußen im Moor stehen musste.

«Dr. David Hunter. Ich gehöre zum forensischen Team. Detective Chief Superintendent Simms erwartet mich.»

Mit mehr als deutlichem Widerwillen betrachtete sie ihr Klemmbrett und hob dann das Funkgerät. «Hier ist jemand, der zum Ermittlungsleiter will. Ein Mr. David Hunter.»

«Doktor», korrigierte ich sie.

Mit einem Blick machte sie mir klar, dass ihr diese Unterscheidung völlig egal war. Aus dem Funkgerät kam ein Rauschen, dann sagte jemand ein paar Worte, die ich nicht verstehen konnte. Die Laune der Polizistin verbesserten sie jedenfalls nicht. Mit einem letzten mürrischen Blick trat sie zur Seite und winkte mich durch.

«Immer geradeaus, bis zu den anderen Fahrzeugen», sagte sie frostig.

«Vielen Dank auch», brummte ich und fuhr an.

Der ganze Wagen war in einen dichten Nebelschleier gehüllt, der sich nur manchmal lichtete, um das düstere, feuchte Moorland vor der Windschutzscheibe erahnen zu lassen. Nach einer Weile sah ich die Fahrzeuge der Polizei, die auf einem relativ ebenen Abschnitt parkten. Ein Polizist winkte mich heran, und der Citroën holperte und schlingerte über den matschigen Boden, bis ich einen freien Platz gefunden hatte.

Ich machte den Motor aus und streckte mich. Es war eine lange Fahrt gewesen, und ich hatte keine Pause gemacht. Meine Neugier war stärker gewesen als meine Erschöpfung. Simms war nicht ins Detail gegangen, er hatte mir am Telefon nur gesagt, dass im Dartmoor ein Grab gefunden worden war und er mich bei der Bergung dabeihaben wollte. Es hatte nach einem jener Routinefälle geklungen, zu denen ich mehrere Male im Jahr hinzugezogen wurde. Doch seit zwölf Monaten verband man die Worte Mord und Dartmoor nur mit einem Mann.

Jerome Monk.

Monk war ein Serienmörder und Vergewaltiger, der vier Morde an jungen Frauen gestanden hatte. Zwei von ihnen waren noch minderjährig gewesen, ihre Leichen hatte man nie gefunden. Sollte hier eine dieser Leichen liegen, bestand die Möglichkeit, dass auch die anderen in der Nähe waren. Ihre Bergung und Identifikation würde eine der größten Ermittlungen des Jahrzehnts werden.

Und ich wollte unbedingt daran beteiligt sein.

«Man hat immer vermutet, dass er dort seine Opfer vergraben hat», hatte ich am Morgen in der Küche zu meiner Frau

Kara gesagt, während ich mich hastig fertig machte und meine Sachen zusammensuchte. Wir wohnten bereits seit über einem Jahr in dem alten Haus in South West London, aber ohne Karas Hilfe fand ich mich noch immer nicht zurecht. «Dartmoor ist ein riesiges Gebiet, aber so viele Leichen können dort nicht liegen.»

«David», mahnte Kara und schaute hinüber zu Alice, die gerade frühstückte. Ich zuckte zusammen und warf ihr einen schuldbewussten Blick zu. Normalerweise erwähnte ich die grausigen Einzelheiten meiner Arbeit nicht in Anwesenheit unserer fünf Jahre alten Tochter, doch dieses Mal hatte ich mich von meinem Enthusiasmus mitreißen lassen.

«Was sind Opfer?», fragte Alice und betrachtete konzentriert, wie der Erdbeerjoghurt von ihrem Löffel tropfte. Nachdem sie vor kurzem beschlossen hatte, viel zu alt für Cornflakes zu sein, war Joghurt ihr Lieblingsessen.

«Das ist nur Papas Arbeit», sagte ich und hoffte, dass sie nicht weiter nachfragen würde. Sie hatte noch genug Zeit, etwas über die dunkleren Aspekte des Lebens zu erfahren, wenn sie älter war.

«Warum sind sie vergraben? Sind sie tot?»

«Komm, Liebling, iss dein Frühstück auf», sagte Kara. «Papa muss gleich los, und wir wollen nicht zu spät zur Schule kommen.»

«Wann kommst du zurück?», fragte Alice mich.

«Bald. Ehe du dichs versiehst, bin ich wieder zu Hause.» Ich hob sie hoch. Ihr kleiner Körper war warm und unglaublich leicht, trotzdem erstaunte es mich immer wieder, wie groß sie geworden war. Mir kam es so vor, als wäre sie noch gestern ein Baby gewesen. *Werden alle Kinder so schnell groß?* «Wirst du ein liebes Mädchen sein, solange ich weg bin?»

«Ich bin immer ein liebes Mädchen», sagte sie empört. Sie hatte noch den Löffel in der Hand, von dem nun Joghurt auf die Notizen tropfte, die ich auf den Tisch gelegt hatte.

«Oje», Kara riss ein Stück von der Küchenrolle und wischte die Papiere ab. «Das gibt einen Fleck. Ich hoffe, sie sind nicht wichtig.»

Alice schaute mich verzagt an. «Tut mir leid, Papa.»

«Nichts passiert.» Ich gab ihr einen Kuss, setzte sie ab und packte meine Notizen zusammen. Das oberste Blatt hatte einen klebrigen Joghurtfleck. «Ich fahr dann mal los.»

Kara folgte mir in den Flur, wo bereits meine Tasche stand. Ich nahm sie in den Arm. Ihr Haar roch nach Vanille.

«Ich ruf dich später an. Dann weiß ich bestimmt schon, wie lange ich bleiben muss. Hoffentlich nur ein paar Tage.»

«Fahr vorsichtig», sagte sie.

Wir waren beide an meine Reisen gewöhnt. Ich war einer der wenigen forensischen Anthropologen des Landes, und es gehörte zu meinem Job, dass ich dorthin fahren musste, wo gerade eine Leiche gefunden wurde. In den letzten Jahren war ich sowohl im Ausland als auch überall in England zu Ermittlungen gerufen worden. Meine Arbeit war häufig grausig, aber in jedem Fall notwendig, und ich war nicht nur auf meine Fähigkeiten, sondern auch auf meinen immer besser werdenden Ruf stolz.

Dennoch fiel mir die Trennung von meiner Frau und meiner Tochter jedes Mal schwer. Aber es sollte ja nur für ein paar Tage sein.

Ich stieg aus dem Wagen und trat vorsichtig auf das matschige Gras. Die Luft roch nach Feuchtigkeit, Laub und Abgasen. Ich ging zum Kofferraum, zog einen Overall aus dem

Karton mit Einwegschutzkleidung und schlüpfte hinein. Für gewöhnlich wurde man von der Polizei ausgestattet, doch ich hatte gerne meine eigenen Sachen dabei. Nachdem ich den Reißverschluss des Overalls hochgezogen hatte, nahm ich den Aluminiumkoffer mit meinem Equipment heraus. Bis vor kurzem hatte mir ein alter, abgewetzter Koffer genügt, aber Kara fand, dass ich damit wie ein Vertreter aussah und professioneller auftreten müsste.

Als ich gerade zwischen den geparkten Polizeifahrzeugen hindurchging, hielt ein Wagen an. Die hellgelbe Karosserie hätte mir eigentlich gleich bekannt vorkommen müssen, aber ich war zu abgelenkt und achtete nicht weiter darauf, bis jemand rief.

«Hast du also hergefunden?»

Ich schaute mich um und sah zwei Männer aus dem Wagen steigen. Der eine war klein und hatte vorstehende Zähne und eine spitze Nase. Ich hatte ihn noch nie gesehen, aber den jüngeren Mann an seiner Seite erkannte ich sofort. Groß und gutaussehend und mit den breiten Schultern eines Athleten kam er selbstbewusst heranstolziert. Ich hatte nicht damit gerechnet, Terry Connors hier zu sehen, doch seinen Wagen hätte ich erkennen müssen. Der protzige Mitsubishi war sein ganzer Stolz und setzte sich deutlich von den unauffälligen Autos ab, die die Kriminalpolizei für gewöhnlich benutzte.

Ich lächelte, obwohl ich wie immer gemischte Gefühle hatte, wenn ich auf ihn traf. Einerseits freute es mich, im unpersönlichen Polizeiapparat ein bekanntes Gesicht zu sehen, andererseits herrschte zwischen Terry und mir aus irgendeinem Grund immer eine Befangenheit, die sich nie ganz auflöste.

«Ich wusste nicht, dass du an der Ermittlung beteiligt bist», sagte ich, als die beiden vor mir standen.

Er grinste, wie immer ein Kaugummi zwischen den Zähnen. Seitdem ich ihn das letzte Mal gesehen hatte, hatte er ein bisschen abgenommen, sodass seine kantigen Züge ausgeprägter geworden waren. «Ich bin stellvertretender Ermittlungsleiter. Was glaubst du, wer ein Wort für dich eingelegt hat?»

Ich rang mir ein Lächeln ab. Als ich Terry Connors zum ersten Mal begegnet war, war er Detective Inspector bei der Londoner Polizei gewesen, aber wir hatten uns nicht durch die Arbeit kennengelernt. Seine Frau Deborah war zur gleichen Zeit schwanger gewesen wie Kara und hatte zufällig denselben Kurs zur Geburtsvorbereitung besucht. Während die beiden Frauen sich angefreundet hatten, waren Terry und ich uns zunächst voller Argwohn begegnet. Abgesehen von den Überschneidungen unserer Berufe, hatten wir wenig gemeinsam. Er war äußerst ehrgeizig und sah in jedem einen Konkurrenten; ein typischer Sportsmann, für den die Karriere nur eine weitere Arena war, in der er sich Lorbeeren verdienen konnte. Seine Selbstgefälligkeit und Angeberei konnten einem ziemlich auf die Nerven gehen, doch der Erfolg bei den Fällen, die er mir zugeschustert hatte, war für uns beide kein Nachteil gewesen.

Dann – wieso, war mir bis heute nicht klar – hatte er vor gut einem Jahr überraschend die Londoner Polizei verlassen. Angeblich wollte Deborah näher bei ihrer Familie in Exeter sein, doch für jemanden wie Terry war der Wechsel vom hektischen und glamourösen London nach Devon ein nicht nachvollziehbarer Karriereschritt.

Kurz vor ihrem Umzug waren wir noch einmal mit den

beiden essen gegangen, doch zwischen Terry und seiner Frau hatte die ganze Zeit eine kaum unterdrückte Anspannung geherrscht, sodass wir regelrecht erleichtert waren, als es vorbei war. Kara und Deborah hatten sich danach ziemlich erfolglos und eher aus Höflichkeit bemüht, Kontakt zu halten, und ich hatte Terry seit diesem Abend weder gesehen noch gesprochen.

Aber wenn er stellvertretender Ermittlungsleiter bei einem derart wichtigen Fall war, ging es ihm offenbar gut. Ich hätte gedacht, dass eine solche Verantwortung bei einem ranghöheren Beamten als einem Detective Inspector liegen würde.

Angesichts des Drucks, unter dem er stehen musste, war es kein Wunder, dass er abgenommen hatte.

«Ich hatte mich schon gefragt, woher Simms meinen Namen hat», sagte ich. Obwohl ich mittlerweile ein anerkannter Berater der Polizei war, erhielt ich die meisten Aufträge durch Empfehlungen. Ich hätte mir nur gewünscht, für eine so große Ermittlung nicht gerade von Terry Connors empfohlen worden zu sein.

«Ich habe ordentlich Reklame für dich gemacht, also enttäusch mich nicht.»

Ich unterdrückte meinen Ärger. «Ich werde mich bemühen.»

Er deutete mit dem Daumen auf den kleineren Mann neben sich. «Das ist DC Roper. Bob, das ist David Hunter, der forensische Anthropologe, von dem ich dir erzählt habe. Er kann dir mehr über verweste Leichen sagen, als du wissen willst.»

Der Detective Constable grinste mich an. Auch sein Kinn war spitz, die vorstehenden Zähne waren von Nikotin verfärbt, und seinen Augen entging nicht viel. Als er nickte, verströmte er einen Hauch billigen Rasierwassers.

«Dann ist das hier ja genau das Richtige für Sie», sagte er mit nasaler Stimme im regionalen Dialekt. «Besonders wenn wir finden, womit alle rechnen.»

«Noch wissen wir nicht, was uns erwartet», wies ihn Terry barsch zurecht. «Geh schon mal los, Bob. Ich möchte kurz mit David sprechen.»

Die Abweisung grenzte an Unhöflichkeit. Der Blick des anderen Mannes wurde etwas härter, doch er grinste unbeirrt weiter. «Wie Sie wollen, Chef.»

Terry schaute ihm grimmig hinterher. «Nimm dich vor Roper in Acht. Er ist das Schoßhündchen des Ermittlungsleiters. Ein Arschkriecher vor dem Herrn.»

Anscheinend gab es persönliche Konflikte im Team, aber Terry legte sich sowieso mit jedem an. Und ich hatte keine Lust, in irgendetwas hineingezogen zu werden. «Gibt es Meinungsverschiedenheiten wegen der Leiche?»

«Das nicht, aber jeder hofft inständig, dass es ein Opfer von Monk ist.»

«Was denkst du?»

«Ich habe keine Ahnung. Wir sind hier, um das herauszufinden. Und wir dürfen uns keine Fehler erlauben.» Er holte tief Luft und wirkte angespannt. «Egal, komm, hier entlang. Simms ist schon dort, lass ihn lieber nicht warten.»

«Was ist er für ein Typ?», fragte ich, als wir über die Straße zu ein paar Wohnwagen und Containern gingen.

«Ein humorloses Arschloch. Keiner, mit dem man Ärger haben will. Aber zumindest ist er nicht dumm. Weißt du, dass er auch der Leiter der ursprünglichen Mordermittlung war?»

Ich nickte. Simms war im vergangenen Jahr zu einiger Berühmtheit gelangt, als er Jerome Monk hinter Gitter brachte. «Das wird seiner Karriere nicht geschadet haben.»

Ich hatte das Gefühl, in Terrys Grinsen lag eine Spur Verbitterung. «Kann man wohl sagen. Angeblich hat er es auf den Stuhl des Assistant Chief Constable abgesehen. Diese Sache hier könnte dafür entscheidend sein, er wird also Ergebnisse erwarten.»

Da ist er nicht der Einzige, dachte ich und musterte Terry, dessen nervöse Energie beinahe mit Händen zu greifen war. Aber das war angesichts seiner Funktion bei dieser wichtigen Ermittlung im Grunde kein Wunder.

Wir hatten die Wohnwagen und Container erreicht. Sie waren an einem Feldweg aufgestellt worden, der von der Straße abzweigte. Dazwischen verliefen dicke schwarze Kabel, und die neblige Luft war voll von den Abgasen der knatternden Generatoren. Terry blieb vor dem Trailer der Ermittlungsleitung stehen. «Du findest Simms draußen beim Grab. Wenn ich rechtzeitig zurück bin, kannst du mir einen Drink ausgeben. Wir wohnen im selben Hotel.»

«Kommst du nicht mit?», fragte ich überrascht.

«Hat man ein Grab gesehen, hat man alle gesehen.» Er wollte flapsig klingen, aber es gelang ihm nicht ganz. «Ich bin nur hier, um ein paar Papiere abzuholen. Ich habe eine lange Fahrt vor mir.»

«Wohin?»

«Erzähl ich dir später. Aber drück mir die Daumen.»

Er stieg in den Wohnwagen. Kurz fragte ich mich, wofür ich ihm die Daumen drücken sollte, doch ich musste mich im Moment um andere Dinge kümmern als um Terrys Spielchen.

Ich wandte mich ab und schaute hinaus aufs Moor.

Im Nebeldunst breitete sich die kahle Landschaft vor mir aus. Es gab keine Bäume, nur vereinzelte dunkle, stachelige Ginsterbüsche, und zwischen der Heide, den Felsen und dem dicken, faserigen Gras ragte hin und wieder winterbrauner Farn hervor. Hinter der Straße neigte sich das Gelände sanft, ehe es in einem langen Hang wieder anstieg. Auf dem ungefähr einen halben Kilometer entfernt gelegenen Kamm war die gedrungene, langgestreckte Felsformation zu sehen, die Simms am Telefon erwähnt hatte.

Black Tor.

Im Dartmoor gibt es einige solcher verwitterten Felstürme, die wie Karbunkel aus dem Moor ragen. Doch das Profil des Black Tor war unverkennbar. Die breite, platte Formation, die sich vor dem Himmel abzeichnete wie vom Kind eines Riesen aufeinandergestapelte Bauklötze, sah nicht dunkler aus als die anderen *Tors*, die ich gesehen hatte, der Name bezog sich also vielleicht auf irgendeine dunkle Geschichte in der Vergangenheit. Kein Wunder, dass sich die Medien sofort geifernd darauf gestürzt hatten. Zumal es sich um Monks Friedhof handelte.

Nach Simms' Anruf hatte ich mich im Internet über den Fall informiert. Monk war der Traum eines jeden Journalisten. Ein Außenseiter und Einzelgänger, der seinen unsicheren Lebensunterhalt als Gelegenheitsarbeiter mit Wilderei und Diebstahl aufbesserte, zudem ein Waisenkind, dessen Mutter bei seiner Geburt gestorben war, wodurch einige Gazetten sich zu dem Kommentar hatten hinreißen lassen, sie sei sein erstes Opfer gewesen. Häufig wurde er in der Regenbogenpresse als Zigeuner beschrieben, was allerdings nicht stimmte. Obwohl er den größten Teil seines Lebens in einem Wohnwagen in der Gegend von Dartmoor verbracht hatte, war er vom reisenden Volk genauso gemieden worden wie vom Rest der Gesellschaft. Unberechenbar und zu brutalen Gewaltausbrüchen neigend, stimmte sein Charakter exakt mit seinem Äußeren überein.

Wenn jemand wie ein Mörder aussah, dann Monk.

Mit seinen schon beinahe unheimlichen Kräften war er eine groteske Gestalt, eine Laune der Natur. Die Fotos und Filmaufnahmen von seinem Prozess zeigten einen Koloss von einem Mann, in dessen kahlen Riesenschädel mürrische Züge eingekerbt waren. Seine schwarzen Knopfaugen waren leblos wie die einer Puppe, der Mund schien ständig höhnisch zu grinsen. Noch beunruhigender war die Delle in seiner Stirn – als hätte sich ein riesiger Daumen in einen Lehmklumpen gedrückt. Diese Verunstaltung war nicht nur furchtbar anzuschauen, sie sah auch aus, als hätte sie eigentlich tödlich sein müssen.

Die meisten Leute bedauerten, dass sie es nicht war.

Nicht allein die Art seiner Verbrechen schockierte die Öffentlichkeit. Es war das sadistische Vergnügen, mit dem er wehrlose Opfer aus der Gegend von Dartmoor ausgewählt hatte. Das erste, Zoe Bennett, war eine dunkelhaarige siebzehnjährige Schönheit gewesen, ein angehendes Model, das eines Abends nach der Disco nicht heimgekommen war. Drei Nächte später verschwand ein zweites Mädchen.

Lindsey Bennett, Zoes eineiige Zwillingsschwester.

Was normalerweise eine Routineermittlung ausgelöst hätte, war plötzlich eine Nachricht auf der Titelseite. Niemand bezweifelte, dass derselbe Täter verantwortlich war, und als Lindseys Handtasche in einem Abfalleimer gefunden wurde und damit jede Hoffnung zunichte war, die Schwestern lebend zu finden, ging die Öffentlichkeit auf die Barrikaden. Schlimm genug für eine Familie, einen solchen Verlust einmal zu erleiden, aber zweimal? Und auch noch Zwillinge?

Als dann Tina Williams, eine attraktive, dunkelhaarige Neunzehnjährige, vermisst wurde, kippte die Stimmung in Hysterie um, mehrmals gab es falschen Alarm. Für eine gewisse Zeit sah es so aus, als hätte man eine Spur: In der Gegend, in der sowohl Lindsey Bennett als auch Tina Williams zum letzten Mal gesehen worden waren, war eine weiße Limousine von den Kameras der Verkehrsüberwachung aufgenommen und von Zeugen gesehen worden.

Dann forderte Monk sein viertes Opfer und besiegelte für immer seinen Ruf als Monster. Mit fünfundzwanzig Jahren war Angela Carson älter als die anderen. Außerdem war sie weder dunkelhaarig noch hübsch. Aber es gab noch einen anderen wichtigen Unterschied.

Sie war taubstumm.

Nachbarn riefen die Polizei, weil sie Monks Lachen hörten, während er Angela Carson in ihrer eigenen Wohnung erst vergewaltigte und dann totschlug. Als zwei Polizisten, den Notrufen nachgehend, ihre Tür aufbrachen, fanden sie ihn außer sich und blutverschmiert neben ihrer Leiche im zertrümmerten Schlafzimmer. Obwohl beide keine kleinen Männer waren, schlug er sie bewusstlos, ehe er in der Nacht verschwand.

Und dann offenbar vom Erdboden.

Trotz einer der größten Fahndungen in der Geschichte Großbritanniens wurde keine Spur von Monk gefunden. Genauso wenig von den Bennett-Zwillingen oder Tina Williams. Bei einer Durchsuchung entdeckte man unter seinem

Wohnwagen eine Haarbürste und einen Lippenstift, die Zoe Bennett gehörten, nicht aber die Mädchen selbst. Erst drei Monate später wurde Monk wieder gesehen, am Straßenrand mitten im Dartmoor. Verwahrlost und verdreckt, unternahm er keinen Versuch, sich der Verhaftung zu widersetzen oder seine Verbrechen zu leugnen. Beim Prozess bekannte er sich des vierfachen Mordes für schuldig, weigerte sich aber preiszugeben, wo er sich versteckt und was er mit den Leichen der vermissten Mädchen getan hatte. Die allgemeine Vermutung lautete, dass er sie im Moor vergraben hatte und dann selbst dort untergetaucht war. Doch Monk setzte lediglich sein verächtliches Grinsen auf und sagte nichts.

Nachdem der Mörder hinter Gittern war, verschwand die Geschichte allmählich aus dem öffentlichen Interesse. Das Schicksal der vermissten Mädchen schien für immer ein Rätsel zu bleiben.

Das könnte sich nun ändern.

Ein hellblaues Zelt der Spurensicherung hob sich grell vom tristen Moorland ab. Es stand ungefähr in der Mitte zwischen der Straße und der Felsformation, etwas abseits des holprigen Weges, der beides miteinander verband. Ich blieb noch einen Moment im feinen Nieselregen stehen, atmete den satten Geruch des feuchten Torfs ein und fragte mich, was mich in dem Zelt erwarten würde.

Dann ging ich los.

KAPITEL 2

Mit Polizeiband war vom Weg aus ein Korridor bis hin zum Zelt der Spurensicherung abgesperrt worden. Da der Boden zwischen den flatternden Bändern bereits zu einem Trampelpfad ausgetreten und aufgeweicht war, platschte ich mit meinen Stiefeln durch den dunklen Morast. Auch das Gebiet um das Zelt herum war abgeriegelt, am Eingang stand ein uniformierter Hundeführer Wache. Neben sich einen Deutschen Schäferhund, trat er in der Kälte von einem Fuß auf den anderen.

«Ich möchte zu Detective Chief Superintendent Simms», sagte ich ein wenig außer Atem.

Ehe er etwas entgegnen konnte, wurde die Zeltluke aufgeworfen, und ein Mann trat heraus. Er war um die vierzig, wollte aber offenbar älter wirken. Die weiße Schutzkleidung schien irgendwie nicht zu ihm zu passen. Er hatte die Kapuze seines Overalls zurückgeschoben, doch sein ordentlich gekämmtes schwarzes Haar war kein bisschen durcheinandergeraten. Sein Gesicht war bemerkenswert faltenlos und jugendlich, was er mit einem Schnurrbart auszugleichen versuchte, der ihm etwas Militärisches verlieh.

«Dr. Hunter? Ich bin Simms.»

Das hatte ich bereits vermutet, und jetzt erkannte ich auch

seine Stimme wieder. Er sprach bestimmt und offiziös und sich seiner Autorität bewusst. Als er mich mit seinen hellen Augen von oben bis unten betrachtete, hatte ich das etwas unbehagliche Gefühl, auf die Schnelle abgeschätzt zu werden.

«Wir hatten Sie vor einer halben Stunde erwartet», sagte er und verschwand wieder im Zelt.

Freut mich auch, Sie kennenzulernen. Der Hundeführer trat zur Seite, um mich durchzulassen, und zog fester an der Leine. Der wachsame Blick des Schäferhundes folgte mir bis ins Zelt.

Nach der Weite des Moores kam es mir drinnen beengt und überfüllt vor. Gestalten in Overalls wuselten umher. Das durch die blauen Zeltwände fallende diffuse Licht erzeugte eine ätherische Atmosphäre. Es war feucht und stickig, eine Muffigkeit, die auf unangemessene Weise an Camping erinnerte. Dazu roch es nach frischer Erde und etwas wesentlich weniger Angenehmem.

Das Grab befand sich genau in der Mitte.

Davor waren tragbare Scheinwerfer aufgestellt worden, die in der feuchten Luft leicht dampften. Als Abgrenzung hatte man Metallplatten um das Rechteck aus dunklem Torf gelegt, das mit einem Fadengitter überzogen war. Jemand, wahrscheinlich ein Kriminaltechniker, kniete davor, ein großer Mann, der seine in Latexhandschuhen steckenden Hände in die Luft hielt wie ein Chirurg bei einer Operation. Direkt vor ihm war ein schmutziger Gegenstand in der torfigen Erde zu sehen. Auf den ersten Blick hätte man ihn für einen Stein oder eine Wurzelknolle halten können. Bis man genauer hinschaute.

Aus dem feuchten Boden ragte eine halbverweste, noch mit Hautfetzen bedeckte Hand.

«Sie haben leider den Gerichtsmediziner verpasst, aber er kommt zurück, sobald die Leiche geborgen wird», sagte Simms und lenkte meine Aufmerksamkeit weg vom Grab. «Dr. Hunter, dies ist Professor Wainwright, der forensische Archäologe, der die Ausgrabung leiten wird. Sie werden bestimmt von ihm gehört haben.»

Jetzt betrachtete ich den vor dem Grab knienden Mann genauer. *Wainwright?* Mir wurde flau im Magen. Natürlich hatte ich schon von ihm gehört. Leonard Wainwright, ein ehemaliger Professor aus Cambridge, arbeitete mittlerweile als Berater für die Polizei und war einer der berühmtesten forensischen Experten des Landes. Eine bedeutende Persönlichkeit, sein Name verlieh einer Ermittlung sofort Glaubwürdigkeit. Doch hinter dem kultivierten öffentlichen Image hatte Wainright den Ruf, äußerst rüde mit jedem umzugehen, den er als Rivalen betrachtete. Er war ein scharfer Kritiker der von ihm so genannten «modischen forensischen Wissenschaften», womit er so ziemlich jeden Fachbereich meinte, der nicht sein eigener war. Ein Großteil seiner Abneigung konzentrierte sich auf die forensische Anthropologie, ein recht neuer wissenschaftlicher Zweig, der sich in mancher Hinsicht mit seinem Feld überschnitt. Erst im vergangenen Jahr hatte er in einem Wissenschaftsmagazin einen Artikel veröffentlicht, in dem er die Vorstellung ins Lächerliche zog, dass man über den Grad der Verwesung verlässliche Aufschlüsse über den Todeszeitpunkt erhalten konnte. «Alles faul?» hatte der Titel gelautet. Ich hatte den Text eher amüsiert als verärgert gelesen.

Aber da hatte ich noch nicht gewusst, dass ich einmal mit ihm würde zusammenarbeiten müssen.

Wainright stemmte sich mit knackenden Knien hoch.

Er war ungefähr sechzig, eine Riese von einem Mann, in einem schlammverschmierten, sich über seinen ausladenden Körper spannenden Overall. Seine Finger in den weißen Latexhandschuhen ähnelten dicken Würsten, als er sich die Maske abzog. Darunter kam ein knorriges Gesicht zum Vorschein, das man mit viel Nachsicht aristokratisch hätte nennen können.

Er schenkte mir ein eher neutrales Lächeln. «Dr. Hunter. Ich bin mir sicher, es wird eine Freude sein, mit Ihnen zusammenzuarbeiten», sagte er mit dem sonoren Bariton eines geübten Redners. Ich rang mir selbst ein Lächeln ab. «Ebenso.»

«Das Grab ist gestern Nachmittag von ein paar Wanderern entdeckt worden», sagte Simms mit einem Blick auf die Hand, die aus der Erde ragte. «Es ist nicht tief, wie Sie sehen können. Wir haben den Boden untersucht. Offenbar befindet sich knapp einen halben Meter unter der Oberfläche eine Granitschicht. Also eigentlich kein geeigneter Ort, um eine Leiche zu vergraben, doch zum Glück wusste der Mörder das nicht.»

Ich kniete mich hin, um mir die dunkle Erde näher anzuschauen, in der die Hand steckte. «Der Torf wird die Sache interessant machen.»

Wainwright nickte zurückhaltend, sagte aber nichts. Als Archäologe war er bestimmt vertraut mit den Problemen, die sich durch ein Grab im Torf ergaben.

«Sieht so aus, als hätte der Regen die obere Erdschicht weggespült und die Hand freigelegt, den Rest haben dann Tiere übernommen», fuhr Simms fort. «Leider wussten die Wanderer zuerst nicht, was es ist, und haben etwas Erde weggeschaufelt, um sich zu vergewissern.»

«Herr, bewahre uns vor Amateuren», stieß Wainwright hervor. Vielleicht war es Zufall, dass er dabei gerade mich anschaute.

Ich kniete mich auf eine der Metallplatten, um die Hand zu untersuchen. Sie war ab dem Handwurzelknochen freigelegt. Der größte Teil des Gewebes war abgenagt, und die ersten beiden Finger, die wohl am weitesten herausgeragt hatten, fehlten vollständig. Aber das war nicht anders zu erwarten gewesen. Aasfresser wie Füchse oder selbst größere Vögel wie Krähen oder Möwen waren in der Lage, sie abzutrennen.

Was mich allerdings interessierte, war die Tatsache, dass die Stümpfe der Fingerknochen unter den Bissspuren glatt waren.

«Ist einer von den Wanderern auf die Hand getreten, oder wurde sie beim Ausgraben beschädigt?», fragte ich.

«Sie behaupten, nein.» Simms' Gesicht war ausdruckslos. «Weshalb?»

«Es muss nichts bedeuten, aber die Finger sind gebrochen. So wie es aussieht, sind sie sauber abgekniffen worden, und das kann kein Tier gewesen sein.»

«Ja, ist mir auch aufgefallen», brummte Wainwright.

«Glauben Sie, es ist wichtig?», wollte Simms wissen.

Wainwright kam mir zuvor. «Kann man noch nicht sagen. Es sei denn, Dr. Hunter hat eine Theorie …?»

Ich wollte mich nicht zu Spekulationen hinreißen lassen. «Noch nicht. Haben Sie sonst etwas entdeckt?» Wahrscheinlich war der Innenraum des Zeltes bereits von der Spurensicherung nach Beweismaterial abgesucht worden.

«Nur zwei kleine Knochen an der Oberfläche, die wohl von einem Hasen stammen. Jedenfalls stammen sie nicht von einem Menschen, aber Sie können gern selbst einen Blick darauf werfen.» Simms schaute auf seine Uhr. «So, wenn das alles war ... ich muss jetzt eine Pressekonferenz geben. Professor Wainwright wird Ihnen sagen, was Sie wissen müssen. Sie werden unter seiner Leitung arbeiten.»

Wainwright beobachtete mich aufmerksam. Während der Gerichtsmediziner das letzte Wort bei der eigentlichen Untersuchung der Leiche hatte, war es nur normal, dass die Verantwortung für die Ausgrabung bei ihm als forensischem Archäologen lag. Ich hatte kein Problem damit, zumindest theoretisch. Aber ich hatte schon erlebt, dass Leichen bei einer Ausgrabung durch Unfähigkeit oder Übermut beschädigt worden waren, und meine Arbeit wurde nicht leichter, wenn ein Schädel von einer Spitzhacke oder einem Spaten zertrümmert wurde.

Außerdem hatte ich keine Lust, mich von Wainwright wie ein Assistent behandeln zu lassen.

«Solange es um die Ausgrabung geht, ist das in Ordnung», sagte ich. «Aber ich dachte, ich sollte Sie bei der Untersuchung der Überreste beraten.»

Im Zelt trat Stille ein. Simms betrachtete mich kalt. «Leonard und ich kennen uns schon sehr lange, Dr. Hunter. Wir haben in der Vergangenheit bei zahllosen Ermittlungen zusammengearbeitet. Sehr erfolgreich, übrigens.»

«Ich wollte nicht ...»

«Sie sind mir sehr empfohlen worden, aber ich will teamfähige Mitarbeiter. Ich habe ein großes persönliches Interesse an dieser Ermittlung, und ich werde keine Störungen dulden. Von niemandem. Habe ich mich klar ausgedrückt?»

Ich war mir der Blicke von Wainwright bewusst, und ich hatte das Gefühl, dass Simms von dem Archäologen instruiert worden war. Am liebsten hätte ich mich gesträubt, doch ich hatte schon oft genug mit schwierigen Ermittlungsleitern zu tun gehabt, um zu wissen, dass es sich nicht lohnte. Ich versuchte, genauso ungerührt zu wirken wie er.

«Natürlich.»

«Gut. Denn ich muss Ihnen bestimmt nicht sagen, wie wichtig das hier ist. Zwar sitzt Jerome Monk hinter Gittern, aber für mich ist dieser Fall erst dann beendet, wenn die Opfer gefunden sind und an ihre Familien übergeben werden können. Falls – und ich sage bewusst falls – diese Leiche eines seiner Opfer ist, dann muss ich das wissen.» Simms starrte mich noch einen Moment an, wohl um sicherzugehen, dass er sich durchgesetzt hatte. «Gut, wenn das geklärt ist, dann überlasse ich Sie beide Ihrer Arbeit.»

Er machte auf dem Absatz kehrt und stürmte aus dem Zelt. Für eine Weile sprachen weder ich noch Wainwright. Dann räusperte sich der Archäologe theatralisch. «Gut, Dr. Hunter, wollen wir anfangen?»

Unter dem grellen Licht der Scheinwerfer schien die Zeit stehenzubleiben. Der dunkle Torfboden wollte die Leiche nur widerwillig freigeben und blieb hartnäckig an den Überresten hängen, die allmählich unter der Oberfläche auftauchten. In den meisten Böden ist die Form oder der Zuschnitt des Grabes recht einfach zu bestimmen. Da die Erde, die ausgehoben und dann auf der Leiche angehäuft wurde, lockerer ist als der unangetastete Boden daneben, kann man relativ leicht die Ränder des Loches erkennen. Im Torf sind die Trennungslinien nicht so deutlich. Torf saugt Wasser auf wie ein Schwamm und bricht deshalb nicht so schnell auf wie andere Böden. Der Zuschnitt des Grabes kann trotzdem festgestellt werden, aber dafür braucht es mehr Sorgfalt und Fachkenntnis.

Wainwright verfügte über beides.

Schon wegen seiner massigen körperlichen Präsenz dominierte er den abgeschlossenen Raum zwischen den leicht flatternden blauen Wänden. Es hätte mich nicht gewundert, wenn ich zum Zuschauer degradiert worden wäre, doch unerwarteterweise nahm er meine Hilfe bei der Ausgrabung gerne in Anspruch. Sobald ich die vorherige Kränkung überwunden hatte, musste ich anerkennen, dass er ein wirklich guter forensischer Archäologe war. Mit seinen großen Händen agierte er geschickt und präzise wie ein Chirurg, während er vorsichtig den feuchten Torf wegkratzte, um die vergrabenen Überreste freizulegen. Wir arbeiteten Seite an Seite, beide auf den Metallplatten am Rande des Grabes kniend, und als die Leiche allmählich aus der dunklen Erde auftauchte, hatte ich meinen ersten Eindruck von dem Mann revidiert.

Wir hatten seit einer Weile schweigend gearbeitet, als er mit seiner Kelle zwei Hälften eines durch einen Spaten geteilten Regenwurms aufhob. «Bemerkenswerte Tiere, nicht wahr? *Lumbricus terrestris.* Ein simpler Organismus, ohne Gehirn und ohne ein nennenswertes Nervensystem. Trotzdem wachsen sie weiter, wenn man sie in zwei Hälften teilt. Das sollte uns eine Lehre sein: Je komplizierter man ist, desto mehr schwebt man in Lebensgefahr.»

Er warf den Wurm ins Heidekraut, legte seine Kelle ab und zuckte zusammen, als seine Knie laut knackten. «Diese Arbeit wird im Alter nicht gerade leichter. Aber was wird im Alter schon leichter? Na ja, Sie sind noch zu jung, um das zu wissen. Sie sind aus London, richtig?»

«Ich wohne dort, ja. Und Sie?»

«Ich bin aus der Gegend. Torbay. Zum Glück nicht weit von hier, ich muss also nicht in einer der verlausten Absteigen übernachten, wo man normalerweise von der Polizei untergebracht wird. Ich beneide Sie nicht.» Er rieb sich den Steiß. «Und, wie finden Sie Dartmoor bisher?»

«Trostlos, nach allem, was ich bisher gesehen habe.»

«Na ja, aber für einen Archäologen das Gelobte Land. Hier gibt es die größte Konzentration an Überresten aus dem Bronzezeitalter von ganz Großbritannien, das gesamte Moor ist im Grunde ein Museum der industriellen Entwicklung. Hier kann man noch beinahe unversehrte alte Blei- oder Zinnminen finden, konserviert wie Fliegen in Bernstein. Wunderbar! Jedenfalls für alte Dinosaurier wie mich. Sind Sie verheiratet?»

Es fiel mir schwer, ihm zu folgen. «Ja, bin ich.»

«Vernünftig. Eine gute Frau hält uns geistig gesund. Wie sie es mit uns aushalten, verstehe, wer will. Meine Frau verdient einen Orden, woran sie mich auch immer wieder erinnert.» Er kicherte. «Kinder?»

«Ein kleines Mädchen, Alice. Sie ist fünf.»

«Aha. Schönes Alter. Ich habe zwei Töchter, aber die sind beide schon flügge. Glauben Sie mir, in zehn Jahren werden Sie sich fragen, was bloß aus Ihrem kleinen Mädchen geworden ist.»

Ich lächelte pflichtbewusst. «Bis sie in die Pubertät kommt, haben wir noch eine Weile.»

«Genießen Sie die Zeit. Darf ich Ihnen einen Tipp geben?»

«Bitte.» Wainwright schien tatsächlich ganz anders zu sein, als ich gedacht hatte.

«Nehmen Sie Ihre Arbeit niemals mit nach Hause. Das meine ich natürlich im übertragenen Sinne. Aber in unserem Beruf ist es wichtig, Arbeit und Freizeit strikt zu trennen, besonders wenn man Familie hat. Sonst macht es Sie fertig. Was auch immer Sie sehen, egal wie entsetzlich es ist, denken Sie immer daran, dass es nur ein Job ist.»

Er nahm wieder seine Kelle und widmete sich den Überresten.

«Ich habe neulich mit jemandem gesprochen, der Sie kennt. Stimmt es, dass Sie eigentlich Medizin studiert haben?»

«Ja, ich habe meinen Abschluss in Medizin gemacht, bevor ich zur Anthropologie gewechselt bin. Wer hat Ihnen das erzählt?»

Er runzelte die Stirn. «Ich habe mir schon das Gehirn zermartert, aber mein Gedächtnis ist auch nicht mehr das, was es mal war. Ich glaube, es war bei irgendeiner forensischen Konferenz. Wir sprachen über die neue Generation, die sich auf dem Gebiet behauptet, und dabei fiel Ihr Name.»

Es überraschte mich, dass Wainwright zugab, schon von mir gehört zu haben. Ob ich wollte oder nicht, ich fühlte mich geschmeichelt.

«Ein ganz schöner Sprung, von der Medizin zur Anthropologie», fuhr er fort, während er einen Ellbogen freilegte. «Ich habe gehört, Sie sind in den Vereinigten Staaten ausgebildet worden. An dieser Forschungseinrichtung in Tennessee, richtig? Die sich auf Verwesungsprozesse spezialisiert hat.»

«Das anthropologische Forschungsinstitut. Ich war ein Jahr dort.»

Damals kannte ich Kara noch nicht, ich hatte gerade den

Fachbereich gewechselt und den Dienst an den Lebenden für die Arbeit mit den Toten eingetauscht. Ich wartete auf kritische Bemerkungen, doch es kamen keine. «Hört sich interessant an. Allerdings nicht für mich, glaube ich. Ich bin kein großer Freund von *Calliphoridae*. Ekelhafte Viecher.»

«Ich bin auch kein großer Freund von ihnen, aber sie haben ihren Nutzen.» *Calliphoridae* nennt man die Familie der Schmeißfliegen, deren Lebenszyklus sehr hilfreich bei der Bestimmung des Verwesungsgrades ist. Wainwright war offenbar ein Freund lateinischer Namen.

«Das glaube ich gern. Aber leider nicht in diesem Fall. Es ist entschieden zu kalt.» Er deutete mit seiner Kelle auf die Überreste. «Und, was halten Sie davon?»

«Ich werde mehr wissen, sobald die Leiche in der Gerichtsmedizin ist.»

«Selbstverständlich. Aber Sie haben doch bestimmt schon ein paar Schlüsse gezogen.»

Hinter der Schutzmaske konnte ich ihn lächeln sehen. Ich wollte mich nur ungern äußern, wusste ich doch nur zu gut, wie leicht sich die Einschätzungen ändern können, nachdem die Überreste gereinigt sind. Andererseits war Wainwright keinesfalls das Scheusal, das ich erwartet hatte, und wir waren allein. Angesichts seiner bekannten Abneigung gegen die forensische Anthropologie konnte es nicht schaden, ihm zu zeigen, dass er nicht der einzige Experte vor Ort war.

Ich hockte mich auf die Fersen und betrachtete, was wir freigelegt hatten.

Torf ist eine außergewöhnliche Substanz. Sie besteht zum Teil aus vermoderten Pflanzen und den Überresten von Tieren und Insekten, aber die meisten Bakterien und Insekten, die normalerweise die Erde unter unseren Füßen bevölkern, können darin nicht existieren. Da Torf einen geringen Sauerstoffanteil hat und so säurehaltig ist wie Essig, werden Organismen darin regelrecht eingelegt und wie Proben in einem Reagenzglas konserviert. In Torfmooren sind nicht nur ganze Mammutstoßzähne gefunden worden, sondern auch unheimlich wirkende unversehrte menschliche Leichen, die vor Hunderten von Jahren vergraben wurden. Die Leiche eines Mannes, die 1950 in dem Dorf Tollung in Dänemark entdeckt worden ist, war so gut konserviert, dass er für ein Mordopfer gehalten wurde. Was der Mann angesichts des Seils, das um seinen Hals gebunden war, wahrscheinlich auch war, allerdings hatte man ihn vor über zweitausend Jahren umgebracht.

Aber die Merkmale, die Torf zu einer archäologischen Goldmine machen, können gleichzeitig zu einem forensischen Albtraum werden. Die Bestimmung des genauen Todeszeitpunktes ist immer schwierig, aber ohne die natürlichen Hinweise, die man durch die Verwesung erhält, kann sie völlig unmöglich werden.

Doch in diesem Fall würde es solche Probleme meiner Meinung nach nicht geben. Ungefähr die Hälfte der Leiche war mittlerweile freigelegt. Sie lag mehr oder weniger auf der Seite, die Knie waren etwas angezogen, und der Leib war in der Fötusstellung zusammengekrümmt. Sowohl das dünne Oberteil, das am Torso hing und durch das man den Umriss eines Büstenhalters sehen konnte, als auch der kurze Rock waren aus einem synthetischen Material und vom Stil her zeitgenössisch. Und auch wenn ich nicht behaupten konnte, ein Modeexperte zu sein, sah der hochhackige Schuh des nun ausgegrabenen rechten Fußes für mich recht modern aus.

Obwohl die gesamte Leiche – Haar, Haut und Kleidung –
mit einer klebrigen, dunklen Torfkruste überzogen war,
konnte nichts die Verletzungen verbergen, die ihr zugefügt
worden waren. Unter dem verschmutzen Stoff waren deutlich die Umrisse von gebrochenen Rippen zu sehen, durch
die Haut der Arme und der Unterschenkel ragten zerklüftete
Knochen hervor. Der Schädel unter dem verfilzten Haar war
eingeschlagen und verformt, die Wangen und die Nasenhöhle waren eingefallen.

«Noch nicht viele, abgesehen von den offensichtlichen»,
sagte ich vorsichtig.

«Und die wären?»

Ich zuckte mit den Achseln. «Weiblich, obwohl man wahrscheinlich Transsexualität nicht völlig ausschließen kann.»

Wainwright schnaubte. «Gott bewahre. Zu meiner Zeit
hätte man nicht mal im Traum an so was gedacht. Wann ist
bloß alles so kompliziert geworden? Fahren Sie fort.»

Ich begann langsam warm zu werden. «Noch kann man
schwer sagen, wie lange sie schon vergraben ist. Die Verwesung ist bereits fortgeschritten, aber das erklärt sich wahrscheinlich dadurch, dass die Leiche nicht besonders tief vergraben war.»

Bei der Nähe zur Oberfläche könnten Luftbakterien das
Gewebe selbst in einem Torfgrab zersetzt haben, wenn auch
langsamer als unter normalen Umständen. Wainwright nickte zustimmend.

«Also könnte es sich von der Zeit her um ein Opfer von
Monk handeln? Die Leiche ist noch keine zwei Jahre vergraben, oder?»

«Könnte, ja», räumte ich ein. «Aber darüber möchte ich
nicht spekulieren.»

«Nein, natürlich nicht. Und die Verletzungen?»

«Noch kann man nicht sagen, ob sie vor oder nach Eintritt des Todes zugefügt worden sind, aber das Opfer ist offensichtlich brutal geschlagen worden. Möglicherweise mit irgendeiner Waffe. Ich kann mir nicht vorstellen, dass jemand mit den bloßen Händen auf diese Weise Knochen brechen kann.»

«Nicht einmal Jerome Monk?» Er grinste mich hinter seiner Maske an. Es gefiel mir nicht. «Kommen Sie, David, geben Sie es zu. Das sieht doch nach einem seiner Opfer aus.»

«Sobald die Leiche gesäubert ist und ich das Skelett untersuchen kann, weiß ich mehr.»

«Sie sind ein vorsichtiger Mensch. Das gefällt mir. Aber sie ist genau im richtigen Alter, das sieht man doch an der Kleidung. Niemand über einundzwanzig würde es wagen, einen so kurzen Rock zu tragen.»

«Ich glaube nicht ...»

Er lachte dröhnend. «Ich weiß, ich weiß, das war nicht besonders politisch korrekt. Aber wenn sich hier kein Bock als Lamm verkleidet hat, dann haben wir es mit einer Jugendlichen zu tun oder einer jungen Frau, die grausam geschlagen und in Jerome Monks Territorium vergraben worden ist. Sie kennen doch den Spruch: Wenn es wie Fisch aussieht und wie Fisch riecht ...»

Seine Art ging mir langsam auf die Nerven, andererseits sprach Wainwright nur aus, was ich selbst dachte. «Möglich.»

«Aha, also ein Treffer! Okay, ein *möglicher* Treffer, aber immerhin. Womit die Frage bleibt, mit welcher von Monks unglückseligen Konkubinen wir es zu tun haben, nicht wahr?

Mit einer von den Bennett-Zwillingen oder mit der kleinen Williams?»

«Das können wir wahrscheinlich über die Kleidung herausfinden.»

«Stimmt, aber das hier ist eher Ihr Terrain als meins. Und ich vermute, Sie haben bereits eine Ahnung.» Er kicherte. «Keine Angst, Sie sind nicht im Zeugenstand. Tun Sie mir den Gefallen.»

Man konnte sich ihm nur schwer widersetzen. «Zu diesem Zeitpunkt kann ich nur Vermutungen anstellen, aber ...»

«Aber?»

«Na ja, die Bennett-Schwestern waren beide ziemlich groß.» Das hatte ich bei meiner eiligen Recherche nach Simms' Anruf erfahren: Zoe und Lindsey hatten die geschmeidige Eleganz von Laufstegmodels. «Diese Leiche hier ist jedenfalls ziemlich klein. Da sie so zusammengekrümmt ist, ist es schwer, eine genaue Vorstellung von der Größe zu bekommen, aber man kann sich immer recht gut an der Länge der Oberschenkelknochen orientieren. Und davon ausgehend, glaube ich, dass diese Person höchstens eins sechzig oder eins fünfundsechzig groß gewesen sein kann.»

Auch wenn sie vollständig vom Gewebe befreit sind, was hier nicht der Fall war, konnte man von der Länge der Schenkelknochen nur ungefähr auf die Körpergröße schließen. Doch ich hatte einen recht guten Blick für solche Dinge entwickelt, und selbst bei diesen verrenkten und mit Erde überzogenen Überresten war ich mir ziemlich sicher, dass die Frau nicht groß genug gewesen war, um eine der Bennett-Schwestern zu sein.

Wainwrights Stirn hatte sich in Falten gelegt, während er

auf das obere Bein starrte. «Verdammt. Das hätte mir auch auffallen müssen …»

«Es ist nur eine Vermutung. Und Sie sagten ja selbst, es ist eher mein Bereich als Ihrer.»

Er warf mir einen Blick zu, aus dem jede Jovialität gewichen war. Dann zuckten seine Lider, und er brach in ein dröhnendes Lachen aus.

«Ja, Sie haben ganz recht. Gut, wahrscheinlich haben wir es mit Tina Williams zu tun.» Er klatschte in die Hände, ehe ich etwas sagen konnte. «Aber eins nach dem anderen. Graben wir sie ganz aus, oder?»

Als er sich wieder mit seiner Kelle an die Arbeit machte, hatte ich plötzlich irgendwie ein schlechtes Gewissen, als wäre das Spekulieren meine Idee gewesen.

Danach redeten wir nicht mehr viel, kamen dafür aber gut voran, nur unterbrochen von den Beamten der Spurensicherung, die begannen, den Torf aus dem Grab zu sieben. Abgesehen von ein paar weiteren Hasenknochen, kam dabei aber nichts Interessantes zum Vorschein.

Draußen vor dem Zelt war es bereits dunkel, als die Leiche bewegt werden konnte. Am Boden der torfigen Kuhle liegend, bot sie einen traurigen Anblick. Simms war zurückgekehrt, begleitet von dem Gerichtsmediziner, den er mir als Dr. Pirie vorstellte.

Pirie gab ein seltsames Bild ab. Da er höchstens eins fünfzig maß, war ihm sein blütenweißer Overall viel zu groß. Das Gesicht unter seiner Kapuze war so fein modelliert wie das eines Kindes, dabei aber faltig und runzlig, und die Augen hinter der goldenen Lesebrille sahen alt und wissend aus.

«Guten Abend, die Herren. Schon Fortschritte gemacht?», fragte er mit dünner, schriller Stimme, als er ans

Grab trat. Neben dem hünenhaften Wainwright wirkte er noch kleiner, wie ein Chihuahua neben einer Dogge. Dennoch strahlte er eine unverkennbare Autorität aus.

Nur widerwillig trat Wainwright zurück, um ihm Platz zu machen. «Fast fertig. Ich wollte gerade an die Spurensicherung übergeben.»

«Gut.» Pirie spitzte seinen kleinen Mund, als er sich vor die Kuhle hockte. «O ja, sehr schön ...»

Mir war nicht ganz klar, ob er sich auf die Ausgrabung oder auf die Überreste bezog. Gerichtsmediziner sind dafür bekannt, exzentrische Typen zu sein, und Pirie war offenbar keine Ausnahme.

«Das Opfer ist weiblich, der Kleidung nach zu urteilen wahrscheinlich eine Jugendliche oder eine junge Frau.» Wainwright hatte seine Gesichtsmaske heruntergezogen, als er sich vom Grab entfernt hatte. Sein Mund zuckte amüsiert. «Dr. Hunter meinte, sie könnte auch transsexuell gewesen sein, aber ich glaubte, das können wir ausschließen.»

Ich schaute ihn überrascht an. Simms schnaubte verächtlich.

«Allerdings.»

«Die Verletzungen können Sie ja selbst sehen», tönte Wainwright, der jetzt ganz in seinem Element war. «Wahrscheinlich verursacht durch eine Schlagwaffe oder irgendeinen ungeheuer schweren Gegenstand.»

«Um das zu sagen, ist es noch etwas zu früh, oder?», bemerkte Pirie.

«Ja, natürlich. Das wird bei der Autopsie festgestellt werden», korrigierte sich Wainwright schleimig. «Wenn ich beurteilen sollte, wie lange sie schon hier liegt, würde ich sagen, nicht länger als ein Jahr.»

«Sicher?», wollte Simms wissen.

Wainwright breitete die Arme aus. «Das ist in diesem Stadium nur eine Vermutung, doch angesichts der konservierenden Eigenschaften des Torfs und des Grades der Verwesung bin ich ziemlich sicher.»

Ich starrte ihn an und konnte nicht glauben, was ich da gehört hatte. Simms nickte zufrieden. «Dann könnte es also ein Opfer von Monk sein?»

«O ja, mit großer Wahrscheinlichkeit. Und wenn ich eine weitere Vermutung wagen dürfte, würde ich sogar sagen, dass wir es hier mit der kleinen Williams zu tun haben. Der Oberschenkelknochen ist viel zu kurz, um einem von den Bennett-Zwillingen zu gehören, aber wenn ich mich recht erinnere, war Williams, äh, eins sechzig, eins fünfundsechzig? Das würde ungefähr passen. Und die Verletzungen weisen unbedingt auf Monk hin, wenn man bedenkt, was er mit Angela Carter angestellt hat.»

Carson. Angela Carson, nicht Carter. Aber ich war zu wütend, um etwas zu sagen. Wainwright strich schamlos Anerkennung für das ein, was ich ihm erzählt hatte. Und ich konnte nichts entgegnen, ohne kleinlich zu wirken. Pirie schaute von seiner Position am Grab auf.

«Das reicht aber kaum für eine eindeutige Identifizierung.»

Wainwright zuckte abschätzig mit den Achseln. «Nennen Sie es eine fundierte Annahme. Jedenfalls sollten wir zuerst herausfinden, ob es tatsächlich die kleine Williams ist.»

Er schaute Simms mit hochgezogenen Augenbrauen an. Der wirkte angespornt, schlug sich mit der Hand auf den Schenkel. «Dem stimme ich zu. Dr. Pirie, wie schnell können Sie bestätigen, ob es Tina Williams ist?»

«Das hängt alles vom Zustand der Überreste ab, sobald sie gereinigt sind.» Der fragile Pathologe schaute hoch zu mir. «Es würde schneller gehen, wenn Dr. Hunter mit mir arbeitet? Ich denke, dass Skelettverletzungen eher sein Bereich sind als meiner?»

Bei seinem merkwürdigen Singsang klang beinahe jeder Satz wie eine Frage. Ich rang mich zu einem Nicken durch, obwohl ich immer noch verblüfft und wütend über die Show war, die Wainwright gerade abgezogen hatte.

«Sie bekommen jede Hilfe, die Sie benötigen.» Simms schien nicht mehr zuzuhören. «Je schneller wir Sicherheit haben, desto besser. Und wenn Monk eines seiner Opfer hier vergraben hat, besteht Grund zur Annahme, dass auch die anderen in der Nähe sind. Ausgezeichnete Arbeit, Leonard, vielen Dank. Grüßen Sie Jean von mir. Wenn Sie an diesem Wochenende noch nichts vorhaben, könnten Sie ja am Sonntag zum Mittagessen vorbeikommen, was meinen Sie?»

«Wir kommen sehr gern», sagte Wainwright.

Als wäre Simms plötzlich eingefallen, dass ich auch noch da war, wandte er sich im letzten Moment an mich. «Haben Sie dem noch etwas hinzuzufügen, Dr. Hunter?»

Ich schaute zu Wainwright. Er betrachtete mich höflich und neugierig, doch in seinem Blick lag eine gehässige Zufriedenheit. *Na schön, wie du willst …*

«Nein.»

«Dann lasse ich Sie jetzt allein», sagte Simms. «Wir fangen morgen in aller Frühe an.»

KAPITEL 3

In mir brodelte es noch, als ich später am Abend den Pub
erreichte, in dem ich untergebracht worden war. Er lag ein
paar Kilometer vom Black Tor entfernt in einem Ort namens
Oldwych, eine Fahrt von weniger als zwanzig Minuten, wie
man mir gesagt hatte. Doch entweder war die Wegbeschrei-
bung zu ungenau, oder ich hatte mich irgendwo verfahren,
denn erst nach einer Dreiviertelstunde sah ich die spärlichen
Lichter in der Dunkelheit vor mir.

Wurde auch Zeit. Es war ein langer Tag gewesen, und in
der absoluten Finsternis durchs Moor zu fahren, hatte meine Laune nicht gerade verbessert. Mich wurmte noch, wie
ich mich von Wainwright hatte ausbooten lassen. Bei seinem Ruf hätte ich eigentlich darauf gefasst sein müssen. Ein
dunstiger Nieselregen sprenkelte die Windschutzscheibe
und brach das grelle Licht der Scheinwerfer, als ich auf den
Parkplatz des Pubs bog. Über der Tür hing ein abgeblätter-
tes Schild, die Worte *The Trencherman's Arms* waren kaum
noch zu lesen.

Von außen sah der Pub nach nichts Besonderem aus,
ein langes, niedriges Gebäude mit schmuddeligen, weißge-
tünchten Mauern und einem durchhängenden Strohdach.
Der erste Eindruck bestätigte sich, als ich durch die abge-

schabte und quietschende Tür trat. Zu dem Gestank nach schalem Bier passten die abgenutzten Teppiche und die Pferdegeschirre an den Wänden. Die Gaststube war leer, der Kamin kalt. Aber ich hatte schon an schlimmeren Orten übernachtet.

Dachte ich da jedenfalls noch.

Der Wirt war ein griesgrämiger Mann um die fünfzig und, abgesehen von seinem erstaunlichen Bierbauch, der so hart wie eine Bowlingkugel aussah, furchtbar dürr. «Wenn Sie was essen wollen, die Küche macht in zwanzig Minuten dicht», sagte er pampig und schob einen kaputten Schlüsselring über die abgewetzte Theke.

Das Zimmer war in etwa so, wie ich erwartet hatte: nicht besonders sauber, aber auch nicht so verdreckt, dass man sich beschweren konnte. Das Bett quietschte, als ich meine Tasche abstellte, und die Matratze gab schon unter diesem geringen Gewicht nach. Ich hätte mich gerne geduscht, doch im Gemeinschaftsbad gab es nur eine Wanne mit Rostflecken, außerdem war ich hungrig.

Aber Essen und Frischmachen mussten warten. Mein Handy hatte Empfang – immerhin etwas. Ich schob den harten Stuhl vor den kleinen Heizlüfter und rief zu Hause an.

Ich versuchte immer zur gleichen Zeit anzurufen, damit Alice einen möglichst gleichmäßigen Tagesrhythmus hatte. Kara arbeitete drei Tage in der Woche im Krankenhaus, ihre Arbeitszeiten ermöglichten es ihr jedoch, unsere Tochter von der Schule abzuholen, wenn ich unterwegs war. Sie war Radiologin, weshalb wir lange Diskussionen gehabt hatten, als sie schwanger wurde. Eigentlich hatten wir erst in ein paar Jahren Kinder haben wollen, weil ich hoffte, dann genug

Aufträge von der Polizei zu bekommen und neben meinem Universitätsgehalt so viel zu verdienen, dass Kara zu Hause bleiben und sich um das Baby kümmern konnte.

Wie so häufig war alles anders gekommen als geplant. Aber wir beide bereuten es nicht. Obwohl Kara eigentlich nicht mehr arbeiten musste, hatte ich keine Einwände gehabt, dass sie wieder als Teilzeitkraft anfing, sobald Alice in die Schule kam. Sie mochte ihren Beruf, und ihr Gehalt konnten wir auch brauchen. Und so sehr, wie mich mein Job in Anspruch nahm, hätte ich ihr den Wunsch, wieder zu arbeiten, kaum abschlagen können.

«Das passt ja», sagte Kara, als sie abnahm. «Hier ist eine junge Dame, die gehofft hat, dass du anrufst, bevor sie ins Bett geht.»

Ich lächelte, als sie den Hörer weiterreichte.

«Papa, ich habe dir ein Bild gemalt!»

«Das ist ja toll! Ist es wieder ein Pferd?»

«Nein, ich habe unser Haus gemalt, nur dass es gelbe Vorhänge hat, weil ich die schöner finde. Mami hat gesagt, ihr gefallen sie auch besser ...»

Ich spürte, wie mein Ärger und meine Frustration ein wenig verebbten, als ich den aufgeregten Erzählungen meiner Tochter lauschte. Schließlich schickte Kara sie zum Zähneputzen und kam wieder selbst ans Telefon. Ich hörte, wie sie sich in einen Sessel setzte.

«Und, wie war es?», fragte sie.

Wainwrights Verhalten schien plötzlich nicht mehr so wichtig zu sein. «Ach ... hätte schlimmer sein können. Terry Connors ist der stellvertretende Ermittlungsleiter, es ist also wenigstens ein Bekannter hier.»

«Terry? Na, dann richte ihm mal liebe Grüße an Deborah

aus.» Sie klang nicht besonders erfreut. «Weißt du schon, wie lange du bleiben musst?»

«Bestimmt noch ein paar Tage. Morgen bin ich in der Gerichtsmedizin, aber die Polizei wird nach weiteren Gräbern suchen, es kommt also darauf an, was sie finden.»

Wir unterhielten uns noch eine Weile, bis es für Kara an der Zeit war, Alice ins Bett zu bringen. *Ich wäre jetzt gerne zu Hause, um ihr eine Geschichte vorzulesen,* dachte ich, als ich mich wusch und umzog, bevor ich hinunter in die Gaststube ging. Ich hatte die Warnung des Wirts vergessen, und die zwanzig Minuten waren fast um. Er schaute vielsagend auf seine Uhr und presste missbilligend die Lippen zusammen, als ich bestellte.

«Zwei Minuten später, und Sie hätten nichts mehr gekriegt», blaffte er.

«Na, dann bin ich ja gerade noch rechtzeitig gekommen.»

Schmallippig verschwand er mit meiner Bestellung. Mittlerweile war das Lokal recht gut gefüllt, die meisten Gäste waren bestimmt Polizeibeamte oder in irgendeiner Weise mit der Ermittlung verbunden, vermutete ich. Ich ging mit meinem Getränk zu dem einzigen freien Tisch. Am Nachbartisch saß eine einzelne Frau, die abwesend in ihrem Essen herumstocherte, während sie in dem aufgeschlagenen Hefter neben ihrem Teller las. Sie schaute nicht auf, als ich mich hinsetzte.

Der Wirt kam mit dem Besteck. «Hier können Sie nicht sitzen, der Tisch ist reserviert.»

«Hier steht aber kein Reservierungsschild.»

«Muss auch nicht», entgegnete er triumphierend. «Sie müssen sich woanders hinsetzen.»

Was sollte man dazu sagen? Ich schaute mich nach einem anderen Platz um, doch nur am Tisch der jungen Frau war etwas frei.

«Hätten Sie etwas dagegen …?», begann ich, aber der Wirt kam mir zuvor, indem er mein Besteck auf ihren Tisch knallte.

«Sie müssen den Tisch teilen», verkündete er, bevor er davonstakste. Die junge Frau schaute erst ihn und dann mich überrascht an.

Ich lächelte verlegen. «Toller Service. Ein reizendes Lokal.»

«Warten Sie ab, bis Sie das Essen probiert haben.» Mit einem verärgerten Blick schlug sie ihren Hefter zu.

«Ich kann mir auch einen anderen Platz suchen, wenn ich Sie störe», bot ich an.

Für einen Moment schien sie tatsächlich zu überlegen. Doch dann deutete sie auf den freien Stuhl.

«Nein, schon in Ordnung. Ich bin sowieso fertig.» Sie legte ihre Gabel auf den Teller und schob ihn zur Seite.

Sie war auf eine zurückhaltende Art attraktiv. Sie trug Jeans und einen weiten Pullover, ihr dichtes, kastanienbraunes Haar war mit einem einfachen Band zurückgebunden. Sie kam mir wie eine Frau vor, die nicht viel Aufhebens um ihr Äußeres macht und das auch nicht nötig hat. Kara war genauso. Ganz gleich, was sie anzog, sie sah immer gut aus.

Ich warf einen Blick auf den Hefter, in dem sie gelesen hatte. Obwohl er verkehrt herum lag, wusste ich gleich, dass es ein Polizeibericht war. «Sind Sie wegen der Ermittlung hier?», fragte ich.

Sie nahm den Hefter und steckte ihn in ihre Tasche. «Sind Sie Reporter?» Ihre Stimme klang frostig.

«Ich? Um Gottes willen, nein», erwiderte ich überrascht. «Entschuldigen Sie, mein Name ist David Hunter, ich bin forensischer Anthropologe und gehöre zum Team von Simms.»

Sie entspannte sich und lächelte mich schuldbewusst an. «Sie müssen entschuldigen. Ich werde immer ein bisschen paranoid, wenn mich jemand über meine Arbeit ausfragt. Ja, ich gehöre auch zur Ermittlung.» Sie streckte ihre Hand aus. «Sophie Keller.»

Ihr Griff war fest, ihre Hand kräftig und trocken. Sie war es offenbar gewohnt, sich in der traditionell männlichen Welt der Polizei zu behaupten.

«Und was machen Sie, Sophie? Oder ist das auch zu neugierig?»

Sie lächelte. Ein schönes Lächeln. «Ich bin psychologische Ermittlungsberaterin.»

«Aha.»

Nach einer kurzen Pause lachte sie. «Schon gut, ich weiß auch nicht genau, was ein forensischer Anthropologe ist.»

«Sind Sie so eine Art Profilerin?», fragte ich möglichst diplomatisch. Es war ein Bereich, in den ich nicht viel Vertrauen hatte.

«Mein Beruf hat Aspekte davon, ist aber etwas breiter angelegt. Ich analysiere die Wesensmerkmale und Motivationen eines Täters, daneben begutachte ich aber auch Tatorte, suche nach Strategien, um Verdächtige zu verhören, und solche Dinge.»

«Und warum habe ich Sie dann heute nicht an der Grabstelle gesehen?»

«Gute Frage. Ich habe erst heute Nachmittag davon erfahren, ich muss mich also auf Fotografien verlassen. Das ist nicht ideal, aber deshalb wurde ich eigentlich auch nicht beauftragt.»

«Nein?»

Sie zögerte. «Na ja, ich schätze, es ist kein Geheimnis. Man hat mich hergebeten, weil es sein könnte, dass es noch andere Gräber in der Nähe gibt, wenn in dem ersten ein Opfer von Monk liegt. Ich soll dabei helfen, andere mögliche Grabstellen zu finden. Solche Verstecke zu finden, ist quasi eine Spezialität von mir.»

«Und wie gehen Sie dabei vor?», fragte ich neugierig.

In den letzten Jahren hatte es eine Reihe von technischen Neuerungen gegeben, um vergrabene Leichen zu lokalisieren, zum Beispiel Luftfotografien, geophysikalische Mittel oder Wärmebilder. Trotzdem war die Lokalisierung von Gräbern noch immer schwierig, besonders an solchen Orten wie dem Dartmoor. Wie eine Psychologin dabei helfen konnte, war mir schleierhaft.

«Ach, da gibt es viele Möglichkeiten», sagte sie ausweichend. «Aber jetzt wissen Sie, was eine psychologische Ermittlungsberaterin tut. Sie sind dran.»

Ich gab ihr eine kurze Zusammenfassung meines Arbeitsbereiches, bis der Wirt mit meinem Essen kam. Er knallte den Teller so fest auf den Tisch vor mir, dass die Soße auf das Holz tropfte. Jedenfalls hoffte ich, dass es Soße war, denn die schmierige braune Flüssigkeit hätte alles sein können.

Sophie und ich betrachteten das Durcheinander aus verkochtem Gemüse und grauem Fleisch. «Sie haben sich also gegen geräucherten Lachs und Gänseleber entschieden», sagte sie nach einem Moment.

«Es sind diese kleinen Köstlichkeiten, die ich an der Arbeit schätze», entgegnete ich und versuchte, eine auseinandergefallene Karotte mit der Gabel aufzuspießen. «Und wo kommen Sie her?»

«Aus Bristol, aber ich wohne in London. Als Kind bin ich oft in den Ferien hier gewesen, ich kenne Dartmoor also ganz gut. Ich liebe diese Weite. Am liebsten würde ich herziehen, aber bei meiner Arbeit ... Na ja, Sie kennen das sicher. Vielleicht irgendwann mal, wenn ich keine Lust mehr auf meinen Job habe.»

«Mit einem Urteil über Dartmoor halte ich mich lieber zurück, doch Bristol kenne ich ein wenig. Das Umland ist sehr schön. Meine Frau stammt aus Bath.»

«Aha.»

Wir lächelten uns an, wissend, dass nun die Grenzen abgesteckt waren. Nachdem klar war, dass ich verheiratet war, müssten wir nicht mehr befürchten, vielleicht die falschen Signale auszusenden.

Sophie war eine gute Gesprächspartnerin, sie war intelligent und witzig. Sie erzählte mir von ihrem Zuhause und ihren Plänen für die Zukunft, ich erzählte ihr von Kara und Alice. Wir sprachen von unserer Arbeit, vermieden es jedoch, über den Fall zu reden, der uns hergeführt hatte. Es war eine laufende Ermittlung, und wir wollten beide gegenüber einer im Grunde fremden Person nicht zu viel preisgeben.

Doch als ich sah, dass Terry und Roper quer durch die Gaststube auf uns zukamen, wusste ich, dass wir das Thema nun nicht mehr umgehen konnten. Terry wirkte verblüfft, uns beide an einem Tisch sitzen zu sehen. Aber als er vor uns stand, hatte er sich wieder unter Kontrolle.

«Ich wusste nicht, dass ihr beide euch kennt», sagte er. Roper stand direkt hinter ihm, sein Rasierwasser war in Innenräumen noch penetranter.

Sophie reagierte mit einem Lächeln auf Terry, das mir irgendwie angespannt vorkam. «Wir haben uns gerade kennengelernt. David hat mir erzählt, was er macht. Wirklich faszinierend.»

«Allerdings», sagte Terry tonlos.

«Wollt ihr euch zu uns setzen?», fragte ich. Die plötzliche Unruhe behagte mir nicht.

«Nein, wir wollen nicht stören. Ich wollte dir nur kurz die Neuigkeiten berichten.» Er wandte sich mit einem Blick über die Schulter an Roper. «Hol mal das Bier, Bob.»

Roper hob kurz eine Augenbraue, ließ sich aber sonst keine Verärgerung darüber anmerken, herumkommandiert zu werden. Ein Hauch Rasierwasser blieb zurück, als er an die Theke ging.

«Neuigkeiten?», fragte ich.

Terry wandte sich an mich, als wäre Sophie nicht da. «Erinnerst du dich, dass ich dir heute Morgen gesagt habe, ich müsste etwas erledigen? Ich war im Gefängnis von Dartmoor bei Jerome Monk.»

Deshalb hatte Terry also so geheimnisvoll getan. Doch ehe ich etwas fragen konnte, mischte sich Sophie ein. «Hast du ihn etwa *vernommen*? Warum hat mir keiner was gesagt?»

«Klär das mit Simms», entgegnete er schroff.

Sophie war wütend. «Ich kann nicht glauben, dass du ihn verhört hast, ohne vorher mit mir zu sprechen! Warum engagiert ihr mich eigentlich, wenn ihr meinen Rat nicht wollt? Das ist doch bescheuert.»

Ich versuchte ungerührt zu wirken. Takt war offensichtlich nicht gerade ihre Stärke. Terrys Miene verfinsterte sich. «Der Ermittlungsleiter wird bestimmt gerne hören, wie bescheuert er war.»

«Du sagtest, du hast Neuigkeiten?», schaltete ich mich ein, um die Wogen zu glätten.

Terry warf Sophie einen letzten verärgerten Blick zu, ehe er sich an mich wandte. «Monk behauptet, er kann sich nicht erinnern, wo er wen vergraben hat, aber er hat sich zur Zusammenarbeit bereit erklärt.»

«Inwiefern?»

Terry zögerte, als könnte er es selbst nicht ganz glauben.

«Er will uns zu den anderen Gräbern führen.»

KAPITEL 4

Der Gefängnistransporter, vorn und hinten von Polizeiwagen und Motorrädern mit Blaulicht flankiert, holperte über die schmale Straße. Der Konvoi passierte die überwucherten Ruinen einer Wassermühle, ein Relikt der alten
Zinnminen, von denen mir Wainwright erzählt hatte, und
hielt neben einem Hubschrauber an, der mit träge rotieren-
den Blättern auf einem freien Stück Moorland stand. Die Türen der Polizeiwagen gingen auf, bewaffnete Beamte spran-
gen heraus, ihre kurzläufigen Gewehre schimmerten matt im
Nieselregen des frühen Morgens. Dann öffneten sich auch
die Vordertüren des Gefängnistransporters. Zwei Wachleute stiegen aus und gingen zum Heck. Eine Reihe von Polizisten verdeckte, was sie taten, doch einen Moment später
schwenkten die hinteren Türen auf.

Ein Mann kam herausgeklettert. Schnell bildeten Polizisten und Wachleute ein dichtes Spalier um ihn, doch der große, rasierte Schädel hob sich wie ein weißer Fußball in ihrer
Mitte ab. Er wurde über das Moor zu dem wartenden Hubschrauber geführt, wo ihm die zwei Wachleute zum Schutz
vor den schwirrenden Rotorblättern den Kopf nach unten drückten. Er hievte sich unbeholfen hoch zum Einstieg,
rutschte aber ab und fiel auf die Knie. Aus dem Inneren des

Hubschraubers kamen Hände zum Vorschein, die ihn am Arm packten, um ihn hochzuziehen. Für einen Augenblick war er vollständig zu sehen, eine unförmige Gestalt in Häftlingskleidung.

Dann war er drinnen verschwunden. Nachdem ihm einer der Wachleute in die Kabine gefolgt war, wurde die Tür zugeschlagen. Die Rotoren nahmen Geschwindigkeit auf, während der andere Wachmann zurück zum Gefängnistransporter ging. Er hielt seine Mütze fest, damit sie nicht vom Auftrieb weggewirbelt wurde, der das Gras niederdrückte. Der Hubschrauber erhob sich, neigte sich leicht, drehte dann ab und flog hinaus über das Moor, bis er nur noch ein schwarzer Fleck am grauen Himmel war.

Als der Lärm der Rotoren leiser wurde, senkte Terry das Fernglas. «Und, was denkst du?»

Ich zuckte mit den Achseln, die Hände tief in den Taschen meines Mantels vergraben. In dem feinen Nieselregen konnte ich meinen Atem sehen. «Ganz okay, abgesehen von dem Moment, als er ausgerutscht ist. Wo habt ihr den her?»

«Das Double? Das ist irgendein Knallkopf von Constable aus dem Präsidium. Aus der Nähe sieht er Monk kein bisschen ähnlich, aber einen Besseren haben wir nicht gefunden.» Terry kaute an seiner Lippe. «Die Gewehre waren meine Idee.»

«Ich habe mich schon gewundert.»

Er warf mir einen Blick zu. «Was soll das heißen?»

«Ich weiß nicht, aber mir kommt das Ganze ziemlich übertrieben vor.»

«Das ist der Preis der Pressefreiheit. Auf diese Weise können sie ein paar schöne Fotos schießen, und wir können unsere Arbeit erledigen, ohne dass uns die Arschlöcher im Weg rumstehen.»

Ich konnte seine schlechte Laune verstehen. Selbst wenn man es hätte geheim halten wollen, wäre mit Sicherheit irgendwie durchgesickert, dass Monk an der Suche beteiligt war. Und da es unmöglich gewesen wäre, die Presse von dem weiten Moorland fernzuhalten, hatte man sie mit einem Köder abgelenkt, um sich in Ruhe an die eigentliche Arbeit machen zu können. Hier draußen ein Grab zu finden, war schon ohne dass überall Journalisten herumliefen, schwer genug.

«Sieht aus, als hätten sie angebissen», sagte Terry, der wieder durch das Fernglas starrte.

Ungefähr einen Kilometer entfernt raste eine Reihe Autos und Transporter über eine andere Straße in die Richtung, die der Hubschrauber genommen hatte. Terry brummte zufrieden.

«Die wären wir los.» Er schaute auf seine Uhr. «Na gut. Das Original müsste gleich hier sein.»

Es hatte zwei Tage gedauert, bis der notwendige Papierkram und alle Vorbereitungen für Monks zeitweilige Entlassung fertig waren. Ich hatte die meiste Zeit im gerichtsmedizinischen Institut verbracht. Nachdem die Leiche von der dicken Torfschicht gereinigt worden war, wurde das Ausmaß der schrecklichen Verletzungen der jungen Frau erst ganz sichtbar. Es schien keinen Teil des Skelettes zu geben, der nicht beschädigt war. An manchen Stellen hielten nur noch die zerfallenden Sehnen und das verwesende Gewebe die Knochen zusammen. Die Verletzungen sahen aus, als wären sie durch einen Autounfall verursacht und nicht von einem Menschen zugefügt worden.

«Bei der Autopsie konnte keine eindeutige Todesursache ermittelt werden», berichtete mir Pirie völlig gelassen. «Es gibt eine Reihe von Verletzungen, die tödlich gewesen sein könnten. Viele innere Organe und eine Menge Gewebe wurden zerfetzt, das Zungenbein ist gebrochen, außerdem weisen mehrere Halswirbel Frakturen auf, die mit ziemlicher Sicherheit zum Tode geführt hätten. Das Gleiche trifft auf die Verletzungen des Thorax zu, die zersplitterten Rippen haben das Herz und die Lunge durchstoßen. Im Grunde sind die Verletzungen, die diese junge Dame erlitten hat, so schwerwiegend, dass schon allein der Schock sie umgebracht haben könnte.»

Junge Dame klang seltsam altmodisch. Aus irgendeinem Grund wurde mir der alte Gerichtsmediziner dadurch sympathischer. «Aber …?», ich zögerte.

Ich wurde mit einem dünnen Lächeln belohnt. «Wie ich bereits gestern sagte: Skeletttraumata sind eher Ihr Bereich als meiner, Dr. Hunter. Ich kann Strangulation nicht ausschließen, doch die Schläge auf ihren Kopf waren so heftig, dass die Halswirbel und das Zungenbein wahrscheinlich sowieso gebrochen wären. Der Täter muss wie wild um sich geschlagen haben.»

«Wie schätzen Sie diese Verletzungen im Vergleich zu denen von Angela Carson ein?»

Mir war erst am Morgen eine Kopie des Autopsieberichtes gegeben worden. Zwar hatte ich noch keine Zeit gehabt, ihn vollständig zu lesen, aber die Ähnlichkeiten ihrer Verletzungen erschienen deutlich.

«Das Gewebe war leider zu beschädigt, um irgendwelche Anzeichen auf ein Sexualverbrechen festzustellen. Ich hatte gehofft, dass es durch den Torf gut konserviert worden wäre, aber die Schwere der Verletzungen und das flache Grab haben gegen uns gearbeitet. Schade.» Er schniefte bedauernd. «Außerdem hat Angela Carson hauptsächlich Gesichts- und Kopfverletzungen erlitten, allerdings keine so schwerwiegenden wie in diesem Fall. Doch soweit ich weiß, ist Monk bei Carson von der Polizei gestört worden, was vielleicht erklärt, warum die Verletzungen in diesem Fall wesentlich … ausgeprägter sind.»

Das waren sie tatsächlich. Auf dem matten, silbernen Untersuchungstisch wirkte die Leiche kaum mehr menschlich. Die Vorderseite des Schädels war eingeschlagen wie ein fallengelassenes Ei, die verbliebene Haut und das Gewebe des Gesichts waren in die Knochensplitter der Wangen und der Nasenhöhle gedrückt worden.

«Ich glaube, für Psychologen ist eine solche Entstellung des Gesichts ein Ausdruck von Schuldgefühl. Der Mörder will den anklagenden Blick des Opfers ausradieren. So lautet doch die gängige Erklärung, oder?»

«Ja, so ungefähr», stimmte ich zu. «Aber ich kann mir nicht vorstellen, dass Monk ein Typ ist, der Reue zeigt.»

«Eher nicht. Dann hat er entweder ein wahrlich furchteinflößendes Naturell, oder er verunstaltet seine Opfer aus Vergnügen.» Er schaute mich über den Rand seiner Lesebrille hinweg an. «Ich bin mir nicht sicher, was ich beunruhigender finde.»

Mir ging es genauso. Schon ein Bruchteil der angewendeten Gewalt wäre tödlich gewesen. Der Täter hatte sie nicht einfach erschlagen, er hatte sie regelrecht zerstampft. Es war buchstäblich ein Overkill.

Ich hatte erwartet, dass der Gerichtsmediziner mich mit einem Assistenten allein lassen würde, doch er blieb, um mir bei der unangenehmen Säuberung der Überreste zu helfen. Zuerst trennte er das Gewebe ab, dann half er mir, das Skelett auseinanderzunehmen, damit es in Lösungsmittel eingelegt werden konnte – ein notwendiger Teil meiner Arbeit, aber keiner, der mir Spaß machte. Besonders dann nicht, wenn das Opfer noch ein Mädchen war. Schließlich hatte ich selbst eine Tochter.

Doch Pirie schien keine Skrupel zu haben. «Ich lerne immer gerne dazu», sagte er, während er sorgfältig eine Sehne von einem Knochen löste. «Aber damit gehöre ich heutzutage wahrscheinlich zu einer Minderheit.»

Es dauerte einen Augenblick, bis mir klarwurde, dass er einen Scherz gemacht hatte.

Am Ende konnte relativ problemlos bestätigt werden, dass es die Leiche von Tina Williams war. Die im Grab gefundenen Kleidungs- und Schmuckstücke stimmten mit denen überein, die die attraktive Neunzehnjährige getragen hatte, als sie aus Okehampton verschwunden war, einer Marktstadt am nördlichen Rand des Dartmoors. Obwohl die Kieferknochen zersplittert und die Vorderzähne herausgebrochen waren, gab es noch genug Zähne, sodass ihre Identität durch zahnärztliche Unterlagen zweifelsfrei bewiesen werden konnte. Die Attacke war maßlos, aber keineswegs methodisch gewesen. Entweder hatte Monk nicht gewusst, dass sein Opfer über die Zähne identifiziert werden konnte, oder es war ihm egal gewesen.

Aber vielleicht hatte er auch nicht damit gerechnet, dass die Leiche jemals gefunden würde.

Zu den Erkenntnissen, die wir bereits hatten, konnte ich nur noch wenig hinzufügen. Tina Williams hatte fürchterliche Verletzungen durch stumpfe Gewalteinwirkung erlitten.

Die meisten Rippen und das Schlüsselbein wiesen einfache Brüche auf, verursacht durch schnelle, von oben nach unten ausgeführte Schläge, ebenso die Mittelhand- und Fingerknochen beider Hände. Obwohl ihr Gesicht Le-Fort-Frakturen hatte, die entstehen, wenn die Kraft des Aufschlags entlang bestimmter Stützzonen des Schädels weitergeleitet wird, war die Rückseite ihres Kopfes unversehrt, was darauf hindeutete, dass sie mit dem Hinterkopf auf weichem Boden gelegen hatte, als ihr die Verletzungen zugefügt worden waren.

Dennoch hatte sie anscheinend nicht versucht, sich zu verteidigen. Wenn ein Arm gehoben wird, um einen Schlag abzuwehren, trifft die Hauptwucht der Gewalt die Elle, was einen typischen keilförmigen Bruch verursacht, den man Abwehrfraktur nennt. In diesem Fall hatten die Ellen und Speichen beider Unterarme sowohl einfache Frakturen als auch wesentlich komplexere Splitterbrüche. Diese Tatsache ließ auf zwei mögliche Szenarien schließen: Entweder war Tina Williams während der Schläge bereits tot oder bewusstlos gewesen, oder aber sie hatte sie gefesselt und wehrlos erdulden müssen.

Um ihretwillen hoffte ich, dass das erste Szenario zutraf.

Was die Verletzungen im Einzelnen verursacht hatte, war schwer zu sagen, aber ich hatte eine Vermutung. Mit seiner fast übernatürlichen Kraft hätte Monk die meisten vielleicht mit bloßen Händen angerichtet haben können, doch der vordere Knochen von Tina Williams' Schädel wies eine charakteristische, nach innen gewölbte Fraktur auf. Sie war zu groß, um von einem Hammer verursacht worden zu sein, der wahrscheinlich sowieso direkt durchgeschlagen wäre. Für mich sah es eher so aus, als wäre ein Schuh oder ein Stiefelabsatz benutzt worden.

Sie war praktisch totgetrampelt worden.

Ich hatte schon eine ganze Reihe von gewaltsamen Todesfällen untersucht, aber die Bilder, die durch diese Erkenntnis heraufbeschworen wurden, waren außerordentlich verstörend. Und nun sollte ich dem Mann gegenübertreten, der dafür verantwortlich war.

Der Hubschrauber war nicht mehr zu hören, als Terry und ich zurück zu der kleinen Ansammlung von Polizeiwagen, Transportern und Trailern gingen, wo es nun wieder lebendig wurde. Da der ständige Verkehr das Gelände in einen tiefen Morast verwandelt hatte, waren Bretter als Gehwege verlegt worden, doch durch die Ritzen quoll schwarzer Matsch, auf dem man leicht ausrutschen konnte.

Eigentlich hatte ich gehofft, nur ein paar Tage weg zu sein, aber das überraschende Angebot des Verurteilten, uns zu zeigen, wo Zoe und Lindsey Bennett vergraben waren, hatte meine Pläne völlig durcheinandergebracht. Für die eventuellen Ausgrabungen war zwar weiterhin Wainwright verantwortlich, doch Terry hatte mir gesagt, dass Simms mich dabeihaben wollte, wenn – oder besser gesagt, falls – weitere Leichen gefunden werden sollten.

«Bist du nervös? Monk zu treffen, meine ich?», hatte Kara mich am Abend zuvor gefragt.

«Nein, natürlich nicht.» Ich musste zugeben, dass ich vor allem neugierig war. «Jemanden wie ihn trifft man schließlich nicht jeden Tag.»

«Hauptsache, du kommst ihm nicht zu nahe.»

«Keine Angst. Wir sollen alle Abstand halten. Außerdem kann ich mich ja hinter den Polizisten verstecken.»

«Hoffentlich.» Kara lachte nicht. «Wie geht's Terry?»

«Gut, glaube ich. Wieso?»

«Ich habe gestern Abend Deborah angerufen. Ich habe ja seit einer Ewigkeit nicht mit ihr gesprochen, deshalb dachte ich, ich erkundige mich mal, wie es ihr geht. Sie klang komisch.»

«Inwiefern?»

«Keine Ahnung. Irgendwie abgelenkt. Bedrückt. Sie wollte nicht reden. Ich habe mich gefragt, ob zwischen den beiden wohl alles in Ordnung ist.»

Selbst wenn sie Probleme gehabt hätten, hätte Terry es mir nicht erzählt. So nahe waren wir uns nie gewesen. «Ich hatte kaum Gelegenheit, mit ihm zu sprechen. Er steht allerdings ziemlich unter Druck. Vielleicht ist es nur das.»

«Vielleicht», hatte Kara erwidert.

Unabhängig davon, was in Terrys Privatleben los war, konnte man ihm allmählich den Stress dieser Ermittlung ansehen. Er wirkte gleichzeitig überdreht und erschöpft, was auf zu wenig Schlaf und zu viel Koffein hindeutete. Eigentlich kein Wunder, denn soweit ich das bisher beurteilen konnte, delegierte Simms alles an seinen Stellvertreter. Abgesehen von den Pressekonferenzen, die er unbedingt selbst durchführen wollte. Den Ruhm für die Identifizierung von Tina Williams hatte er eingeheimst, und scheinbar jedes Mal, wenn ich den Fernseher einschaltete, sah ich seine wächserne Miene vor den Blitzlichtern und Mikrophonen. Ein Zitat von ihm wurde ständig wiederholt:

«*Der Mann, der für die Morde an Angela Carson, Tina Williams sowie Zoe und Lindsey Bennett verantwortlich ist, sitzt zwar hinter Gittern, aber diese Ermittlung ist noch nicht abgeschlossen. Ich werde nicht ruhen, ehe nicht alle Opfer von Jerome Monk gefunden und an ihre Familien übergeben worden sind.*»

Ungefähr das Gleiche hatte Simms am ersten Tag im Zelt der Spurensicherung gesagt. Ich fragte mich, ob er schon damals zitierfähige und fernsehtaugliche Texte ausprobiert hatte. Und während sein Vorgesetzter die Kameras umgarnte und zum Aushängeschild der Ermittlung wurde, musste Terry den Großteil der Operation allein organisieren. In seiner Zeit bei der Londoner Polizei war er zwar schon an einigen heiklen Ermittlungen beteiligt gewesen, aber eine solche Aufgabe war neu für ihn.

Ich hoffte, dass er ihr gewachsen war.

Als wir über die Bretter staksten, schaute er erneut nervös auf seine Uhr. «Alles in Ordnung?», fragte ich.

«Und wie! Gleich soll auf mein Kommando der gefährlichste Mann des Landes freigelassen werden, und ich habe immer noch keine Ahnung, warum der Scheißkerl plötzlich mit uns zusammenarbeiten will. Ja, alles ist total in Ordnung.»

Ich musterte ihn überrascht. Er starrte finster zurück und fuhr sich dann mit einer Hand übers Gesicht. «Entschuldige. Ich gehe im Kopf immer wieder alles durch und hoffe nur, dass wir nichts übersehen haben.»

«Du glaubst nicht daran, dass er uns wirklich zeigen will, wo die Gräber sind, oder?»

«Keine Ahnung. Mir wäre jedenfalls wohler, wenn ... Ach, scheiß drauf. Bald wissen wir mehr.» Er schaute nach vorn und versteifte sich plötzlich. «Na, super.»

Aus dem Trailer, der als mobile Kantine fungierte, war Sophie Keller mit einem dampfenden Pappbecher gekommen. In dem weiten Overall sah die Psychologin wie ein junges Mädchen aus, das die Arbeitsklamotten ihres Vaters angezogen hatte. Ihr dichtes Haar war mit einem einfachen Band zurückgebunden und schimmerte von den Tropfen des feinen Nieselregens. An ihrer Seite war ein stämmiger, sympathisch aussehender Mann mittleren Alters, den ich nicht kannte. Die beiden redeten miteinander, doch als Sophie Terry sah, wurde ihre Miene kühl.

Die beiden hatten kein großes Geheimnis aus ihrer gegenseitigen Abneigung gemacht. Entweder mussten sie bei einer früheren Ermittlung aneinandergeraten sein, oder die Chemie zwischen ihnen stimmte einfach nicht, jedenfalls waren sie wie Hund und Katze. Terrys Gesicht wurde zur undurchdringlichen Maske, als wir zu ihnen hinübergingen.

Sophie ignorierte ihn, während sie mich freundlich anlächelte und mir eine Hand auf den Arm legte. «Hi, David. Haben Sie Jim Lucas schon kennengelernt?»

«Jim ist Fahndungsberater der Polizei und hilft uns bei der Suche», fuhr Terry ihr in die Parade. «Er versucht, ein bisschen Ordnung in dieses Chaos zu bringen.»

Wenn der Handschlag des Fahndungsberaters auch nur ein wenig fester gewesen wäre, hätte er mir die Knochen gebrochen. Sein dichtes graues Haar sah aus wie eine Drahtbürste. «Freut mich, Sie kennenzulernen, Dr. Hunter. Bereit für den großen Tag?»

«Das sage ich Ihnen hinterher.»

«Kluger Mann. Aber es passiert ja nicht jeden Tag, dass jemand wie Jerome Monk beschließt, auf der Seite der Guten zu arbeiten, oder?»

«Wenn er das wirklich vorhat», sagte Sophie mit einem Blick zu Terry. «Ich wüsste mehr, wenn ich zu ihm gedurft hätte.»

Geht das schon wieder los, dachte ich, als Terrys Unterkiefer anfing zu mahlen. «Das haben wir doch alles schon durch. Du kannst das Team begleiten, das Monk eskortiert, aber es wird keinen direkten Kontakt geben. Wenn dir das nicht passt, dann klär das mit Simms.»

«Er ruft mich nie zurück.»

«Weshalb wohl.»

«Aber das ist doch lächerlich! Ich könnte Monks Absichten einschätzen, ich könnte beurteilen, ob sein Sinneswandel echt ist, aber stattdessen ...»

«Die Entscheidung ist gefallen, Monk redet mit niemandem, und im Moment ist unsere Priorität, dass er uns die anderen Gräber zeigt.»

«Du meinst Simms' Priorität!»

«Ich meine, die Priorität der Ermittlung, und ich dachte eigentlich, du wärst ein Teil davon. Wenn du nicht mehr willst, dann sag Bescheid!»

Die Sehnen in Terrys Hals waren hervorgetreten, während die beiden sich anstarrten. Lucas sah genauso betreten aus, wie ich mich fühlte. Zum Glück kam in dem Moment Roper. Der Constable schaute erst Terry und dann Sophie an. Ihm war nichts entgangen.

«Was?», blaffte Terry.

«Der Transport hat sich gerade gemeldet. Sie sind in zehn Minuten hier.»

Terrys Wut ließ etwas nach. Er straffte die Schultern. «Okay.»

«Einen Moment», protestierte Sophie. «Was ist mit ...»

Doch Terry war bereits über die Bretter davongestapft. Roper lächelte Sophie schmierig an. Über seinen Schneidezähnen konnte man sein blasses Zahnfleisch sehen. «Nicht ärgern, Schätzchen. Er hat eine Menge um die Ohren.»

Sie warf ihm einen wütenden Blick zu, als er hinter Terry hereilte. Lucas rieb sich verlegen den Nasenrücken.

«Äh, ich muss dann auch los.» Er zögerte und schaute Sophie unschlüssig an. «Es geht mich ja nichts an, aber ich würde mich nicht so aufregen. Das wird noch ein harter Tag.»

«Und gerade deshalb sollte man mir helfen, meinen Job anständig zu machen.»

Lucas schien noch etwas sagen zu wollen, überlegte es sich aber anders. «Passen Sie einfach auf sich auf. Monk ist gefährlich. Halten Sie Abstand.»

Für einen Augenblick dachte ich, dass Sophie auch den Fahndungsberater anblaffen würde, doch dann rang sie sich ein Lächeln ab. «Ich kann ganz gut auf mich aufpassen.»

Falls Lucas das anders sah, behielt er seine Gedanken für sich. Er nickte mir zu. «Dr. Hunter.»

Wir schauten ihm hinterher. Sophie atmete geräuschvoll aus. «Gott, manchmal hasse ich diesen Job.»

«Das sagen Sie jetzt nur», versuchte ich sie aufzumuntern.

«Wetten Sie nicht darauf. Ich kann einfach nicht verstehen, warum Monk plötzlich unbedingt helfen will! Und bitte sagen Sie nicht, sein schlechtes Gewissen habe sich gemeldet.»

«Vielleicht will er Berufung einlegen und hofft, dass sich dadurch sein Strafmaß verringert.»

«Er muss noch mindestens fünfunddreißig Jahre absitzen, und ich kann mir nicht vorstellen, dass er so weit im Voraus plant.»

«Glauben Sie, dass er fliehen will?», fragte ich.

Ich hätte nicht gewagt, Terry diese Frage zu stellen, der

sowieso schon genug Druck hatte, weil er genau das verhindern musste. Der riskanteste Teil einer Gefangenenüberführung ist der Transit, und jeder wusste, wozu Jerome Monk fähig war. Dennoch war es schwer vorstellbar, dass er hier draußen, umgeben von unzähligen Polizisten und angesichts eines in der Nähe bereitstehenden Hubschraubers, einen Fluchtversuch unternehmen würde.

Sophie stopfte die Hände in die Taschen und verzog frustriert das Gesicht. «Das kann ich mir eigentlich nicht vorstellen, aber mir wäre wohler, wenn er uns wenigstens irgendeinen Anhaltspunkt gegeben hätte, wo die Gräber sind. Aber nein, er besteht darauf, sie uns persönlich zu zeigen! Und Simms geht auch noch darauf ein! Er ist so darauf fixiert, die Bennett-Zwillinge zu finden, damit er die Ermittlung abschließen kann, dass er sich von Monk die Bedingungen diktieren lässt. Das ist völlig bescheuert. Aber auf mich hört ja keiner.»

Lautstark versucht, dir Gehör zu verschaffen, hast du jedenfalls. Aber das behielt ich besser für mich. «Selbst wenn die anderen Gräber tatsächlich in der Nähe sind, wäre es äußerst schwer für uns, sie ohne Monk zu finden. Nicht, dass Sie denken, ich bin auf Simms' Seite, aber welche Wahl hat er denn gehabt?»

Sophie verdrehte die Augen. «Er hätte tun können, was ich seit zwei Tagen vorschlage. Ich habe bereits ein paar mögliche Stellen skizziert, aber ohne weitere Informationen komme ich nicht voran. Hätte er Monk doch nur dazu gebracht, uns wenigstens einen Hinweis zu geben, wo die Bennett-Zwillinge vergraben sind, und wenn es nur irgendein Orientierungspunkt wäre, hätte ich sie vielleicht selbst finden können!»

Ich betrachtete die triste, sich kilometerweit vor uns ausbreitende Landschaft aus totem Farnkraut, Heide und Felsen. Ich sagte nichts, aber sie hatte mir meine Skepsis wohl angesehen. Ihre Wangen glühten feuerrot. «Sie trauen es mir auch nicht zu.»

Oje. «Nein, nein, es ist nur ... Äh, es ist ein ziemlich großes Gebiet.»

«Haben Sie schon mal von Winthropping gehört?» Hatte ich nicht, aber sie ließ mir keine Gelegenheit zu antworten. «Das ist eine Technik, die in den 1970er Jahren entwickelt wurde, um Waffenverstecke zu finden. Jeder, der etwas verstecken oder eine Leiche vergraben will, folgt automatisch den Konturen der Landschaft oder benutzt Referenzpunkte wie Bäume oder auffällige Felsen, um sich zu orientieren. Winthropping ist eine Möglichkeit, eine Landschaft zu lesen, um die Stellen zu finden, wo man mit größter Wahrscheinlichkeit etwas verstecken würde.»

«Und das funktioniert?», fragte ich unwillkürlich.

«Erstaunlich gut, ja», sagte sie bissig. «Es ist nicht idiotensicher, aber in Situationen wie dieser sehr nützlich. Mir ist es gleich, wie gut Monk angeblich das Moor kennt, es ist immerhin ein Jahr her, seit er die Bennett-Schwestern umgebracht hat. Ihre Gräber werden mittlerweile überwuchert sein, und wahrscheinlich hat er sie sowieso nachts vergraben. Ich kann mir nicht vorstellen, dass er sich genau an die Stellen erinnert, selbst wenn er es wirklich wollte. Jedenfalls nicht ohne Hilfe.»

Von einer Wissenschaft verlangte ich eigentlich eine präzisere Methodik, und wenn es in die Bereiche von Hellseherei ging, wurde ich erst recht skeptisch. Doch ihr Argument war überzeugend. Nur brachte uns das jetzt nicht mehr wei-

ter. Schweigend beobachteten wir, wie in der Ferne ein Fahrzeugkonvoi auf der Straße näher kam.

Monk war hier.

KAPITEL 5

Nach dem Schauspiel bei der Ankunft des Köders war das Eintreffen des Originals beinahe unspektakulär. Dieses Mal gab es keine Blaulichter, keine Motorräder und keinen wartenden Hubschrauber. Auf der Straße fuhr nur ein einzelner ziviler Transporter heran, eskortiert von zwei Polizeiwagen. Eine unheimliche Stille trat ein, als sie sich Terry und Roper und einer Gruppe uniformierter Beamter näherten. Der Transporter und die Wagen hielten ein ganzes Stück von den anderen Fahrzeugen entfernt an. Nachdem die Motoren ausgeschaltet waren, hallte das Geräusch der sich öffnenden Türen durch die feuchte Luft. Anders als bei Monks «Double» waren die Polizeibeamten jetzt kaum bewaffnet, denn es bestand keine realistische Fluchtgefahr. Aber es waren durch die Bank große, kräftige Männer, die sofort eine Hand auf den an ihrem Gürtel hängenden Schlagstock legten, als sie sich – flankiert von einem Hundeführer, der seinen Schäferhund an der kurzen Leine hielt – vor den Hecktüren des Transporters aufbauten.

«Sehr dramatisch», merkte Sophie an.

Ich antwortete nicht. Im dunklen Inneren des Transporters bewegte sich etwas. Etwas Rundes und Blasses kam zum Vorschein, das bald als kahler Schädel zu erkennen war. Eine gebeugte Gestalt trat in die Öffnung und sprang, ohne das Trittbrett zu benutzen, heraus. Dann richtete sie sich auf, und ich sah zum ersten Mal Jerome Monk.

Selbst von dort, wo ich stand, gut zwanzig Meter entfernt, wirkte er wahrlich wie ein Riese. Seine Hände steckten vor seinem Körper in Handschellen, und ich bemerkte erschrocken, dass er auch Fußfesseln trug. Ihn schien es nicht im Geringsten zu stören, und die hochgezogenen Schultern sahen kräftig genug aus, um ihn die Kette der Handschellen mühelos zerreißen zu lassen. Obwohl sein Oberkörper ein einziges Muskelpaket war, wirkte der rasierte Schädel überproportional groß.

«Ein hässliches Scheusal, nicht wahr?»

Ich war so vertieft gewesen, dass ich Wainwright nicht bemerkt hatte. Der forensische Archäologe trug teure, aber abgetragene Outdoorkleidung und hatte sich dandyhaft einen Schal um den Hals geworfen. Er hatte sich nicht die Mühe gemacht, die Stimme zu senken, und seine Worte waren in der Stille bestimmt weit zu hören gewesen. *Das war's dann wohl*, dachte ich, als Monks Kopf zu uns herumschnellte.

Die Fotos, die ich gesehen hatte, wurden ihm nicht gerecht. Die Delle in seiner Stirn sah in natura wesentlich schlimmer aus. Man hatte den Eindruck, er wäre mit einem Hammer geschlagen worden und hätte irgendwie überlebt. Seine Gesichtshaut war völlig vernarbt, und eine verschorfte Schramme auf der Wange deutete darauf hin, dass zumindest ein paar Narben jüngeren Datums waren. Sein schiefer Mund war zu diesem Halblächeln verzogen, so als würde er den Abscheu, den er provozierte, verstehen und sich gleichzeitig darüber lustig machen.

Am beunruhigendsten aber waren seine Augen. Kleine, ausdruckslose Glaskugeln, die nie zu blinzeln schienen.

Mir lief ein Schauer über den Rücken, als er mich kurz anschaute, doch ich war nur von flüchtigem Interesse. Sein leerer Blick wanderte zu Sophie, verharrte dort einen Moment, ehe er sich auf Wainwright konzentrierte.

«Was gibt's da zu glotzen?»

Der Tonfall war regional gefärbt, doch ansonsten war die Stimme eine Überraschung, denn sie klang zwar schroff, aber gleichzeitig auch verwirrend weich. Wainwright hätte es dabei belassen sollen. Doch der Archäologe war es nicht gewohnt, dass man so mit ihm sprach. Er schnaubte verächtlich. «Mein Gott, es kann sprechen!»

Monks Fußfesseln spannten sich, als er einen schwerfälligen Schritt auf Wainwright zu machte. Weiter kam er nicht, denn sofort packten die zwei Vollzugsbeamten seine Arme. Obwohl beide große Männer waren, wirkten sie neben dem Häftling wie Zwerge. Ich sah, wie sehr sie sich anstrengen mussten, um ihn festzuhalten.

«Komm schon, Jerome, benimm dich», sagte einer von ihnen, ein älterer Mann mit grauem Haar und faltigem Gesicht. Der Mörder starrte Wainwright ungerührt an, während seine gefesselten Hände vor ihm herabhingen. Seine Schultern und Oberarme waren so massig, als hätte er sich Bowlingkugeln unter die Jacke gesteckt. Mit seinen schwarzen Augen fixierte er den forensischen Archäologen. «Haben Sie einen Namen?»

Als die Konfrontation begann, hatte Terry nur erschrocken zugesehen, doch jetzt trat er hervor. «Sein Name geht Sie nichts an.»

«Schon in Ordnung. Wenn er wissen will, mit wem er es

zu tun hat, meinetwegen», entgegnete Wainwright, baute sich vor dem Häftling auf und starrte ihn herausfordernd an. «Ich bin Professor Leonard Wainwright, ich bin verantwortlich für die Bergung der Leichen der jungen Frauen, die Sie ermordet haben. Und wenn Sie auch nur ein bisschen Verstand haben, dann rate ich Ihnen dringend, mit uns zusammenzuarbeiten.»

«Mein Gott», hörte ich Sophie neben mir raunen.

Monks Mund verzog sich. «Professor», sagte er höhnisch, als hätte das Wort einen schlechten Geschmack. Ohne Vorwarnung schwenkte sein Blick plötzlich zu mir. «Wer ist das?»

Da Terry nicht mehr weiterzuwissen schien, antwortete ich selbst. «Ich bin David Hunter.»

«Hunter», wiederholte Monk. «Der Jäger. Ein bedeutungsvoller Name.»

«Genauso wie Monk», sagte ich automatisch.

Der Blick seiner schwarzen Augen bohrte sich in mich. Dann hörte ich ein leises Schnaufen. Monk lachte. «Ein Klugscheißer, was?»

Erst jetzt starrte er Sophie an, doch Terry ließ ihm keine Gelegenheit, sich nach ihr zu erkundigen.

«Na schön, Sie sind vorgestellt worden.» Er bedeutete den Wachleuten, ihn wegzuführen. «Los, wir haben nicht ewig Zeit.»

«Du hast gehört, was er gesagt hat, du Spaßvogel.» Der zweite Vollzugsbeamte, ein breiter Typ mit einem Bart, wollte Monk wegziehen, aber da hätte er sich auch an einer Statue versuchen können. Der Häftling riss den Kopf herum und starrte ihn mit seinem Echsenblick an. «Hör auf, an mir rumzuzerren, verdammte Scheiße.»

War die Atmosphäre bislang schon angespannt gewesen, war sie nun regelrecht aufgeladen. Ich konnte sehen, wie sich Monks Brustkorb hob und senkte, als sich seine Atmung beschleunigte. In seinem Mundwinkel hing eine Speichelblase. Dann schob sich ein Mann durch das Spalier der Polizeibeamten, den ich vorher nicht bemerkt hatte. «Detective Inspector, ich bin Clyde Dobbs, Mr. Monks Anwalt. Mein Mandant hat freiwillig zugestimmt, bei der Suche mitzuarbeiten. Ich glaube kaum, dass es erforderlich ist, tätlich gegen ihn zu werden.»

Er hatte eine dünne, nasale Stimme, die gleichzeitig gelangweilt und schleimig klang. Er war Mitte fünfzig und hatte dünnes graues Haar, das er sich über die kahlen Stellen an seinem Kopf gekämmt hatte. Sein Aktenkoffer wirkte zu den Gummistiefeln und der Regenjacke lächerlich fehl am Platz.

«Niemand wird hier tätlich», blaffte Terry. Er warf dem bärtigen Wachmann einen finsteren Blick zu. Grollend ließ der Mann Monks Arm los.

«Danke», sagte der Anwalt. «Bitte fahren Sie fort.»

Terrys Kiefer zuckte. Er beorderte die Wachen mit einer ruckartigen Kopfbewegung heran. «Bringt ihn her.»

«Verpisst euch!», brüllte Monk die Vollzugsbeamten an, die versuchten, ihn festzuhalten. In seinen leeren Augen lag ein manischer Blick. Ich schaute benommen zu und wollte nicht glauben, dass die Sache so schnell aus dem Ruder laufen konnte. Ich wartete darauf, dass Terry etwas tat, dass er das Kommando übernahm, doch er wirkte wie gelähmt. Der Moment zog sich in die Länge und drohte in Gewalt umzuschlagen.

Und dann trat Sophie vor. «Hi, ich bin Sophie Keller»,

sagte sie locker. «Ich werde Ihnen helfen, die Gräber zu finden.»

Für einen Augenblick gab es keine Reaktion. Dann schnellte Monks Blick von Terry zu ihr. Seine Augen blinzelten kurz, während er nach Worten suchte. «Ich brauche keine Hilfe.»

«Gut, das macht es für uns alle wesentlich einfacher. Aber falls Sie Hilfe brauchen, ich bin hier, okay?» Sie lächelte ihn an, und ihr Lächeln war weder flirtend noch nervös, sondern völlig normal und alltäglich. «Ach, und Sie werden wahrscheinlich die Fußfesseln ablegen wollen. Mit diesen Dingern werden Sie nicht weit kommen.»

Immer noch lächelnd, wandte sie sich an Terry. Die anderen Polizisten tauschten Blicke aus. Terrys Gesicht war rot, als er den Wachmännern zunickte. «Nur die Beine. Die Handschellen bleiben dran.»

Seine Worte klangen bestimmend, doch jeder wusste, dass nicht viel gefehlt hatte, und er hätte die Kontrolle verloren. Ich sah, wie Roper nervös zu Terry schaute, der versuchte, sich wieder einen Anschein von Autorität zu geben. Wer weiß, wie die Sache ohne Sophie ausgegangen wäre. Sie hatte nicht nur die Situation entschärft, es war ihr auch gelungen, zumindest eine vorsichtige Beziehung zu Monk herzustellen. Nach seinem Ausbruch vor wenigen Augenblicken wirkte der Häftling nun mürrisch, aber gebändigt. Als er den Weg entlanggeführt wurde, drehte sich sein massiger Schädel zu Sophie um.

«Sieht so aus, als hätte Miss Keller ein neues Haustier», sagte Wainwright, während wir den anderen folgten. In der kalten Morgenluft dampfte unser Atem.

«Sie hat genau das Richtige getan.» Terry war nicht

der Einzige, der gerade sein Gesicht verloren hatte, dachte ich.

«Finden Sie?» Wainwright beobachtete die anderen missgünstig. «Hoffen wir nur, dass es sie nicht beißt.»

Das Moor schien alles zu tun, um uns zu behindern. Die Temperatur fiel ungefähr zur gleichen Zeit, wie der Regen einsetzte. Er peitschte die Grashalme und das Heidekraut, ein trister, monotoner Guss, der nicht nur den Körper abkühlte, sondern einem auch jede Energie raubte.

Jerome Monk schien immun dagegen zu sein. Er stand neben Tina Williams' leerem Grab, der Regen lief ihm über den kahlen Schädel und tropfte ihm vom Gesicht, das wie ein Wasserspeier einer mittelalterlichen Kirche aussah. Offenbar bemerkte er das Unwetter gar nicht.

Was von uns anderen nicht gesagt werden konnte.

«Das ist doch sinnlos!», fluchte Wainwright und wischte sich den Regen aus dem Gesicht. Der Archäologe hatte sich einen Overall übergezogen, in dem er noch fülliger wirkte. Inzwischen war der weiße Stoff schlammverschmiert und sah genauso strapaziert aus, wie Wainwrights Nerven es vermutlich waren.

Im diesem Moment konnte ich mit ihm fühlen. Mein Overall lag so eng an den Handgelenken und am Hals an, dass ich trotz der Kälte schwitzte. Der Regen tropfte von der Kapuze, ein beständiges Rinnsal, das schließlich den Weg ins Innere fand. Das Gebiet um die Grabstätte war noch immer mit Polizeiband abgesperrt, doch das Zelt der Spurensicherung war bereits abgebaut, und die leere Kuhle hatte sich mit schlammigem Wasser gefüllt. Seit ich das letzte Mal hier draußen gewesen war, hatten das schlechte Wetter und das konstante Herumgetrampel den Boden in einen tückischen Sumpf verwandelt. Auf dem Weg hinaus zum Grab fluchten die Polizeibeamten, und einmal rutschte Wainwright aus und wäre fast hingefallen. Als ich ihm helfen wollte, knurrte mich der Archäologe nur an. «Ich komme allein zurecht.» Selbst Monk schien Probleme zu haben und konnte mit den gefesselten Händen nur schwer das Gleichgewicht halten.

Abgesehen von seinem Anwalt, hielten die Zivilisten, also Wainwright, Sophie und ich, gemäß den Anweisungen etwas Abstand von der Gruppe mit dem Häftling. Wir wurden von einer Hundeführerin mit einem Leichenspürhund begleitet. Der Springerspaniel war darauf abgerichtet, selbst den kleinsten Hauch der Gase zu erschnüffeln, die durch Verwesung entstanden, aber zuerst mussten wir ein Grab finden. Und Monk schien keinerlei Eile zu haben, uns dabei zu helfen.

Flankiert von den beiden Vollzugsbeamten, immer im Visier des Schäferhundes, starrte er in die seichte Grube, in der Tina Williams vergraben gewesen war, die Lippen zu seinem typischen Grinsen verzogen, als würde ihm ein Witz durch den Kopf gehen. Doch mit der Zeit wurde mir klar, dass dies einfach der natürliche Zug seines Mundes war und nichts mit irgendwelchen Gedanken zu tun hatte, die sich hinter seinen Knopfaugen verbergen mochten.

«Kommen Erinnerungen hoch, Monk?», fragte Terry.

Keine Reaktion. Der Häftling hätte genauso gut aus dem gleichen Granit gemeißelt sein können wie die Felsen vom Black Tor.

Der bärtige Wachmann stieß ihn an. «Du hast ihn gehört, Spaßvogel.»

«Nimm deine Scheißhände weg», knurrte Monk, ohne sich umzuschauen.

Sein Anwalt seufzte übertrieben auf. «Ich muss Sie doch wohl nicht noch einmal daran erinnern, dass mein Mandant freiwillig hier ist. Wenn er belästigt wird, können wir das Ganze auch abblasen.»

«Niemand wird belästigt.» Terry hatte die Schultern hochgezogen, aber nicht wegen des Regens, sondern vor lauter Anspannung. «Es war Ihr Mandant, der hierherkommen wollte. Ich habe ein Recht darauf, ihn zu fragen, weshalb.»

Dobbs' dünnes Haar flatterte im Wind, wodurch er wie ein zorniges Küken aussah. Der Anwalt hielt sich noch immer an seinem Aktenkoffer fest. Ich fragte mich, ob er irgendwelche wichtigen Unterlagen enthielt oder ob Dobbs ihn aus reiner Gewohnheit dabeihatte.

«Mein Mandant hat sich lediglich bereit erklärt, bei der Suche nach den Gräbern von Zoe und Lindsey Bennett zu helfen, mehr nicht. Wenn Sie ihn zu etwas anderem befragen wollen, sollten wir ins Gefängnis zurückkehren, damit Sie unter angemessenen Bedingungen ein Verhör durchführen können.»

«Ja, ja, alles klar.» Terry versuchte gar nicht erst, seine Verärgerung zu verbergen. «Es reicht, Monk. Wir stehen hier schon lange genug rum. Jetzt sagen Sie uns, wo die Gräber sind, oder Sie können zurück in Ihre Zelle gehen.»

Monk hob seinen Blick von der Grube und starrte über das Moor. Als er die Hände hob und sich den Schädel kratzte, klirrten seine Handschellen. «Da drüben.»

Jeder schaute in die Richtung, in die er gezeigt hatte. Die Stelle war noch weiter von der Straße und dem Weg entfernt. Außer ein paar kleinen Felsen und Ginsterbüschen war dort nichts als ödes Heidekraut und Grasland.

«Wo genau?», fragte Terry.

«Sag ich doch! Da drüben.»

«Die anderen beiden haben Sie also nicht in der Nähe von Tina Williams vergraben?»

«Habe ich nie behauptet.»

«Warum haben Sie uns dann erst hierhergeführt, verflucht?»

Der Blick von Monks schwarzen Augen war undurchschaubar. «Ich wollte es sehen.»

Terrys Kiefer zuckte. Ich hatte ihn noch nie so gereizt erlebt, aber er konnte es sich jetzt nicht leisten, die Beherrschung zu verlieren. Ich wünschte, Lucas wäre dabei. Der ältere Mann hatte eine beruhigende Art, und es wurde immer deutlicher, dass Terry nicht mehr weiterwusste.

«Wie weit weg?», fragte Terry. Er rang sichtlich um Beherrschung. «Fünfzig Meter? Hundert? Einen halben Kilometer?»

«Kann ich von hier aus nicht sagen.»

«Können Sie sich an irgendwelche auffälligen Punkte in der Landschaft erinnern?», fragte Sophie schnell. Terry schien es nicht zu gefallen, dass sie sich einmischte, aber er sagte nichts. «Einen großen Felsen zum Beispiel oder ein Dickicht aus Ginsterbüschen?»

Monk sah sie an. «Nee, kann ich mich nicht dran erinnern.»

Wainwright schnaubte verächtlich. «So etwas vergisst man doch nicht.»

Erneut war der Bariton des Archäologen weithin zu verstehen. Monk drehte sich zu ihm um.

«Woran können Sie sich denn erinnern, Jerome? Wenn Sie vielleicht versuchen würden …», begann Sophie, doch Terry unterbrach sie.

«In Ordnung, bringen wir es hinter uns. Zeigen Sie uns einfach die Stelle», meinte er.

Sophie starrte ihn wütend an, doch die Beamten hatten sich mit dem riesenhaften Monk in ihrer Mitte bereits aufgemacht.

«Das ist doch absurd», brummte Wainwright, als wir ihnen durch den Morast folgten. «Ich glaube nicht, dass diese Kreatur uns irgendwas erzählen will. Er hält uns doch nur zum Narren.»

«Vielleicht würde es schon helfen, wenn Sie aufhören würden, ihn ständig auf die Palme zu bringen», sagte Sophie noch immer verärgert.

«Man darf solchen Kreaturen gegenüber keine Schwäche zeigen. Sie müssen wissen, wer die Oberhand hat.»

«Ach, tatsächlich?» Sophies Stimme klang gefährlich süßlich. «Jetzt hören Sie mir mal gut zu. Versuchen Sie nicht, mir meinen Job zu erklären, dann werde ich Ihnen nicht sagen, wie man Löcher schaufelt.»

Der Archäologe schaute sie finster an. «Ich werde mich darum kümmern, dass DCS Simms von Ihren Gedanken erfährt», sagte er und ging dann voraus.

«Wichser», brummte Sophie, aber nicht so leise, dass er es nicht hören konnte. Sie warf mir einen Blick zu. «Was?»

«Ich habe nichts gesagt.»

Sie lächelte schief. «Das müssen Sie auch nicht.»

Ich zuckte mit den Achseln. «Wenn Sie sich mit dem gesamten Ermittlungsteam anlegen wollen, bitte schön.»

«Entschuldigen Sie, aber das Ganze ist einfach verdammt frustrierend. Was soll ich hier, wenn man mich meinen Job nicht anständig machen lässt? Und was Terry Connors angeht ...» Sie seufzte und schüttelte den Kopf. «Die Sache hier wird völlig falsch angegangen. Wir dürfen uns nicht von Monk an der Nase herumführen lassen. Man muss ihn wenigstens dazu bringen, dass er uns ein paar Hinweise auf die Grabstellen gibt. Wie soll er sie denn finden, wenn er sich nicht einmal an bestimmte Punkte in der Landschaft erinnern kann?»

«Glauben Sie, dass er lügt?»

«Schwer zu sagen. In einem Moment wirkt er unschlüssig, im nächsten völlig klar. Jetzt verhält er sich so, als wüsste er genau, wohin er will, aber es ist ein verdammt langer Weg, um eine Leiche zu transportieren.» Sie runzelte die Stirn und starrte auf die Gruppe der Polizisten vor uns, aus denen der kahle Schädel Monks hervorragte. «Ich muss ein bisschen herumlaufen. Ich komme dann nach.»

Sie marschierte in die Richtung des Weges, der zum Black Tor führte. Ich konnte ihre Zweifel verstehen, wusste aber auch nicht, was zu tun war. Je weiter wir ins Moor vordrangen, desto schwerer kam man voran. Die Stiefel versanken in dem aufgeweichten Torfboden, und das Heidekraut und das lange Gras schlugen uns gegen die Beine. Monk hatte immer größere Mühe und strafte die Legende Lügen, er kenne das Moor wie seine Westentasche. Einige Male strauchelte und stolperte er und knurrte dann die Wachmänner an, wenn sie ihm aufhelfen wollten.

Ich bemerkte, dass sich Roper hatte zurückfallen lassen und in sein Funkgerät sprach. Er hatte die Stimme gesenkt, doch als ich näher kam, konnte ich ein paar Worte aufschnappen.

«… nicht sicher, Sir … Ja, ja … natürlich, Sir, ich halte Sie auf dem Laufenden.»

Als er mich sah, beendete er das Gespräch. Man musste

kein Genie sein, um zu wissen, dass er gerade Simms Bericht erstattet hatte. Ich fragte mich, ob Terry davon wusste.

«Gefällt Ihnen der Spaziergang, Dr. Hunter?», fragte der Constable grinsend, als ich neben ihm war. «Artet in einen regelrechten Marathon aus, was?»

Der Mann ging mir irgendwie auf die Nerven. Für seine Mäusezähne konnte er zwar nichts, aber seinem ständigen widerlichen Grinsen traute ich nicht.

«Die frische Luft tut mir gut.»

Er wackelte mit dem Kopf und kicherte, als hätte ich einen Witz gerissen. «Ein bisschen zu viel für meinen Geschmack, aber was soll man machen? Und, was halten Sie von Monk? Das ist schon eine Type, was? Ein Gesicht wie von Picasso.»

Du bist auch nicht gerade ein Kunstwerk. «Woher stammen die Schrammen in seinem Gesicht? Hat er sich geprügelt?»

«Nicht ganz.» Ropers Grinsen wurde breiter. «Gestern Abend ist er wild geworden und musste ‹gezähmt› werden. Fast hätte die Sache heute abgesagt werden müssen. Offenbar macht es ihm Spaß, einen Koller zu kriegen, wenn das Licht aus ist. Deswegen nennen ihn die Wächter auch Spaßvogel. Er scheint das immer sehr lustig zu finden. Hey, was ist denn jetzt los?»

Vor uns hatte der Schäferhund aufgeregt zu bellen begonnen und musste von seinem Führer zurückgehalten werden. Wegen der vielen Polizisten konnte ich zuerst nicht sehen, was geschehen war, doch dann traten zwei von ihnen zur Seite.

Monk war hingefallen. Der Riese lag im Morast und versuchte sich aufzurappeln. Die Polizisten und die Vollzugsbeamten standen vor ihm und schienen unschlüssig zu sein, ob sie ihm aufhelfen sollten oder nicht.

«... Finger weg, verdammte Scheiße!», fluchte er und versuchte schwerfällig, sich mit den gefesselten Händen hochzustemmen. Sein Anwalt baute sich vor Terry auf. «... verletzt ist, mache ich Sie dafür verantwortlich! Das ist völlig inakzeptabel!»

«Er hat sich nichts getan», sagte Terry, aber er klang entnervt und defensiv.

«Das hoffe ich, denn sonst werde ich Sie zur Rechenschaft ziehen. Es gibt keinerlei Grund, dass mein Mandant hier draußen weiterhin Handschellen tragen muss. Es besteht kein Fluchtrisiko, und in diesem Gelände sind sie geradezu gesundheitsgefährdend.»

«Ich werde sie ihm nicht abnehmen.»

«Dann können wir sofort umdrehen und die Sache hier beenden.»

«Ach, verdammte ...»

«Ich möchte nicht, dass mein Mandant wegen der Sturheit der Polizei verletzt wird! Entweder die Handschellen kommen weg, oder er wird bei der Suche nicht mehr weiterhelfen!»

Monk lag noch immer schwer atmend im Morast und starrte hoch zu den beiden. «Wollen Sie mal versuchen, mit Handschellen hier rumzulatschen?», meinte er mit ausgestreckten Händen.

Terry machte einen Schritt auf ihn zu, und für einen Augenblick dachte ich tatsächlich, er würde mit seinem Stiefel ausholen und ihm ins Gesicht treten. Dann blieb er steif und angespannt stehen.

«Soll ich den Ermittlungsleiter anrufen?», fragte Roper.

Wenn ich nicht gehört hätte, wie er gerade Simms Bericht erstattet hatte, hätte ich vielleicht geglaubt, dass er helfen wollte. Sein Vorschlag zwang Terry zu einer Entscheidung.

«Nein.» Schmallippig wandte er sich an einen der Polizeibeamten. «Nehmen Sie ihm die Dinger ab.»

Der Polizist trat vor und löste die Handschellen. Mit unveränderter Miene richtete sich Monk auf. Seine Kleidung war durchnässt und schlammverschmiert. Er rieb sich die Handgelenke und dehnte die Finger seiner Riesenpranken.

«Zufrieden?», fragte Terry den Anwalt. Bevor Dobbs antworten konnte, drehte sich Terry zu Monk um. Obwohl die beiden hochgewachsen waren, wirkte der Häftling doppelt so groß. «Wenn Sie mich richtig zufrieden machen wollen, dann versuchen Sie nur einen unüberlegten Schritt. Bitte.»

Monk sagte nichts. Den Mund hatte er wie immer zu seinem schiefen Lächeln verzogen, doch seine schwarzen Augen waren tot.

«Ich glaube wirklich nicht ...», setzte Dobbs an.

«Halten Sie den Mund.» Terry wandte seinen Blick nicht von Monk. «Wie weit noch?»

Der Häftling drehte seinen großen Schädel, um übers Moor zu schauen, doch in dem Moment ertönte in der Ferne ein Ruf.

«Hier! Hier drüben!»

Jeder schaute sich um. Sophie stand in einiger Entfernung auf einer Anhöhe und winkte. Selbst durch den Nieselregen und den Nebel konnte man ihr die Aufregung ansehen.

«Ich habe etwas gefunden!»

KAPITEL 6

Das Vergraben einer Leiche hinterlässt immer Spuren. Am Anfang wird durch den ausgehobenen und dann auf die Leiche geschaufelten Boden ein kleiner Erdhügel zu sehen sein. Sobald die Verwesung einsetzt und die Leiche an Substanz verliert, beginnt der Hügel zu sacken. Und wenn die Leiche schließlich bis auf die Knochen zerfallen ist, entsteht an der Grabstelle eine leichte Mulde.

Auch die Vegetation kann nützliche Hinweise bieten. Die beim Ausheben in Mitleidenschaft gezogenen Kräuter und Gräser benötigen Zeit, um sich zu erholen, selbst wenn sie sorgfältig wieder eingepflanzt worden sind. Später aber wachsen sie durch die im Verlauf der Verwesung von der Leiche abgesonderten Stoffe schneller und üppiger als die Pflanzen in der Umgebung. Die Unterschiede sind geringfügig und nicht immer verlässlich, für das geübte Auge jedoch erkennbar.

Sophie stand neben einem niedrigen Erdhügel, der sich vielleicht fünfzig Meter vom Weg entfernt in einer tiefen Senke befand. Er war mit Gras bedeckt, die harten, struppigen Halme schwankten im Wind. Während Roper bei Monk und den Polizisten blieb, machte ich mich mit Wainwright und Terry auf den Weg. Wir mussten ein Dickicht aus Ginster und einen unpassierbaren Morast umgehen, um zu ihr zu gelangen. Sie wartete ungeduldig neben dem Hügel, als befürchtete sie, er könnte verschwinden, wenn sie ihm auch nur den Rücken zukehrte.

«Das könnte ein Grab sein», sagte sie atemlos, als wir die Senke hinabrutschten.

Sie hatte recht: Es *könnte* ein Grab sein. Andererseits könnte es auch bloß ein Erdhügel sein. Er war ungefähr eins fünfzig lang und einen halben Meter breit und an der höchsten Stelle vielleicht dreißig Zentimeter hoch. Wenn er sich auf einem ebenen Feld oder in einem Park befunden hätte, wäre er wesentlich auffälliger gewesen. Aber wir waren im Moor, in einer zerfurchten Landschaft voller Erhebungen und Senken. Und das den Hügel bedeckende Gras unterschied sich nicht von der übrigen Vegetation.

«Kommt mir nicht besonders auffällig vor.» Terry wandte sich skeptisch an Wainwright. «Was meinen Sie?»

Der Archäologe schürzte die Lippen und musterte den Hügel. Das war eher sein Fachgebiet als meines. Oder Sophies. Abschätzig stieß er mit dem Fuß dagegen. «Wenn wir wegen jedem Huckel Theater machen, wird das eine sehr lange Suche werden.»

Sophie war rot angelaufen. «Ich mache kein Theater. Außerdem bin ich keine Idiotin. Ich weiß, wonach ich suche.»

«Tatsächlich?» Wainwright legte eine Fülle an Bedeutungen in das Wort. Er hatte nicht vergessen, wie sie ihm vorhin über den Mund gefahren war. «Da bin ich anderer Meinung. Aber ich kann mich auch nur auf dreißig Jahre Berufserfahrung beziehen.»

Terry wollte schon weitergehen. «Wir können damit nicht unsere Zeit verschwenden.»

«Nein, warte», sagte Sophie und wandte sich dann an Wainwright. «Hören Sie, ich bin zwar keine Archäologin ...»

«Da sind wir mal einer Meinung», meinte Wainwright.

«... aber lassen Sie mich wenigstens ausreden. Zwei Minuten, okay?»

Terry verschränkte mit steinerner Miene die Arme. «Zwei Minuten.»

Sophie holte tief Luft. «Wo Monk uns hinführt, das ergibt keinen Sinn. Das Grab von Tina Williams ist genau dort, wo ich es vermutet hätte ...»

«Das kann man im Nachhinein leicht sagen», schnaubte Wainwright.

Sie ging nicht auf ihn ein und konzentrierte sich auf Terry. «Es ist nicht weit vom Weg entfernt, man gelangt also ziemlich leicht an die Stelle. Und es folgt den Konturen der Landschaft. Jeder, der dort den Weg verlässt, wird automatisch an diese Stelle kommen. Es macht Sinn, dass es genau dort ist.»

«Und?»

«Und Monk will nicht genau sagen, wo die anderen Gräber sind. Er führt uns nur immer weiter ins Moor hinein, er hätte die Leichen also den ganzen Weg durch den Morast tragen müssen, noch dazu im Dunkeln. Ganz gleich, wie stark er ist, warum hätte er das tun sollen? Außerdem kann er sich an keine prägnanten Punkte im Gelände erinnern, mit deren Hilfe er wieder zu den Gräbern findet.»

Terry runzelte die Stirn. «Worauf willst du hinaus?»

«Man sollte doch meinen, dass er sich an irgendwas erinnert. Wenn Leute etwas verstecken, richten sie sich zur Orientierung nach prägnanten Punkten in der Landschaft, ob es ihnen bewusst ist oder nicht. Doch Monk führt uns scheinbar wahllos umher. Entweder hat er die Stelle vergessen, oder er führt uns absichtlich in die falsche Richtung.»

«Oder Sie täuschen sich», sagte Wainwright. Er wandte sich mit einem hochnäsigen Lächeln an Terry. «Mir ist die Winthrop-Methode, auf die sich Miss Keller bezieht, bekannt. Ich habe sie gelegentlich selbst benutzt, doch im Grunde steckt nicht mehr dahinter als gesunder Menschenverstand. Ich halte sie für überbewertet.»

«Dann setzen Sie sie falsch ein», konterte Sophie. «Ich bin den Weg zurückgegangen und habe nach Stellen gesucht, wo jemand, der eine Leiche transportiert, ihn mit der größten Wahrscheinlichkeit verlassen würde. Wo man gut und problemlos vorankommt, wo es nicht zu steil oder zu matschig ist. In den letzten Tagen habe ich ein paar solcher Stellen gefunden, doch heute bin ich ein bisschen weiter gegangen.»

Sie deutete auf einen Punkt am Weg, der ein ganzes Stück von der Stelle entfernt war, wo wir ihn verlassen hatten, um zum Grab von Tina Williams zu gelangen.

«Dahinten fällt das Moor leicht ab. Für jeden, der sich mit einer Leiche abmüht, ist es vom Weg aus ein natürlicher Zugangspunkt zum Moor. Und dann bringt einen der Verlauf des Geländes direkt zu diesem Ginsterdickicht dort. Es ist leichter, unten herum zu gehen als oben entlang, und man kommt in eine Furche, die einen direkt hierherführt. Zu einer verborgenen Senke, in der sich zufälligerweise ein Erdhügel von der Größe eines Grabes befindet.»

Sie verschränkte die Arme, als wollte sie Terry herausfordern, eine Lücke in ihrer Argumentation zu finden. Seine Wangen zuckten, als er wieder den Hügel betrachtete.

«Das ist Unsinn», polterte Wainwright, ohne sich noch zu bemühen, seine Abneigung zu verbergen. «Das ist reines Wunschdenken und keine Wissenschaft!»

«Nein, das ist gesunder Menschenverstand, wie Sie selbst sagten», entgegnete Sophie. «Und auf jeden Fall besser als Sturheit.»

Wainwright richtete sich auf, um etwas zu erwidern, aber ich kam ihm zuvor. «Es bringt nichts, hier herumzustehen und zu streiten. Holen wir den Spürhund, um es herauszufinden. Nimmt er Witterung auf, müssen wir den Hügel aufgraben. Wenn nicht, haben wir nur ein paar Minuten verloren.»

Sophie lächelte mich an, während Wainwright verschlossener wirkte denn je. Ich konnte dem Impuls nicht widerstehen, die Daumenschrauben noch etwas weiter anzuziehen.

«Es sei denn, Sie sind sich absolut sicher, dass hier nichts zu finden ist», sagte ich. Es fiel mir schwer, sein Unbehagen nicht zu genießen. «Sie sind der Experte.»

«Ich schätze, es könnte nicht schaden, sich zu vergewissern ...», räumte er ein.

Terry starrte auf den Hügel, seufzte dann und stakste die Senke hinauf. «Alle hierher!», rief er Roper und dem Rest zu, dann wandte er sich an Sophie. «Ich muss kurz mit dir sprechen.»

Die beiden entfernten sich ein Stück. Ich konnte nicht hören, was sie sagten, aber ihr Gespräch wirkte hitzig. Währenddessen schlich Wainwright um den Hügel herum und stieß prüfend mit dem Fuß dagegen.

«Definitiv weicher», brummte er. Er trug einen dicken Ledergürtel, wie ihn Bauarbeiter für ihre Werkzeuge benutzen. Er nahm einen dünnen Metallstab heraus und zog ihn auseinander. Es war eine leichte Sonde, eine einen Meter lange, ausziehbare Röhre mit einer Spitze an einem Ende.

«Was haben Sie vor?», fragte ich.

Die Stirn konzentriert in Falten gelegt, klappte er kleine Griffe aus, sodass die Sonde einem schmalen Spaten ohne Blatt ähnelte. «Ich will den Hügel untersuchen, was sonst?»

Bewegte Erde ist normalerweise nicht so kompakt wie der sonstige Boden, was häufig ein weiterer Hinweis auf ein Grab ist. Aber das hatte ich nicht gemeint.

«Wenn dort etwas vergraben ist, werden Sie es mit der Sonde beschädigen.»

«Wir benötigen sowieso Luftlöcher für den Hund.»

Da hatte er recht. Auch wenn Leichenspürhunde Verwesungsgerüche in mehreren Metern Tiefe wahrnehmen können, würden die Löcher helfen. Allerdings gab es behutsamere Methoden, um sie zu erzeugen.

«Ich glaube nicht ...»

«Vielen Dank, Dr. Hunter, aber wenn ich Ihren Rat brauche, werde ich Sie darum bitten.»

Wainwright packte die Sonde an den kurzen Griffen und rammte sie kraftvoll in den Erdhügel. Da er sowieso nicht auf mich hörte, sagte ich nichts mehr, sondern biss nur die Zähne zusammen, als er sie herauszog und wieder hineinrammte. Die Arbeit mit einer Sonde war eine archäologische Technik, die für die Forensik Nachteile hatte. Man konnte zwar später unterscheiden, welche Beschädigungen eines Knochens vor dem Tod zugefügt und welche durch eine spitze Metallsonde verursacht worden waren, aber es war eine unnötige Arbeitserschwernis. Wainwright wusste das genauso gut wie ich.

Aber er wusste auch, dass es mein Problem sein würde und nicht seins.

Sophie und Terry brachen ihr Gespräch ab, als uns Roper und die anderen erreicht hatten. Keiner der beiden sah besonders glücklich aus. Terry ging geradewegs zu Monk und seinem Anwalt und blieb am Rand der Senke stehen, damit die beiden den Erdhügel sehen konnten. «Klingelt's?»

Monk starrte mit herabhängenden Händen nach unten. Sein Mund war noch immer zu einem Lächeln verzogen, doch ich meinte seinem Blick anzusehen, dass er jetzt auf der Hut war.

«Nein.»

«Dann ist das keins von den Gräbern?»

«Ich habe doch gesagt, sie sind da drüben.»

«Sie scheinen sich plötzlich ziemlich sicher zu sein. Noch vor kurzem haben Sie gesagt, Sie könnten sich nicht erinnern.»

«Ich habe gesagt, dass sie da drüben sind!»

Der bärtige Vollzugsbeamte legte Monk eine Hand auf die Schulter. «Hör auf rumzubrüllen, Spaßvogel, wir können dich hören.»

«Verpiss dich, Monaghan!»

«Sollen wir dir die Handschellen wieder anlegen?»

In Monk schien es zu brodeln, doch ehe er etwas tun konnte, schaltete sich Sophie ein. «Entschuldigen Sie, Jerome.»

Als der große Schädel herumwirbelte, lächelte sie. Dieses Mal mischte sich Terry erst gar nicht ein, obwohl ich vermutete, dass er nicht zuletzt mit ihr hatte reden wollen, damit sie sich aus der Sache heraushielt.

«Niemand bezweifelt, was Sie sagen. Aber denken Sie

doch mir zuliebe mal über eine Sache nach. Sie haben die Gräber hier draußen doch bestimmt in der Nacht gegraben, oder?»

Davon konnte man ausgehen. Nur wenige Mörder riskierten es, die Leichen ihrer Opfer am helllichten Tag zu vergraben. Doch Monks Anwalt hatte offenbar noch nie davon gehört.

«Sie müssen darauf nicht antworten, wenn Sie nicht wollen. Ich habe bereits deutlich gesagt ...»

«Halten Sie den Mund.» Monk hatte sich nicht einmal zu ihm umgewandt. Mit matten Knopfaugen starrte er Sophie an. Nach ein paar Sekunden nickte er ruckartig.

«Es ist immer Nacht.»

Ich war mir nicht sicher, was das bedeuten sollte. Sophie zögerte kurz, ihr schien es genauso zu gehen, aber sie verbarg ihre Irritation gut. «Im Dunkeln kommt man leicht durcheinander. Da kann man schnell mal einen Fehler machen, wenn man später versucht, sich zu erinnern. Ist es möglich, dass Sie zumindest eins der Gräber hier ausgehoben haben? Oder vielleicht sogar beide?»

Monks Blick wanderte von Sophie zu dem Hügel. Er kratzte sich den kahlen Schädel. «Könnte sein ...»

Für einen Augenblick wirkte Monk verwirrt. Dann schaltete sich Terry ein, und die Regung, die ich glaubte gesehen zu haben, war vorbei.

«Ich habe keine Zeit für so etwas. Was nun, ja oder nein?»

Plötzlich funkelten die Augen des Häftlings wieder vor Wut und Verrücktheit. Mit einem manischen Lächeln sah er Terry an.

«Nein.»

«Moment, Jerome, Sie haben ...», begann Sophie, doch sie hatte ihre Chance gehabt.

«Okay, das war's! Wir gehen wieder zurück», sagte Terry und stieg aus der Senke.

«Aber jetzt ist der Spürhund schon mal hier!», protestierte sie. «Versuchen wir es wenigstens!»

Terry blieb unschlüssig stehen. Wenn Wainwright nicht gewesen wäre, hätte er sich vermutlich über sie hinweggesetzt. Der Archäologe hatte die ganze Zeit den Erdhügel weiter untersucht. «Fast fertig», sagte er und stieß erneut seine Sonde in die Erde. «Der Boden hier fühlt sich ziemlich locker an, allerdings haben wir es mit Torf zu tun, deshalb ...» Ein deutliches Knirschen war zu hören. Die Sonde hatte etwas getroffen. Wainwright erstarrte. Dann setzte er eine nachdenkliche Miene auf und vermied es, mich anzusehen.

«Äh, hier scheint etwas zu sein.»

Terry ging zu ihm hin. «Ein Stein?»

«Nein, nein, ich glaube nicht.» Wainwright riss sofort das Kommando an sich und winkte die Hundeführerin herbei. «Beginnen Sie mit dem Loch, das ich gerade gemacht habe.»

Die Hundeführerin, eine junge Polizistin mit rotem Haar und blasser, aufgesprungener Haut, kam mit dem Springerspaniel zum Hügel.

«Nein! Wir sind an der falschen Stelle!», schrie Monk mit geballten Fäusten.

«Sagen Sie Ihrem ‹Mandanten›, wenn ich noch einen Ton höre, legen wir ihm wieder Handschellen an», blaffte Terry Dobbs an.

Der Anwalt machte ein trotziges Gesicht, doch die Drohung wirkte. Monks Mund zuckte, als er einen Blick auf das weite Moor hinter sich warf und die Fäuste aufmachte.

«Keine Handschellen», brummte er.

Der Spaniel stolperte vor Aufregung beinahe über seine Pfoten, während er um den Hügel herumschnüffelte. Es gab nur wenige Leichenspürhunde im Land, und ich hatte nur Gutes über sie gehört. Dennoch war ich in diesem Moment skeptisch. Torf hemmt den Verwesungsprozess, manchmal stoppt er ihn sogar. So empfindlich die Nase eines Hundes auch ist, er kann nicht riechen, was nicht ist.

Doch der Spaniel richtete sofort die Ohren auf. Vor Aufregung winselnd begann er, an Wainwrights letzter Bohrung zu scharren. Die Hundeführerin zog ihn schnell weg.

«Kluges Mädchen!» Sie streichelte den Hund und schaute Terry an. «Kein Zweifel. Hier ist etwas.»

Eine gewisse Anspannung machte sich in der Senke breit. Terry wirkte nervös, und angesichts des Drucks, unter dem er stand, konnte ich ihn verstehen. Seine Karriere hing davon ab, was wir hier finden würden.

«Was wollen Sie machen, Chef?», fragte Roper. Bei dem feierlichen Ernst des Augenblicks war ihm kurz das dämliche Grinsen vergangen.

Terry schien wieder zu sich zu kommen. «Schauen wir nach.»

Wainwright klatschte in die Hände, seine vorherige Skepsis schien er offensichtlich vergessen zu haben. «Gut, dann schauen wir mal, was wir hier haben, ja?»

Ein Kriminaltechniker brachte eine Tasche mit Spitzhacken, Spaten und anderen Grabwerkzeugen in die Senke und ließ sie klappernd ins Gras fallen. Wainwright öffnete sie und nahm einen Spaten heraus.

«Ich helfe Ihnen», sagte ich, doch es war zwecklos.

«Oh, ich glaube, das ist nicht nötig. Wenn ich Ihre Assistenz benötige, sage ich Bescheid.»

Das Wort *Assistenz* klang bei ihm wie eine Beleidigung. Jetzt, wo es so aussah, als hätten wir etwas gefunden, wurde der Archäologe plötzlich besitzergreifend. Wenn es sich tatsächlich um ein Grab handeln sollte, konnte ich mir vorstellen, wer den Ruhm dafür einstreichen würde. Ich sagte mir, dass es keine Rolle spielte, aber es wurmte mich trotzdem.

Uns anderen blieb nichts weiter übrig, als Wainwright dabei zuzuschauen, wie er mit dem Spaten den Umriss eines schmalen Rechtecks auf dem Erdhügel zog. Eine Proberinne auszuheben, ist bei der Öffnung eines möglichen Grabes wesentlich effektiver, als es vollständig aufzugraben. Auf diese Weise würden wir schnell sehen, womit wir es zu tun hatten, wie die Leiche ausgerichtet und wie tief sie vergraben war, ehe man sich an die tatsächliche Graböffnung machte.

Bei Wainwright sah die Arbeit leicht aus, ich wusste jedoch aus Erfahrung, dass sie alles andere als leicht war. Das Blatt des Spatens drang scheinbar mühelos in den Boden ein und hob gleichmäßige Schichten der Grasnarbe aus.

«Der Torf ist eindeutig bewegt worden», brummte er. «Irgendetwas ist hier passiert.»

Ich schaute kurz zu Monk hinüber. Der Häftling sah ausdruckslos zu. Man hörte nur das Knirschen des Spatens und das leise Knacken der Wurzeln, während die Grasnarbe entfernt wurde. Danach begann Wainwright, die Rinne tiefer auszuheben. Der Torfboden war feucht und faserig. Wainwright war ungefähr dreißig Zentimeter tief, als er plötzlich innehielt. «Geben Sie mir eine Kelle.»

Die Anweisung war an niemand Speziellen gerichtet, doch ich stand am nächsten. Ich reichte Wainwright die Kelle und blieb auf der anderen Seite der Rinne stehen, während er sich hinhockte und Torf von seinem Fund abkratzte.

«Was ist es?», fragte Terry.

Der Archäologe runzelte die Stirn und schaute genauer nach. «Ich bin mir nicht sicher ... Ich glaube, es könnte ...»

«Knochen», sagte ich.

In dem dunklen Mulch war etwas Glattes und Helles zu sehen. Viel konnte man nicht erkennen, aber ich hatte Erfahrung darin, zwischen der glatten Oberfläche von Knochen und Steinen oder Baumwurzeln zu unterscheiden.

«Menschlich?», fragte Sophie.

«Das kann ich von hier aus noch nicht sagen.»

«Aber definitiv Knochen», sagte Wainwright, ohne sich anmerken zu lassen, wie sehr ihm meine Einmischung missfallen hatte. Als er begann, den Torf wegzuschaufeln, war in der Senke nur das Kratzen der Kelle zu hören. Jeder starrte gebannt auf den Archäologen. Sophie hatte unruhig die Arme um ihren Oberkörper geschlungen. Terry stand mit nach vorn gebogenen Schultern und tief in die Taschen gestopften Händen da, als wäre er auf alles gefasst, während Roper genau hinter ihm auf seiner Unterlippe kaute. Nur Monk wirkte unbeeindruckt. Mittlerweile schaute er nicht einmal mehr zu, sah ich, sondern betrachtete das Moor hinter sich.

«Hier ist irgendeine Art Stoff», sagte Wainwright dann. «Vielleicht Kleidung. Nein, warten Sie, ich glaube, es ...» Er beugte sich tiefer und verdeckte, was er gefunden hatte. Mit einem Mal richtete er sich auf. «Es ist Fell.»

«Fell?» Terry lief los, um selbst nachzuschauen.

Jetzt schaufelte Wainwright den Torf achtlos weg. «Ja, Fell! Das ist ein verfluchtes Tier!»

Der Knochen, den er freigelegt hatte, entpuppte sich als Teil einer gebrochenen Hüfte, die aus einem struppigen, mit Torf überzogenen Pelz ragte.

«Was ist es, ein Fuchs?»

«Ein Dachs.» Wainwright zog eine verschmierte Pfote mit verkrusteten Krallen aus dem Morast und ließ sie fallen. «Glückwunsch, Miss Keller. Ihre Methoden haben Sie zu einem alten Dachsbau geführt.»

Sophie war sprachlos. Als die anderen näher kamen, um besser sehen zu können, wirkte sie, als würde sie sich am liebsten in dem Loch verkriechen. Der Kadaver des Dachses war übel zugerichtet, aus dem verfilzten Pelz ragten überall Knochen hervor.

«Wir mussten uns vergewissern», sagte ich ärgerlich. «Schließlich hätte es tatsächlich ein Grab sein können.»

Wainwright lächelte frostig. «Weder Miss Keller noch Sie sind forensische Archäologen, Dr. Hunter. Vielleicht werden Sie sich in Zukunft ...»

Ich bemerkte einen plötzlichen Aufruhr. Hinter uns schrie jemand auf, und als ich mich umdrehte, sah ich die beiden Vollzugsbeamten und einen Polizisten am Boden liegen.

Monk lief aus der Senke.

Er hatte genau den Moment abgepasst, als jeder abgelenkt war. Ein anderer Polizist stürzte sich auf ihn, doch der Häftling wurde nicht einmal langsamer. Er stürmte einfach weiter und schleuderte den Mann wie ein rasender Bulle zur Seite.

Dann lag nur noch das weite Moorland vor ihm.

«Hinter ihm her!», brüllte Terry und sprintete los.

Durch brutale Gewalt und Überraschung hatte sich Monk ein paar Meter Vorsprung verschafft, aber es sah nicht so aus, als würde er entkommen. Fluchend liefen die Beamten mit ihren schweren Stiefeln hinter ihm her. Als Monk dann einen Haken schlug und die Richtung änderte, platschten die Polizisten plötzlich in tiefen Morast. Innerhalb weniger Sekunden steckten sie in dem weichen Boden fest.

Monk wurde kaum langsamer. Jetzt, wo er keine Handschellen mehr trug, war von seiner früheren Schwerfälligkeit nichts mehr zu sehen. Er schien genau zu wissen, wohin er treten musste, und fand immer festen Boden, der sich rein optisch kaum von dem ihn umgebenden Sumpf unterschied. *Deswegen hatte er also nicht Wainwright beobachtet, sondern die ganze Zeit hinaus aufs Moor geschaut.*

Er hatte seinen Fluchtweg geplant.

«Lass den Hund los! Lass den verdammten Hund los!», rief Terry, während er versuchte, den Morast zu umgehen.

Das musste dem Hundeführer nicht zweimal gesagt werden. Kaum hatte er ihn von der Leine gelassen, jagte der Schäferhund über das Moor auf Monk zu. Der Hund kam wesentlich besser mit dem schwierigen Gelände zurecht und war dem Häftling in kürzester Zeit auf den Fersen. Ich sah, wie sich Monk mit blassem Gesicht umschaute und langsamer wurde, um sich unbeholfen aus seiner Jacke zu schälen. *Was hat er nur vor?*

Einen Moment später verstand ich. Als der Hund aufholte, wirbelte Monk herum und hielt einen Arm vor sich, um den er die Jacke gewickelt hatte. Er trat einen Schritt zurück und fing damit den Sprung des Hundes ab, der sich in der dicken Polsterung des Arms verbiss. Dann schlug ihm Monk mit der anderen Hand mit voller Kraft auf den Nacken. Ein schrilles Winseln hallte über das Moor und erstarb. Monk schleuderte den schlaffen Körper des Hundes zur Seite und lief weiter.

Die Stille wurde von einem Schrei durchbrochen, als der Hundeführer auf den reglosen Schäferhund zulief. «Mein Gott!», stieß Roper hervor und zog sein Funkgerät aus der Tasche. «Der Hubschrauber soll losfliegen! Stell keine dämlichen Fragen, tu einfach, was ich sage!»

Monk lief weiter und sprang so mühelos über das unebene Moorland, als würde er durch einen Park joggen. Die meisten Polizisten kämpften sich noch durch den tiefen Morast, doch Terry war es gelungen, den schlimmsten Stellen auszuweichen. Und die Sache mit dem Hund hatte Monk seinen Vorsprung gekostet. Vom Rand der Senke aus, wo ich den verletzten Männern half, sah ich besorgt, wie Terry kurz davor war, ihn einzuholen.

Sophie hatte sich die Hände vor den Mund gelegt. «Er wird ihn töten!»

Das befürchtete ich auch. Terry wurde zwar mit den meisten Männern fertig, doch wir hatten gerade gesehen, wie Monk dem Polizeihund das Genick gebrochen hatte.

Aber auch Terry hatte es gesehen. Er hechtete einem Rugbyspieler gleich auf die Beine des Häftlings und bekam ihn direkt unterhalb der Knie zu fassen. Monk stürzte wie von der Axt getroffen zu Boden, während Terry seine Beine umklammert hielt. Doch das schien Monk nicht weiter zu beeindrucken. Er drehte sich um und begann, wild auf den Mann einzuschlagen, der an seinen Beinen hing. Terry zog den Kopf zwischen die Schultern und hielt Monk umklammert. Dann aber kriegte er einen heftigen Schlag ab, zuckte zusammen und ließ los. Monk strampelte sich frei und kroch auf die Knie, doch weiter kam er nicht. Ein schlammverschmierter Polizist rammte ihn um und rollte ihn weg von Terry, der lang ausgestreckt am Boden lag. Ein weiterer Beamter kam zu Hilfe, und dann stürzten sich die Uniformierten auf ihn wie Ameisen auf eine Wespe.

«Kommt her, ihr Arschlöcher!»

Obwohl die Schlagstöcke auf ihn niedersausten, schlug Monk wild um sich und wehrte die Angreifer ab. Nur weil sie in der Überzahl waren, konnten sie ihn am Boden halten. Einmal rappelte er sich auf und wollte losstürmen, doch da holte ihn ein Schlagstock wieder von den Beinen. Das Gesicht auf dem Boden, wehrte er sich mit allen Kräften dagegen, dass ihm die Arme auf den Rücken gedreht wurden. Doch ehe er sich losreißen konnte, hatte man ihm Handschellen angelegt, und der Kampf war vorbei.

«NEIN! Nein! Nein! Nein!»

Er heulte wie ein angeschossenes Tier, als ihn die Polizisten auf den Boden drückten und auch seine Fußknöchel fesselten. Dann ließen sie von ihm ab, während er hilflos tobte und zappelte. Ein paar Beamte kümmerten sich um Terry, der, noch immer benommen, auf Händen und Knien hockte. Als sie ihm aufhelfen wollten, schüttelte er sie ab und stand aus eigener Kraft auf. Wir waren zu weit weg und konnten nicht hören, was er sagte, doch er hatte wohl irgendeine witzige Bemerkung gemacht, denn die Männer brachen in ein raues und leicht hysterisches Gelächter aus.

Sophie sackte gegen mich. «O Gott.»

Ich legte automatisch einen Arm um sie. Die beiden Vollzugsbeamten und der Polizist, die Monk bei seiner Flucht niedergeschlagen hatte, waren wieder auf den Beinen. Dem älteren Wachmann lief Blut aus seiner gebrochenen Nase, ansonsten aber war er unverletzt. Blass und zitternd legte er seinen Kopf in den Nacken und stillte die Blutung mit den Taschentüchern, die ich ihm gegeben hatte. Von den beiden Beamten war er derjenige, der humaner zu Monk gewesen war. Es hatte ihm nichts genützt.

Monks Anwalt war auffallend still geworden, doch als wir zu Terry und den anderen Polizisten eilten, die um seinen Mandanten herumstanden, schien er sich genötigt zu fühlen, etwas zu sagen. «Ihnen ist ja wohl klar, dass dies eine Verletzung der Fürsorgepflicht der Polizei gegenüber meinem Mandanten darstellt», meinte er keuchend zu Roper. Er hatte sich seinen Aktenkoffer unter den Arm geklemmt und hastete hinter uns her. «Man hätte niemals zulassen dürfen, dass er flieht. Ich werde mich über die gesamte Ausführung dieser Aktion offiziell beschweren.»

«Tun Sie sich keinen Zwang an», entgegnete Roper.

Diese Gleichgültigkeit stachelte Dobbs weiter an. «Und was diese Gewaltanwendung angeht …! Die Art, wie er überwältigt wurde, war völlig unverhältnismäßig, ein typisches Beispiel für die Brutalität der Polizei!»

Roper drehte sich zu ihm um und grinste ihn mit seinen Mäusezähnen an. «Wenn Sie nicht sofort das Maul halten, schiebe ich Ihnen Ihren Aktenkoffer in den Arsch.»

Jetzt gab der Anwalt Ruhe.

Jeder Polizeibeamte, der bei Monk stand, war durch die Jagd in Mitleidenschaft gezogen worden. Alle waren schlammverschmiert, und es gab keinen, der nicht blutete oder irgendeine Verletzung davongetragen hatte. Terry hatte eine dicke Beule an der Stirn, wirkte aber durch den Vorfall und den dadurch ausgelösten Adrenalinschub wie aufgedreht.

«Gut gemacht, Chef», sagte Roper und schlug ihm auf den Rücken. «Wie geht's dem Kopf?»

Terry berührte die Beule vorsichtig. «Ich werde es überleben.» Er grinste Sophie an. «Das kann meiner Attraktivität doch nichts anhaben, oder?»

«Es kann nur besser werden», entgegnete sie kühl.

Wainwright kam anstolziert und blieb vor dem in Gras und Heidekraut liegenden, gefesselten Monk stehen. Der Häftling atmete schwer, sein Gesicht und sein Mund waren blutverschmiert. Er wehrte sich nicht mehr, zerrte aber hin und wieder an den Fesseln, als wollte er sie testen. Die Handschellen waren aus gehärtetem Stahl, und das Band um seine Beine würde nicht so schnell reißen, aber ich war trotzdem froh, dass ich nicht derjenige war, der ihn zurück ins Gefängnis bringen musste.

Mit in die Hüfte gestemmten Fäusten starrte Wainwright auf ihn hinab. «Mein Gott, kaum zu glauben, dass unsere Gesellschaft Geld verschwendet, um solche Tiere am Leben zu erhalten!»

Monk rührte sich nicht. Blut lief ihm über die Zähne, als er seinen Kopf drehte und zu dem Archäologen hochschaute. In seinem Blick lag weder Angst noch Wut, er taxierte ihn nur kalt.

«Lassen Sie ihn doch endlich in Ruhe!», sagte Sophie. «Sie beeindrucken hier niemanden!»

«Sie auch nicht», blaffte Wainwright. «Und nach Ihrer Vorstellung vorhin können Sie von Glück sagen, wenn Sie jemals wieder eine Polizeibehörde finden, die Sie engagiert!»

«Das reicht», sagte Terry und kam herüber. Die manische Energie, die er gerade noch ausgestrahlt hatte, war jetzt völlig verschwunden. «Wir sind hier fertig. Wir werden auf den Hubschrauber warten, aber die anderen können schon zurückgehen.»

«Und was ist mit den Gräbern?», fragte Sophie niedergeschlagen. Wainwrights Seitenhieb hatte sie offenbar getroffen.

Terry beobachtete, wie der Hundeführer mit dem Schäferhund auf dem Arm, dessen Kopf leblos herabhing, zu uns gestapft kam. «Was glaubst du denn?», sagte er nur und wandte sich ab.

Sophie und ich machten uns auf den Rückweg. Es war leichter, direkt zur Straße zu gehen, als quer durchs Moor zu waten. Sie war still, und auch ich sagte nichts, bis ich sah, wie sie sich wütend die Tränen aus den Augen wischte.

«Achten Sie gar nicht auf Wainwright. Es war nicht Ihr Fehler.»

«Ja, genau.»

«Es hätte ein Grab sein können. Wir mussten es überprüfen.»

Als ich das sagte, kam mir irgendetwas in den Sinn, aber ich konnte es nicht genau festmachen. Wahrscheinlich war es unwichtig, ich konzentrierte mich stattdessen auf Sophie.

Sie lächelte mich schwach an. «Bestimmt wird Simms das genauso sehen. Mein Gott, ich habe mich wirklich zur Idiotin gemacht, oder? Ich habe Monk angeboten, seinem Gedächtnis auf die Sprünge zu helfen, und war mir total sicher, dass ich wüsste, was los ist. Und er hat uns alle zum Narren gehalten. Er hat nur gesagt, dass er uns die Gräber zeigen will, um fliehen zu können.»

«Das konnten Sie nicht wissen.»

Sie hörte nicht zu. «Ich verstehe das einfach nicht. Hat

er wirklich geglaubt, er könnte hier draußen weit kommen? Wo wollte er denn hin?»

«Ich weiß es nicht.» Ich war zu deprimiert, um mich zu fragen, warum die ganze Sache schiefgelaufen war. «Wahrscheinlich hat er überhaupt nichts gedacht und ist erst auf die Idee gekommen, als er hier war.»

«Das glaube ich nicht.» Sophie sah beunruhigt aus. Sie strich sich eine Strähne aus dem Gesicht. «Niemand tut etwas ohne Grund.»

KAPITEL 7

Der Frühling kam und ging. Auf den Sommer folgte der Herbst, dann der Winter. Weihnachten nahte. Alice hatte Geburtstag, begann mit Ballettstunden und bekam Windpocken. Kara wurde befördert und erhielt eine kleine Gehaltserhöhung. Zur Feier gaben wir das Geld schon im Voraus für einen neuen Wagen aus, einen Volvo Kombi. Ein schöner und sicherer Wagen für die beiden. Ich flog auf den Balkan, um an der Bergung eines Massengrabes mitzuarbeiten, und fing mir bei der Kälte dort eine Grippe ein. Das Leben ging weiter.

Und die erfolglose Suche nach Jerome Monks verschwundenen Opfern rückte in den Hintergrund.

Ich hatte eigentlich damit gerechnet, dass es mehr Gezeter wegen seines gescheiterten Fluchtversuchs geben würde, doch Simms hatte es geschafft, die Geschichte aus den Medien zu halten. Die Suche war dann noch fortgesetzt worden, allerdings ohne großen Enthusiasmus. Simms hatte Fachleute mit geophysikalischem Gerät hinzugezogen, weil er hoffte, dass man über den spezifischen Widerstand und das Magnetfeld des Bodens menschliche Leichen entdecken könnte. Doch diese Art Messung war für den zerklüfteten Torfboden des Moores nicht geeignet, und wir alle wussten das. Nach ein paar weiteren Tagen wurde die Suche stillschweigend abgeblasen.

Lindsey und Zoe Bennett würden in ihren Gräbern versteckt bleiben, wo auch immer diese waren.

Meine Arbeit war damit beendet. Ich war vor allem für den Fall dort gewesen, dass weitere Leichen entdeckt wurden, und das sah zunehmend unwahrscheinlicher aus. Ich blieb noch einen Tag, um gemeinsam mit Pirie die Untersuchung der Überreste von Tina Williams abzuschließen, aber danach gab es für mich nichts mehr zu tun.

Ich bedauerte nicht, abreisen zu können. Der ganze Aufenthalt im Dartmoor war keine gute Erfahrung gewesen, außerdem vermisste ich meine Familie. Leid tat mir nur, dass ich keine Gelegenheit hatte, mich von Sophie zu verabschieden. Sie machte sich noch immer Vorwürfe und reiste vor mir ab. Ich hoffte, dass sie darüber hinwegkam. Solche Vorfälle verfolgten einen häufig, besonders wenn der Ermittlungsleiter nach jemandem suchte, dem er die Schuld geben konnte.

Doch Simms hatte sich einen anderen Sündenbock ausgesucht.

Bevor ich abreiste, sprach ich nur noch einmal mit Terry, und zwar an meinem letzten Morgen. Ich hatte vor *The Trencherman's Arms* gerade meine Taschen in den Wagen gepackt und knallte die Haube des Kofferraums zu, als neben mir sein auffälliger gelber Mitsubishi hielt.

«Willst du los?», fragte er, als er ausstieg.

«Es ist eine lange Fahrt. Du siehst ziemlich fertig aus. Alles in Ordnung?»

Terry wirkte erschöpft. Die Beule an seiner Stirn, die ihm Monk verpasst hatte, war mittlerweile verschorft, wodurch sie noch schlimmer aussah. Er rieb sich mit den Handballen seine sowieso schon geröteten Augen. «Super.»

«Wie läuft's mit Simms?»

«Simms?» Er sah mich verdutzt an, so als wüsste er für einen Augenblick tatsächlich nicht, von wem ich sprach. «Er wird mich jedenfalls nicht für eine Beförderung empfehlen, so viel steht fest.»

«Gibt er dir die Schuld?»

«Natürlich. Du glaubst doch nicht, dass er sich selbst dem Beschuss aussetzt, oder?»

«Aber er ist der Ermittlungsleiter, er trug die Verantwortung ...»

«Simms würde mich sofort den Haien zum Fraß vorwerfen, wenn sie ihn dafür in Ruhe lassen. Außerdem gibt es hier einige Leute, die es gar nicht abwarten können, dass der Neuling aus London einen Dämpfer kriegt.»

Das konnte ich mir vorstellen. Ich fragte mich, ob ich ihm erzählen sollte, dass ich gehört hatte, wie Roper Simms Bericht erstattet hatte. Aber das war letztlich nur eine Vermutung, und Terry hatte schon genug um die Ohren.

«Kann ich irgendetwas tun?»

Er lachte freudlos auf. «Kannst du die Uhr zurückdrehen?»

In dieser Stimmung hatte ich Terry noch nie erlebt. «Ist es so schlimm?»

Er versuchte gleichgültig zu wirken. «Ach was. Ich habe nicht viel Schlaf gekriegt, das ist alles. Ist Sophie hier?»

«Sie ist gestern Abend abgereist.»

«Gestern Abend? Warum hat mir keiner was gesagt, verdammte Scheiße?»

«Ich habe sie auch nicht mehr gesehen. Ich glaube, sie

wollte einfach nicht länger bleiben. Sie macht sich ziemliche Vorwürfe.»

«Ja, da ist sie nicht die Einzige.»

«Es war nicht ihr Fehler. In ihrer Position hätte ich wahrscheinlich das Gleiche getan.»

Terry sah mich ohne jede Freundlichkeit an. Plötzlich hatte ich das Gefühl, ihn überhaupt nicht zu kennen. «Wieso verteidigst du sie plötzlich?», fragte er.

«Ich habe nur gesagt ...»

«Ich weiß, was du gesagt hast. Die ganze Sache ist schiefgelaufen, und mein Kopf steckt in der Schlinge, aber du machst dir vor allem Sorgen um die verfluchte Sophie Keller. Aber mir ist ja gleich aufgefallen, wie gut ihr beiden miteinander könnt.»

«Was soll das heißen?»

«Das soll ...» Er unterbrach sich. «Vergiss es. Grüß Kara von mir.» Er stieg wieder in seinen Wagen, knallte die Tür zu und jagte so schnell davon, dass mir der Kies gegen die Beine wirbelte. Ich blieb noch eine Weile stehen, hin- und hergerissen zwischen Ärger und Verwirrung.

Doch das legte sich bald. Terry und die Ereignisse in Dartmoor rückten schnell in den Hintergrund. Alice schien jedes Mal, wenn ich weg war, größere Entwicklungssprünge zu machen, und Kara und ich sprachen von einem zweiten Kind. Meine Arbeit beschäftigte mich mehr denn je. Zwar war die Suche kein Erfolg gewesen, doch meine Rolle dabei hatte meinem Ruf nicht geschadet. Ich war mit einem Mal bei vielen Polizeibehörden gefragt, und gelegentlich wunderte ich mich über meine Vorfreude, wenn das Telefon klingelte und mir von weiteren verstümmelten oder verwesten Leichen berichtet wurde ... Doch ich sagte mir, dass es nur verständlich war. Das war eben meine Arbeit, ich musste Distanz wahren. Und wer wäre nicht erfreut, wenn seine Karriere so gut läuft?

Dann kam die Sache mit dem Massengrab in Bosnien. Ich gehörte zu einem internationalen Team, das den Auftrag hatte, die Opfer zu exhumieren und, wenn möglich, zu identifizieren. Es war ein schrecklicher, monatelanger Aufenthalt, von dem ich drei Tage mit Fieber und Grippe im Bett verbrachte. Ich kehrte mehrere Kilo leichter zurück, ernüchtert von der menschlichen Fähigkeit zur Grausamkeit in einem solch industriellen Ausmaß. Ich war noch nie so froh gewesen, wieder zu Hause zu sein, und zunächst führte ich Karas distanzierte Art darauf zurück, dass sie mir Raum geben wollte, um mich wieder einzugewöhnen. Aber als ich Alice am ersten Abend nach meiner Rückkehr eine Gutenachtgeschichte vorgelesen hatte und Kara und ich dann bei einer Flasche Wein zusammensaßen, hatte ich den Eindruck, dass mehr dahintersteckte.

«Na schön, erzählst du mir, was los ist?», fragte ich, nachdem sie schon eine ganze Weile ins Leere gestarrt hatte. Derart in sich gekehrt zu sein, sah ihr überhaupt nicht ähnlich, erst recht nicht, wenn wir uns wochenlang nicht gesehen hatten. «Hm? Ach, entschuldige, ich war ganz woanders.»

«Das habe ich bemerkt. Was ist los?»

«Nichts. Wirklich, ich bin nur ein bisschen in Gedanken versunken.» Sie lächelte und versuchte die Sache abzutun. «Komm, lass uns das Geschirr abräumen.»

«Kara …?»

Seufzend stellte sie die Teller wieder ab. «Versprich mir, dass du nichts unternehmen wirst.»

«Wieso, was ist denn passiert?»

«Terry Connors ist vor ein paar Tagen vorbeigekommen.»

Seit der Sache in Dartmoor hatte ich ihn weder gesehen noch gesprochen. «Terry? Weshalb?»

«Er sagte, er wäre gerade in London und hätte sich gedacht, er schaut mal kurz vorbei, um dich zu besuchen, aber ... Also, ich hatte den Eindruck, dass er ganz genau wusste, dass du weg bist.»

Ein komisches Gefühl stieg in mir hoch. «Und weiter?»

«Ich fand es nur etwas ... seltsam, dass er einfach so vorbeikommt. Warum hat er nicht erst angerufen, um zu schauen, ob du da bist? Er hatte eine Fahne, und ich habe ihm einen Kaffee gemacht, aber ich fühlte mich ... ich fühlte mich irgendwie nicht wohl in seiner Gegenwart.»

«Wie meinst du das?»

Kara war rot geworden. «Muss ich es buchstabieren?»

Ich merkte, dass ich die Tischkante umklammert hatte, und ließ sie los. «Was hat er gemacht?»

«Er hat nichts *gemacht*, er war nur so komisch. Ich habe ihm gesagt, dass er besser gehen sollte ... Na ja, und da meinte er, ob ich mir wirklich sicher wäre, dass ich das wollte. Er sagte ... Er sagte, ich wüsste ja auch nicht, was du so treibst, wenn du weg bist.» Sie nahm ihr Weinglas, stellte es aber wieder ab, ohne etwas getrunken zu haben. «Dann ist Alice aufgewacht und rief von oben, ob du wieder zu Hause wärst. Ich war echt erleichtert. Ihn schien es jedenfalls wachzurütteln, denn er stand auf und ging.»

Mir war schwindelig, als wäre ich zu schnell aufgestanden, dabei hatte ich mich nicht gerührt. «Warum hast du mir das nicht gesagt?»

«Du warst knietief in einem Grab in Osteuropa. Was hätte das gebracht? Außerdem ist ja eigentlich nichts passiert.»

«Mein Gott. Er ist einfach hergekommen und … und …»

«David, beruhige dich.»

«Beruhigen?» Ich konnte nicht länger still sitzen und schob meinen Stuhl zurück. «Was er über mich gesagt hat … das stimmt nicht.»

Kara stand auf und kam zu mir. Sie streichelte meine Wange. «Das weiß ich doch. Terry glaubt einfach, jeder wäre so wie er.»

«Wie meinst du das?»

«Du kennst ihn doch. Seine Affären.»

«Affären?», wiederholte ich wie blöde.

Sie lächelte mich seltsam an. «Wusstest du wirklich nichts davon? Ich habe keine Ahnung, wie Deborah es mit ihm aushält. Sie hat mir gesagt, dass sie vor Jahren schon die Hoffnung aufgegeben hat, dass er treu ist, und jetzt möchte sie nur noch, dass er wenigstens diskret ist. Ich glaube, deswegen musste sich Terry auch versetzen lassen. Er hatte hier in London eine Affäre, die hässlich endete.»

Das war mir neu. Aber es erklärte die angespannte Stimmung, als wir vier zum letzten Mal aus gewesen waren.

«Warum hast du mir nie etwas gesagt?», fragte ich und nahm sie in den Arm.

«Weil es uns eigentlich nichts angeht und ich alles nicht noch schlimmer machen wollte. Du musst ja mit ihm zusammenarbeiten.»

Jetzt nicht mehr. Kara lehnte sich zurück, um mich anzuschauen.

«Versprich mir, dass du keine Dummheit machst.»

«Was denn?»

«Was auch immer. Lass es einfach sein. Bitte. Er ist es nicht wert.» Sie streichelte meinen Rücken. «Und ich möchte an deinem ersten Abend zu Hause wirklich nicht noch länger über Terry Connors reden.»

Das wollte ich auch nicht. Also taten wir es auch nicht.

Doch ganz konnte ich es nicht vergessen. Terry war mit der Absicht zu uns gekommen, meine Frau zu verführen. Und als wäre das nicht schon schlimm genug, hatte er versucht, sie glauben zu machen, dass ich ihr untreu gewesen war. Allein der Gedanke daran brachte mich zur Weißglut, doch ich nahm mir vor, zumindest in den nächsten Tagen nichts zu unternehmen, damit ich mich erst einmal beruhigen konnte.

Dieser Vorsatz hielt bis zum nächsten Nachmittag.

Da ich mich nach der Balkanreise erst wieder langsam in meine Arbeit einfinden musste, hatte ich sowieso vorgehabt, früh Feierabend zu machen. Eigentlich hatte ich Alice von der Schule abholen wollen, doch die Wut auf Terry hatte über Nacht an mir genagt. Ich brütete noch ein paar Stunden darüber, ehe ich Kara im Krankenhaus anrief. «Es tut mir leid, aber kannst du nachher Alice abholen?», fragte ich.

«Ich schätze schon. Warum, hast du zu tun?»

Ich bereute bereits, sie angerufen zu haben. Kara hatte eine Teilzeitstelle und konnte ihre Arbeit flexibel einteilen, aber wegen meines Jobs hatte sie schon häufig Kollegen bitten müssen, ihre Schichten mit ihr zu tauschen. Und überhaupt sollte ich mich auf die wichtigen Dinge des Lebens konzentrieren und nicht losstürmen, um jemanden wie Terry Connors zur Rede zu stellen. «Ach, es ist nicht so wichtig. Vergiss es.»

«Nein, ist schon in Ordnung. Ich würde sowieso nur für eine Personalversammlung bleiben und wäre froh, eine Ausrede zu haben.» Plötzlich war sie misstrauisch. «Was ist denn passiert?»

«Nichts. Lassen wir alles so ...»

Ich wollte gerade sagen, wie geplant, aber in dem Moment entstand am anderen Ende im Hintergrund Aufruhr. Ich hörte erhobene Stimmen und das Knallen schwerer Türen.

«Sorry, ich werde gebraucht», sagte sie hastig. «Ich hole Alice ab, und du erklärst es mir später. Tschüs.»

Sie legte auf, bevor ich mich verabschieden konnte. Mit einem flauen Gefühl ließ ich das Telefon sinken. Ich beschloss, sie zurückzurufen und ihr zu sagen, dass ich es mir anders überlegt hätte, dass ich Alice abholen würde. Doch als ich es nach einer halben Stunde erneut probierte, war besetzt. Und schon musste ich wieder daran denken, was Terry getan hatte, und meine Wut loderte auf. Es schien wenig Sinn zu haben, Kara noch einmal bei der Arbeit zu stören, und mittlerweile hatte sie wahrscheinlich schon alles arrangiert.

Also rief ich stattdessen Terry an.

Ich war mir nicht einmal sicher, ob er rangehen würde, wenn er sah, dass ich es war. Doch er ging ran. Seine Stimme klang selbstsicher und unbeschwert wie immer. «David! Wie geht's?»

«Ich muss dich treffen.»

Er zögerte nur leicht. «Du, liebend gern, aber im Moment ist es gerade ein bisschen hektisch. Ich rufe dich zurück, wenn ...»

«Wäre es dir lieber, wenn ich vor deinem Haus auf dich warte?»

Eigentlich hatte ich nicht die Absicht gehabt, seine Familie in die Sache zu verwickeln, aber ich wollte mich nicht so einfach abwimmeln lassen. Dieses Mal war die Pause länger.

«Hast du mir etwas zu sagen?»

Allerdings, aber ich wollte es persönlich tun. «Ich kann in ein paar Stunden in Exeter sein. Sag, wo.»

«Die Fahrt kann ich dir ersparen. Ich bin noch in London. Ich gebe dir sogar ein Bier aus.» Sein Ton war gönnerhaft. «Ganz wie in den alten Zeiten.»

Er hatte einen Pub in Soho vorgeschlagen, und als ich hineinging, sah ich, warum. Es war offenbar eine Polizeikneipe; fast jeder Gast hatte das unverkennbare großspurige Gehabe eines Beamten außer Dienst. Das Lokal war für Weihnachten geschmückt, überall hingen ausgebleichte Papierschlangen und Glitzerkugeln, die anscheinend seit einer Ewigkeit jedes Jahr wieder hervorgekramt wurden. Terry stand lachend mit einer Gruppe Männer an der Theke. Er entschuldigte sich, als ich näher trat. Sein Lächeln war wie immer, doch sein Blick war wachsam. «Was zu trinken?»

«Nein danke.»

«Wie du willst.» Mit einem Glas in der Hand lehnte er sich lässig an einen Tisch. «Und, wo brennt's?»

«Halt dich von Kara fern.»

«Wovon redest du?»

«Du weißt genau, wovon ich rede. Ich möchte nicht, dass du noch einmal zu mir nach Hause kommst.»

Er lächelte noch immer, aber von seinem Hals war Röte aufgestiegen. «Hey, Moment mal, ich habe keine Ahnung, was sie gesagt hat, aber ich wusste nicht, dass du weg bist ...»

«Doch, das wusstest du. In den Nachrichten wurde ständig von dem Massengrab berichtet, und man muss kein Genie sein, um zu wissen, dass ich dort bin. Deswegen hast du vorher auch nicht angerufen, denn dann hättest du keinen Grund mehr gehabt, um vorbeizukommen.»

«Hör zu ...»

«Du hast sogar versucht, ihr einzureden, ich hätte was mit einer anderen! Warum hast du das getan, verdammt?»

Ich meinte, etwas wie schlechtes Gewissen oder Reue in seinen Augen gesehen zu haben. Doch es war so schnell wieder weg, dass ich es mir vielleicht nur eingebildet hatte.

Er zuckte mit den Achseln. «Warum nicht?»

«Und das ist alles?»

«Was soll ich sagen? Kara sieht klasse aus. Du müsstest geschmeichelt sein», sagte er mit einem spöttischen Grinsen.

Ruhig. Lass dich bloß nicht von ihm provozieren. Er war hier auf sicherem Terrain. Wenn ich die Kontrolle verlor, könnte er mit mir den Boden aufwischen, und das in einem Pub voller freundlicher Zeugen, die aussagen würden, dass ich angefangen hatte. Ich wusste nicht, was ich ihm getan hatte, aber mittlerweile war es mir egal. Und dann wurde mir noch etwas anderes klar. «Es läuft nicht so gut, oder, Terry?»

Er kniff die Augen zusammen. «Was soll das?»

«Deswegen bist du auch hier, richtig?» Ich deutete mit einer Kopfbewegung in den Pub. «Du versuchst, die ruhmreichen Zeiten wieder aufleben zu lassen. Dein Ruf muss nach der Sache mit Monk ziemlich angekratzt sein.»

Das Lächeln war verschwunden. Seine Miene wurde widerwärtig. «Mir geht's gut. Ich habe nur ein paar Tage frei.» Doch seine Augen straften seine Worte Lügen. Terry hatte immer eine leichtsinnige Ader gehabt, das war ein Teil seines Charmes. Jetzt sah ich, dass er auch etwas Selbstzerstörerisches hatte. Er verließ sich aufs Glück und auf seine Instinkte, und da ihn beides im Stich gelassen hatte, schlug er frustriert um sich, und ich war nur zufällig in seine Schusslinie geraten.

Es machte keinen Sinn, noch länger zu bleiben. Kara hatte recht gehabt: Ihn zur Rede zu stellen, hatte nichts gebracht. Als ich mich abwandte, hörte ich, wie er etwas zu der Gruppe an der Theke sagte. Ihr raues Gelächter folgte mir hinaus. Dann fiel die Tür hinter mir zu, und ich war wieder auf der Straße.

Ich ging geradewegs nach Hause. Es war zu spät, um Alice abzuholen, und eigentlich rechnete ich damit, dass die beiden vor mir daheim wären. Doch sie waren noch nicht da, und so begann ich, das Abendessen vorzubereiten. Ich bereute bereits, mich mit Terry getroffen zu haben, außerdem machte ich mir Vorwürfe, dass ich Kara zur Schule geschickt hatte. Ich beschloss, es wiedergutzumachen. Am Wochenende wollte ich mit den beiden irgendetwas unternehmen, vielleicht würde ich mit Alice in den Zoo gehen und mich dann um einen Babysitter kümmern, damit Kara und ich am Abend allein ausgehen konnten.

Ich war so mit meinen Plänen beschäftigt, dass es eine Weile dauerte, bis ich merkte, wie spät es war. Ich rief Kara auf ihrem Handy an, doch sie ging nicht ran. Auch ihre Mailbox schaltete sich nicht ein, was ungewöhnlich war. Aber ich hatte keine Zeit, um mir darüber Gedanken zu machen, denn es klingelte an der Tür.

«Wenn sich da jemand einen Scherz erlaubt …», murmelte ich, trocknete mir die Hände ab und machte auf.

Doch es war kein Scherz. Ein Polizist und eine Polizistin standen vor mir. Sie waren gekommen, um mir zu sagen, dass ein Manager, der bei einem Geschäftsessen ein paar Gläser zu viel getrunken hatte, die Kontrolle über seinen BMW verloren und den Wagen von Kara und Alice gerammt hatte. Durch den Aufprall waren sie vor einen Lkw geschleudert worden, der den neuen Volvo wie Balsaholz zerdrückt hatte. Meine Frau und meine Tochter waren am Unfallort gestorben.

Und so schnell endete mein altes Leben.

DIE GEGENWART

KAPITEL 8

Ich kam gerade aus der Dusche, als es an der Tür klingelte. Fluchend griff ich nach dem Bademantel. Auf dem Weg zur Tür warf ich kurz einen Blick auf die Küchenuhr und fragte mich, wer mich um neun Uhr am Sonntagmorgen besuchen wollte.

Ich blieb stehen, um durch den Spion zu schauen, den ich in die Wohnungstür hatte einbauen lassen, und rechnete damit, zwei junge Männer mit entrückten Blicken und schlechtsitzenden Anzügen zu sehen, die mir das ewige Leben anbieten wollten. Doch ich konnte lediglich einen einzelnen Mann durch das Fischauge erkennen. Er hatte sich zur Straße hin abgewandt, sodass ich nur seine breiten Schultern und sein kurzes, dunkles Haar sehen konnte. Am Hinterkopf hatte er eine kahle Stelle, die er erfolglos zu kaschieren versuchte.

Ich schloss die Tür auf. Nachdem ich im vergangenen Jahr niedergestochen worden war, hatte mir die Polizei geraten, eine Sicherheitskette anzubringen, aber ich war noch nicht dazu gekommen. Obwohl die Person, die mich attackiert hatte, nicht gefasst worden war, kam mir der Spion paranoid genug vor.

Ich ließ es darauf ankommen.

Als ich die Tür aufmachte, warf der bedeckte Himmel ein graues Licht herein. Die Bäume an der Straße vor meiner Wohnung hatten schon fast ihr ganzes Laub verloren, das nun wie eine gelbe Decke auf dem Asphalt lag. Obwohl es an diesem Oktobermorgen kalt und feucht war, trug der Besucher einen Anzug ohne Mantel. Er drehte sich mit einem dünnen Lächeln um und musterte meinen Bademantel.

«Hallo, David. Ich störe doch nicht, oder?»

Später wunderte es mich, wie normal die erste Begegnung ablief. Es war, als hätten wir uns vor ein paar Wochen das letzte Mal gesehen und nicht vor acht Jahren.

Terry Connors hatte sich nicht verändert. Natürlich war er älter geworden, die Geheimratsecken waren ausgeprägter als früher, und sein Gesicht sah müde und blass aus, was auf lange Stunden in Dienstfahrzeugen und Büros hindeutete. Um seine Augen waren Falten, die er früher nicht gehabt hatte. Doch obwohl er gealtert war und sein Kinn ein bisschen kantiger wirkte als in meiner Erinnerung, hatte sein gutes Aussehen kaum gelitten. Genauso wenig seine Großspurigkeit, die ein wesentlicher Bestandteil davon war. Sein Blick war immer noch von oben herab, wörtlich und im übertragenen Sinne. Obwohl er auf der unteren Stufe stand, waren seine dunklen Augen auf einer Höhe mit meinen. Ich sah, wie er mich musterte und wahrscheinlich genauso die Veränderungen registrierte, wie ich es getan hatte. Ich fragte mich, wie sehr ich mich in all dieser Zeit verändert hatte.

Erst dann spürte ich die Verunsicherung, ihn plötzlich vor mir zu sehen.

Ich hatte keine Ahnung, was ich sagen sollte. Er schaute die Straße hinab, als würde sie in die Vergangenheit führen, die hinter uns lag. Mir fiel auf, dass sein linkes Ohrläppchen fehlte, als wäre es mit einer Schere abgetrennt worden. Doch auch ich hatte inzwischen meine Narben.

«Entschuldige, dass ich hier unangemeldet auftauche, aber ich wollte nicht, dass du es aus den Nachrichten erfährst.» Er drehte sich wieder zu mir um und sah mich mit seinen erbarmungslosen und ungerührten Polizistenaugen an. «Jerome Monk ist geflohen.»

Diesen Namen hatte ich seit Jahren nicht gehört. Ich schwieg einen Moment, in dem die Erinnerung an die triste Landschaft des Dartmoors und den Geruch nach Torf wieder hochkam. Dann trat ich einen Schritt zurück und hielt die Tür auf.

«Komm lieber rein.»

Terry wartete im Wohnzimmer, während ich ging, um mich anzuziehen. Ich beeilte mich nicht. Unruhig und mit pochendem Herzen stand ich im Schlafzimmer. Meine Fäuste waren geballt. *Beruhige dich. Hör dir an, was er zu sagen hat.* Mechanisch knöpfte ich mein Hemd zu. Als ich merkte, dass ich nur hinauszögerte, ihm gegenüberzutreten, ging ich zurück.

Er stand mit dem Rücken zu mir vor dem Bücherregal, den Kopf geneigt, sodass er die Titel lesen konnte. Er sprach, ohne sich umzudrehen. «Schöne Wohnung. Lebst du allein?»

«Ja.»

Er zog ein Buch aus dem Regal. «<Todesacker>», las er laut vor. «Du stehst nicht gerade auf leichte Lektüre, oder?»

«Dafür habe ich keine Zeit.» Ich unterdrückte meinen Ärger. Selbst als wir befreundet waren, hatte es Terry immer geschafft, mich zu provozieren. Wahrscheinlich war er unter anderem deswegen zu einem guten Polizisten geworden. «Kann ich dir einen Tee oder einen Kaffee machen?»

«Ich nehme Kaffee, wenn es kein entkoffeinierter ist. Schwarz, zwei Löffel Zucker.» Er stellte das Buch zurück ins Regal, folgte mir in die Küche und blieb in der Tür stehen, während ich die Kaffeemaschine füllte. «Das mit Monk scheint dich nicht zu beunruhigen.»

«Sollte es?»

«Willst du nicht wissen, was passiert ist?»

«Das kann warten, bis der Kaffee fertig ist.» Ich konnte seinen Blick spüren, als ich die Maschine anstellte. «Wie geht's Deborah?»

«Seit der Scheidung blendend.»

«Tut mir leid.»

«Das muss es nicht. Ihr tat es jedenfalls nicht leid. Und immerhin sind die Kinder alt genug, um selbst zu entscheiden, bei wem sie wohnen wollen.» Als er lächelte, zeigten sich zwar Fältchen um seine Augen, aber keine Herzlichkeit. «Ich sehe sie alle paar Wochenenden.»

Was sollte ich dazu sagen? «Bist du noch in Exeter?»

«Ja, noch immer im Präsidium.»

«Mittlerweile Detective Superintendent, oder?»

«Nein. Immer noch Inspector.»

Er sagte das, als wartete er nur auf eine Bemerkung von mir. «Der Kaffee ist gleich fertig», sagte ich. «Wir können uns hinsetzen.»

Im Wohnzimmer war es gemütlicher, aber ich wollte Terry nicht dort haben. Es war schon seltsam genug, dass er überhaupt in meiner Wohnung war.

Er setzte sich mir gegenüber. Ich hatte ganz vergessen, wie groß er war. Offenbar hatte er sich fit gehalten, auch wenn man ihm die Zeichen des Alters ansehen konnte. Die kahle Stelle am Hinterkopf war bestimmt unerträglich für ihn.

Stille breitete sich aus. Ich wusste, was als Nächstes kommen würde.

«Es ist viel Zeit vergangen.» Er schaute mich mit einer unergründlichen Miene an. «Ich wollte mich immer melden. Nach der Sache mit Kara und Alice.»

Ich nickte nur. Ich hatte auf die unvermeidliche Beileidsbekundung gewartet, so wie man sich gegen einen Schlag wappnet. Selbst nach all den Jahren kam mir jedes Wort falsch vor. Es war, als hätte der Tod meiner Frau und meiner Tochter ein fundamentales Gesetz des Universums verletzt.

Ich hoffte, dass er es dabei belassen würde, dass er seine Pflicht getan hatte. Doch er war noch nicht fertig.

«Ich wollte schreiben oder so, aber du weißt ja, wie es ist. Später habe ich dann gehört, dass du weggezogen bist und in irgendeinem Kaff in Norfolk als Arzt gearbeitet hast. Da hat es dann irgendwie keinen Sinn mehr gehabt.»

Das stimmte. Damals hatte ich keinen Menschen aus meinem alten Leben sehen wollen. Und schon gar nicht Terry.

«Aber ich freue mich, dass du wieder auf die Beine gekommen bist», fuhr er fort, als ich nichts sagte. «Ich habe gehört, dass du gute Arbeit machst. Bist du wieder in der forensischen Abteilung der Universität?»

«Vorläufig.» Ich wollte nicht darüber sprechen. «Wann ist Monk geflohen?»

«Gestern Nacht. Es kommt nachher in den Mittagsnachrichten. Die verfluchten Medien werden ihren großen Tag haben.» Seine Miene passte zu der Bitterkeit in seiner Stimme. Terry hatte die Medien nie gemocht, und daran hatte sich eindeutig nichts geändert.

«Wie konnte das passieren?»

«Er hatte eine Herzattacke.» Terry grinste schief. «Wer

hätte gedacht, dass so ein Arschloch ein Herz hat, was? Aber er hat es geschafft, die Ärzte in Belmarsh dazu zu bringen, ihn in ein ziviles Krankenhaus zu verlegen. Unterwegs hat er seine Fesseln zerrissen, die Scheiße aus den Wachen und dem Krankenwagenfahrer geprügelt und ist verschwunden.»

«Dann war die Attacke also fingiert?»

Terry zuckte mit den Achseln. «Kann man noch nicht sagen. Er hatte alle Symptome. Hoher Blutdruck, Herzrhythmusstörungen, das ganze Programm. Entweder hat er sie künstlich herbeigeführt, oder alles war echt, und er ist trotzdem geflohen.»

Normalerweise hätte ich gesagt, dass beides unmöglich war. Ein Hochsicherheitsgefängnis wie Belmarsh hatte eine gut ausgestattete Sanitätsabteilung mit Blutdruck- und EKG-Monitoren. Und jeder Häftling, bei dem so ernste Herzprobleme festgestellt wurden, dass man ihn zur weiteren Behandlung in ein Krankenhaus überführen musste, wäre niemals zu einer Flucht fähig. Allein der Versuch würde ihn umbringen. Aber wir redeten hier nicht über eine normale Person.

Es ging um Jerome Monk.

Die Kaffeemaschine hatte angefangen zu blubbern. Froh, etwas tun zu können, stand ich auf und goss den dampfenden Kaffee in zwei Becher. «Ich dachte, Monk wäre in Dartmoor.»

«Da war er auch, bis die Weicheier vor ein paar Jahren beschlossen, dass Dartmoor zu ‹inhuman› wäre, und es von Kategorie A auf C runterstuften. Danach wurde er zwischen ein paar anderen Hochsicherheitsgefängnissen hin und her geschoben. Am Ende zog Belmarsh das kürzere Streichholz.

Aber wie man hört, hat ihn das nicht mürbe gemacht. Vor ein paar Monaten hat er einen anderen Insassen totgeschlagen, und als ihn zwei Wärter wegreißen wollten, hat er sie krankenhausreif geprügelt.» Er sah mich mit hochgezogenen Augenbrauen an. «Es überrascht mich, dass du nichts davon gehört hast.»

Das hätte eine harmlose Bemerkung sein können, aber ich bezweifelte es. Anfang des Jahres war ich in den Vereinigten Staaten gewesen, und davor hatte ich mich von den Messerstichen erholt und mich kaum für die Nachrichten interessiert. Es war unmöglich zu sagen, ob Terry davon gehört hatte, aber irgendwie hatte ich das Gefühl, dass er es wusste.

Auf diese Weise eine Reaktion hervorrufen zu wollen, sah ihm ähnlich.

Ohne mir etwas anmerken zu lassen, löffelte ich Zucker in einen Becher und reichte ihn Terry. «Warum erzählst du mir das alles?»

Terry nahm den Becher, ohne sich zu bedanken. «Das ist nur eine Vorsichtsmaßnahme. Wir warnen jeden, dem Monk etwas nachtragen könnte.»

«Und du findest, das trifft auf mich zu? Ich bezweifle, dass er sich überhaupt an mich erinnern kann.»

«Hoffen wir, dass du recht hast. Aber ich möchte nicht vorhersagen, was Monk plant, jetzt wo er geflohen ist. Du weißt genauso gut wie ich, wozu er fähig ist.»

Das ließ sich nicht leugnen. Ich hatte eines seiner Opfer untersucht und persönlich gesehen, was Monk einer jungen Frau angetan hatte. Dennoch konnte ich mir nicht vorstellen, dass ich in Gefahr war.

«Wir sprechen über eine Sache, die vor acht Jahren gewesen ist», sagte ich. «Außerdem hatte ich ja nichts mit Monks Verurteilung zu tun, sondern nur mit der Suchaktion danach. Du glaubst doch nicht wirklich, dass ihn das noch interessiert, oder?»

«Du hast aber zum Polizeiteam gehört, und Monk ist keiner, der da Unterschiede macht. Oder der vergisst. Und du warst dabei, als die ganze Sache schiefgelaufen ist. Du hast das doch bestimmt nicht vergessen.»

Vergessen hatte ich es nicht. Aber ich hatte auch schon lange nicht mehr daran gedacht. «Danke für die Warnung. Ich werde sie im Kopf behalten.»

«Das solltest du auch.» Er trank vorsichtig einen Schluck Kaffee. «Hast du mit den anderen noch Kontakt?»

Auch das klang wie eine völlig harmlose Frage, aber ich kannte Terry gut genug. «Nein.»

«Nein? Ich dachte, du hast vielleicht mit Wainwright an anderen Fällen gearbeitet.»

«Nicht nach der Sache mit Monk.»

«Er ist vor einer Weile in Rente gegangen.» Terry blies auf seinen Kaffee, um ihn abzukühlen. «Und was ist mit Sophie Keller? Hast du sie mal wiedergesehen?»

«Nein. Warum sollte ich?»

«Ach, nur so.»

Ich hatte allmählich genug. «Warum sagst du mir nicht, weshalb du wirklich gekommen bist?»

Er war rot geworden, und ich spürte, dass ich genauso aussah. Die alte Feindschaft war wieder da. *Es hat nicht lange gedauert, oder?*

«Wie gesagt, es ist nur eine Vorsichtsmaßnahme. Wir benachrichtigen jeden ...»

«Verkauf mich nicht für blöd, Terry. Du hättest anrufen

oder jemanden beauftragen können, mich anzurufen. Weshalb bist du extra nach London gekommen?»

Jetzt hatte er nichts Freundliches mehr an sich. Er fixierte mich mit dem kalten Blick eines knallharten Polizisten. «Ich hatte hier sowieso zu tun. Ich dachte, ich komme kurz vorbei und sagte dir persönlich Bescheid. Um der alten Zeiten willen. Mein Fehler.»

So einfach wollte ich mich nicht abspeisen lassen. «Wenn Monk es auf jemanden von damals abgesehen hat, dann bestimmt nicht auf mich, oder?»

Terrys Miene hatte sich noch mehr verfinstert. «Ich bin gekommen, um dich zu warnen. Das habe ich getan.» Sein Stuhl schabte über den Boden, als er aufstand. «Danke für den Kaffee. Ich finde allein raus.»

Er marschierte aus der Küche, schien es sich dann aber anders zu überlegen. Er blieb stehen und drehte sich um. Sein Mund war eine schmale Linie, als er mich anstarrte.

«Ich dachte, du hättest dich vielleicht verändert. Ich hätte es wissen müssen.» Ohne sich noch einmal umzusehen, ging er hinaus. Ich blieb am Tisch sitzen und hatte das Gefühl, ich wäre zurück in die Vergangenheit geworfen worden. *Kannst du nachher Alice abholen?*

Die Wohnung kam mir irgendwie fremd vor. Doch meine Hände waren ruhig, als ich die Becher vom Tisch nahm. Ich hatte meinen Kaffee nicht angerührt, und jetzt wollte ich ihn nicht mehr. Ich schüttete ihn in die Spüle und schaute zu, wie der Bodensatz den Abfluss hinunterwirbelte. Ich hatte keine Ahnung, weshalb Terry wirklich gekommen war, aber eine Sache hatte sich in all den Jahren nicht geändert.

Ich traute ihm noch immer nicht.

KAPITEL 9

Monks Flucht war das Hauptthema der Mittagsnachrichten. Ein dreister Ausbruch eines landesweit bekannten Mörders aus dem Gefängnis hätte immer Schlagzeilen verursacht. Erst recht natürlich, wenn es sich um Jerome Monk handelte.

Als ich ins Labor fuhr und das Radio anmachte, wurde auch da von nichts anderem gesprochen. Ich hörte mir die Schlagzeilen an und schaltete dann aus. Trotz Terrys Warnung ging mich Monks Flucht nichts an. Es tat mir leid, dass er freigekommen war und dabei weitere Menschen verletzt hatte. Aber Jerome Monk war nicht mein Problem. Acht Jahre waren eine lange Zeit, eine zu lange Zeit, als dass er sich für mich interessieren würde. Oder ich mich für ihn.

Nein, ich würde das Ganze einfach aussitzen.

Aber sosehr ich mir auch das Gegenteil vormachen wollte, konnte ich Terrys Besuch nicht so ohne weiteres abtun. Ich war längst darüber hinweg, jemandem die Schuld für das Geschehene geben zu müssen, aber die erneute Begegnung mit ihm hatte schmerzhafte Erinnerungen heraufbeschworen und Gefühle aufgewühlt, die sich nicht legen wollten. Ich hatte mich auf diesen Sonntag gefreut, der einer meiner seltenen freien Tage war. Eigentlich hatte ich, nachdem ich es seit Wochen versprochen hatte, gemeinsam mit zwei

Kollegen und ihren Frauen in Henley an der Themse zu Mittag essen wollen. Doch nun war Terry hier aufgekreuzt. Da ich wusste, dass ich keine besonders gute Gesellschaft abgeben würde, hatte ich angerufen und mich entschuldigt. Ich brauchte Zeit für mich, um klarzukommen und meine Erinnerungen wieder loszuwerden.

Ich würde arbeiten.

Die Vergangenheit umwehte mich wie ein eiskalter Wind, als ich auf den Parkplatz der forensischen Abteilung fuhr. Nachdem ich von Norfolk zurück nach London gezogen war, war ich unsicher gewesen, ob ich wieder an meinen alten Arbeitsplatz in der Universität zurückkehren sollte, aus Furcht, dass mich alles an früher erinnern würde. Mittlerweile arbeitete ich seit drei Jahren wieder hier und gehörte praktisch zur Fakultät, hatte aber die Freiheit, mich ganz auf die Beratung der Polizei zu konzentrieren. Die Universität hatte mir eine feste Anstellung angeboten, doch bisher hatte ich mich nicht dazu durchringen können, sie anzunehmen. Die gegenwärtige Vereinbarung bewährte sich, selbst wenn sie mit einer gewissen Unsicherheit einherging, die ich gut ertragen konnte, schlug ich doch wegen meiner Erfahrungen in der Vergangenheit nur ungern allzu tiefe Wurzeln.

Die Gebäude waren sonntags geschlossen, aber ich kam oft zum Arbeiten her. Ich hatte meine eigenen Schlüssel und war es gewohnt, allein dort zu sein. Dennoch schaute ich mich auf dem leeren Parkplatz um, als ich zum Eingang ging. Es ist immer etwas beunruhigend, an einem normalerweise belebten öffentlichen Ort allein zu sein. Zwar machte ich mir keine Sorgen, dass Monk hinter mir her sein könnte, doch es gab andere Menschen, die mir tatsächlich gefährlich werden konnten. Die Narbe auf meinem Bauch sollte mich immer daran erinnern, dass ich mich nie sicher fühlen durfte.

Die Abteilung der Forensischen Anthropologie befand sich im Kellergeschoss eines ehemaligen Krankenhauses. Man gelangte entweder mit einem quietschenden alten Fahrstuhl, der immer nach Desinfektionsmittel roch, dorthin oder über zwei Treppen. Wie üblich nahm ich die Treppen. Das Gebäude stand unter Denkmalschutz, und in dem Treppenhaus gab es noch die originalen viktorianischen Fliesen und Steinstufen. Als ich hinunterging, hallten meine Schritte durch das leere Gebäude.

Sobald man unten durch die Türen getreten war, befand man sich allerdings wieder im einundzwanzigsten Jahrhundert. Es gab mehrere Labors, die alle modern und gut ausgestattet waren. Mein Büro war an das Labor am Ende des Korridors angegliedert. Es war nicht gerade geräumig, aber groß genug für meine Zwecke. Ich schloss die Tür auf und schaltete das Licht an. Hier unten gab es keine Fenster, so blieb ich kurz stehen und wartete, während die grellen Neonröhren stotternd angingen.

Da die Heizung übers Wochenende runtergestellt wurde, war es kühl in dem Raum. Doch auch daran war ich gewöhnt. Mein Büro war zweckmäßig eingerichtet, der meiste Platz wurde von den alten Aktenschränken aus Metall und dem Schreibtisch eingenommen. Ich fuhr den Computer hoch, der fast den gesamten Schreibtisch in Anspruch nahm, und zog mir meinen weißen Laborkittel an, der hinter der Tür hing. Dann ging ich ins Labor.

Die grässlichen Aspekte meiner Arbeit, wie das sorgfältige Abtrennen des Gewebes von einer Leiche und das

Auskochen der Knochen in Lösungsmittel, wurden normalerweise in der Leichenhalle vorgenommen. Die meisten Überreste, die hierherkamen, hatten diesen Prozess bereits hinter sich oder waren so verwest, dass es sich nur noch um trockene Knochen handelte.

Im Moment arbeitete ich an einem Fall, bei dem das Erstere zutraf. Auf dem Untersuchungstisch aus Aluminium lag das von allem Fleisch und Gewebe befreite Teilskelett eines Mannes Mitte dreißig. Zumindest war das meine Vermutung. Das Geschlecht war durch die Form der Hüfte und die Größe der Knochen relativ einfach zu bestimmen gewesen. Das Alter hatte ich aufgrund des Zustandes der Rückenwirbel und des Grads der Abnutzung der Schambeinfuge geschätzt, also des Teils des Hüftknochens, wo die beiden Schambeine aufeinandertreffen.

Normalerweise erhält man über das Skelett weitere Hinweise, um Alter und Geschlecht zu bestimmen und außerdem die Person zu identifizieren, doch in diesem Fall traf das nicht zu. Das fortgeschrittene Stadium der Verwesung hatte darauf hingedeutet, dass dieser Mann, wer immer er sein mochte, vor mindestens zwei Jahren gestorben war, aber präziser hatte ich nicht werden können. Außerdem war es mir noch nicht möglich gewesen, eine Aussage über die Todesursache zu treffen. Im Grunde hatte ich nur mit Sicherheit konstatieren können, dass er ermordet worden war. Hatte ich es doch bisher noch mit keinem Suizid oder Unfalltod zu tun gehabt, bei dem Arme, Beine und Kopf abgetrennt worden waren.

Der Torso des Mannes war von einem Bauarbeiter im Brunnen eines verfallenen Bauernhauses in Surrey entdeckt worden. Weder im Brunnen noch auf dem Anwesen waren die fehlenden Körperteile gefunden worden, und ohne Zähne, die man mit zahnärztlichen Akten vergleichen konnte, oder besondere Merkmale der verfügbaren Knochen war die Identifizierung des Opfers eine schwere Aufgabe.

Dennoch hoffte ich, zumindest herauszufinden, wie er verstümmelt worden war. Es gab keine Verletzungen, die darauf hinwiesen, dass eine Axt oder ein Beil, ein Messer oder eine Handsäge benutzt worden war. Jede Klinge hätte charakteristische Spuren an den Knochen hinterlassen, und angesichts der glatten und sauberen Kanten, die ich bisher entdeckt hatte, war wahrscheinlich irgendein maschinenbetriebenes Werkzeug zum Einsatz gekommen. Ich tippte auf eine Kreissäge, doch ich musste jede Oberfläche unter dem Mikroskop untersuchen, um sicherzugehen. Es war eine triste, mechanische Arbeit, aber die Ermittlung des benutzten Werkzeugs könnte der erste Schritt auf dem langen Weg zur Überführung des Mörders sein.

Ich bereitete den ersten Objektträger vor und versuchte mich auf meine Arbeit zu konzentrieren. Doch ich starrte durch das Okular auf das vergrößerte Knochenfragment, ohne etwas zu sehen. *Sauberer Schnitt, kein Anzeichen von Zersplitterung ...* Irgendetwas kratzte an meinem Unterbewusstsein, eine beunruhigende Verbindung, die ich nicht ganz zu fassen kriegte. Ich streckte mich und hatte das Gefühl, dass mir der Gedanke auf der Zunge lag, doch dann piepte der Computer in meinem Büro, der nun ganz hochgefahren war, und lenkte mich ab.

Ich seufzte und gab meinem inneren Drang nach. *Okay, bring es hinter dich. Dann kannst du es vergessen und dich an die Arbeit machen.* Ich ging rüber in mein Büro und schaute mir im Internet eine Nachrichtenseite an. Wie erwartet, war

Monks Flucht das Hauptthema. Mir war allerdings nicht klar gewesen, welchen Schock es mir bereiten würde, sein Gesicht wiederzusehen.

Das Foto von Jerome Monk stand auf dem Monitor wie ein Standbild aus einem Horrorfilm. Allein vom Anblick der furchtbaren Delle in seiner Stirn wurde einem übel, und erst die Augen ...

Seine Augen waren noch immer tot.

Auf der Website entdeckte ich auch Fotos von seinen vier Opfern, die einer anderen Epoche anzugehören schienen. Die Bennett-Schwestern wären jetzt ... wie alt? Sechsundzwanzig oder siebenundzwanzig, und Tina Williams wäre achtundzwanzig. Angela Carson, die Älteste, wäre jetzt vierunddreißig. Alt genug, um verheiratet zu sein, Kinder zu haben. Stattdessen waren ihre Leben brutal beendet worden.

Und nun lief ihr Mörder wieder frei herum.

Ich rieb mir die Augen. Wie damals hatte ich den Eindruck, gescheitert zu sein. Und erneut beschlich mich das Gefühl, ich müsste mich an etwas erinnern. Es war nicht mehr so stark wie zuvor, doch irgendetwas nagte an mir. Gerade als ich begann, den Artikel noch einmal zu lesen, klingelte das Telefon auf meinem Schreibtisch und ließ mich zusammenfahren.

Ungewollt klickte ich auf den Zoom, und das Bild auf dem Monitor wurde doppelt so groß. Fluchend griff ich nach dem Telefon. «Hallo?»

Am anderen Ende war es einen Augenblick still. «Ist dort David? David Hunter?»

Es war die Stimme einer Frau, kräftig und etwas heiser, die unsicher klang. Irgendwie kam sie mir bekannt vor.

«Ja. Wer ist da?»

«Sophie Keller», sagte sie, und da fiel ein weiteres Puzzleteil der Vergangenheit an seine Stelle. «Wir haben vor ein paar Jahren zusammengearbeitet. Bei dem Jerome-Monk-Fall?»

Sie hatte es als Frage formuliert, als wäre sie nicht sicher, ob ich wusste, wer sie war. Sie hätte sich keine Sorgen machen müssen. Es war erst wenige Stunden her, dass Terry Connors gefragt hatte, ob ich von ihr gehört hätte.

«Ja, natürlich.» Ich versuchte mich zu sammeln. «Tut mir leid, aber das ist ein komischer Zufall. Ich lese gerade über Monk.»

«Haben Sie gehört, dass er geflohen ist?»

«Ja, habe ich.»

Ich war nicht sicher, ob ich Terry erwähnen sollte, ließ es dann lieber bleiben, die beiden waren nicht gut miteinander zurechtgekommen. Eine verlegene Pause entstand. «Ich habe Ihre Büronummer von der Website der Uni», sagte sie dann, «aber ich habe nur angerufen, um eine Nachricht zu hinterlassen. Ich hatte nicht damit gerechnet, dass Sie sonntags arbeiten. Ich hoffe, ich störe nicht.»

«Nein, ich bin nur ein bisschen überrascht, das ist alles.»

«Ich weiß, tut mir leid, ich will Sie nicht überrumpeln, aber … » Ich hörte, wie sie einatmete. «Äh, könnten wir uns irgendwann treffen?»

Der Tag war reich an Überraschungen. «Wegen Monk?»

«Das würde ich Ihnen lieber persönlich sagen. Ich verspreche, dass ich Sie nicht lange aufhalten werde.»

Sie versuchte es zu verbergen, aber ich konnte die Anspannung in ihrer Stimme hören. «Schon in Ordnung. Leben Sie noch in London?»

Wieder eine Pause. «Nein. Ich wohne jetzt in Dartmoor. In einem kleinen Dorf, Padbury.»

Auch das überraschte mich. Sophie hatte nicht wie ein ländlicher Typ gewirkt, obwohl ich mich erinnerte, dass sie gesagt hatte, sie würde das Moor mögen. «Dann haben Sie es also wahr gemacht.»

«Was? Ach so, ja, irgendwie.» Sie klang abgelenkt. «Hören Sie, ich weiß, es ist viel verlangt, aber wenn Sie mir ein paar Stunden opfern könnten, wäre ich wirklich dankbar. Bitte?!»

Die Unruhe in ihrer Stimme war unverkennbar, oder die Angst, die ihr zugrunde lag. Das klang ganz und gar nicht nach der selbstbewussten jungen Frau, an die ich mich erinnerte.

«Stecken Sie in Schwierigkeiten?»

«Nein, es ist nur … Ich werde Ihnen alles erzählen, wenn wir uns treffen.»

Ich sagte mir, dass ich mich nicht in einen fast zehn Jahre alten Fall verwickeln lassen sollte und dass das Herumwühlen in der Vergangenheit schmerzlich und sinnlos wäre. Andererseits war es im Grunde kein alter Fall mehr. Jetzt, wo Monk geflohen war, war er hochaktuell.

Außerdem meldete sich wieder dieses Nagen an meinem Unterbewusstsein. «Wie wäre es morgen?», hörte ich mich sagen. Heute war es zu spät.

Ihr war die Erleichterung selbst durchs Telefon anzuhören. «Das wäre großartig! Macht es Ihnen wirklich keine Umstände?»

«Ich bin froh über jede Gelegenheit, aus London rauszukommen.» *Bist du dir sicher, dass das der einzige Grund ist?* Ich ignorierte die ketzerische Stimme.

«Erinnern Sie sich noch an *The Trencherman's Arms* in Oldwych?»

Der Name löste eine weitere Flut von Erinnerungen aus. Nicht nur gute. «Ja. Ist das Essen besser geworden?»

Sie lachte. Ich hatte vergessen, was für ein schönes Lachen sie hatte, unbefangen und voll. Es dauerte nicht lange. «Ein bisschen. Aber ein Treffen dort ist leichter, als Ihnen den Weg zu mir zu beschreiben. Können Sie es bis zum Mittagessen schaffen?»

Wir verabredeten eine Uhrzeit und tauschten unsere Handynummern aus. «Nochmal danke, David. Ich bin Ihnen wirklich dankbar», sagte Sophie, bevor sie auflegte.

Aber sie hatte nicht dankbar geklungen, sondern verzweifelt.

Nachdenklich ließ ich das Telefon sinken. *Tatsächlich, ein Tag der Wiedersehen.* Zuerst Terry Connors, nun Sophie Keller. Zwar hatte ich keine Ahnung, weshalb sie mich sehen wollte, aber ich bezweifelte, dass sie mich zufällig an dem Tag um ein Treffen bat, an dem Jerome Monk geflohen war. Und da sie sich nach so langer Zeit wieder meldete, musste es etwas Ernstes sein. Die Sophie, die ich kannte, hatte nicht den Eindruck gemacht, schnell in Panik zu geraten.

Aber acht Jahre waren eben eine lange Zeit. Die Menschen änderten sich. Ich fragte mich, ob sie sich verändert hatte, ob sie noch genauso aussah.

Ob sie verheiratet war.

Lass den Quatsch, sagte ich mir, musste aber trotzdem lächeln. Ohne Vorwarnung erschauderte ich plötzlich. Ich schaute auf den Computermonitor, dessen Bildschirm völlig von dem scheußlichen Gesicht Jerome Monks ausgefüllt wurde. Die schwarzen Knopfaugen schienen mich zu beobachten, er hatte sein schiefes Grinsen aufgesetzt. Ich unterbrach die Internetverbindung, und das Foto verschwand.

Doch selbst danach hatte ich das Gefühl, seine Blicke zu spüren.

KAPITEL 10

Ein paar violette Heidebüschel gab es noch, aber ansonsten hatte der Herbst der Landschaft schon alle Farbe genommen und das Moor mit dunklen Grün- und Brauntönen überzogen. Windumtost und trist breitete es sich aus, so weit das Auge reichte. Da die knietiefen Farnmeere allmählich verwelkten, wurde die Monotonie nur noch von haushohen Felsen und undurchdringlichen Ginsterdickichten durchbrochen.

Vor kurzem hatte mich ein Fall auf eine abgelegene schottische Insel geführt, die einsamer war als jeder Ort, den man sich vorstellen kann, die aber beeindruckende Ausblicke bot und eine gewisse Erhabenheit hatte. Dieser Teil von Dartmoor dagegen wirkte auf mich nur trübsinnig und bedrückend, aber ich war zugegebenermaßen auch nicht gerade unvoreingenommen.

Ich hatte keine guten Erinnerungen an diesen Ort.

Der Himmel hatte nach Regen ausgesehen, doch bisher war es trocken geblieben. Trotz der niedrigen Wolken brach immer wieder die Sonne durch und ließ die Heide und den Ginster in erstaunlicher Klarheit erstrahlen, ehe sie wieder verschwand. Abgesehen von einem Stau, der mich veranlasst hatte, die M5 zu umfahren, war ich auf meinem Weg von

London gut vorangekommen. Obwohl ich zum ersten Mal seit Jahren wieder so weit im Westen war, merkte ich bald, dass ich mich an Teile der Strecke erinnern konnte und Dörfer wiedererkannte. Als ich dann das Moor erreichte, hatte ich das Gefühl, eine Zeitreise zu machen.

Ich passierte Hinweisschilder für fast vergessene Orte und Punkte in der Landschaft, die mein Gedächtnis wachrüttelten. Ich fuhr an der überwucherten Ruine der Wassermühle einer ehemaligen Zinnmine vorbei, von wo aus Monks Doppelgänger die Medien weggelockt hatte. Sie war noch mehr zugewachsen und sah kleiner aus als in meiner Erinnerung. Und dann konnte ich nach einer langgezogenen Kurve in der Ferne die Felsformation des Black Tor erkennen.

Ich bremste ein wenig ab, um sie mir anzuschauen. Obwohl ich natürlich gewusst hatte, dass ich sie gleich sehen würde, meinte ich, bei dem Anblick wieder den kühlen Nebel zu spüren und das Polizeiband im Wind flattern zu hören. Dann war ich an der Abzweigung vorbei. Ich schüttelte die Erinnerungen ab und fuhr weiter.

Oldwych lag am Rande eines Truppenübungsplatzes. Das Militär beanspruchte für Schieß- und Kampfübungen einen beträchtlichen Teil des Nationalparks, der allerdings meistens für den öffentlichen Verkehr freigegeben war, außer an den Tagen, an denen Übungen stattfanden.

Das war heute nicht der Fall. Ich fuhr an einem Warnschild vorbei, an dem aber nicht die rote Fahne hing, die anzeigte, wenn das Gebiet gesperrt war. Oldwych war ein seltsamer Ort, der sich offenbar nicht entscheiden konnte, ob er eine Stadt oder ein Dorf sein wollte. Nichts schien sich hier je zu verändern, zwar gab es am Ortsrand ein paar neuere

Häuser, doch das Zentrum wirkte noch immer trist und reizlos. Die mit Kieselsteinen verputzten Cottages hatten mich damals an eine Küstenstadt erinnert, nur zeigten sie statt aufs Meer hinaus auf das leere, unbewegliche Moor.

Neben der Straße fuhr gemächlich ein Zug mit zwei Waggons an und schleppte sich langsam und wie erschöpft über das Moor. *The Trencherman's Arms* war nicht weit vom winzigen Bahnhof entfernt. Als ich das letzte Mal hier gewesen war, hatte der Pub verfallen und kläglich ausgesehen, in der Zwischenzeit war jedoch das Dach neu gedeckt worden, und die Mauern hatten einen frischen Anstrich bekommen. Wenigstens ein paar Dinge hatten sich zum Besseren verändert.

Hinter dem Haus lag ein kleiner Parkplatz. Ich war merkwürdig nervös, als ich anhielt und den Motor ausschaltete. Ich sagte mir, dass es dafür keinen Grund gab, und ging zum Eingang. Die Tür, die in den Pub führte, war so niedrig, dass ich den Kopf einziehen musste. Drinnen war es dunkel, doch nachdem sich meine Augen darauf eingestellt hatten, sah ich, dass nicht nur das Strohdach neu war. Die Steinplatten am Boden wirkten wesentlich schöner als der schmierige Teppich, an den ich mich erinnerte, und die Velourstapete war durch sauberen Putz ersetzt worden.

Ein paar Tische waren besetzt, vor allem von Wanderern und Touristen, die zu Mittag aßen, doch die meisten waren leer. Ich sah schnell, dass Sophie noch nicht da war, aber ich war auch früh dran. *Ganz ruhig, sie ist wahrscheinlich auf dem Weg.*

Hinter der Theke stand eine sympathische, pummelige Frau. Ich vermutete, dass der mürrische Wirt das gleiche Schicksal genommen hatte wie die alte Tapete und der bierfleckige Teppich. Ich bestellte einen Kaffee und ging zu einem der Kieferntische am Kamin. Es brannte zwar kein Feuer, doch er war mit frischen Scheiten gefüllt, und die Asche auf dem Rost ließ darauf schließen, dass sie nicht nur als Dekoration dalagen.

Ich trank einen Schluck Kaffee und fragte mich erneut, was Sophie wohl wollte. Es musste irgendetwas mit Jerome Monks Flucht zu tun haben, ich konnte mir jedoch partout nicht vorstellen, was. Mir war auch immer noch schleierhaft, warum sie sich ausgerechnet bei mir gemeldet hatte. Wir waren gut miteinander ausgekommen, aber ich hätte uns nicht als Freunde bezeichnet, und keiner von uns hatte sich bemüht, Kontakt zu halten. Warum wollte sie mich also nach all dieser Zeit unbedingt treffen?

Mein Kaffee war kalt geworden. Als ich auf meine Uhr schaute, sah ich, dass es schon fast halb zwei war. Seltsam, dachte ich, so wie sie am Telefon geklungen hatte, hätte ich niemals gedacht, dass sie zu spät kommen würde. Andererseits war ich mir nicht sicher, wie weit sie fahren musste, und sie konnte ja aufgehalten worden sein. Ich nahm die Speisekarte und blätterte sie unruhig durch, wobei ich alle paar Minuten zum Eingang schaute.

Ich wartete noch eine Viertelstunde, ehe ich Sophie auf dem Handy anrief. Immerhin hatte ich Empfang, worauf man sich hier draußen im Moor nicht verlassen konnte. Ich lauschte dem Klicken der Verbindung und hörte dann ihre Stimme: «Hallo, Sophie ist nicht zu Hause. Nachrichten nach dem Beep.»

Ich bat sie, mich anzurufen, und legte auf. Vielleicht hat sich einer von uns in der Zeit getäuscht, sagte ich mir.

Doch auch nach zwei Uhr war sie noch nicht da. Selbst

wenn sie aufgehalten worden war, hätte ich doch mittlerweile etwas von ihr hören müssen. Oder kam sie vielleicht mit dem Zug? Ich hatte angenommen, dass sie mit dem Wagen fuhr, aber ich hatte sie nicht gefragt. Ich schob meinen kalten Kaffee zur Seite und ging zur Theke. «Können Sie mir sagen, wann der nächste Zug ankommt?»

Die Wirtin schaute auf die Uhr hinter der Theke. «In den nächsten zwei Stunden kommt keiner.» Sie lächelte mich freundlich an. «Hat sich wohl verspätet, was?»

Ich lächelte höflich und ging zurück zu meinem Tisch. Doch es war sinnlos, noch länger zu warten. Ich nahm meine Jacke und ging hinaus.

Die Sonne war hinter einer hohen Wolkendecke verschwunden und erzeugte ein diffuses, schillerndes Licht, als ich die hundert Meter zum Bahnhof ging. Er war zu klein für einen Ticketschalter und bestand im Grunde nur aus zwei nicht überdachten Bahnsteigen, die durch eine kurze Brücke verbunden waren. Beide Bahnsteige waren leer, an einer Anschlagtafel hing jedoch ein Fahrplan. Die Wirtin hatte recht: In den nächsten paar Stunden kam kein Zug an. Die einzige andere Verbindung war der Zug, den ich gesehen hatte, als ich angekommen war, und in dem war Sophie offensichtlich nicht gewesen.

Wo war sie also?

Am Himmel kreiste eine Krähe, ansonsten war es vollkommen still. Ich stand am Rand des Bahnsteigs und starrte auf die Gleise. Abgesehen von der Oberkante, waren sie verrostet, ein Beweis dafür, wie selten hier Züge entlangfuhren. Sie verliefen schnurstracks geradeaus und bogen erst kurz vor dem Horizont aus dem Blickfeld ab.

Und jetzt?

Ich hatte keine Ahnung. Ich war mir nicht einmal sicher, was ich hier überhaupt tat. Ich war über dreihundert Kilometer gefahren, um eine Frau zu treffen, die ich seit Jahren nicht gesehen hatte, und war zum Dank versetzt worden. Doch obwohl ich mir einzureden versuchte, dass es eine einfache Erklärung dafür gab, konnte ich es nicht ganz glauben. Sophie hatte verzweifelt geklungen und wollte mich unbedingt treffen. Wenn sie gewusst hätte, dass sie sich verspäten würde, hätte sie mich angerufen.

Irgendetwas stimmte nicht.

Ich ging zurück zu meinem Wagen und nahm den Straßenatlas aus dem Kofferraum. Ich hatte zwar ein Navi, aber auf einer Landkarte mit einem großen Maßstab konnte ich mich besser orientieren. Sophie hatte gesagt, dass sie in einem kleinen Dorf namens Padbury wohnte, das laut Karte ein paar Kilometer entfernt lag. Ihre Adresse hatte ich nicht, aber das Dorf konnte nicht so groß sein. Ich würde mich einfach durchfragen, bis ich jemanden gefunden hatte, der sie kannte.

Es war besser, als nichts zu tun.

Der Weg nach Padbury war gut ausgeschildert, doch jedes Schild schien mich weiter vom Leben und von der Zivilisation wegzuführen. Die Straßen wurden immer enger, bis ich mich auf einem schmalen, einspurigen Weg wiederfand, neben dem sich, nur noch mit vereinzelten welken Blättern behangen, eintöniges Brombeergestrüpp auftürmte. Bei Schnee oder Eis war der Ort bestimmt von der Außenwelt abgeschnitten, und als ich erneut runterschaltete, um eine unübersichtliche Kurve zu nehmen, fragte ich mich, was Sophie nur hierhergeführt hatte.

Aber ich konnte mir kein Urteil erlauben, hatte ich doch

schließlich selbst schon einmal eine ähnliche Entscheidung getroffen.

Nach ein paar weiteren Kilometern säumten statt der Hecken eng aneinanderstehende gestutzte Eichen die Straße. Sie ließen nichts von dem spärlichen Sonnenlicht hindurch, und obwohl es erst Nachmittag war, musste ich die Scheinwerfer einschalten. Gerade als ich schon befürchtete, Padbury irgendwie verpasst zu haben, bog ich um eine Kurve und war plötzlich mitten im Ort.

Und genauso schnell wieder draußen. Es war eher ein Weiler als ein Dorf, und ich musste fast einen Kilometer weiterfahren, bis ich eine Stelle fand, die breit genug war zum Wenden.

Als ich zurückfuhr, stieg ein schlechtes Gefühl in mir auf. Ich hatte gehofft, dass es zumindest einen Pub oder eine Post geben würde, wo ich mich nach Sophie erkundigen konnte, doch abgesehen von ein paar Steincottages gab es nur eine etwas von der Straße abgelegene kleine Kirche. Ich hielt davor an, blieb aber im Wagen sitzen. Jetzt, wo ich hier war, kam mir das Ganze lächerlich vor. Selbst wenn ich ihr Haus finden könnte, war es doch zweifellos eine Überreaktion, unangemeldet vor ihrer Tür aufzutauchen.

Doch jetzt war ich hier. Seufzend stieg ich aus dem Wagen und ging zur Kirche. Uralte Grabsteine säumten den Weg, viele lagen flach auf dem überwucherten Boden, ihre Inschriften kaum noch leserlich. Die Holztür der Kirche war durch das Alter dunkel und hart wie Eisen geworden. Und sie war verschlossen.

«Kann ich Ihnen helfen?»

Es war der breite Dialekt Devons und klang wie aus einer alten, friedlichen Epoche. Als ich mich umdrehte, sah ich eine ältere Frau an der Friedhofspforte stehen. Sie trug eine Steppjacke und einen Tweedrock und schaute mich ebenso wachsam wie höflich an.

«Ich suche Sophie Keller. Sie wohnt hier im Dorf.»

Sie überlegte und schüttelte dann langsam den Kopf. «Nein, ich glaube nicht.»

«Aber ich bin doch hier in Padbury?», fragte ich. Vielleicht war ich ja im falschen Ort.

«Ja, aber hier wohnt keine Sophie Keller.» Ihr Gesicht hellte sich auf. «Aber es gibt eine Sophie *Trask*. Haben Sie sich vielleicht im Namen getäuscht?»

Es war möglich, dass Sophie ihren Namen geändert oder geheiratet hatte, seit ich sie das letzte Mal gesehen hatte, aber am Telefon hatte sich nichts davon gesagt. Wo ich nun schon einmal hier war, konnte ich mich auch vergewissern. Ich räumte ein, dass ich mich vielleicht geirrt hatte, und fragte, wo sie wohnte.

«Sie können es nicht verfehlen», rief mir die Frau hinterher, als ich wieder in den Wagen stieg. «Achten Sie auf den Brennofen.»

Den Brennofen? Das klang noch weniger nach der Sophie, die ich gekannt hatte. Aber mir wurde bald klar, was die Frau gemeint hatte. Ich folgte der Straße aus dem Dorf hinaus. Kurz nach der Stelle, wo ich zuvor umgedreht war, sah ich zwischen den kahlen Bäumen ungefähr einen halben Kilometer vor mir das turmartige Gemäuer. Es war ein klobiger, umgedrehter Kegel, der aus den gleichen rostfarbenen Ziegeln gebaut war wie das Haus daneben. Als ich näher kam, sah ich, wie baufällig er war. An einer Seite stand ein wackliges Gerüst, entweder um ihn zu restaurieren oder abzustützen.

Ich hielt direkt neben dem überwucherten Gartenzaun an. Obwohl bereits die Dämmerung einsetzte, brannte im Haus kein Licht. An einem der hölzernen Torpfosten hing ein Firmenschild: *Trask Keramik.*

Nachdem ich das gesehen hatte, wäre ich beinahe wieder weggefahren. Hier wohnte bestimmt jemand anders. Doch Sophie hatte gesagt, dass sie in Padbury wohnte, und laut der Karte gab es nur ein Padbury in Dartmoor. *Nun bist du schon so weit gekommen …*

Ein Weg aus Steinplatten führte durch einen verwilderten Garten zum Haus. Auf einer Seite befand sich ein kleiner Obstgarten mit verkümmerten Apfelbäumen ohne Blätter oder Früchte. Auf der anderen ragte der Brennofen etwas unheimlich in die Höhe. Als ich die Pforte aufschob, nahm ich einen herbstlichen Rauchgeruch war. Irgendwie war es mir unangenehm, einfach so das Grundstück zu betreten. Ich sagte mir wieder, wie lächerlich das alles war, doch auch ein komisches Déjà-vu-Gefühl kam in mir auf. Schon einmal hatte ich bei jemandem vorbeigeschaut, um mich zu überzeugen, dass ich mir grundlos Sorgen machte. Ich hoffte, dass die Geschichte sich nicht wiederholte.

Das vom Obstgarten herübergewehte Laub raschelte unter meinen Schuhen, als ich den Pfad entlangging. Noch immer rührte sich im Haus nichts, die Fenster blieben dunkel. Wenn jemand zu Hause war, würde ich mich einfach entschuldigen, wenn nicht … Okay, eins nach dem anderen. Ich streckte meine Hand aus, um an der Tür zu klopfen.

Und da sah ich, dass das Schloss aufgebrochen und der Holzrahmen gesplittert war.

Alle Zweifel lösten sich in diesem Augenblick in Luft auf. Die Tür war angelehnt, doch ich schob sie nicht auf. Mir kam der Gedanke, es könnte doch das Haus eines Fremden sein und einen harmlosen Grund dafür geben, dass die Tür aufgebrochen war, aber ich tat ihn schnell wieder ab. Ich hatte das Gefühl, jemand würde hinter mir stehen, und drehte mich um. Aber da waren nur der finstere Pfad und die knackenden Zweige der Bäume.

Die Tür quietschte, als ich sie mit den Fingerspitzen aufschob. Dahinter kam eine dunkle Diele zum Vorschein.

«Jemand zu Hause?»

Die Stille war erdrückend. Ging ich hinein, könnte ich mich in ziemliche Schwierigkeiten bringen, aber im Grunde hatte ich keine Wahl. Wenn ich die Polizei anrief, was sollte ich sagen? Dass es Anzeichen für einen Einbruch in ein Haus gab, das vielleicht oder vielleicht auch nicht einer Person gehörte, die ich kannte? *Sollte der Besitzer nur seinen Schlüssel verloren haben, wirst du ziemlich blöd dastehen*, dachte ich und trat in die Diele. Erst wirkte alles normal, doch dann sah ich, dass die Schubladen einer alten Kiefernkommode am Fuß der Treppe offen standen und der Inhalt durcheinandergebracht war. Daneben lag eine zersprungene Vase, deren Scherben auf dem Boden wie Knochenstücke aussahen.

«Sophie!» Ich lief hinein und schaltete das Licht an. Keine Antwort. Mir war klar, dass ich die Polizei rufen sollte, doch hätte ich das getan, hätte man mich aufgefordert, draußen auf den Streifenwagen zu warten.

Dann könnte es zu spät sein.

Ich schaute schnell in den unteren Räumen nach. Sie waren durchwühlt, Kommoden und Schränke standen offen und waren ausgeleert, von Sofas und Sesseln waren die Polster gerissen worden. Da ich niemanden fand, lief ich nach oben. Jetzt fiel mir auf, dass auf den Stufen feuchte Flecken waren, doch als ich sah, dass es nur Wasser war, achtete ich nicht weiter darauf. Oben waren alle Zimmer zu, abgesehen vom Bad, wo die Tür angelehnt war.

Durch den Spalt konnte ich zwei nackte Beine auf dem Boden sehen.

Ich lief los. Direkt hinter der Tür lag eine Frau, sodass ich mich durch die Tür quetschen musste. Sie lag auf dem Rücken, der Bademantel war aufgegangen. Ihr Gesicht war von einem Arm und noch nassen Haarsträhnen verdeckt. *Kein Blut.* Das war mein erster Gedanke, doch als ich mich neben sie kniete, sah ich, dass eine Seite ihres Gesichts dunkelrot angeschwollen war.

Trotz dieser Verletzung und der Tatsache, dass ich sie seit acht Jahren nicht gesehen hatte, erkannte ich Sophie Keller sofort.

Ich strich ihr das Haar zurück und legte zwei Finger auf ihren Hals. Ihre Haut fühlte sich kalt an, aber der Puls ging gleichmäßig. *Gott sei Dank.* Ich drehte sie in die stabile Seitenlage und zog vorsichtig den Bademantel zu. Da ich keinen Handyempfang hatte, lief ich runter in die Küche, wo ich ein Telefon gesehen hatte. Meine Stimme war brüchig, als ich die Polizei anrief.

Dann eilte ich wieder hoch, holte eine Decke aus dem Schlafzimmer und breitete sie über Sophie aus. Schließlich setzte ich mich neben sie auf den harten Boden, nahm ihre Hand und wartete auf den Krankenwagen.

KAPITEL 11

Ich schaute dem Krankenwagen von der Haustür aus hinterher. Das Blaulicht schwirrte grell zwischen den kahlen Bäumen hindurch, als der Wagen auf der Straße verschwand.

Es hatte fast vierzig Minuten gedauert, bis die Sanitäter eintrafen. Während dieser Zeit hatte ich mich nicht von der Stelle gerührt, sondern eingezwängt im Bad neben Sophie gehockt und ihr unaufhörlich versichert, dass Hilfe unterwegs war und alles gut werden würde. Ich hatte keine Ahnung, ob sie mich überhaupt hörte. Aber es gibt unterschiedliche Bewusstseinsstufen, und vielleicht nahm Sophie wenigstens meine Stimme wahr.

Außerdem hätte ich sowieso nichts weiter tun können.

Die Sanitäter hielten sich mir gegenüber bedeckt. Sophies Vitalfunktionen waren stabil, was schon einmal viel wert war. Doch man konnte unmöglich sagen, wie ernsthaft das Schädeltrauma war oder ob sie innere Verletzungen erlitten hatte. Als die Sanitäter sie gerade die Treppe hinabtrugen, traf die Polizei ein. Blaulichter durchbrachen die Finsternis und gaben den kahlen Bäumen des Obstgartens eine unheimliche, gespenstische Färbung. Ich stand hilflos daneben, während Sophie in den wartenden Krankenwagen gebracht wurde, und beantwortete die lustlos gestellten Fragen einer Polizistin. Als sie mich fragte, in welcher Beziehung ich zu Sophie stünde, zögerte ich. «Ich bin ein alter Freund», sagte ich, obwohl ich nicht genau wusste, ob das ganz richtig war.

Während ich auf Hilfe gewartet hatte, hatte ich überlegt, was ich sagen sollte. Ich konnte nicht wissen, ob das alles mit Jerome Monk zu tun hatte oder nicht. Das durchwühlte Haus sah nach einem Einbruch aus, der schiefgegangen war, nur der Zeitpunkt machte mich stutzig. Sophie hatte mich angerufen und um Hilfe gebeten, kurz nachdem Terry Connors aufgetaucht war, um mich zu warnen, dass Monk geflohen war. Und sie war überfallen worden, bevor sie mich treffen konnte.

Am Ende erzählte ich alles. Sollten sie selbst entscheiden, was sie mit den Informationen machten. Die uniformierte Polizistin war sofort interessierter, als sie Monks Namen hörte. Nachdem ich genug davon hatte, ständig «ich weiß es nicht» zu wiederholen, ergab ich mich dem Unvermeidlichen.

«Sie sollten DI Terry Connors anrufen», sagte ich ihr, obwohl ich eigentlich überhaupt keine Lust hatte, ihn in diese Sache hineinzuziehen, aber was blieb mir denn übrig. Als sie ging, um ihn anzurufen, und ich mich neben ihren Kollegen auf die Rückbank des Streifenwagens setzen musste, fühlte ich mich selbst wie ein Krimineller. Schließlich kam sie zurück. «Okay, Sie können gehen.»

Damit hatte ich nicht gerechnet. «Will er nicht mit mir sprechen?»

«Wir haben Ihre Aussage. Man wird sich bei Ihnen melden.» Sie schenkte mir ein Lächeln, das ziemlich unfreundlich war. «Ich hoffe, Ihre Freundin wird wieder gesund.»

«Ich auch.»

Der Krankenwagen brachte Sophie ins Krankenhaus von Exeter. Während ich dorthin fuhr, versuchte ich, nicht über die Tatsache nachzugrübeln, dass ich vor acht Jahren dieselbe Strecke zur Leichenhalle gefahren war. Seitdem war das Krankenhaus modernisiert worden, allerdings nicht so sehr, dass ich es nicht wiedererkannt hätte. Hinter dem Anmeldeschalter der Notaufnahme saß eine übergewichtige Frau mit einer adretten grauen Ponyfrisur. Nachdem ich ihr Sophies Namen genannt hatte, starrte sie stirnrunzelnd auf den Computerbildschirm. «Heute Abend wurde niemand mit diesem Namen eingeliefert», sagte sie. «Sind Sie sicher, dass Sie im richtigen Krankenhaus sind?»

Ich wollte schon etwas entgegnen, als ich meinen Fehler bemerkte. «Entschuldigen Sie. Versuchen Sie es mit Sophie Trask.»

Sie warf mir einen vielsagenden Blick zu, tippte den Namen aber in die Tastatur. «Sie wurde vor einer Stunde in die Intensivstation eingeliefert.»

Damit hatte ich zwar gerechnet, doch das Wort *Intensivstation* klang immer unheilvoll. «Kann ich mich erkundigen, wie es ihr geht?»

«Sind Sie ein Familienmitglied?»

«Nein, nur ein Freund.»

«Solche Informationen dürfen wir nur an Eheleute oder Verwandte weitergeben.»

Ich seufzte und versuchte, nicht laut zu werden. «Ich möchte nur wissen, ob es ihr gutgeht.»

«Tut mir leid. Sie können ja morgen früh anrufen …»

Frustriert ging ich wieder hinaus. Das Krankenhaus war ein schwarzer Klotz mit hellerleuchteten Fenstern, die in der Dunkelheit trügerisch heiter wirkten. *Und jetzt?*, dachte ich, als ich vor meinem Wagen stand. Wenn ich seine Handynummer gehabt hätte, hätte ich Terry angerufen, und dass er um diese Zeit am Schreibtisch saß, bezweifelte ich.

Aber es machte keinen Sinn, länger hierzubleiben. Ich hatte nichts für eine Übernachtung eingepackt, und wenn sich etwas ändern sollte, würde ich es zu Hause genauso schnell erfahren. Trotzdem hatte ich das Gefühl, ich würde davonlaufen, als ich den Motor startete und das Krankenhaus hinter mir ließ. Ich hielt an der ersten Tankstelle an und kaufte mir ein Sandwich und ein koffeinhaltiges Getränk. Das Sandwich schmeckte nach nichts, und das Getränk war unerträglich süß, aber ich hatte seit dem Frühstück weder etwas getrunken noch gegessen, und es war eine lange Fahrt zurück nach London.

Während ich fuhr, gingen mir die Ereignisse des Tages erneut durch den Kopf. Ich war losgefahren, um Sophie zu treffen, und hatte erwartet, dass zumindest ein paar Fragen beantwortet werden würden. Nun gab es mehr als zuvor.

Es war wenig los, sodass ich gut vorankam, doch dann artete der Regen in eine Sintflut aus, die Straße war in einen Dunstschleier gehüllt und die Windschutzscheibe trotz der wild umherschwirrenden Scheibenwischer mit Wasser überzogen. Ich musste langsamer werden und konnte die Straße kaum noch erkennen. Die Rücklichter der Autos vor mir waren nur noch verschwommene hellrote Flecken. Als ich die Außenbezirke Londons erreichte, ließ der Regen nach, aber da hatte ich durch die Anspannung schon heftige Nacken- und Kopfschmerzen. Die Straßenlaternen und hellerleuchteten Geschäfte, die sich zudem noch auf dem nassen Asphalt spiegelten, blendeten mich so sehr, dass ich die ganze Zeit die Augen zusammenkneifen musste.

Als ich endlich in meine Straße einbog und vor meiner Wohnung hielt, war ich erleichtert. Es war nach Mitternacht. In keinem der Häuser ringsum brannte Licht, die Nachbarn waren also entweder aus oder schliefen bereits. Ich schloss die Tür auf und bückte mich, um die Post aufzuheben, und als ich mich wieder aufrichtete, hatte ich plötzlich das Gefühl, beobachtet zu werden. Ich drehte mich schnell um, doch die Straße war leer. Ich merkte, wie ich die Luft anhielt und darauf wartete, dass irgendetwas die Stille erschütterte.

Du bist müde und bildest dir etwas ein. Da ist nichts, entspann dich.

Ich ärgerte mich über mich selbst, als ich die Tür hinter mir schloss. Es war jetzt über ein Jahr her, dass ich vor meiner Wohnung beinahe getötet worden wäre, und ich hatte eigentlich gedacht, dass ich darüber hinweg sei.

Offensichtlich hatte ich mich getäuscht.

Ich ging in die Wohnung und schaltete das Licht an. Wie immer kam es mir zu still vor. Ich machte den Fernseher an und suchte automatisch einen Nachrichtensender. Dann stellte ich den Ton leise, bis die flackernden Bilder nur noch ein Hintergrundrauschen waren.

Ich war nicht mehr müde. Das Adrenalin hatte die Erschöpfung weggespült, und ich wusste, wenn ich jetzt ins Bett ginge, würde ich nicht schlafen können. Also holte ich aus dem Wohnzimmerschrank die seltsam geformte Flasche Bourbon mit dem kleinen Pferd samt Jockey auf dem Deckel. Sie war fast leer. Anfang des Jahres hatte ich sie aus Tennessee mitgebracht, aber nur sehr selten etwas getrunken, damit sie so lange wie möglich reichte. Doch jetzt hatte ich das Gefühl, mir einen Drink verdient zu haben. Außerdem musste ich mich für das stärken, was ich vorhatte.

Ich schenkte mir das Glas ordentlich voll und trank einen großen Schluck. Der Bourbon war stark und gleichzeitig weich, und während er mir noch in der Kehle brannte, ging ich in den kleinen Raum am Ende des Flurs. Eigentlich war es ein drittes Schlafzimmer, obwohl ein Bett kaum hineingepasst hätte. Die meisten Leute haben eine Abstellkammer, in der sie alte Möbel und Habseligkeiten verstauen und vergessen, anstatt sie wegzuwerfen. Doch was in diesem Raum war, wollte ich nicht vergessen.

Ich schaltete das Licht an. In den Regalen vom Boden bis unter die Decke waren einfache Pappkartons und Dokumentenkästen gestapelt. Jeder hat eine Vergangenheit. Ob gut oder schlecht – sie ist das, was uns ausmacht. In diesem Raum steckte meine Vergangenheit.

Nachdem Kara und Alice tot waren, hatte ich versucht, vor meinem alten Leben davonzulaufen. Ich hatte nichts mehr mit Freunden und Kollegen zu tun haben wollen und die Verbindung zu allen und jedem abgebrochen, damit mich nichts an das erinnerte, was ich verloren hatte. Fast alles, was ich besaß, hatte ich verkauft oder verschenkt, doch bei ein paar Sachen hatte ich es nicht übers Herz gebracht. Ich hatte sie eingelagert und versucht, sie so gut wie möglich zu vergessen, bis ich mich dazu in der Lage fühlen würde, zurückzukehren und die Fäden meines alten Lebens wieder aufzunehmen. Alles, was davon übrig geblieben war, steckte nun in diesen Kartons und Kisten. Fotografien, Tagebücher, Erinnerungen.

Arbeit.

Ich trank noch einen Schluck und stellte das Glas ab. Die Kisten waren nicht geordnet, doch alle persönlichen Sachen befanden sich in den einfachen Pappkartons, in die ich sie in einer Art Betäubung gestopft hatte. Ich war noch immer nicht bereit, mir diese Dinge anzuschauen. Meine Forschungsunterlagen und Ermittlungsakten dagegen steckten in den Dokumentenkästen, die immerhin beschriftet waren. Als ich den richtigen Kasten gefunden hatte, war ich verschwitzt und in Staub gehüllt. Ich trug ihn ins Wohnzimmer, stellte ihn auf den niedrigen Couchtisch und öffnete ihn. Ein muffiger Geruch nach altem Papier entströmte ihm. Da die Akten alphabetisch sortiert waren, war es nicht schwer, meine Aufzeichnungen über den Monk-Fall zu finden. Es waren mehrere, sich wölbende Papphefter, die mit einem dicken Gummiband zusammengehalten wurden. Das Band war im Laufe der Zeit porös geworden und zerriss, als ich die blau marmorierten Hefter herausnahm. Schon in geschlossenem Zustand wühlten sie Erinnerungen auf, wusste ich doch noch, dass ich sie damals in großen Mengen gekauft hatte, um Geld zu sparen.

Ich verdrängte den Gedanken, legte sie vor mich hin und schlug den ersten Hefter auf. Ein paar alte Floppy Disks rutschten heraus, sorgfältig beschriftet, aber mit modernen Computern nicht mehr zu gebrauchen. Ich legte die veralteten Plastikteile beiseite und nahm die anderen Sachen aus dem Hefter. In einer Klarsichtfolie steckten die Fotos von dem Grab im Zelt der Spurensicherung. Als ich sie durchblätterte, sah ich wieder die durch den Kcamerablitz grell beleuchteten, mit Torf überzogenen Überreste. Jedes Bild weckte Erinnerungen, aber sie konnten noch warten.

Ich widmete mich den eigentlichen Notizen über den Fall. Größtenteils handelte es sich um Computerausdrucke, dazwischen steckten jedoch auch ein paar von mir mit Kugelschreiber beschriebene Seiten. Obwohl ich wusste, dass ich die Aufzeichnungen gemacht hatte, sahen sie irgendwie fremd aus. Mit der Zeit verändert sich alles, selbst die eigene Handschrift.

Ich war mir nicht einmal sicher, ob die Person, die das geschrieben hatte, noch existierte.

Auf einem Blatt war ein dunkler Fleck. Es waren nur ein paar vorläufige, hastig hingekritzelte Notizen darauf, und ich wollte das Blatt schon zur Seite legen, als es mir plötzlich einfiel. *Kara wischt den Joghurt weg, der Alice vom Löffel getropft war. «Tut mir leid, Papa.»*

Es war wie ein Stich ins Herz. Mit einem Mal bekam ich keine Luft mehr. Ich ließ das fleckige Blatt auf den Tisch fallen, lief in den Flur und riss die Wohnungstür auf. Kalte, feuchte Luft strömte mir entgegen, die ich gierig einatmete. In diesem Moment war es mir egal, ob draußen jemand lauerte. Die nasse Straße schimmerte unter dem Licht der Laternen, das Wasser floss in die Gullys, ein konstantes Tropfen war zu hören und in der Ferne das Rauschen des Verkehrs: die Ruhe nach dem Sturm. Allmählich fühlte ich mich besser. Die beängstigenden Erinnerungen waren wieder gebändigt und verdrängt.

Bis zum nächsten Mal.

Ich schloss die Tür und ging zurück ins Wohnzimmer, wo die Akten und Papiere auf mich warteten. Ich nahm das Blatt mit dem dunklen Fleck vom Tisch und steckte es in den Hefter.

Dann trank ich einen großen Schluck Bourbon, setzte mich hin und begann zu lesen.

KAPITEL 12

Als es am nächsten Morgen an der Tür klingelte, ahnte ich gleich, dass das nichts Gutes zu bedeuten hatte. Ich hatte über meinen alten Notizen zu der Monk-Ermittlung gebrütet, bis mir alles vor den Augen zu verschwimmen begann, und war erst nach drei ins Bett gekommen. Ich war mir sicher gewesen, dass ich irgendetwas übersehen hatte, dass zwischen den trockenen Aufzeichnungen irgendeine wichtige Information verborgen war, doch ich hatte nichts entdeckt, was ich nicht bereits wusste. Tina Williams' Verletzungen waren entsetzlich, aber nicht völlig außergewöhnlich. Ich hatte seitdem schon schlimmere gesehen und sogar an der Ermittlung in einer noch immer ungeklärten Mordserie in Schottland mitgearbeitet, die erschreckende Ähnlichkeiten aufwies. Die Tatsache, dass es andere Täter wie Monk gab, die noch gefasst werden mussten, war bedrückend.

Der Lohn für meine Mühen waren schließlich nur erneute Kopfschmerzen und die Erkenntnis, dass acht Jahre sowohl eine Ewigkeit als auch nichts waren.

Gleich früh am Morgen hatte ich im Krankenhaus angerufen, um mich nach Sophie zu erkundigen, nur um mir erneut sagen zu lassen, dass man mir keine Informationen geben dürfe. Ich hatte für alle Fälle meine Nummer hinterlassen und dann überlegt, was ich als Nächstes tun sollte. Aber nicht lange. Wenn es Antworten gab, würde ich sie nicht in London finden. Ich rief in der Universität an, um zu sagen, dass ich ein paar Tage freinehmen wollte. Mir standen noch Urlaubstage zu, und Erica, die Sekretärin der Abteilung, hatte mir schon seit Wochen in den Ohren gelegen, dass ich eine Pause brauchte.

Allerdings hatte sie dabei wahrscheinlich an etwas anderes gedacht.

Da ich mir nicht sicher war, wie lange ich weg sein würde, packte ich genug ein, um eine Weile über die Runden zu kommen. Ich zog gerade den Reißverschluss meiner Tasche zu, als die Türklingel durch die Wohnung hallte. Sofort zog sich mein Magen zusammen.

Ich wusste, wer das war.

Terry sah aus, als hätte er kaum geschlafen. Was wohl auch der Fall war, wenn man bedachte, wie lange seine Fahrt hierher gedauert hatte. Er war blass, hatte dunkle Ringe unter den Augen und war unrasiert, und selbst der Minzgeruch seines Kaugummis konnte seine Alkoholfahne nicht überdecken.

«Wird langsam zur Gewohnheit, was?», meinte er.

Ich trat widerwillig zurück, um ihn reinzulassen. «Gibt es Neuigkeiten über Sophie?»

«Nee. Keine Veränderung.»

«Und warum bist du dann hier? Es ist ein weiter Weg von Dartmoor.»

«Bilde dir nichts ein, ich bin nicht nur deinetwegen gekommen. Ich muss hier ein paar Leute treffen.»

Unaufgefordert ging er ins Wohnzimmer. Meine Tasche

stand neben dem Couchtisch, auf dem noch die Aufzeichnungen über die Monk-Ermittlung lagen. Terry nahm das oberste Blatt.

«Hast du Hausaufgaben gemacht?»

«Ich bin nur ein paar Notizen durchgegangen.» Ich nahm ihm das Blatt weg, steckte es in den Hefter und schlug ihn zu. «Was kann ich für dich tun?»

«Gibt es heute keinen Kaffee?»

«Ich bin auf dem Sprung.»

Er warf einen Blick auf die Tasche. «Das sehe ich. Urlaub?»

«Sag mir einfach, was du willst, Terry.»

«Ich möchte zum Beispiel, dass du mir erzählst, was gestern passiert ist.»

Das war ich in der vergangenen Nacht unzählige Male mit der Polizei durchgegangen, aber ich wusste, dass es keinen Sinn machte, mich zu weigern. Also erzählte ich alles noch einmal, von Sophies Anruf bis dahin, wie ich sie bewusstlos im Badezimmer auf dem Boden gefunden hatte. Als ich fertig war, starrte Terry mich noch eine Weile schweigend an. Ein alter Polizistentrick, den ich allerdings schon zu oft gesehen hatte, um darauf hereinzufallen. Ich starrte einfach zurück und wartete.

«Hast du mir nicht gesagt, du hättest keinen Kontakt mehr zu Sophie Keller?», meinte er schließlich.

«Hatte ich auch nicht.»

«Und jetzt soll ich glauben, dass sie dich einfach so aus heiterem Himmel angerufen hat? Nach acht Jahren?»

«So war es.» Er starrte mich ungerührt und kaugummikauend an. Ich seufzte verärgert. «Pass auf, ich habe keine Ahnung, in welchen Schwierigkeiten sie steckt oder warum sie mich angerufen hat. Wenn ich mehr wüsste, würde ich es dir sagen. Hast du mit den Leuten aus dem Dorf gesprochen? Oder mit Freunden? Vielleicht weiß jemand, warum sie überfallen wurde.»

«Willst du mir erzählen, wie man eine Ermittlung leitet?»

Ich versuchte ruhig zu bleiben. «Nein, aber es ist doch ein komischer Zufall, dass die Sache kurz nach Jerome Monks Flucht passiert ist. Ich glaube nicht, dass er derjenige war, der sie überfallen hat, aber es muss irgendeine Verbindung geben.»

Terry hörte auf zu kauen. «Wieso glaubst du, dass er es nicht war?»

«Was sollte er gegen Sophie haben? Sie war die Einzige, die versucht hat, ihm zu helfen. Und woher sollte er wissen, wo sie wohnt?»

«Glaubst du etwa, so was kann man im Gefängnis nicht rauskriegen? Werd erwachsen. Und wenn du nach einem Grund suchst, sie war wahrscheinlich die letzte Frau, die er gesehen hat. Er konnte jahrelang in seiner Zelle liegen und sich ausmalen, was er mit ihr anstellen möchte.»

Mir fiel sofort eine Frage ein, die ich eigentlich nicht stellen wollte. Doch Terry hatte sie herausgefordert. «Ist sie vergewaltigt worden?»

«Nein.» Terrys Augen waren kalt.

Da war ich heilfroh. «Dann scheint es nicht Monk gewesen zu sein, oder? Außerdem hat er seine Opfer normalerweise nicht am Leben gelassen.»

«Vielleicht ist er gestört und verscheucht worden.»

«Monk?» Das war so abwegig, dass ich fast gelacht hätte. «Von wem denn?»

«Na schön, wenn es er nicht gewesen ist, dann würde ich gerne wissen, was du bei Sophie verloren hattest.»

«Das habe ich dir bereits erzählt.»

«Ach, großartig! Eine Frau, die du seit einer Ewigkeit nicht gesehen hast, ruft dich an und bittet dich um Hilfe, und du springst sofort in deinen Wagen und fährst dreihundert Kilometer, zum *Mittagessen*. Und als sie nicht auftaucht, findest du heraus, wo sie wohnt, spazierst in ihr Haus und findest sie bewusstlos vor!»

«So ist es gewesen.»

«Das behauptest du. Aber wie wäre es damit: Du fährst zu ihr und brichst ein. Sie ist nackt unter ihrem Bademantel, du hast dich nicht mehr im Griff. Zack! Dann gerätst du in Panik und meldest den Vorfall, als hättest du sie gerade gefunden.»

Ich starrte ihn entgeistert an. «Das ist doch lächerlich.»

«Wirklich? Ihr beide wart doch schon bei der Suchaktion wie zwei Turteltäubchen. Ich habe mich immer gefragt, ob zwischen euch was war.»

Ich merkte, dass ich die Fäuste geballt hatte. Ich öffnete sie und atmete tief durch, schließlich wollte er nur, dass ich die Beherrschung verlor.

«Nicht jeder ist so wie du, Terry.»

Er lachte. «Aha, jetzt kommt das wieder! Ich habe mich schon gefragt, wie lange es dauert!»

«Wenn du mir nicht glaubst, dann frag Sophie. Sie wird dir das Gleiche sagen, wenn sie aufwacht ...»

«Wenn sie aufwacht.» Ich erstarrte. Terry nickte. «Bei so einer Kopfverletzung kann man nie wissen. Das bringt dich in eine peinliche Situation, oder?»

Ich konnte nicht glauben, was ich da hörte. Terry zog

eine Visitenkarte aus seiner Brieftasche und warf sie auf den Couchtisch.

«Sollte noch etwas passieren, ruf mich an. Da steht meine Handynummer drauf. Im Büro brauchst du es gar nicht erst zu versuchen, ich bin nie dort.» Er ging in den Flur, blieb dann stehen und sah mich finster an. «Tu nicht so, als wärst du was Besonderes, Hunter. Du bist auch nicht besser als andere.»

Er knallte die Tür zu, dass die Wände zitterten. Eine Weile rührte ich mich nicht, dann ging ich zum nächsten Stuhl und setzte mich hin. Ich wusste nicht, was mich mehr erschreckte: Terrys Feindseligkeit oder seine Unterstellungen. Unser Verhältnis war zwar zerrüttet, aber glaubte er ernsthaft, dass ich zu einer solchen Tat fähig war? Dass ich Sophie überfallen hatte?

Anscheinend.

In mir stieg Wut hoch. Ich stand auf, um weiterzupacken. Grübeln half nichts und hier herumsitzen auch nicht.

Beinahe hätte ich Terrys Visitenkarte weggeschmissen, doch im letzten Moment steckte ich sie in meine Brieftasche. Dann stellte ich die Alarmanlage ein, warf meine Tasche in den Kofferraum und fuhr los. Vorausgesetzt, ich geriet nicht in einen Stau, könnte ich am Nachmittag in Exeter sein.

Wenn ich schon in der Vergangenheit herumwühlen wollte, war es nur angemessen, bei einem Archäologen zu beginnen.

Ich hatte seit Jahren nicht an Leonard Wainwright gedacht. Es wäre mir mehr als recht gewesen, es dabei zu belassen, aber letztlich machte es Sinn, mit ihm zu sprechen. Jetzt, wo Monk wieder auf freiem Fuß war, konnte es nicht schaden zu schauen, ob er meinen Erkenntnissen etwas hinzuzufügen hatte.

Auf dem Weg nach Exeter war das Wetter konstant schlechter geworden, und als ich dort war, goss es in Strömen. Ich nahm mir ein Zimmer in einem unscheinbaren Hotel nicht weit vom Krankenhaus. Es gehörte zu einer dieser unpersönlichen Ketten, die sich in den meisten Städten ausbreiteten, mit Musikberieselung in den Fahrstühlen und Fastfood auf der Speisekarte. Aber es war günstig und praktisch, und mein Zimmer hatte, abgesehen von einem Blick auf den Parkplatz, eine WLAN-Verbindung. Ich packte meinen Laptop aus, bestellte ein Sandwich und machte mich an die Arbeit.

Wainwright ausfindig zu machen, war schwieriger als gedacht. Ich hatte weder seine Adresse noch seine Telefonnummer, und Terry hatte gesagt, dass er pensioniert war. Ich versuchte es trotzdem bei seiner ehemaligen Abteilung in Cambridge, weil ich hoffte, dass man mir dort weiterhelfen könnte. Die Sekretärin rückte diesen Irrtum schnell zurecht. «Wir dürfen keine persönlichen Daten weitergeben», sagte sie gereizt.

Ich durchforstete eine halbe Stunde ergebnislos das Internet, ehe ich auf die Idee kam, das Naheliegende zu versuchen. Damals hatte Wainwright gesagt, er wohne in Torbay. Obwohl es keine Garantie gab, dass er noch immer dort lebte oder im Telefonbuch stand, wurde ich fündig, als ich seinen Namen im Netz ins Telefonbuch eingab. «Wainwright, Prof. L.» Der Eintrag verzeichnete sowohl seine Telefonnummer als auch seine Adresse.

Warum nicht gleich so, dachte ich und massierte meinen steifen Nacken.

Das Telefon klingelte lange, ehe jemand abnahm. «Hallo, hier bei Wainwright», sagte eine Frauenstimme knapp.

«Kann ich bitte mit Leonard Wainwright sprechen?»

Es entstand eine Pause. «Wer ist da?»

«Mein Name ist David Hunter. Ich habe vor mehreren Jahren mit Professor Wainwright zusammengearbeitet», sagte ich, denn ich war mir nicht sicher, ob er sich an mich erinnern würde.

Dieses Mal war die Pause nicht so lang. «Ihr Name sagt mir nichts. Kennt er Sie aus Cambridge?»

«Nein, wir waren ...» Ich suchte nach der richtigen Formulierung und gab es dann auf. «Es war während einer Polizeiermittlung. Ich bin gerade in der Gegend und ...»

Ich bekam keine Gelegenheit, den Satz zu beenden. «Ach so, ich verstehe. Leonard ist leider unabkömmlich, aber ich bin seine Frau. Sie sind in der Gegend, sagten Sie?»

«Ja, aber ...»

«Dann müssen Sie unbedingt vorbeischauen! Leonard wird sich bestimmt freuen, einen alten Kollegen zu sehen.»

Das bezweifelte ich. «Vielleicht rufe ich lieber später wieder an ...?»

«Unsinn! Können Sie morgen zum Mittag kommen? Wir nehmen für gewöhnlich gegen ein Uhr ein leichtes Mahl ein. Es sei denn, Sie haben bereits eine andere Verabredung.»

Mittagessen? Damit hätte ich nun wirklich nicht gerechnet. «Wenn Sie sicher sind, dass es keine Umstände ...»

«Überhaupt keine Umstände! Ach, wie schön! Leonard wird sich wirklich sehr freuen!»

Ich legte auf, verwirrt über die Einladung. Und ich fragte mich, was *unabkömmlich* bedeutete. Die Aussicht auf ein Mittagessen mit dem Archäologen und seiner Frau begeisterte mich nicht gerade, und ich bezweifelte, dass Wainwright das anders sah. Aber nun hatte ich zugesagt. Blieb die Frage, wie ich den Rest des Abends ausfüllen sollte. Ich überlegte gerade, was ich tun könnte, als mein Telefon klingelte. Es war das Krankenhaus.

Sophie war bei Bewusstsein.

KAPITEL 13

Eine Kopfverletzung ist etwas anderes als ein Armbruch. Da man nicht ohne weiteres erkennen kann, welche inneren Schäden sie verursacht hat, ist es schwer, eine Prognose zu stellen. Allgemein gilt jedoch, dass die Folgen für den Patienten umso ernster sind, je länger er bewusstlos ist.

Sophie hatte Glück gehabt. Der Schlag gegen den Kopf hatte ihr zwar eine schwere Gehirnerschütterung zugefügt, aber keinen Schädelbruch zur Folge gehabt, und bei der Ultraschalluntersuchung waren keine Komplikationen wie Gehirngerinnsel oder Gehirnblutungen diagnostiziert worden, die noch Tage nach der eigentlichen Verletzung zu Behinderungen oder zum Tode führen können, wenn sie nicht rechtzeitig entdeckt werden.

Sie war noch in der vorigen Nacht aufgewacht, nur wenige Stunden nachdem ich das Krankenhaus verlassen hatte. Zuerst war sie immer wieder weggedämmert, doch allein die Tatsache, dass sie das Bewusstsein wiedererlangt hatte, war eine gute Nachricht. Das Krankenhaus hatte mich auf ihre hartnäckigen Bitten hin angerufen. Jetzt lag sie in einem Nachthemd gegen die Kissen gelehnt im Bett. Ihr kastanienbraunes Haar war zurückgebunden, sodass die Verletzung in ihrem Gesicht deutlich zu sehen war. Ihr Schädel war zwar heil geblieben, aber der Wangenknochen war gebrochen. Und obwohl die Schwellung bereits zurückging, hatte sich von der Schläfe bis zum Kinn ein Fleck in allen Farben des Regenbogens ausgebreitet.

«Danke, dass Sie gekommen sind», sagte sie, als ich mich hinsetzte. Abwesend berührte sie das Plastikband mit dem Namensschild an ihrem Handgelenk. «Ich weiß nicht genau, ob ich mich bedanken oder entschuldigen soll.»

«Es gibt für beides keinen Grund.»

«Doch, natürlich. Ich habe Sie in Schwierigkeiten gebracht, und wenn Sie mich nicht gefunden hätten ... »

«Habe ich aber. Und Sie haben mich nicht in Schwierigkeiten gebracht.»

Sie sah mich belustigt an. «Nein, natürlich nicht.»

Ich lächelte, immer noch erleichtert, dass es ihr besserging. Auch wegen Terrys Andeutungen. Regen trommelte gegen das Fenster, in dem sich das von Neonlicht grell erleuchtete Krankenhauszimmer spiegelte. Sophie lag in der Ecke, und da das Bett neben ihr leer war, konnten wir unbefangen reden.

«Wie fühlen Sie sich?», fragte ich.

Sophie lächelte schwach. «Abgesehen davon, dass ich wahnsinnige Kopfschmerzen habe, fühle ich mich wohl ungefähr so, wie ich aussehe.»

Nach allem, was sie durchgemacht hatte, sah sie bemerkenswert gut aus. Auch die acht Jahre hatten kaum Spuren hinterlassen. Ihr Gesicht war faltenlos, und abgesehen von dem blauen Fleck schien sie sich nicht besonders verändert zu haben, seit ich sie das letzte Mal gesehen hatte. Offenbar war Sophie der Typ Frau, dem das Alter nicht viel anhaben konnte.

Sie starrte auf ihre Hände. «Irgendwie ist mir das alles peinlich. Und ich bin total durcheinander. Ich weiß nicht, was schlimmer ist: die Tatsache, dass jemand in mein Haus eingebrochen ist und mir das angetan hat oder dass ich mich an nichts erinnern kann.»

Der Verlust des Kurzzeitgedächtnisses nach einer Kopfverletzung war nicht ungewöhnlich, aber das machte die Sache nicht weniger beunruhigend. «Können Sie sich an gar nichts erinnern? Haben Sie nicht gesehen, wer Sie überfallen hat?»

«Ich kann mich nicht einmal daran erinnern, dass ich überhaupt überfallen wurde.» Sophie zupfte abwesend an ihrem Armband. «Ich komme mir total blöd vor, aber es war, wie ich der Polizei erzählt habe: Ich stieg gerade aus der Dusche, da hörte ich unten ein Geräusch und ... Und das war's. Als wäre ich einfach ausgerutscht und mit dem Kopf aufgeschlagen.»

«Ihre Erinnerung kommt bestimmt bald zurück.»

«Ich weiß gar nicht, ob ich das will.» In ihrem Krankenhaushemd sah sie verletzlich aus und überhaupt nicht wie die Sophie, an die ich mich erinnerte. «Die Polizei sagt, dass ich nicht ... dass es kein Sexualverbrechen war. Trotzdem, der Gedanke, dass mich jemand angreift und ich mich nicht einmal erinnern kann, ist schrecklich.»

«Haben Sie eine Ahnung, wer es gewesen sein könnte? Vielleicht jemand, der etwas gegen Sie hat?»

«Nein, überhaupt nicht. Ich habe zurzeit keine Beziehung, schon seit ... also ... schon eine ganze Weile nicht. Die Polizei nimmt offenbar an, dass es ein Einbrecher war, der dachte, dass ich nicht zu Hause bin, und in Panik geriet, als er merkte, dass ich in der Dusche war.»

Das war mir neu. «Haben Sie mit Terry Connors gesprochen?»

Der Name schien sie zu überraschen. «Nein. Wieso?»

«Er war bei mir.» Ich zögerte, aber sie hatte ein Recht, es zu erfahren. «Er nimmt anscheinend an, dass der Überfall etwas mit Jerome Monk zu tun hat.»

«Mit Monk? Das ist doch lächerlich!» Sie schaute mich stirnrunzelnd an. «Das ist noch nicht alles, oder?»

«Er hält mich auch für verdächtig. Ich war derjenige, der Sie gefunden hat, und da Sie sich an nichts erinnern können ...»

«Sie?» Ihre Augen wurden groß, dann schaute sie schnell weg. Mir wurde flau im Magen, und für einen Augenblick fragte ich mich, ob sie auch diesen Verdacht hatte. Doch die Wut, mit der sie dann weitersprach, zerstreute die Befürchtung. «Mein Gott, das sieht ihm ähnlich! Das ist so was von bescheuert!»

«Ich bin froh, dass Sie so denken. Alles in Ordnung?», fragte ich, als mir auffiel, wie blass sie plötzlich geworden war.

«Mir ist nur ein bisschen schwummrig ... David, ich weiß, dass ich Ihnen eine Erklärung schulde, aber kann das warten? Ich kann jetzt wirklich nicht darüber sprechen. Ich ... ich will nur nach Hause.»

«Natürlich. Machen Sie sich deswegen keine Sorgen.»

«Danke.» Sie schenkte mir ein schwaches Lächeln, aber es verblasste schnell. «Ich glaube ...»

Sie tastete nach dem nierenförmigen Pappbehälter auf dem Bettschrank. Ich kam ihr zuvor und reichte ihn ihr. «Soll ich eine Schwester rufen?»

«Nein, mir ist nur die ganze Zeit schwindelig. Das geht

vorbei, hat man mir gesagt.» Sie lehnte sich wieder an die Kissen und schloss die Augen. «Entschuldigen Sie, ich glaube, ich muss schlafen …»

Als ihre Stimme verebbte, rutschte ihr langsam die Nierenschale aus den Fingern. Ich stellte sie zurück auf den Schrank, schob dann leise meinen Stuhl zurück und stand auf.

«David …»

Sophie hatte sich nicht gerührt, doch sie schaute mich an.

«Kommen Sie wieder?»

«Selbstverständlich.»

Zufrieden, nickte sie leicht. Die Augenlider fielen ihr schon wieder zu, und ihre Worte waren kaum mehr als ein Flüstern. «Ich wollte nicht …»

«Was wollten Sie nicht?», fragte ich, unsicher, ob ich sie richtig verstanden hatte.

Aber sie war schon eingeschlafen. Ich beobachtete das gleichmäßige Auf und Ab ihrer Atmung und verließ dann leise das Krankenhauszimmer. Als ich den Flur hinabging, dachte ich an das, was Sophie gesagt hatte.

Und fragte mich, was sie verheimlichte.

Am nächsten Morgen waren die Wolken und damit auch der Regen verschwunden und hatten einem klaren blauen Himmel und strahlendem Sonnenschein Platz gemacht. Am Abend war ich bei einem einsamen Mahl in einem fast leeren italienischen Restaurant im Geiste noch einmal alles durchgegangen. Obwohl ich wegen Sophie erleichtert war, hatte ich mich mit einem bedrückenden und unruhigen Gefühl schlafen gelegt. Ich war überzeugt, dass mir irgendetwas entgangen war.

Aber am Morgen war ich mit besserer Laune aufgestanden, und als ich aus dem Hotel auscheckte und mich auf den Weg zum Mittagessen mit Wainwright machte, war ich durch den heiteren Herbsttag beinahe positiv gestimmt. Jetzt, wo Sophie bei Bewusstsein war, gab es eigentlich keinen Grund mehr, ihn zu treffen, doch da ich die Einladung seiner Frau einmal angenommen hatte, konnte ich nicht so kurzfristig absagen.

Sosehr ich es auch gewollt hätte.

Der Archäologe wohnte nahe Sharkham Point, einer Landzunge am südlichen Rand Torbays. Es war eine Fahrt von weniger als einer Stunde, deshalb nahm ich eine längere Route, auf der ich mehr von der Küste sah. Jenseits der hohen Klippen schimmerte die Sonne auf dem unruhigen Meer. Trotz der Kälte fuhr ich mit offenem Fenster und genoss die frische Brise. Diesen Teil des Landes kannte ich kaum, aber er gefiel mir. Obwohl nur dreißig Kilometer von Dartmoor entfernt, schien es eine völlig andere Welt zu sein, eine schönere und weniger bedrückende. Ich konnte verstehen, dass Wainwright hier lebte.

Sein Haus war leicht zu finden, denn es gab dort nicht viele andere. Die Villa aus den 1920er Jahren mit verputzten Mauern und schwarzen Stützbalken lag etwas abseits der Straße hinter einer Reihe hoher, kahler Linden. Die lange Kiesauffahrt war auf der einen Seite mit weiteren Linden gesäumt, während auf der anderen ein weitflächiger Rasen angrenzte.

Vor der Doppelgarage stand ein hellblauer Toyota. Ich parkte daneben und ging dann die Stufen zur Haustür hinauf. Ich drückte auf die alte Messingklingel und lauschte dem Schellen, das irgendwo aus der Tiefe des Hauses kam.

Da wären wir also, dachte ich und straffte die Schultern, als drinnen forsche Schritte ertönten.

Die Frau, die mir die Tür öffnete, passte so gut zu der Stimme am Telefon, dass sie nur Wainwrights Frau sein konnte. Sie war vielleicht weniger matronenhaft und trug statt eines Kostüms mit Perlen, wie ich angenommen hatte, über einem Wollrock einen grauen Pullover mit Polokragen. Aber das perfekt frisierte graue Haar und das auffällige Make-up entsprachen genau meiner Vorstellung, ebenso der stählerne Blick ihrer Augen, die jetzt überraschend freundlich lächelten. «Sie müssen David Hunter sein, richtig?»

«Richtig.»

«Ich bin Jean Wainwright. Ich freue mich ja so, dass Sie uns gefunden haben. Wir wohnen hier ein bisschen ab vom Schuss, aber genau das gefällt uns.» Noch immer lächelnd, trat sie zur Seite. «Aber kommen Sie doch herein.»

Ich betrat das Haus. Die Diele hatte einen schönen Parkettboden und holzvertäfelte Wände. Auf einem antiken Mahagonisekretär stand eine große Vase mit Chrysanthemen, deren schwerer Duft gegen das Parfüm und den Gesichtspuder der Frau ankämpfte. Ihre hohen Absätze klapperten im Stakkato über das Parkett, als sie mich durch die Diele führte.

«Leonard ist im Arbeitszimmer. Er freut sich, Sie zu sehen.»

Das war so unwahrscheinlich, dass ich mir plötzlich sicher war, einen Fehler gemacht zu haben. Handelte es sich hier vielleicht um einen anderen Leonard Wainwright? *Zu spät.* Seine Frau öffnete eine Tür am Ende der Diele und winkte mich hinein.

Nach der dunklen Holzvertäfelung war es in dem Zimmer blendend hell. Durch ein riesiges Erkerfenster, das beinahe die gesamte Länge des Raumes einnahm, strahlte das Sonnenlicht. Bücherregale säumten die Wände, und an einer Seite stand ein eleganter Schreibtisch mit Lederauflage, der, abgesehen von einer weiteren Vase mit Chrysanthemen, vollständig leer war.

Der Geruch der Blumen erfüllte das Zimmer, doch es war der Ausblick, der alle Aufmerksamkeit in Beschlag nahm. Man schaute über den Rasen, der zum Klippenrand hinabführte, dahinter nichts als das Meer, das sich bis zum Horizont erstreckte. Fast hatte ich das Gefühl, am Bug eines Schiffes zu stehen. Der Blick war so atemberaubend, dass ich im ersten Moment kaum etwas anderes wahrnahm. Dann hörte ich Wainwrights Frau.

«Leonard, David Hunter ist hier, ein ehemaliger Kollege von dir. Du erinnerst dich doch an ihn, nicht wahr?»

Sie stand neben einem Ledersessel. Ich hatte nicht bemerkt, dass dort jemand saß. Der Sessel stand so vor dem Erkerfenster, dass man die Aussicht genießen konnte, und ich wartete, dass sich Wainwright erhob. Als er es nicht tat, ging ich weiter ins Zimmer hinein, bis ich an den breiten Kopflehnen vorbeischauen konnte.

Ich hätte ihn nicht wiedererkannt.

Den Riesen meiner Erinnerung gab es nicht mehr. Wainwright saß zusammengekrümmt im Sessel und starrte mit leerem Blick hinaus aufs Meer. Er schien geschrumpft zu sein, so als hätten sich Fleisch und Muskeln aufgelöst. Die aristokratischen Züge waren ausgelöscht, die Wangen eingefallen, die Augen lagen in tiefen Höhlen, und die einst dichte Haarmähne war dünn und grau.

Wainwrights Frau hatte sich erwartungsvoll zu mir umgedreht. Ihr heiteres Lächeln wirkte jetzt so zerbrechlich und durchsichtig wie das Fenster. Ich war geschockt stehen geblieben, rang mir nun aber ein Lächeln ab und trat einen Schritt vor.

«Hallo, Leonard.» Es war das erste Mal, dass ich ihn mit seinem Vornamen ansprach, aber alles andere wäre mir unpassend vorgekommen. Meine Hand streckte ich erst gar nicht aus, denn ich wusste, dass es zwecklos wäre.

«Dr. Hunter ist zum Essen gekommen, Liebling», sagte seine Frau. «Ist das nicht nett? Ihr beide könnt über alte Zeiten sprechen.»

Als hätte er mich schließlich bemerkt, drehte sich der große Kopf schwerfällig in meine Richtung. Die vernebelten Augen schauten mich an. Wainwrights Mund zuckte, und für einen Augenblick dachte ich, er würde vielleicht sprechen. Doch dann wandte er seinen Blick wieder hinaus aufs Meer.

«Kann ich Ihnen eine Tasse Tee anbieten, Dr. Hunter?», fragte seine Frau. «Das Essen ist in zwanzig Minuten fertig.»

Mein Lächeln kam mir wie festgefroren vor. «Ja, gerne. Kann ich Ihnen helfen?»

«Das ist sehr nett, vielen Dank. Wir sind gleich wieder da, Leonard», sagte sie und tätschelte die Hand ihres Mannes.

Er reagierte nicht. Mit einem letzten Blick auf die Gestalt im Sessel folgte ich ihr zurück in die Diele.

«Entschuldigen Sie, ich hätte Sie warnen sollen», sagte sie, nachdem sie die Tür geschlossen hatte. «Aber als Sie anriefen, hatte ich angenommen, dass Sie über Leonards Zustand Bescheid wüssten.»

«Ich hatte keine Ahnung», sagte ich. «Was hat er? Alzheimer?»

«Die Ärzte scheinen sich nicht ganz sicher zu sein. Ich hatte gar nicht gewusst, dass es so viele verschiedene Arten von Demenzerkrankungen gibt. Bei Leonard ist sie schnell vorangeschritten – wie das so ist. Die letzten beiden Jahre sind ... ziemlich schwer gewesen.»

Das konnte ich mir vorstellen. «Tut mir leid.»

«Ach, solche Dinge passieren eben.» Sie klang unbeschwert und sachlich. «Ich dachte, es könnte helfen, wenn er ein bekanntes Gesicht sieht. Unsere Töchter leben nicht in der Nähe, und wir bekommen nicht oft Besuch. Normalerweise geht es ihm zu Beginn des Tages besser. Deswegen habe ich Sie zum Mittagessen eingeladen. Danach fällt Leonard meistens in einen Dämmerzustand. Sundowning nennt man das. Kennen Sie den Begriff?»

Ich bejahte. Als Arzt hatte ich erlebt, wie manche Demenzpatienten zum Ende des Tages verwirrter oder aufgeregter wurden. Niemand wusste genau, weshalb.

«Wie Sonnenuntergang. Welch ein schöner Begriff für eine so furchtbare Sache, denke ich immer», fuhr seine Frau fort.

Plötzlich fühlte ich mich wie ein Betrüger. «Hören Sie, Mrs. Wainwright ...»

«Sagen Sie doch Jean, bitte.»

«Jean.» Ich holte tief Luft. «Ihr Mann und ich ... also, um ehrlich zu sein, bin ich mir nicht sicher, ob er sich wirklich freut, mich zu sehen.»

Sie lächelte. «Ja, Leonard konnte ziemlich cholerisch sein. Aber über die Gesellschaft wird er sich bestimmt freuen. Erst recht, weil Sie extra den ganzen Weg hergekommen sind.»

«Na ja, das ist eigentlich kein reiner Höflichkeitsbesuch. Ich hatte gehofft, mit ihm über die Ermittlung sprechen zu können, an der wir zusammengearbeitet haben.»

«Dann tun Sie das bitte. Manchmal hat er recht lichte Momente, besonders wenn es um Vergangenes geht.» Ehe ich protestieren konnte, machte sie die Tür zum Arbeitszimmer auf. «Dann können Sie beide jetzt reden, und ich kümmere mich ums Essen.»

Mit einem matten Lächeln ging ich wieder hinein. Die Tür schloss sich hinter mir, und ich war allein mit Wainwright. *Mein Gott.* Seine Veränderung war erschreckend. Ich musste daran denken, wie er meine ersten Erkenntnisse am Grab von Tina Williams als seine eigenen ausgegeben hatte. In dem Moment hatte ich es für schamlose Rivalität gehalten, doch jetzt war ich mir nicht mehr so sicher. Vielleicht hatte er schon damals unter Geistesschwäche gelitten und versucht, sie zu verbergen.

Er zeigte keine Anzeichen, mich wahrgenommen zu haben. Er saß im Sessel und starrte aus dem Fenster aufs Meer. Ich fragte mich, ob er überhaupt wusste, was er sah.

Jetzt bist du hier. Mach das Beste draus. Ich nahm den Schreibtischstuhl, stellte ihn so hin, dass ich ihn anschauen konnte, und setzte mich. Ich überlegte, was ich sagen sollte. Der Grund für meinen Besuch schien sich genauso aufgelöst zu haben wie Wainwrights Gedächtnis, doch ich konnte nicht einfach dasitzen. Auch wenn wir uns nicht gemocht hatten, wünschte ich keinem Menschen dieses Schicksal.

«Hallo, Leonard. Ich bin's wieder, David Hunter. Wir haben einmal zusammengearbeitet, in Dartmoor.»

Als er nicht reagierte, versuchte ich es weiter.

«Es war der Jerome-Monk-Fall. Detective Chief Superintendent Simms war der Ermittlungsleiter. Erinnern Sie sich?»

Nichts. Wainwright starrte weiter aufs Meer und machte nicht den Eindruck, etwas gehört zu haben. Seufzend schaute ich auch aus dem Fenster. Der Blick war wirklich spektakulär. Am kalten blauen Himmel kreisten Möwen, kleine, dunkle Flecken über den blaugrünen Wellen. Unabhängig vom Wetter und unabhängig davon, was passierte, das Meer würde immer da sein. Der Verfall des Archäologen war bedauernswert, aber es gab schlechtere Orte, um sein Lebensende zu verbringen.

«Ich kenne Sie.»

Ich schaute überrascht auf. Der große Kopf hatte sich in meine Richtung gedreht. Wainwright schaute mir direkt in die Augen.

«Ja, Sie kennen mich», sagte ich. «David Hunter. Ich bin ...»

«*Calliph...*, *Calli...*, Maden.» Er hatte noch den gleichen sonoren Bariton, obwohl er jetzt etwas heiserer klang, so als wäre er eingerostet.

«Maden», wiederholte ich zustimmend.

«Alles faul.»

Ich musste lächeln. Vielleicht bezog sich ‹faul› auf den Lebensraum der Schmeißfliegenlarven, doch ich bezweifelte es. Ob dement oder nicht, manche Dinge hatten sich nicht verändert.

Jetzt huschten seine Augen umher, als würde in ihm etwas erwachen. Seine hohe Stirn legte sich konzentriert in Falten.

«Fallwild ...»

Ich nickte nur, ohne zu wissen, was er meinte. Offenbar

schweiften seine Gedanken schon wieder ab. Er starrte mich
finster an und knallte seine Hände auf die Sessellehnen.
«Nein! Hören Sie zu!»

Er hatte versucht, sich aus dem Sessel zu stemmen. Ich erhob mich und trat zu ihm. «Schon in Ordnung, Leonard, beruhigen Sie sich.»

Seine Arme waren spindeldürr, und er verströmte einen
säuerlichen Geruch. Doch als er mein Handgelenk packte,
war sein Griff wie ein Schraubstock

«Fallwild!», zischte er und spuckte mich an. «*Fallwild!*»

Die Tür des Arbeitszimmers flog auf, und seine Frau kam
hereingeeilt. «Jetzt beruhige dich, Leonard, hör mit diesem
Unsinn auf.»

«Verfluchte Frau!»

«Bitte, Leonard, benimm dich!» Sie drückte ihn sanft,
aber entschieden zurück in den Sessel. «Was ist passiert?
Haben Sie etwas gesagt, was ihn verärgert hat?»

«Nein, ich habe nur ...»

«Irgendetwas muss ihn aufgebracht haben. Normalerweise ist er nicht so aufgeregt.» Sie musterte mich, während
sie ihrem Mann, der sich allmählich wieder beruhigte, übers
Haar strich. Sie war immer noch höflich, wirkte jetzt jedoch
absolut kühl. «Es tut mir leid, Dr. Hunter, aber ich glaube, es
ist besser, wenn Sie gehen.»

Ich zögerte einen Moment, aber mir blieb keine Wahl. Ich
ließ die beiden im Arbeitszimmer allein und ging hinaus zu
meinem Wagen. Es war immer noch heiter und sonnig, doch
als ich die Auffahrt hinabfuhr und mich vom Haus entfernte, hatte ich die ganze Zeit den schweren, süßen Geruch der
Chrysanthemen in der Nase.

KAPITEL 14

Auf dem Rückweg nach Exeter achtete ich kaum auf die schöne Küstenlandschaft. Ich hatte Sophie versprochen, noch einmal im Krankenhaus vorbeizuschauen, und ich hoffte, mich dadurch von dem unglückseligen Besuch bei Wainwright abzulenken. Ich hatte den Archäologen nicht durcheinanderbringen wollen, aber allein mich zu sehen, hatte offenbar genügt, um ihn aufzuregen. Vor Jahren hatte ich den hippokratischen Eid geleistet, immer zum Wohle des Kranken zu handeln.

Das war mir heute eher nicht gelungen.

Die Parkplatzsuche am Krankenhaus dauerte fast genauso lange wie die Fahrt von Torbay hierher. Als ich in Sophies Zimmer kam, sah ich, dass der Vorhang vor ihrem Bett zugezogen war. Ich blieb stehen, weil ich dachte, ein Arzt wäre bei ihr, bis ich die leisen, aber wütenden Stimmen dahinter hörte.

«Hallo?», sagte ich unsicher.

Die Stimmen verstummten. Nach einem Moment wurde der Vorhang aufgezogen.

Die junge Frau, die hervortrat, war beinahe eine Doppelgängerin von Sophie. Sie hatte die gleiche Haarfarbe, die gleiche Gesichtsform und die gleichen Augen. Doch obwohl ihre Züge unverkennbar aus dem gleichen Holz geschnitzt waren, wirkten ihre gleichzeitig kantiger und runder als Sophies. Und sie betrachtete mich angespannt und abweisend.

«Ja?»

«Ich wollte Sophie besuchen», sagte ich. «Ich bin ...»

«David!», hörte ich Sophie rufen. «Alles in Ordnung, Maria.»

Die Frau presste die Lippen zusammen, trat aber zur Seite, um mich vorbeizulassen. Sophie saß auf dem Bett, neben ihr stand eine offene Ledertasche. Sie trug einen Pullover und Jeans, die ihr irgendwie nicht richtig passten, auch wenn ich nicht hätte sagen können, weshalb. Sie sah noch immer erschöpft aus, und die Schwellung an ihrer linken Gesichtshälfte hatte sich noch tiefer verfärbt. Dennoch schien es ihr eindeutig besserzugehen als bei meinem letzten Besuch.

Als sie mich anlächelte, wirkte sie vor allem erleichtert. «Danke fürs Kommen, David. Das ist meine Schwester Maria.»

Jetzt, wo ich sie zusammen sah, waren die Unterschiede auffälliger als die Ähnlichkeiten. Sophies Schwester wirkte älter. Mit sechzehn war sie wahrscheinlich umwerfend schön gewesen, allerdings eher auf eine schlichte Weise, der das Alter nicht gut bekam. Die Gene, die für Sophies schlanke Gliedmaßen und den feinen Knochenbau gesorgt hatten, hatten ihre ältere Schwester offensichtlich übergangen. Die Falten, die sich bereits in ihrem Gesicht gebildet hatten, zeugten von Enttäuschung und Unrast. Wie zum Ausgleich waren ihre Kleider elegant und teuer und ihre manikürten Fingernägel messerscharf.

Ich überlegte, ob ich ihr die Hand geben sollte, entschied

mich aber schnell dagegen. Die Spannung zwischen den beiden Frauen war so stark, vermutlich konnte man einen Schlag kriegen, wenn man ihnen zu nahe kam.

«David ist ein alter Freund», sagte Sophie nach einer unangenehmen Pause.

«Gut. Vielleicht kann er dich zur Vernunft bringen.»

Sophie schien es peinlich zu sein. «Jetzt nicht, Maria.»

«Wann dann? Bei deinem Zustand kannst du dich nicht einfach selbst entlassen, geschweige denn allein in diesem Haus bleiben!»

Sophie stöhnte verärgert auf. «Mir geht's gut. Und ‹dieses Haus› ist mein Zuhause.»

«Wo einfach jemand reinspazieren und dich überfallen konnte! Und dahin willst du zurück? Du kannst bloß nicht zugeben, dass es ein Fehler war, ans Ende der Welt zu ziehen! Ich wette, du hast dir nicht mal überlegt, wie du hinkommen willst, oder?»

«David fährt mich», platzte Sophie heraus.

Maria sah mich an. «Aha. Und werden Sie auch bei ihr bleiben?»

Ich versuchte, meine Überraschung zu verbergen. Hinter ihrer Schwester schaute mich Sophie flehend an. «Eine Weile», sagte sie dann schnell und fügte, in leichter Abwandlung der Wahrheit, hinzu: «David ist Arzt. Siehst du, alles ist in Ordnung.»

«Das hättest du auch gleich sagen können.» Maria seufzte und beruhigte sich allmählich. «Okay, ich rege mich sowieso nur umsonst auf. Ich hoffe, Sie haben mehr Glück mit ihr, David.»

Da es mir am sichersten erschien, nichts zu sagen, lächelte ich bloß. Dieses Mal reichte mir Maria die Hand.

«Es war trotzdem nett, Sie kennenzulernen. Entschuldigen Sie, wenn ich ein bisschen herrisch gewirkt habe, aber ich mache mir einfach Sorgen um Sophie.»

«Kein Problem, das ist doch für eine große Schwester ganz normal.»

Ihr Lächeln erstarb. «Du weißt, wo ich bin, wenn du mich brauchst», blaffte sie Sophie an.

Polternd marschierte sich aus dem Krankenzimmer. Verdutzt schaute ich Sophie an. «Habe ich etwas Falsches gesagt?»

Sie hatte sich die Hände vor die Augen gelegt. «Maria ist zwei Jahre jünger als ich.»

Der Tag wurde immer besser. «O Gott. Ich muss mich entschuldigen ... »

Doch Sophie lachte nur. «Keine Sorge. Sie benimmt sich ja auch, als wäre sie die Ältere, schon immer, und das ist ein Teil des Problems.»

«Und der andere Teil?»

«Bin wohl ich», sagte sie. Ihr Lächeln versiegte. «Sie hält mich für verantwortungslos und impulsiv. Was soll man dagegen sagen? Wir sind einfach völlig verschieden. Sie hat zwei süße Kinder, um die sich ein Kindermädchen kümmert, und gibt gerne Dinnerpartys. Ganz das Gegenteil von mir. Wir haben nicht einmal den gleichen Klamottengeschmack.» Sie schaute an sich hinab. Jetzt verstand ich, warum ihr die Jeans und der Pullover nicht standen. Sie gehörten ihrer Schwester.

«Sie wollen sich also selbst entlassen?», fragte ich.

«Die Ärzte wollen mich noch vierundzwanzig Stunden hierbehalten. Aber die Tests waren alle okay, und mir geht's gut. Mir ist zwar noch ein bisschen schwummrig, und ich kann mich nach wie vor nicht erinnern, was passiert ist, aber das ist alles. Ich will nach Hause.»

«Sie hatten eine schwere Kopfverletzung. Weitere vierundzwanzig Stunden ...»

«Ich fahre nach Hause», sagte sie entschieden. «Es ist nur eine Gehirnerschütterung. Ich werde aufpassen, versprochen.»

Ich ließ es dabei bewenden. Es stand mir nicht zu, sie zu bevormunden, und da die Ärzte und ihre Schwester es nicht geschafft hatten, sie umzustimmen, bezweifelte ich, dass ich mehr Erfolg haben würde.

«Entschuldigen Sie, ich wollte nicht laut werden», sagte sie verlegen. «Und danke, dass Sie mich vor Maria nicht verraten haben. Ich hätte Sie nicht in Verlegenheit bringen dürfen, aber sie wollte, dass ich bei ihr wohne. Und glauben Sie mir, das wäre kein Spaß gewesen.»

Ich konnte es mir vorstellen. «Und wie kommen Sie jetzt nach Hause?»

«Ich nehme den Zug», sagte sie leichtfertig. «Keine Angst, ich habe nur gesagt, dass Sie bei mir bleiben, damit Maria zufrieden ist. Und ich erwarte auch nicht, dass Sie mich fahren.»

«Ich weiß, aber ich werde es trotzdem tun.»

«O nein, das kann ich nicht von Ihnen verlangen!»

«Was soll ich machen?» Ich lächelte. «Ich habe Ihrer großen Schwester mein Wort gegeben.»

Sophie schlief fast während der ganzen Fahrt. Trotz ihrer Entschlossenheit war sie noch längst nicht vollständig genesen, und die Augen fielen ihr schon zu, bevor wir das Krankenhausgelände verlassen hatten. Aber ihre Atmung ging

kräftig und regelmäßig, während sie, an die Kopfstütze gelehnt, neben mir saß. Ich fuhr vorsichtig, um sie nicht aufzuwecken. Es gab eine Reihe von Fragen, die ich stellen wollte, aber die konnten warten.

Es war ein merkwürdig friedliches Gefühl, hinaus nach
Dartmoor zu fahren, mit einer schlafenden Frau neben mir.
Ich wusste, dass es nicht von Dauer und nur ein kurzes Aus-
blenden der Wirklichkeit war. Irgendetwas beunruhigte Sophie, und ihr Angreifer lief noch immer frei herum.

Doch das waren Probleme der Zukunft. In der Abge-
schlossenheit des Wagens, mit der vorbeirauschenden Landschaft und Sophies leisem Atem neben mir fühlte ich mich
seltsam zufrieden.

Am späten Nachmittag hielt ich vor Sophies Cottage an.
Als ich den Motor ausstellte, wachte sie auf. «Wo sind wir?»,
fragte sie, setzte sich auf und rieb sich die Augen.

«Zu Hause.»

«Mein Gott, habe ich etwa den ganzen Weg geschlafen?»

«Das war das Beste für Sie. Wie fühlen Sie sich?»

Sie dachte einen Moment nach und blinzelte noch verschlafen. «Besser.»

Sie sah auch besser aus. Die Blässe war verschwunden, es
störte nur der entsetzliche blaue Fleck in ihrem Gesicht. Wir
stiegen aus dem Wagen und atmeten die kalte Herbstluft ein,
die nach den Abgasen der Stadt besonders frisch und angenehm war. Die Sonne stand niedrig und warf lange Schatten. Der kleine Obstgarten, der in der Nacht so unheimlich
gewirkt hatte, sah bei Tageslicht trotz der kahlen, knorrigen
Apfelbäume freundlich aus.

Dahinter stand der umgedrehte Kegel des Brennofens,

der fast so hoch wie das Haus war. Jetzt konnte man deutlicher erkennen, wie verfallen er war. Die bröckelnden Ziegel schienen nur noch von dem rostigen Gerüst gehalten zu werden. Daneben lag, von Gras und Unkraut überwuchert, ein Stapel Pfähle, als wären die Instandsetzungsarbeiten schon vor Jahren zum Erliegen gekommen.

«Das ist mein ganzer Stolz», sagte Sophie, als ich ihr die Gartenpforte aufmachte. «Ein viktorianischer Flaschenofen. Davon gibt es nicht mehr viele.»

«Funktioniert er noch?»

«Mehr oder weniger. Kommen Sie, ich zeige es Ihnen.»

«Das muss nicht sein», sagte ich, denn ich wollte nicht, dass sie sich verausgabte.

Doch sie ging bereits darauf zu. Die wacklige Holztür quietschte, als Sophie sie aufschob. «Schließen Sie nicht ab?», fragte ich.

Sie lächelte. «Wir sind hier nicht in der Stadt. Außerdem glaube ich nicht, dass Diebe daran Interesse haben. Es gibt keinen Schwarzmarkt für handgemachte Töpferwaren. Leider.»

Ich folgte ihr nach drinnen. Es roch feucht und muffig, nach altem Putz. Durch die kleinen Fenster in den runden Wänden fiel Licht. In der Mitte des Gebäudes befand sich der originale Ofen, ein riesiger Ziegelschornstein ragte durch das Kuppeldach. Er war mit einem Baugerüst gesichert und teilweise durch verrostete Stangen und Holzbalken abgestützt.

«Hält das?», fragte ich und betrachtete das schiefe Mauerwerk.

«Scheint so. Er war schon in dem Zustand, als ich das Haus gekauft habe. Der Ofen steht unter Denkmalschutz, selbst wenn ich wollte, dürfte ich ihn also nicht abreißen. Aber das will ich auch gar nicht. Der Plan ist, den alten Ofen irgendwann wieder flottzumachen, aber das muss warten, bis ich das Geld dafür habe. Es dauert wohl noch eine Weile.»

Neben dem alten Ofen standen ein kleinerer, moderner Elektroofen und eine mit Ton verschmierte Töpferscheibe. Auf Werkbänken und Regalen lagerte ein großes Durcheinander an Keramikartikeln. Manche waren glasiert, andere bestanden lediglich aus gebranntem Ton. Selbst meinem ungeschulten Blick fiel auf, dass die organisch geformten Gefäße nicht nur funktional waren, sondern auch einen künstlerischen Wert hatten. Ich nahm vorsichtig einen großen Krug in die Hand, dessen geschwungene Form wie natürlich gewachsen wirkte. Er war schön proportioniert und fühlte sich glatt und sinnlich an. «Ich wusste nicht, dass Sie so etwas können», sagte ich beeindruckt.

«Ach, ich habe viele versteckte Talente», entgegnete sie und fuhr abwesend mit der Hand über einen großen, getrockneten Tonklumpen, der auf einem mit halbfertigen und kaputten Gefäßen übersäten Tisch lag. Sophie lächelte verlegen. «Ordnung zu halten, gehört nicht dazu, wie Sie bestimmt bemerkt haben. Na ja, ich hoffe, Sie können ein Geheimnis bewahren.»

Während ich mich fragte, was sie damit meinte, ging sie zur gewölbten Wand des Turms. Sie zog einen losen Ziegelstein heraus, griff in das Loch und nahm etwas heraus. «Ersatzschlüssel», sagte sie und hielt ihn hoch. «Kann manchmal sehr nützlich sein.»

Bis zu diesem Moment hatte ich nicht mehr an den Einbruch gedacht, doch der Anblick des Schlüssels half meinem

Gedächtnis auf die Sprünge. *Ach, verflucht.* «Warten Sie, Sophie», sagte ich und lief hinter ihr her, aber da hatte sie bereits den Brennofen verlassen und es selbst gesehen. Sie blieb wie erstarrt auf dem Pfad stehen.

«O mein Gott.»

Als wir angekommen waren, hatte die Haustür im Schatten gelegen, sodass man die Beschädigung nicht sehen konnte, außerdem war unsere Aufmerksamkeit auf den Ofen gerichtet gewesen. Doch jetzt sahen wir das gesplitterte Holz und die schief in den Angeln hängende Tür.

Ich hätte daran denken müssen. Zwar hatte die Polizei die Tür halbherzig zugeklemmt, aber es hatte hereingeregnet, und auf den Läufern und den Dielenbrettern im Flur waren schlammige Fußabdrücke. Außerdem stank es, ein Fuchs oder ein anderes Tier musste im Haus gewesen sein.

Sophie starrte entsetzt auf die offenen Schubladen und Schränke und die auf dem Boden verstreuten Sachen.

«Es ist nicht so schlimm, wie es aussieht», sagte ich hilflos und verfluchte mich innerlich. Ich hätte hier aufräumen sollen, anstatt meine Zeit bei Wainwright zu vergeuden. «Ich dachte, die Polizei hätte es Ihnen gesagt.»

Sie antwortete nicht. Dann sah ich, dass sie leise weinte und ihr die Tränen über die Wangen liefen.

«Sophie, es tut mir wirklich leid ...»

«Es ist nicht Ihre Schuld.» Sie rieb sich wütend die Augen. «Danke, dass Sie mich nach Hause gebracht haben, aber jetzt sollten Sie besser gehen.»

«Lassen Sie mich wenigstens ...»

«Nein! Schon in Ordnung. Wirklich. Ich will allein sein. Bitte.»

Ich sah, dass sie sich nur mit Mühe zusammenreißen konnte. Es gefiel mir nicht, sie allein zu lassen, doch ich kannte sie nicht gut genug, um einfach zu bleiben.

«Ich rufe Sie morgen an. Wenn Sie etwas brauchen ...»

«Ich weiß. Danke.»

Mit einem unguten Gefühl ging ich über den mit Laub bedeckten Pfad zurück zum Wagen. Hinter mir hörte ich, wie die Tür quietschte, als Sophie sie zudrückte. An der Gartenpforte blieb ich stehen, eine Hand auf dem verwitterten Holz. Der Himmel wurde bereits dunkel, die ersten Sterne waren zu sehen. Finsternis legte sich über die gepflügten Felder und die Wälder. Abgesehen vom Rascheln der kahlen Zweige, war kein Geräusch zu hören, nicht einmal ein Vogel oder ein anderes Tier durchbrach die Stille. Es war ein düsterer und einsamer Ort.

Ich drehte mich um und ging zurück zum Haus.

Die Tür war nur angelehnt und ließ sich nicht mehr richtig schließen. Als ich sie aufschob, sah ich Sophie auf dem Boden im Flur sitzen. Sie hatte die Arme um ihre Knie geschlungen, hielt den Kopf gesenkt und schluchzte leise.

Ohne etwas zu sagen, hockte ich mich neben sie. Sie vergrub ihr Gesicht an meiner Schulter. «O Gott. Ich habe solche Angst. Ich habe solche Angst ...»

«Schon gut, alles in Ordnung», beruhigte ich sie.

Ich hoffte, dass ich recht hatte.

Mit Sophies Werkzeug baute ich einen alten Eisenriegel von der Vorratskammer ab und schraubte ihn an die Haustür. Es sah nicht schön aus, aber der Riegel war groß und stabil und würde genügen, bis ein Tischler kommen konnte.

Ich bestand darauf, dass Sophie sich frischmachte, während ich im Haus aufräumte. Viel Schaden war nicht angerichtet worden, nur wenige der Sachen, die verstreut auf dem Boden lagen, waren kaputtgegangen. Nachdem ich aufgeräumt und die Fenster geöffnet hatte, damit sich der strenge Tiergeruch verzog, konnte man kaum noch erkennen, dass etwas passiert war.

Draußen war es bereits stockdunkel, als Sophie wieder nach unten kam. Sie hatte die Sachen ihrer Schwester ausgezogen und trug nun eine saubere Jeans und einen weiten Pullover. Ihr Haar war noch feucht, und sie hatte es sich zurückgebunden. Obwohl die Schwellung ihrer Wange zurückging, war sie noch dunkler geworden.

«Ich habe Tee gemacht», sagte ich, als sie in die Küche kam.

«Schön. Vielen Dank.»

«Ich habe so gut wie möglich aufgeräumt, aber vielleicht wollen Sie nachschauen, ob etwas fehlt. Schmuck zum Beispiel oder andere Wertsachen.» Sie nickte, schien aber nicht sehr interessiert zu sein. «Wie geht's Ihrem Kopf?»

Sophie setzte sich an den gemaserten Kieferntisch, knickte eines ihrer langen Beine ein und klemmte es sich lässig unter den Hintern. «Er tut noch weh, aber nicht mehr so schlimm. Ich habe ein paar von den Schmerztabletten genommen, die ich im Krankenhaus bekommen habe.»

Sie wich meinem Blick aus, als sie nach der Teekanne griff. «Haben Sie die gemacht?», fragte ich. Die Kanne hatte eine ungewöhnliche Form mit klaren, eleganten Linien, war aber trotzdem funktional.

«Das war bloß ein einmaliger Versuch.» Stille breitete sich aus. Nur das Klappern des Löffels war zu hören, als Sophie ihren Tee umrührte. Unsere Blicke waren auf die Bewegung des Löffels gerichtet.

«Es wird vergehen», sagte ich.

«Entschuldigen Sie.» Sie legte den Löffel auf den Tisch. «Wegen vorhin ... also, normalerweise lasse ich mich nicht so gehen.»

«Keine Sorge. Sie haben eine Menge durchgemacht.»

«Trotzdem, ich habe Sie ja total vollgeheult. Bestimmt habe ich Ihre Jacke völlig ruiniert.»

«Ich schicke Ihnen die Rechnung der Reinigung.»

«Ja, tun Sie das.»

Ich seufzte. «Sophie, das war ein Scherz.»

Sie lachte unsicher auf. «Es ist wirklich eine komische Situation, oder?»

«Ein bisschen», stimmte ich zu. «Passen Sie auf, Sie müssen jetzt nicht reden, wenn Sie nicht wollen. Es ist schon spät, ich breche lieber bald auf.»

«Sie wollen heute Nacht zurückfahren?» Sie sah mich erschrocken an. «Das kann ich nicht zulassen. Ich habe ein Gästezimmer.»

«Das ist wirklich nicht ... »

«Sie würden mir einen Gefallen tun.» Sie lächelte mich nervös an. «Außerdem haben Sie es Maria versprochen.»

Sie bemühte sich um Fassung, doch ich konnte sehen, wie durcheinander sie war. Kein Wunder nach allem, was sie durchgemacht hatte. «Na gut, wenn Sie meinen.»

Ihre Anspannung ließ etwas nach. «Haben Sie Hunger? Ich habe zwar nicht viel da, aber ich kann uns etwas machen.»

Offenbar war Sophie tatsächlich noch nicht bereit, über das zu reden, was sie beschäftigte. Aber ich würde sie nicht drängen. Außerdem hatte ich seit dem Frühstück nichts mehr gegessen.

Ich lächelte. «Ich bin am Verhungern.»

Trotz ihres Protests bestand ich darauf, dass sie sitzen blieb, während ich uns etwas zu essen machte. Sie hatte nicht untertrieben, als sie gesagt hatte, dass nicht viel da wäre, aber ich fand Eier und Cheddar und bereitete daraus ein Omelett zu. In der Küche stand ein alter elektrischer Herd, und während die Eier in der Pfanne brutzelten, toastete ich ein paar Scheiben eines bereits etwas harten Brotes und bestrich sie mit Butter.

«Das riecht ja köstlich», sagte Sophie.

Doch sie stocherte nur auf ihrem Teller herum. Beim Essen waren wir wieder beide angespannt, deshalb war ich erleichtert, als ich die Teller in die Spüle stellen konnte.

«Gehen wir ins Wohnzimmer», sagte sie. «Dort können wir besser reden.»

Es war ein gemütliches Zimmer mit zwei alten Sofas, flauschigen Teppichen auf den Dielenbrettern und einem Holzofen. Als Sophie ihn unbedingt selbst anzünden wollte, ließ ich sie machen, denn mir war klar, dass es eine weitere Taktik war, das Gespräch hinauszuzögern.

Nachdem das Feuer brannte, setzte sie sich auf das andere Sofa, sodass wir uns an dem niedrigen Couchtisch gegenübersaßen. Im Ofen flackerten die Flammen und erfüllten den Raum mit einem rauchigen Kiefernduft. Es war entspannter als in der hellerleuchteten Küche. Sophie und ich waren vorher noch nie allein gewesen, und eigentlich wussten wir kaum etwas voneinander. Mit ihr im schummrigen Licht des Feuers zu sitzen, kam mir dennoch seltsam vertraut vor.

«Wollen wir uns nicht duzen?», fragte sie.

«Ja, gerne.»

«Willst du einen Brandy oder so?»

«Nein danke.»

Sie räusperte sich. «Was ich schon die ganze Zeit sagen wollte … Ich habe das mit deiner Familie gehört. Es tut mir so leid.»

Ich nickte nur. Im Ofen knisterte das Holz. Sophie lächelte nervös und zupfte an ihren Fingern.

«Ich weiß nicht, wo ich anfangen soll.»

«Erzähl mir doch, wie du hier gelandet bist. Wie kommt eine psychologische Beraterin zum Töpfern?»

Sie lächelte verlegen. «Ja, das ist nicht gerade das Naheliegendste, oder? Ich hatte wohl einfach genug. Ständig hatte ich nur mit der dunklen Seite des Lebens zu tun, mit Schmerz und Elend. Und dann die Misserfolge. Nach dem Fiasko mit Monk war mein Selbstvertrauen ziemlich angeknackst, und ich habe alles in Zweifel gezogen, was ich tat. Irgendwann wollte ich morgens nicht einmal mehr aufstehen. Also bin ich ausgestiegen, bevor es ganz schlimm wurde.»

Sophie schaute sich im Zimmer um, als würde sie es zum ersten Mal wahrnehmen.

«Ich bin jetzt seit vier … nein, seit fünf Jahren hier. Mein Gott! Töpfern war schon lange ein Hobby von mir, und als ich hörte, dass dieses Haus zum Verkauf steht, dachte ich mir, warum nicht? Dartmoor hat mir immer gefallen, und ich wollte einen Neuanfang, etwas völlig anderes. Kannst du das verstehen?»

Das konnte ich. Vielleicht besser, als sie dachte.

«Als Erstes verbrannte ich meine gesamten Aufzeichnungen», fuhr sie fort. «Wirklich alles, über jeden Fall, an dem ich gearbeitet habe. Alles ging in Flammen auf. Außer den Notizen über einen Fall.»

«Jerome Monk», sagte ich.

Sie nickte. «Keine Ahnung, warum ich die nicht auch vernichtet habe. Vielleicht lag es daran, dass ich hierhergezogen bin. Hier in der Nähe ist schließlich alles passiert damals ...» Sie faltete ihre Hände auf dem Schoß, so fest, dass ihre Knöchel weiß wurden. Für eine Weile war das gedämpfte Knistern des Feuers das einzige Geräusch im Zimmer. «Hast du manchmal daran gedacht?»

«Erst als Monk geflohen ist.»

«Ich denke viel darüber nach.» Sophie starrte hinab auf ihre verschränkten Hände. «Wir hatten die einmalige Gelegenheit, die Gräber von Lindsey und Zoe Bennett zu finden, und wir haben es vermasselt.»

Ich seufzte. «Ich kann nicht behaupten, dass wir uns mit Ruhm bekleckert haben, aber manchmal ist das eben der Lauf der Dinge. Wir haben unser Bestes getan. Niemand hat Schuld an dem, was damals passiert ist.»

Sie schüttelte heftig den Kopf, ihr Gesicht hatte sich verfinstert. «Wir hätten mehr tun müssen. *Ich* hätte mehr tun müssen.»

«Monk hat von Anfang an nicht vorgehabt, uns zu den Gräbern zu führen, er hatte andere Absichten. Er hat nur eine Möglichkeit gesucht, zu fliehen.» *Und fast wäre es ihm gelungen.*

«Aber genau das glaube ich eben nicht.» Sie kam mir zuvor, ehe ich etwas entgegnen konnte. «Okay, meinetwegen, wahrscheinlich hat er an Flucht gedacht. Aber ich glaube nicht, dass es nur das war. Seine Reaktion, als er Tina Williams' Grab gesehen hat, war meiner Meinung nach nicht vorgetäuscht. Ich bin mir sicher, dass er tatsächlich versucht hat, sich zu erinnern.»

Sie schaute mich ernst an, offensichtlich war ihr wichtig, dass ich ihr glaubte. Deshalb wählte ich meine Worte vorsichtig. «Jerome Monk kannte das Moor besser als jeder andere. Er hätte sich dort monatelang verstecken können, ohne gefasst zu werden. Wenn er gewollt hätte, hätte er uns direkt zu den anderen Gräbern führen können.»

«Nicht unbedingt! Ich habe damals schon gesagt, dass er Probleme haben wird, sich nach einem Jahr sofort an die Stellen zu erinnern, besonders wenn er die Leichen nachts vergraben hat. Und die Menschen blenden manche Dinge einfach aus, ohne es zu wollen. Schmerzhafte Erinnerungen zum Beispiel, oder wenn ihr Gehirn zu viel verarbeiten muss und sozusagen einfach überläuft.»

«Das trifft vielleicht auf einen normalen Menschen zu, der durchdreht und die Beherrschung verliert, aber wir sprechen über Jerome Monk. Er ist ein soziopathischer Serienmörder, ein Raubtier. Er hat kein Gewissen.»

«Vielleicht doch», entgegnete sie. «Nicht, dass ich ihn oder seine Taten verteidigen will, er ist gewalttätig und unberechenbar, aber das heißt nicht, dass man ihn nicht erreichen kann. Deswegen habe ich ...»

Sie verstummte und starrte wieder auf ihre Hände. Draußen schrie eine Eule. «Deswegen hast du was?», fragte ich.

«Deswegen ... deswegen habe ich ihm geschrieben.»

«Du hast Monk geschrieben?»

Sie hob trotzig das Kinn. «Seitdem ich hierhergezogen bin. Ich schreibe ihm einmal im Jahr, immer zum Jahrestag des Mordes an Angela Carson. Wann er seine anderen Opfer getötet hat, kann man nicht genau sagen, deshalb dachte ich ... Egal, ich schreibe ihm einmal im Jahr und fordere ihn auf, zu sagen, wo die Gräber sind. Und ich biete ihm meine Hilfe an.»

Ich starrte sie entgeistert an. «Sophie, um Himmels willen!»

«Er hat nie geantwortet, aber wenn er Hilfe braucht, um sich zu erinnern, wird er sich ja wohl eher an eine Person wenden, die nichts mit der Polizei zu tun hat. Was kann es schon schaden?»

Gott. Ich rieb mir die Augen. «Hast du deine Adresse auf die Briefe geschrieben?»

«Äh, ich ...» Sie knetete ihre Finger und nickte schuldbewusst. «Wie hätte er mir denn sonst zurückschreiben können?»

«Weiß die Polizei davon?»

«Die Polizei? Nein, ich fand das nicht so wichtig ...»

«Nicht so wichtig? Sophie, einen Tag nachdem ein Vergewaltiger und Mörder geflohen ist, wirst du überfallen, und du hältst nicht für erwähnenswert, dass du ihm geschrieben hast?»

«Es war mir peinlich, okay?», brauste sie auf. «Ja, ja, ich weiß, wie bescheuert ich jetzt dastehe, aber ich habe wenigstens versucht, etwas zu unternehmen! Jedes Mal, wenn ich das Moor sehe, denke ich, dass dort irgendwo zwei tote Mädchen – zwei Schwestern – vergraben sind. Und niemand unternimmt etwas. Was glaubst du wohl, wie sich ihre Familien dabei fühlen? Ich komme jedenfalls nicht damit klar, dass wir etwas hätten tun können und es nicht getan haben.»

Ihre Stimme bebte vor Aufregung. Ich musste mich daran erinnern, dass sie eine Menge durchgemacht hatte. Es war bestimmt nicht leicht für sie. «Du musst es der Polizei erzählen», sagte ich freundlich. «Ich kann Terry Connors anrufen und ...»

«Nein!»

«Sophie, du hast keine Wahl. Das ist dir doch klar.»

Ich dachte, sie würde etwas entgegnen, aber der Trotz schien sie verlassen zu haben. Sie starrte ins Feuer, das im Ofen flackerte.

«Ich werde es der Polizei sagen, aber unter einer Bedingung. Ich habe dich angerufen, um dich um einen Gefallen zu bitten. Daran hat sich nichts geändert.»

Es war so viel passiert, dass ich das fast vergessen hatte. «Worum geht es?»

Sie hob ihren Kopf. Der Schein der Flammen tänzelte auf ihrem Gesicht und teilte es in Licht und Schatten.

«Ich möchte, dass du mir hilfst, die Gräber zu finden.»

KAPITEL 15

Die Siedlung stammte aus der Vorkriegszeit. Die Doppelhäuser mit den Erkerfenstern hatten einmal gehobener Standard sein sollen, doch mittlerweile sahen sie abgenutzt und heruntergekommen aus. Ein paar waren renoviert worden, hin und wieder konnte man zwischen den abgeblätterten Mauern hübsche Wintergärten und neue Fenster erkennen. Aber das waren vereinzelte Ausnahmen in einer Nachbarschaft, die schon bessere Zeiten erlebt hatte.

«Die Nächste links», sagte Sophie.

Nach außen hin wirkte sie ruhig, doch im Grunde war sie nervös, was sie mit allen Mitteln zu verbergen versuchte. Ich wusste immer noch nicht, wohin wir fuhren oder was wir vorhatten, und folgte nur ihren Anweisungen.

«Warum tust du so geheimnisvoll?», hatte ich gefragt.

«Ich tue nicht geheimnisvoll. Es ist einfach besser, wenn du wartest, bis wir da sind.»

Ich hatte nichts entgegnet. Auch wenn ich nicht wusste, was sie im Schilde führte, war es leichter, ihr einfach zu folgen. Dass Sophie stur war, hatte ich gewusst, doch ihre Entschlossenheit, die Leichen von Lindsey und Zoe Bennett zu finden, grenzte an Besessenheit. Am Abend zuvor hatte ich versucht, sie davon zu überzeugen, dass es sinnlos war und dass wir beide nicht darauf hoffen konnten, etwas zu erreichen, nachdem eine großangelegte Suchaktion der Polizei gescheitert war. Aber ich hatte gegen eine Wand geredet.

«Wir können es trotzdem versuchen», beharrte sie.

«Sophie, ich wüsste nicht einmal, wo man anfangen sollte! Wir haben keine Ahnung, ob Monk Zoe und Lindsey irgendwo in der Nähe von Tina Williams vergraben hat. Und selbst wenn, die Lokalisierung von Gräbern war eher Wainwrights Fachgebiet als meins.»

Ich hatte Sophie vom Zustand des Archäologen erzählt. Allerdings hätte sie seine Hilfe sowieso nicht gewollt. «Wainwright stand immer sein Ego im Weg. Er war vor allem daran interessiert, seinen Ruf zu bewahren. Schon damals warst du genauso fähig wie er.»

«Ich fühle mich geschmeichelt, dass du so denkst, aber selbst wenn das stimmt, müssen wir realistisch sein. Niemand scheitert gern, doch wir haben letztes Mal getan, was getan werden konnte.»

«Das sehe ich nicht so.»

Ich massierte meinen Nasenrücken. «Sophie …»

«Ich behaupte ja gar nicht, dass wir die beiden wirklich finden können, jedenfalls nicht allein. Ich will nur versuchen, so viel herauszufinden, dass die Polizei eine neue Suche startet! Einen Tag, um mehr bitte ich nicht. Gib mir einen Tag, und wenn du dann immer noch denkst, wir vergeuden unsere Zeit, kannst du ja wieder gehen.»

«Ich glaube einfach nicht …»

«Einen Tag. Bitte.»

Ich hätte nein sagen sollen. An einem einzigen Tag würden wir niemals etwas erreichen, und es war sinnlos, ihr

Hoffnungen zu machen. Die Weigerung lag mir auf der Zunge, doch selbst im schummrigen Licht des Feuers hatte ich die Verzweiflung in ihren Augen sehen können. Die Hände zur Faust geballt, saß sie da und wartete auf meine Antwort. *Es ist ein Fehler.* «Einen Tag», hatte ich mich sagen hören.

Jetzt bereute ich es. Das Gesicht heute Morgen im Badezimmerspiegel hatte wie das eines älteren, erschöpften Doppelgängers von mir ausgesehen. Ich hatte schlecht geschlafen und mich unruhig in dem schmalen Bett im Gästezimmer hin und her gewälzt, während mir ständig durch den Kopf ging, dass auf der anderen Seite der Wand Sophie lag. Als ich schließlich eingeschlafen war, war ich sofort wieder atemlos aufgewacht, davon überzeugt, dass Monk gerade hereinkam. Doch in dem dunklen Haus war es still gewesen, und draußen hatte nur eine Eule geschrien.

Bevor wir zu Sophies geheimnisvoller Reise aufgebrochen waren, hatte ich ihr die Karte mit Terrys Handynummer gegeben. Sie hatte versprochen, der Polizei von ihren Briefen an Monk zu erzählen, wenn ich ihr bei der Suche nach den Gräbern half, und ich dachte, sie würde lieber mit ihm als mit einem Fremden sprechen. Ich hatte vorgegeben, etwas aus meinem Zimmer holen zu müssen, während sie anrief, und gewartet, bis ihre gedämpfte Stimme nicht mehr zu hören war.

«Mailbox», sagte sie und gab mir seine Karte zurück. «Ich habe eine Nachricht hinterlassen.» Sie hatte eine neutrale Miene aufgesetzt. Ich steckte die Karte wieder in meine Brieftasche, ohne etwas zu sagen. Vielleicht hatte sie Terry angerufen, aber es hatte nicht so geklungen, als hätte sie eine Nachricht hinterlassen.

Es hatte sich angehört wie ein Gespräch.

Da wir auf den Tischler warten mussten, der die Haustür reparierte, war es früher Nachmittag, ehe wir loskamen. Die Atmosphäre im Wagen war angespannt und wurde noch unerträglicher, als wir uns dem Ziel näherten. Sophie lotste mich in eine Sackgasse mit einem Wendehammer.

«Halt hier an.»

Ich schaltete den Motor aus. Die Doppelhäuser säumten beide Straßenseiten. Ich schaute sie fragend an. Sie lächelte gequält. «Hab etwas Geduld mit mir, ja?»

Jetzt bist du schon mal hier ... Ich schloss den Wagen ab und folgte ihr durch die gusseiserne Pforte des nächsten Hauses. Ein kurzer Pfad führte an einem gepflegten Rasen und Blumenbeeten vorbei zur Haustür. Sophies Nervosität wurde noch spürbarer, als sie den Klingelknopf aus Plastik drückte. Drinnen ertönten die Glocken von Westminster, einen Moment später wurde die Tür geöffnet.

Eine Frau Ende vierzig oder Anfang fünfzig stand vor uns. Sie hatte blondes Haar und ein freundliches Gesicht, machte jedoch einen verhärmten Eindruck. Sie lächelte, aber es wirkte gezwungen.

«Hallo, Cath. Entschuldigen Sie, es ist etwas später geworden», sagte Sophie.

Die Frau legte sich eine Hand vor den Mund, während sie auf Sophies geschwollenes Gesicht starrte. «Mein Gott, was ist denn mit Ihnen passiert? Geht es Ihnen gut?»

«Ach, nicht so schlimm, ich bin im Bad ausgerutscht», sagte sie schnell. «Cath, ich möchte Ihnen Dr. David Hunter vorstellen. David, das ist Cath Bennett.»

Der Name traf mich wie ein Guss kaltes Wasser. Bennett. Wie Zoe und Lindsey Bennett. Jetzt wusste ich, mit wem

Sophie vorhin gesprochen hatte, als sie angeblich Terry anrief.

Sie hatte mich zur Mutter der ermordeten Zwillinge gebracht.

Die Frau wandte sich mit ihrem spröden Lächeln an mich.

«Freut mich, Sie kennenzulernen, Dr. Hunter.»

Ich murmelte eine Höflichkeitsfloskel. Sophie wich meinem Blick aus, als wir hineingingen, aber sie war rot geworden, offenbar wusste sie, wie wütend ich war. Ich konnte nicht glauben, dass sie mich ohne Vorwarnung hierhergeführt hatte. *Man lernt die Familien der Opfer nicht kennen. Niemals.* Es war sowieso schon schwer genug, objektiv zu bleiben, auch ohne diese zusätzliche emotionale Last. Sophie wusste das genau.

Ich fragte mich, welche Überraschung sie noch für mich bereithielt.

Nur mit Mühe konnte ich meine Gefühle kontrollieren, als wir den Flur entlanggingen. Das Haus war beinahe zwanghaft sauber, es roch penetrant nach Scheuermittel und Luftauffrischer. Wie die Bahnen eines Mähdreschers in ein Weizenfeld hatten sich in den dicken Teppich die Wirbelmuster des Staubsaugers eingefräst.

Die Tür ratschte darüber, als Cath Bennett uns in ein aufgeräumtes Wohnzimmer führte. Eine Sitzgarnitur aus Sofa und Sesseln war in klinischer Präzision angeordnet, die Glasplatte des Couchtisches spiegelte frisch poliert. Auf dem Kaminsims funkelten Nippesfiguren und Keramiktiere, auf denen garantiert kein Staubkorn lag.

Und überall waren gerahmte Fotos der toten Mädchen, deren Mutter jetzt mit steifer Höflichkeit sagte: «Bitte, nehmen Sie Platz. Mein Mann ist bei der Arbeit, aber er wäre uns sowieso keine große Hilfe. Er kann immer noch nicht darüber sprechen. Möchten Sie Tee oder Kaffee?»

Sophie vermied weiterhin, mich anzuschauen. «Tee wäre nett.»

«Und Sie, Dr. Hunter?»

Ich rang mir ein Lächeln ab. «Für mich auch, bitte.»

Sie eilte hinaus und ließ uns allein mit den Fotos ihrer ermordeten Töchter. Sie lächelten uns von überall im Zimmer an, zwei unterschiedslos schöne, dunkelhaarige Mädchen. Ich riss meinen Blick von ihnen los und sah Sophie wütend an.

«Bitte sei nicht böse», sagte sie sofort. «Es tut mir leid, dass ich dich überrumpelt habe, aber ich wusste, dass du sonst nicht mitgekommen wärst.»

«Allerdings. Was hast du dir nur dabei gedacht?»

«Ich wollte dich erinnern, was auf dem Spiel steht! Worum es wirklich geht!»

«Glaubst du, das weiß ich nicht längst?» Ich versuchte mich zu beruhigen. «Sophie, das ist ein Fehler. Wir sollten nicht hier sein.»

«Jetzt können wir nicht einfach wieder gehen. Nur eine halbe Stunde, ja?»

Ich sagte lieber nichts mehr. Schweigend warteten wir, bis Cath Bennett zurückkehrte. Sie trug ein Tablett mit einem Teeservice herein. Die besten Tassen und Untertassen, ein Teller mit ordentlich arrangierten Keksen.

«Bedienen Sie sich mit Milch oder Zucker, wenn Sie wollen», sagte sie und nahm auf dem Sofa Platz. «Sophie hat gesagt, dass Sie forensischer Anthropologe sind, Dr. Hunter. Ich weiß zwar nicht genau, was das ist, aber ich bin Ihnen dankbar für das, was Sie tun.»

Was ich tue? Sophie warf mir einen flehenden Blick zu. «David hat vor acht Jahren an der Suche im Moor teilgenommen», sagte sie schnell.

Cath Bennett stand auf und holte ein gerahmtes Foto vom Kaminsims. «Ich kann immer noch nicht glauben, wie lange es schon her ist. Dieses Jahr wären sie sechsundzwanzig geworden. Im Mai.»

Sie reichte mir das Foto. Als ich es widerwillig nahm, hatte ich das Gefühl, einen Pakt einzugehen. Es war nicht das gleiche Foto, das die Zeitungen verwendet hatten und das ich erst vor wenigen Tagen im Internet wiedergesehen hatte, aber es musste ungefähr zur selben Zeit aufgenommen worden sein. Kurz bevor die beiden siebzehnjährigen Mädchen im Abstand von weniger als drei Tagen von Jerome Monk entführt und ermordet worden waren. Beide Schwestern waren auf dem Bild zu sehen, Seite an Seite, jede das perfekte Spiegelbild der anderen. Dennoch gab es leichte Unterschiede zwischen ihnen. Beide lachten zwar, aber die eine grinste frech und herausfordernd in die Kamera, während ihre Zwillingsschwester den Kopf etwas gesenkt hielt und eher gedämpft und verlegen wirkte.

«Sie hatten den Hautton und die Haarfarbe ihres Vaters», fuhr ihre Mutter fort. «Zoe kam fast in jeder Hinsicht nach Alan. Sie war immer extrovertiert, schon als kleines Mädchen. Sie hat uns ziemlich auf Trab gehalten, das kann ich Ihnen sagen. Lindsey war die Ruhige. Sie sahen zwar gleich aus, aber ansonsten waren sie grundverschieden. Wenn sie ...»

Sie unterbrach sich. Ihr Lächeln bebte. «Man sollte sich nicht mit ‹Was wäre, wenn› aufhalten. Sie haben ihn kennengelernt, nicht wahr? Jerome Monk.»

Die Frage war an mich gerichtet. «Ja.»

«Ich wünschte, die Gelegenheit hätte ich auch gehabt. Ich habe immer bereut, dass ich nicht zum Prozess gegangen bin. Ich hätte gern vor ihm gestanden und ihm in die Augen geschaut. Obwohl das auch nichts gebracht hätte, nach allem, was man hört. Und nun ist er geflohen.»

«Ich bin mir sicher, dass man ihn bald fassen wird», sagte Sophie.

«Ich hoffe, dass er dabei getötet wird. Ich weiß, man soll vergeben und nach vorne schauen, aber das kann ich nicht. Was er getan hat, war so schrecklich, dass ich nur hoffe, er leidet. Haben Sie Kinder, Dr. Hunter?»

Die Frage überrumpelte mich. Das Foto in meiner Hand fühlte sich tonnenschwer an.

«Nein.»

«Dann können Sie nicht wissen, wie es ist. Jerome Monk hat nicht nur unsere Töchter ermordet, er hat uns unsere Zukunft genommen. Niemals werde ich erleben, dass Zoe und Lindsey heiraten oder uns Enkel schenken. Und wir haben nicht einmal ein Grab, auf das wir Blumen stellen können. Die Eltern von Tina Williams haben wenigstens das.»

«Es tut mir leid», sagte ich, obwohl ich nicht wusste, wofür ich mich entschuldigte.

«Das muss es nicht. Ich weiß, dass Sie vor acht Jahren Ihr Bestes getan haben, um sie zu finden. Und ich bin für alles dankbar, was Sie jetzt tun können. Wir beide. Alan ... nun, er spricht nicht gern darüber. Deswegen habe ich Sophie auch gesagt, dass Sie tagsüber kommen sollen, während er bei der Arbeit ist. Nichts kann uns unsere Mädchen zurückbringen, aber es wäre für uns beide ein Trost, wenn wir wüssten, dass sie irgendwo in Sicherheit sind.»

Ich stellte das gerahmte Foto auf den Couchtisch. Trotzdem hatte ich das Gefühl, die toten Mädchen würden mich von jedem Bild in diesem traurigen und blitzsauberen Zimmer anstarren.

Als wir ins Dartmoor zurückfuhren, herrschte eine eisige Kluft zwischen Sophie und mir. Ich war wütend auf sie, auf Monk, auf mich selbst. Und dann gingen mir die Worte Cath Bennetts nach, die unabsichtlich eine Wunde aufgerissen hatten. *Haben Sie Kinder? Dann können Sie nicht wissen, wie es ist.*

Wir hatten die Stadt bereits hinter uns gelassen, als Sophie die Stille durchbrach. «Es tut mir leid. Das war keine gute Idee», sagte sie plötzlich. «Ich habe vor ein paar Monaten Kontakt zu ihr aufgenommen, und ... Also ich dachte, wenn du sie kennenlernst ...»

Aber ich war nicht in der Stimmung, sie so leicht davonkommen zu lassen. «Was? Dass ich nicht mehr nein sagen könnte?»

«Ich habe dich zu nichts verpflichtet. Ich habe nur gesagt, dass du vielleicht helfen kannst! Sie wird wohl einfach angenommen haben ...»

«Was hast du denn erwartet? Ihre Töchter sind ermordet worden! Es vergeht kein Tag, an dem sie nicht daran denkt, ob sie vielleicht gefunden wurden! Ihr Hoffnungen zu machen, ist einfach grausam!»

«Ich habe es nur gut gemeint!», brauste sie auf. «Es tut mir leid, okay?»

Ich biss mir auf die Zunge, um nichts Unüberlegtes zu sagen. In einer Kurve kam der Wagen auf der verschmutzten Straße leicht ins Schlingern.

«Vorsicht», sagte Sophie.

Ich nahm meinen Fuß vom Gaspedal. Während der Wagen langsamer wurde, ließ auch meine Wut ein wenig nach. Gerade ich sollte wissen, dass man beim Fahren nicht die Kontrolle verlieren durfte.

«Entschuldige. Ich hätte nicht laut werden dürfen», sagte ich.

«Es ist meine Schuld.» Sophie starrte aus dem Fenster und rieb sich die Schläfen. «Du hast recht, ich hätte das nicht machen sollen. Ich dachte nur ... Ach, egal.»

«Hast du Kopfschmerzen?»

«Nein.» Sie ließ ihre Hand sinken. Wir näherten uns der Abzweigung nach Padbury. «Fahr hier geradeaus», sagte sie, als ich den Blinker betätigte.

«Fahren wir nicht zurück zu dir?»

«Noch nicht. Ich möchte erst noch woandershin. Keine Angst, dieses Mal treffen wir niemanden», fügte sie hinzu, als ich sie alarmiert anschaute.

Ich hatte angenommen, dass Sophies Versuche, mich zu überzeugen, mit dem Besuch bei Cath Bennett beendet waren. Erst als wir an den überwucherten Ruinen der Wassermühle der alten Zinnmine vorbeikamen, wurde mir klar, wohin wir fuhren.

Black Tor.

Wo Tina Williams vergraben worden war.

Sophie musste mir den Weg nicht mehr beschreiben. Es war wie eine Fahrt zurück in die Vergangenheit. Ich kam an der Stelle vorbei, wo mich vor acht Jahren die Polizistin angehalten hatte, und parkte am Ende des Feldweges, der durchs Moor zu der Felsformation führte. Als ich das letzte Mal hier gewesen war, hatten überall Wohnwagen, Transporter und Autos herumgestanden. Jetzt war das Moor, abgesehen von einem einzelnen Schaf in der Ferne, völlig verlassen.

Ich schaltete den Motor aus. «Und jetzt?»

Sophie lächelte mich matt an. «Ich dachte, wir machen einen kleinen Spaziergang.»

Ich seufzte. «Sophie ...»

«Ich möchte nur sehen, wo das Grab war. Keine weiteren Überraschungen mehr, versprochen.»

Resigniert stieg ich aus dem Wagen. Eine kalte Brise zerzauste mir das Haar. Die Luft war frisch und roch leicht schwefelig nach Sumpf. Als ich die Landschaft betrachtete, die ich vor einer Ewigkeit zum letzten Mal gesehen hatte, hatte ich das Gefühl, die Vergangenheit würde die Gegenwart überlagern. Das Moor erstreckte sich kilometerweit, ein winterliches Flickwerk aus Ginster, Heide und welkem Farnkraut. Obwohl es keinen mit Polizeiband abgesperrten Weg und kein blaues Zelt der Spurensicherung in der Ferne gab, wirkte alles beklemmend vertraut. Da waren die bekannten Felsen, die welligen Hügel und Senken. Die Jahre schienen sich vor mir aufzutürmen, und mir wurde traurig bewusst, wie viel Zeit vergangen war, seit ich das letzte Mal hier gestanden hatte.

Und wie viel sich verändert hatte.

Sophie hatte die Hände in ihre Jackentaschen gestopft und suchte mit ihren Blicken das Moor ab. Sie machte nicht den Eindruck, als würde die Weite sie entmutigen.

«Das ist ein langer Weg. Fühlst du dich wirklich dazu in der Lage?», fragte ich. Meine Wut von vorhin war verflogen; darauf hatte sie vielleicht gehofft.

«Mir geht's gut.» Sie schaute in den grauen Himmel. «Aber wir sollten uns beeilen, es wird bald dunkel.»

Sie hatte recht. Obwohl es erst Nachmittag war, hatte die Dämmerung eingesetzt. Ein dünner Bodennebel bildete sich, der vom Moor aufstieg wie Dampf vom Rücken eines Pferdes. Ehe ich den Wagen abschloss, nahm ich die Taschenlampe aus dem Handschuhfach. Wahrscheinlich würden wir lange vor Einbruch der Dunkelheit zurück sein, aber ich hatte mich schon einmal nachts in einem Moor verlaufen. Eine Erfahrung, die ich nicht wiederholen wollte. Wir folgten dem Weg, der zum Black Tor führte. Ungefähr in der Mitte blieb sie stehen und drehte sich nach links zum Moor um. «Okay, von hier war das Polizeiband bis hinaus zum Grab gespannt worden.»

«Woher willst du das wissen?» Für mich sah es hier genauso aus wie an jeder anderen Stelle des Weges.

Sophie schaute mich von der Seite an und grinste schief. «Was ist los, vertraust du mir nicht?»

«Ich verstehe einfach nicht, wie du dich erinnern kannst. Für mich sieht hier alles gleich aus.»

Sie kam näher und legte mir ein Hand auf den Arm, während sie mit der anderen in die Landschaft deutete. «Der Trick besteht darin, dass man sich Punkte in der Landschaft einprägt, die sich nicht verändern. Siehst du den anderen Felsturm, ungefähr drei Kilometer entfernt? Der müsste ungefähr im rechten Winkel zu der Stelle liegen, wo wir jetzt sind. Und wenn du nach dort drüben schaust ...»

Als sie sich umdrehte, stand sie plötzlich so nah vor mir, dass ich mich auch schnell umdrehte. «Dort ist eine Art Spalte im Boden. Wenn wir an der richtigen Stelle sind, müsste das Ende davon in einer Flucht mit diesem Hügel liegen, auf dem der flache Felsen steht. Siehst du?»

Ich nickte, obwohl es mir nicht gelungen war, mich völlig

auf ihre Worte zu konzentrieren. Sie stand noch immer ganz dicht neben mir. Als wir uns anschauten, strich sie sich eine Strähne aus dem Gesicht und trat einen Schritt zurück.

«Na ja, jedenfalls ist dies eine natürliche Eingangsstelle ins Moor», sagte sie. «Die Böschung am Wegrand ist fast überall ziemlich steil, aber hier ist sie wesentlich flacher. Sollen wir ...?»

«Okay.»

Ich war froh, weitergehen zu können. *Konzentriere dich auf das, was du tun sollst.* Die Böschung, die vom Weg hinabführte, war hier zwar nicht so steil, aber wesentlich stärker überwuchert als in meiner Erinnerung. Nachdem ich unten war, drehte ich mich um, damit ich Sophie helfen konnte. Sie geriet auf dem Hang ins Laufen und lächelte mich verlegen an, als ich sie auffing.

«Glaubst du wirklich, du kannst die Stelle, wo das Grab war, ohne Karte finden?», fragte ich, als wir begannen, uns einen Weg durch das dichte Heidekraut zu bahnen.

«Auf jeden Fall», sagte sie.

Es ging nur schwer voran. Selbst wenn das Heidekraut dem stacheligen Sumpfgras wich, konnte man kaum sehen, wohin man trat. Entweder ich sackte immer wieder im Morast ein oder verdrehte mir an jedem versteckten Stein oder Loch die Knöchel. Sophie dagegen schien genau zu wissen, wohin sie ihre Schritte setzte, und wich den dornigen Ginsterbüschen und den matschigen Stellen aus, als folgte sie einem vorgezeichneten Weg. Erst nach einer Weile wurde mir klar, dass es nicht nur daran lag, dass sie die Landschaft las.

«Du bist vor kurzem hier gewesen, oder?», fragte ich.

Sie strich sich das Haar aus den Augen. «Ein- oder zweimal.»

«Weshalb?» Ich konnte mir nicht vorstellen, dass man nach all dieser Zeit noch irgendetwas sehen konnte.

«Keine Ahnung. Es hat irgendwie etwas … Heiliges, könnte man sagen. Wenn man weiß, was hier geschehen ist, dass hier jemand vergraben wurde. Spürst du es auch?»

Ich spürte etwas, aber es war eher ein unbehagliches Kribbeln. *Als wirst du beobachtet.* Das war dumm, doch mir wurde immer mehr bewusst, wie allein wir waren, wie weit wir von der Straße abgekommen waren, und der Gedanke gefiel mir nicht. Außerdem wurde es bereits dunkler, und der gespenstische Bodennebel verschleierte die Hügel und Senken. Ich drehte mich schon nach jedem Ginsterbusch und Felsen um.

«Wie weit noch?», fragte ich.

«Nicht mehr weit. Es ist gleich …» Sie verstummte und starrte nach vorn.

Das Moor war von Löchern übersät.

Verdeckt durch das Gras und Heidekraut, hatten wir sie erst gesehen, als wir direkt davor standen. Ich zählte sechs nachlässig ausgehobene Löcher, jedes ungefähr einen halben Meter tief und gut doppelt so lang, zwischen denen Torfklumpen verstreut waren. Sie schienen wahllos und ohne Plan oder Methode gegraben worden zu sein.

Ich schaute Sophie an. «Du hast doch nicht …?»

«Nein, natürlich nicht! Als ich das letzte Mal hergekommen bin, waren sie noch nicht da!» Ihre Entrüstung war echt, es war keine weitere Überraschung von ihr. «Könnten die von Tieren stammen?»

Ich hockte mich neben das Loch, vor dem ich stehen geblieben war. Es war etwas kleiner als die anderen, so als wäre das Graben aufgegeben worden. Es hatte gerade, vertikale

Ränder, und am Boden wand sich ein in der Mitte durchtrennter Regenwurm. Ich konnte beinahe Wainwrights Stimme hören: *Limbricus terrestris. Je komplizierter man ist, desto mehr schwebt man in Lebensgefahr.*

«Die sind mit einem Spaten ausgehoben worden», sagte ich, als ich mich aufrichtete. «Wo war Tina Williams vergraben?»

«Gleich dort drüben.» Sophie zeigte auf eine von Heide überwucherte, unberührte Stelle am Boden. Die Löcher waren ungleichmäßig darum verteilt.

«Bist du sicher?»

«Ja. Als ich das erste Mal wieder hergekommen bin, hatte ich eine Karte dabei, in die ich die Koordinaten eingezeichnet hatte. Danach brauchte ich sie nicht mehr.» Sie kam näher. «Es war Monk, oder?»

Ich antwortete nicht. Wir wussten beide, dass es nur einen Menschen gab, der das getan haben konnte. Keines der Löcher war groß genug, um ein Grab zu sein. Es waren eher unbeholfene Versuche, eine Proberinne auszuheben, so wie Wainwright es getan hatte, als wir den toten Dachs gefunden hatten.

«Ich verstehe nicht, weshalb Monk hier gegraben haben soll», Sophie schaute sich unruhig um.

«Wahrscheinlich sucht er die Gräber. Du hast immer angenommen, dass er vielleicht die Wahrheit sagt und sich wirklich nicht erinnern kann, wo sie sind. Vielleicht hattest du recht.»

Sie runzelte die Stirn. «Das meine ich nicht. Dass er sie nach all der Zeit nicht mehr finden kann, überrascht mich nicht. Aber weshalb *will* er sie überhaupt finden?»

Daran hatte ich noch nicht gedacht. Es kam vor, dass Mörder ihre Opfer ausgruben und wieder verscharrten, manchmal mehr als einmal. Doch das geschah für gewöhnlich aus Panik und dem verzweifelten Bedürfnis, Beweise zu verstecken, was hier nicht zutraf. Monk hatte die Morde bereits gestanden, und die Gräber von Zoe und Lindsey Bennett waren seit Jahren unentdeckt.

Weshalb grub er also auf der Suche nach ihnen nun das halbe Moor auf?

Ich starrte wieder hinab auf den Regenwurm, der hartnäckig versuchte, sich in der Erde zu verkriechen. Irgendetwas an dem Anblick machte mich stutzig. Dann fiel es mir ein.

Würmer, selbst durchtrennte, bleiben nicht lange an der Oberfläche. Entweder verkriechen sie sich schnell wieder, oder sie werden gefressen. Aber dieser Wurm war noch da. Und das Loch, in dem er lag, war kleiner als die anderen, so als hätte derjenige, der es gegraben hatte, die Arbeit aufgegeben.

«Wir müssen weg», sagte ich.

Sophie rührte sich nicht. Sie starrte über das Moor. «David …?»

Ich folgte ihrem Blick. Keine hundert Meter von uns entfernt stand eine reglose Gestalt und beobachtete uns. Sie schien aus dem Nichts aufgetaucht zu sein. In der Nähe waren weder Büsche noch Felsen, hinter denen sie sich versteckt haben konnte. Im Dämmerlicht war sie kaum mehr als eine unbewegliche Silhouette im dichter werdenden Bodennebel. Doch ihre massige Größe kam mir entsetzlich bekannt vor.

Auf den breiten Schultern saß ein riesiger kahler Schädel.

Für einen Augenblick schien alles erstarrt zu sein. Dann

begann die Gestalt auf uns zuzukommen. Ich packte Sophie am Arm.

«Komm.»

«O Gott, das ist er. Es ist Monk!»

«Einfach weitergehen.»

Aber das war leichter gesagt als getan. Das Heidekraut krallte sich wie Stacheldraht an unsere Beine, und über das dunkler werdende Moor breiteten sich wie ein riesiges Spinnennetz Nebelschleier aus. Unter anderen Umständen hätte ich diesen Anblick vielleicht genossen, jetzt aber wurde jeder Schritt tückisch. Wenn einer von uns beiden stürzte oder sich einen Knöchel verdrehte ... *Denk nicht darüber nach.* Ich hielt Sophies Arm fest umklammert und drängte sie zurück zum Weg. Der Wagen war auf der fernen Straße nur als winziger Farbfleck zu erkennen, der sich in der Dämmerung verlor. Er schien so weit entfernt zu stehen, dass mir schlecht wurde. Am liebsten hätte ich den Weg verlassen und wäre quer durchs Moor gelaufen, was zwar eine Abkürzung wäre, aber über die hügelige Heide und durch Morast führte. Letztendlich würden wir nur länger brauchen, und im nachlassenden Licht konnten wir das nicht riskieren.

Sophie und auch ich waren bereits außer Atem, als ich mich erneut umschaute. Monk war näher als zuvor und schien beständig aufzuholen. *Lass dich nicht ablenken. Geh einfach weiter.* Ich drehte mich wieder um und konzentrierte mich auf den Weg vor uns. Per Telefon um Hilfe zu rufen, war zwecklos. Selbst wenn mein Handy Empfang gehabt hätte, würde niemand rechtzeitig herkommen können. Also stolperten wir weiter über schilfartige Grasbüschel und versackten mit den Stiefeln im Matsch. Als ich erneut einen Blick zurückwarf, sah ich, dass Monk uns nicht mehr folgte.

Er versuchte nicht mehr, uns einzuholen, bevor wir den Weg erreichten, sondern lief quer durchs Moor zur Straße.

Er wollte vor uns am Wagen sein.

Auch Sophie schien ihn zu sehen. «David ...!», keuchte sie.

«Ich weiß. Geh einfach weiter.»

Der Weg war verlockend nah, aber sobald wir ihn erreicht hatten, mussten wir noch zurück zur Straße gelangen. Monk hatte es nicht annähernd so weit. Er bewegte sich mit gleichmäßigen, unaufgeregten Schritten übers Moor. *Gott, wir werden es nicht schaffen.* Als wir an die Böschung direkt unterhalb des Weges kamen, wurde es steiler. Sophie hatte jetzt große Mühe, und ich musste ihr helfen, die letzten Meter hinaufzuklettern, bis wir uns am Heidekraut hochziehen konnten.

Dann waren wir auf dem festeren Untergrund des Weges. In meiner Brust brannte es, als ich in einen schwerfälligen Trab fiel und sie hinter mir herzog. «Komm!»

«Moment ... ich ... muss Luft holen ...», japste sie. Ihr Gesicht war blass und verschwitzt. Eigentlich hätte sie sich nicht so bald nach Verlassen des Krankenhauses verausgaben dürfen, aber wir hatten keine Wahl.

«Wir müssen laufen», sagte ich ihr.

Sie schüttelte den Kopf und schob mich weg. «Ich ... kann nicht ... Ich kann nicht.»

«Doch, du kannst», sagte ich, klemmte einen Arm unter ihre Schulter und zerrte sie fast über den Weg.

Meine Beine fühlten sich wie Gummi an, als wir zum Wagen strauchelten. Monk war höchstens noch dreißig oder vierzig Meter entfernt, etwas unterhalb von uns marschierte er neben dem Weg über das holprige Moor. Doch auch er war langsamer geworden. Der kahle Schädel war uns zu-

gewandt, während wir uns über die letzten Meter schlepp-
ten. Er war stehen geblieben, kaum einen Steinwurf entfernt.
Ich konnte seine Blicke spüren, als ich nach meinem Schlüssel suchte und dann den Wagen aufschloss. Nachdem Sophie
auf den Beifahrersitz gesackt war, lief ich rüber zur Fahrerseite, mir die ganze Zeit bewusst, dass mich die dunkle Gestalt
in dem kniehohen Nebel beobachtete.

Er hat uns eingeholt. Warum hat er aufgegeben? Ich wusste
es nicht, und es war mir egal. Ich knallte die Tür zu, schaltete
den Motor an und trat aufs Gaspedal. Als der Wagen losjag-
te, schaute ich in den Rückspiegel.

Sowohl die Straße als auch das Moor hinter uns waren
leer.

KAPITEL 16

Erst nach ein paar Kilometern war ich mir sicher, dass uns niemand folgte. Als ich den Fuß vom Gaspedal nahm und der Wagen langsamer wurde, merkte ich, wie ausgelaugt und steif ich war.

«Sind wir in Sicherheit?», fragte Sophie. Sie atmete noch immer schwer. Auf ihrem blassen Gesicht sah die Schwellung schlimmer aus denn je.

«Ich glaube.»

Sie schloss die Augen. «Mir wird übel.»

Ich fuhr schnell an den Straßenrand. Sophie stolperte aus dem Wagen, kaum dass ich angehalten hatte. Ich ließ den Motor laufen und behielt das Moor im Auge. Obwohl ich sie beruhigt hatte, wäre es mir lieber gewesen, weit weg von diesem Ort zu sein. Es wurde immer dunkler, und das im Wind raschelnde Sumpfgras betonte nur die Einsamkeit. Wir hätten die einzigen Lebewesen hier draußen sein können.

Aber das waren wir nicht. Während ich auf Sophie wartete, zog ich mein Handy hervor und sah mit Erleichterung, dass es ausreichend Empfang hatte. Ich wählte Terrys Nummer und hoffte, dass er ranging. Es schien eine Ewigkeit zu klingeln, und erst als ich dachte, gleich würde sich die Mailbox einschalten, nahm er ab.

«Ich hoffe, es ist wichtig.» Er sprach so undeutlich, als wäre er entweder sehr müde oder betrunken. Doch selbst Terry traute ich nicht zu, mitten in einer solchen Ermittlung zu trinken.

«Wir sind beim Black Tor. Wir haben ...»

«Wer ist wir?»

«Sophie Keller ist bei mir, sie hat sich gestern selbst aus dem Krankenhaus entlassen und ...»

«Keller? Was hast du dort mit ihr zu suchen?»

«Das ist doch egal! Monk ist hier!»

Das schien anzukommen. «Red weiter.»

Da es immer dunkler wurde, fasste ich mich kurz. «Du hast ihn also nicht aus der Nähe gesehen?», meinte Terry, nachdem ich fertig war.

«Terry, es war Monk! Ich habe keinen anderen Wagen gesehen, er kann also noch nicht weit sein.»

Ich hörte, wie sich Terry über seine Bartstoppeln strich. «Okay, ich kümmere mich darum.»

«Sollen wir warten?»

«Ich glaube, wir kommen auch so zurecht.» Sein Sarkasmus war unüberhörbar. «Wenn ich euch brauche, weiß ich ja, wo ich euch finde.»

Die Verbindung wurde unterbrochen. Gespräche mit Terry lösten nur noch Ärger in mir aus. Ich steckte das Telefon weg und ging zu Sophie. Sie lächelte mich matt an. «Sorry, falscher Alarm.»

«Wie fühlst du dich?»

«In meinem Kopf hämmert es ein bisschen, aber das ist halb so schlimm. Hast du die Polizei angerufen?»

«Ich habe gerade mit Terry Connors gesprochen. Er bringt alles in Gang.»

Bei der Erwähnung von Terry verzog sie das Gesicht, sagte aber nichts. «Müssen wir warten?»

«Das ist nicht nötig, meinte er.»

Eigentlich hatte ich damit gerechnet, dass wir bleiben müssten, bis die Polizei eintraf, aber so war es mir fast lieber. Ich schaute hinaus aufs Moor. In der Dunkelheit und bei dem Nebel konnte man kaum noch etwas erkennen. Sophie zitterte, und ich wusste, was sie dachte.

Monk war noch dort draußen.

Ich legte meinen Arm um sie. «Komm, ich bringe dich nach Hause.»

Auf dem Weg nach Padbury wurde der Nebel immer dichter. Ich musste über die Straßen schleichen und konnte trotz der Scheinwerfer nur wenige Meter weit sehen. Dass wir das Dorf erreicht hatten, merkte ich erst, als plötzlich der dunkle Umriss der alten Kirche im Nebel aufragte wie der Bug eines Schiffes.

Ich hielt in der Einfahrt zu Sophies Garten und schaltete den Motor aus. In der darauffolgenden Stille hatte ich das Gefühl, wir wären auf den Meeresboden gesunken. Als wir zum Haus gingen, schaute ich mich immer wieder nervös um und lauschte angestrengt auf jedes Geräusch. Eingehüllt in Nebel, konnten wir kaum die Hand vor Augen sehen.

«Du solltest hier wirklich ein paar Lampen anbringen lassen», sagte ich, als sich über den Zweigen des Obstgartens gespenstisch der kegelförmige Brennofen abzeichnete.

«Hier draußen brauche ich keine», entgegnete Sophie und suchte in ihrer Tasche nach dem Hausschlüssel. Als ihr klarwurde, wie paradox ihre Äußerung war, stockte sie. «Normalerweise jedenfalls.»

Doch die Haustür war heil, und das neue Schloss, das der Tischler angebracht hatte, wirkte beruhigend stabil. Nachdem Sophie die Tür geöffnet hatte, sahen wir, dass drinnen alles noch genau so war, wie wir es zurückgelassen hatten.

Bis zu diesem Moment hatte ich nicht gemerkt, wie angespannt ich gewesen war.

Angesichts des tiefen Seufzers, mit dem Sophie die Tür verriegelte, nahm ich an, ihr ginge es genauso.

«Wie fühlst du dich?», fragte ich, als sie sich erschöpft die Jacke auszog.

«Ich hatte schon bessere Zeiten.» Ihr Lächeln war nicht sehr überzeugend. «David, wegen dieser Sache mit Cath Bennett ... Es tut mir wirklich leid, das war unüberlegt.»

Nach allem, was passiert war, schien das nicht mehr wichtig zu sein. «Vergessen wir es. Und ansonsten hattest du recht. Monk hat diese Löcher nicht ohne guten Grund ausgehoben. Es muss dort mindestens noch ein weiteres Grab geben. Die Polizei wird die gesamte Gegend erneut absuchen müssen.»

Sie schaute mich an, als wäre ihr dieser Gedanke noch nicht gekommen. «Glaubst du wirklich?»

«Meiner Meinung nach haben sie keine Wahl. Im Grunde hat uns Monk gesagt, wo man suchen muss. Das wolltest du doch, oder?»

«Ja, natürlich.» Sie klang nicht sehr zuversichtlich. «Gott, ich brauche jetzt wirklich einen Drink.»

«Ich auch, aber ich denke, es wäre vernünftig, heute woanders zu übernachten.»

Sophie hatte sich auf die Treppe gesetzt und schnürte ihre verdreckten Stiefel auf. Sie hielt inne und sah mich abweisend an. «Nein.»

«Du könntest in ein Hotel gehen …»

«Ich gehe nirgendwohin.»

«Du bist hier bereits einmal überfallen worden, und wir wissen immer noch nicht, von wem. Wenn es Monk war …»

«Wenn es Monk gewesen wäre, wäre ich jetzt tot. Das weißt du genauso gut wie ich. Wenn du weglaufen willst, bitte schön, ich werde es jedenfalls nicht tun!»

Ich starrte sie verdutzt an. *Wieso diese Verbitterung?*

Sophie seufzte. «Entschuldige, das ist unfair. Ich bin nur … Ich habe Angst und bin durcheinander, aber ich bin hier zu Hause! Wenn ich jetzt gehe, werde ich mich hier nie wieder sicher fühlen. Verstehst du das?»

Natürlich konnte ich das verstehen. Was nicht hieß, dass ich einer Meinung mit ihr war, aber es war zwecklos zu streiten. «Okay.»

«Danke.» Sie stand auf und umarmte mich. Ich hielt sie einen Augenblick fest und spürte die Wärme ihres Körpers, ehe sie wieder einen Schritt zurück machte. «Ich kann manchmal eine Kuh sein, aber ich bin dir dankbar für alles, was du getan hast. Und ich nehme es dir nicht übel, wenn du lieber gehen willst.»

Die Gelegenheit war da, ich musste sie nur ergreifen. Ich hätte jetzt gehen, zurück nach London fahren und die ganze Sache Sophie und der Polizei überlassen können.

Doch ich ging nicht. Alles, was hier geschah, hatte seine Wurzeln in den Ereignissen von vor acht Jahren. Ich war damals beteiligt gewesen und war es immer noch.

Ich lächelte Sophie an. «Du hast was von einem Drink gesagt …»

An diesem Abend kochten wir gemeinsam. In der Gefriertruhe fanden wir Lammkoteletts und Erbsen, dazu gab es Kartoffeln. Nicht unbedingt ein Festessen, aber eine einfache und leckere Mahlzeit. Sophie holte eine Flasche Wein, die sie mir zum Öffnen gab, während sie die Koteletts auftaute. «In Padbury gibt es leider keinen Weinhändler», entschuldigte sie sich und schenkte zwei Gläser ein.

«Ach, der wird schon schmecken», sagte ich. Und so war es auch. Der Alkohol nahm uns die letzten Reste unserer Befangenheit, und als Sophie vorschlug, den Abwasch auf morgen früh zu verschieben, hatte ich keine Einwände. Wir nahmen die Weinflasche und gingen ins Wohnzimmer. Ich legte im Ofen Scheite nach und machte mit Hilfe von Holzanzündern und alten Zeitungen ein Feuer. *Du wirst langsam gut darin.*

Bald tanzten Flammen hinter der verrußten Glasscheibe und vertrieben die Kälte im Zimmer. Sophie und ich setzten uns jeweils an ein Ende des Sofas. Wir redeten nicht, aber die Stille war angenehm. Ich trank noch einen Schluck Wein und schaute sie von der Seite an. Sie hatte die Beine angezogen und döste mit zurückgelegtem Kopf vor sich hin. Ihr Gesicht sah friedlich und entspannt aus, und im schummrigen Licht des Feuers hätte ihr blauer Fleck auch ein Schatten sein können. In den letzten Jahren war sie wirklich kaum gealtert. Obwohl sie nicht auf konventionelle Art schön war, war sie doch sehr attraktiv. Sie würde auch nach weiteren acht Jahren noch gut aussehen. Oder nach achtzehn.

Sie atmete so langsam und gleichmäßig, als würde sie tief schlafen. Die Hand, die ihr fast leeres Weinglas hielt, war hinabgerutscht, sodass es beinahe zwischen ihren Brüsten lag. Ich wollte sie nur ungern stören, doch das Glas begann ihr mit jedem Atemzug ein bisschen mehr aus den Fingern zu gleiten.

«Sophie …», sagte ich leise. Keine Antwort. «Sophie?» Langsam wurde sie wach, starrte mich erst verdutzt an und blinzelte dann. «Tut mir leid», sie setzte sich auf. «Habe ich etwa gesabbert?»

«Nur ein bisschen.»

Sie lächelte und holte nach mir aus. «Quatsch.»

«Warum gehst du nicht ins Bett?»

«Ich bin eine tolle Gastgeberin, oder?», sagte sie, gab sich aber geschlagen. Als sie aufstand und mir eine Hand auf die Schulter legte, kam sie leicht ins Schwanken. «Hui …»

«Ganz ruhig», sagte ich und stand auf, um sie zu stützen. «Alles in Ordnung?»

«Ich bin nur müde, glaube ich. Wahrscheinlich bin ich zu schnell aufgestanden.»

Sie hielt sich noch immer an mir fest. Ich hatte meine Hände an ihre Hüfte gelegt und war ihr so nah, dass ich die Wärme spürte, die sie ausstrahlte. Wir rührten uns beide nicht. Sophies Augen waren groß und dunkel, als sie sich an mich schmiegte. Ein Lächeln umspielte ihre Lippen.

«Tja …», sagte sie, und in dem Moment knallte etwas gegen das Fenster.

Wir schreckten auseinander. Ich lief zu den schweren Vorhängen und riss sie auf. Es hätte mich nicht überrascht, wenn mich Monks albtraumhafte Fratze angestarrt hätte, doch das Fenster war heil, und niemand war zu sehen. Alles, was ich dahinter erkennen konnte, war eine dichte Nebelwand.

«Was war das?», fragte Sophie, die direkt hinter mir stand.

«Wahrscheinlich nichts.»

Es war eine absurde Bemerkung, besonders da mein Herz wild pochte. *Monk kann uns nicht bis hierher verfolgt haben. Oder?* Aber er hätte uns gar nicht verfolgen müssen. Sophie hatte ja ihre Adresse auf die Briefe geschrieben.

«Bleib hier», forderte ich sie auf.

«Willst du etwa rausgehen?»

«Ich will nur nachschauen.» Die Alternative wäre gewesen, sich die ganze Nacht im Haus zu verkriechen und sich zu fragen, was gegen das Fenster geknallt war. Wenn es nichts war, könnten wir uns beruhigen. Wenn es Monk war ... Dann wäre es jetzt auch schon egal.

Ich nahm den schweren Schürhaken, der neben dem glühenden Ofen stand, und ging in den Flur. Sophie lief in die Küche und kam mit einer laternenartigen Taschenlampe zurück.

«Verschließ die Tür hinter mir», sagte ich und nahm die Taschenlampe.

«David, warte ... »

Doch ich trat bereits hinaus in den Nebel. Die Luft war kalt und feucht und roch nach Lehm und vermodertem Laub. Zitternd bereute ich, dass ich meine Jacke nicht angezogen hatte. Der Strahl der Taschenlampe verlor sich in der Nebelwand. Dicht ans Haus gepresst, bahnte ich mir einen Weg zum Wohnzimmerfenster. Der Schürhaken in meiner Hand fühlte sich plötzlich leicht an, und ich ahnte, dass ich vielleicht einen Fehler gemacht hatte. *Was willst du tun, wenn tatsächlich jemand hier draußen ist? Wenn es Monk ist?*

Aber nun war es zu spät. Vor mir konnte ich einen dunstigen Schimmer sehen, dort musste das Fenster sein. Ich ging schneller und wollte es hinter mich bringen.

Da sah ich, dass sich vor mir auf dem Boden etwas bewegte.

Ich strauchelte zurück, hob den Schürhaken und streckte gleichzeitig die andere Hand mit der Taschenlampe aus. Plötzlich wieder eine kurze, hastige Bewegung direkt vor mir, und dann erkannte ich, was es war.

Im Strahl der Taschenlampe blinzelte eine Eule zu mir hoch. Ich senkte den Schürhaken und kam mir albern vor. Der Vogel war gespenstisch blass, das Gesicht beinahe weiß. Er kauerte unbeholfen mit ausgebreiteten Flügeln im Gras unter dem Fenster. Die dunklen, undurchdringlichen Augen blinzelten wieder, doch er machte keine Anstalten, sich zu rühren.

«Das ist eine Schleiereule.»

Erschrocken drehte ich mich um. Ich hatte Sophie nicht kommen gehört. «Ich dachte, du wolltest drinnen warten?»

«Das habe ich nicht gesagt.» Sophie war vernünftiger gewesen als ich, jedenfalls hatte sie eine Jacke angezogen. Sie hockte sich neben den verletzten Vogel. «Ein Glück, dass das Fenster nicht kaputtgegangen ist. Armes Ding. Der Nebel muss sie verwirrt haben. Was sollen wir jetzt machen?»

«Wahrscheinlich ist sie nur benommen», sagte ich. Die Eule starrte stur geradeaus, entweder wollte sie uns mit Missachtung strafen, oder sie war zu betäubt. «Wir sollten sie nicht anfassen.»

«Aber irgendwas müssen wir tun!»

«Wenn sie sich wehrt, verletzen wir sie vielleicht noch mehr.» Außerdem war die Eule, ob verletzt oder nicht, schließlich noch immer ein Raubvogel. Ihr Schnabel und die Krallen waren bestimmt ziemlich scharf.

«Ich lasse sie hier nicht einfach liegen», sagte Sophie in einem Ton, den ich mittlerweile schon kannte. Ich seufzte. «Hast du eine Decke oder so?»

Als ich die Eule vorsichtig mit einem alten Handtuch hochnahm, flatterte sie ein bisschen mit den Flügeln, gab sich aber schnell geschlagen. Sophie schlug vor, sie in den Turm zu bringen und einfach die Tür aufzulassen, damit sie hinausfliegen konnte, sobald sie sich erholt hatte.

«Und was ist mit deinen Töpferwaren?», fragte ich.

«Die sind versichert. Außerdem ist es eine Eule. Die kann im Dunkeln sehen.»

Die Eule war überraschend leicht, als ich sie in den Turm trug, und ich konnte ihren rasenden Herzschlag spüren. Innen war es feucht und roch muffig nach alten Ziegeln, meine Schritte hallten. Ich setzte die Eule auf dem Boden ab und nahm das Handtuch weg. Wir hatten das Licht nicht angemacht, aber ihr Gefieder war so hell, dass sie in der Finsternis fast leuchtete.

«Glaubst du, dass sie sich wieder erholt?», fragte Sophie, als wir ins Haus zurückgingen.

«Heute können wir nicht mehr für sie tun. Wenn sie morgen noch da ist, rufen wir einen Tierarzt.»

Ich verschloss und verriegelte die Haustür und zog zur Sicherheit noch einmal an ihr. Sophie zitterte und rieb sich die Arme. «Gott, ich bin ganz durchgefroren.»

Wieder stand sie direkt vor mir. Und schaute mich an. Es wäre völlig natürlich gewesen, sie in den Arm zu nehmen.

«Es ist schon spät», sagte ich. «Geh schlafen, ich kümmere mich hier unten um alles.»

Sie blinzelte und nickte dann. «Okay. Also ... gute Nacht.»

Ich wartete, bis sie oben war, ging dann durch die Zimmer und schaltete wütend das Licht aus, während ich mir einredete, dass ich richtig gehandelt hatte. Sophie war verängstigt und verletzlich, und die Situation war schon kompliziert genug.

Aber ich war mir nicht sicher, ob ich wütend war über das, was beinahe passiert wäre, oder darüber, dass ich es verhindert hatte.

Danach lag ich in dem schmalen Bett wach, lauschte der nächtlichen Stille des Hauses und dachte an Sophie. Als ich schließlich einschlief, schreckte mich gleich wieder ein Geräusch von draußen auf, der schrille Schrei eines Raubtieres oder einer Beute. Doch dann war nichts mehr zu hören, und als ich wieder einschlief, vergaß ich alles.

KAPITEL 17

Am nächsten Morgen wachte ich früh auf und trottete in der kühlen Stille des Hauses nach unten. Sophie schlief noch. Ich machte mir eine Tasse Tee und dachte über den gestrigen Tag nach. Normalerweise hätte ich das Radio eingeschaltet, um Nachrichten zu hören, oder wäre ins Internet gegangen. Aber ich wollte Sophie nicht stören, und im Haus gab es keine WLAN-Verbindung. So nippte ich an meinem heißen Tee und schaute zu, wie es draußen langsam heller wurde.

Das morgendliche Gezwitscher der Vögel erinnerte mich an die Eule. Ich zog Jacke und Stiefel an und ging hinaus. Der Nebel hatte sich verzogen, aber es war dunstig und nieselte. Auf den Zweigen der Apfelbäume und in den Spinnennetzen hingen Tropfen, und das Gras war nass.

Die Eule hatte einen schmierigen Fleck am Wohnzimmerfenster hinterlassen, auf dem Boden des Brennofens lagen aber nur noch ein paar feine, helle Federn. Hoffentlich hatte sich das Tier erholt und seine Zuflucht freiwillig verlassen. In der Gegend lebten eine Menge Füchse. Da die Tür offen gestanden hatte, könnte der verletzte Raubvogel leicht zur Beute geworden sein.

Ich spazierte um den Brennofen herum. Das Gerüst und die Stützwerke standen schon so lange vor den Mauern, dass sie mittlerweile mit dem Turm verwachsen zu sein schienen. Manche Stellen waren anscheinend vor einer Ewigkeit neu verputzt worden, doch zum größten Teil war das Gemäuer brüchig. Der lockere Ziegel, hinter dem Sophie ihren Schlüssel versteckte, war vermutlich nur einer von vielen. Den Ofen zu restaurieren, geschweige denn, ihn wieder zum Laufen zu bringen, wie sie hoffte, würde aufwendig und teuer werden.

Sie würde eine Menge Keramik verkaufen müssen. Aber ganz offensichtlich war sie talentiert. Die Schalen und Vasen in den Regalen waren durchweg schlicht, aber eindrucksvoll. Ich fuhr mit einer Hand über den harten Tonklumpen auf der Werkbank, der beinahe wie ein abstraktes Kunstwerk wirkte, gab ihm einen Klaps und ging zurück ins Haus.

Sophie war noch nicht auf, was gut war, denn sie brauchte Ruhe. Ich war hungrig und überlegte, ob ich Frühstück machen sollte, beschloss dann aber, auf sie zu warten. Ich war nur ein Gast und wusste nicht genau, wie sie es finden würde, wenn ich mich benahm, als wäre ich zu Hause.

Erst im Verlauf des Vormittags hörte ich, dass sie sich oben rührte. Als sie runterkam, hatte ich Tee gekocht.

«Morgen», sagte ich und reichte ihr den Becher. «Ich war mir nicht sicher, ob du lieber Tee oder Kaffee trinkst.»

Sie sah verschlafen und ein wenig verlegen aus. Sie trug einen weiten Pullover und Jeans und hatte sich das vom Duschen noch feuchte Haar zurückgebunden. «Tee ist genau richtig. Kaffee trinke ich immer erst, wenn ich mit der Arbeit anfange. Hast du gut geschlafen?»

«Ja», log ich. «Wie fühlst du dich?»

«Meine Wange tut noch ein bisschen weh, aber sonst geht es mir ganz gut.»

«Kannst du dich jetzt erinnern, was passiert ist?»

«Was? Ach so … Nein, es ist alles weg.» Sie ging zum Kühlschrank. «Was ist mit der Eule? Ist sie noch da?»

«Nein. Ich habe vorhin nachgeschaut.»

Sie grinste. «Siehst du? Ich hab ja gesagt, dass sie im Turm gut aufgehoben ist.»

Ich sagte nichts über die Federn auf dem Boden. Weshalb sollte ich Sophie die Laune verderben?

«Es gibt leider kein Brot mehr, aber wie wäre es mit Speck und Eiern?», fragte sie mit einem Blick in den Kühlschrank. «Sind Rühreier in Ordnung?»

Ich bejahte. «Ich dachte, ich breche am Mittag auf», sagte ich, als sie die Eier in eine Schüssel schlug.

Sie hielt kurz inne und begann dann, die Eier zu verrühren. «Du willst weg?»

«Na ja, jetzt, wo Monk im Moor gegraben hat, wird die Polizei die Suche nach Zoe und Lindsey Bennett wiederaufnehmen.» Ich war überrascht, dass sich bis jetzt niemand gemeldet hatte. Selbst wenn Monk noch nicht gefunden worden war, hätte ich erwartet, dass jemand kommen würde, um unsere Aussagen aufzunehmen.

«Wahrscheinlich», sagte Sophie. «Dann hält dich hier nichts mehr, oder?»

Sie stand mit dem Rücken zu mir. Die Pfanne klapperte auf dem Ofen. Die Stille dehnte sich aus und wurde schwer.

«Ich kann länger bleiben. Also, wenn du lieber nicht allein hier sein möchtest.»

«Wieso, nur weil ich überfallen wurde?» Sie warf Speckstreifen in die Pfanne, das heiße Fett zischte. «Ich werde schon irgendwann darüber hinwegkommen. Was anderes bleibt mir auch nicht übrig, oder?»

«Wahrscheinlich war es wirklich nur ein Einbrecher, wie die Polizei gesagt hat.»

«Das macht die Sache ja wesentlich leichter, was?» Als hätte der Speck Schuld an allem, spießte sie ihn mit einer Gabel auf und drehte ihn wütend um. «Ich habe mich hier einmal sicher gefühlt. Obwohl das Haus so abgeschieden liegt, habe ich mich nie so bedroht gefühlt wie in der Stadt. Aber das ist mein Problem, nicht deins.»

«Sophie, ich weiß, wie du dich fühlen musst …»

«Nein, das weißt du nicht.»

Ich zögerte. Eigentlich hatte ich nicht darüber sprechen wollen, aber ich wusste, dass der Überfall für Sophie zu einem Trauma werden könnte, wenn sie nicht aufpasste.

«Doch. Ich wurde letztes Jahr nach einem Fall niedergestochen.»

Sie drehte sich zu mir um. «Das ist nicht dein Ernst, oder?»

Ich erzählte ihr von den Vorfällen auf Runa und wie Grace Strachan Monate später, als wäre sie von den Toten auferstanden, plötzlich vor meiner Tür aufgetaucht war und auf mich eingestochen hatte.

«Und sie ist nie gefasst worden?», fragte Sophie mit großen Augen. «Sie läuft immer noch frei herum?»

«Irgendwo. Die Polizei glaubt, dass sie kurz darauf das Land verlassen hat. Sie und ihr Bruder waren reich, sie hatte wahrscheinlich irgendwo Bankkonten, von denen niemand weiß. Ich könnte mir vorstellen, dass sie mittlerweile in Südamerika oder so ist.»

«Das ist ja schrecklich!»

Ich zuckte mit den Achseln. «Wenn man es von der positiven Seite betrachtet, dann glaubt sie wahrscheinlich,

ich wäre tot. Sie hat also keinen Grund, es erneut zu versuchen.»

Kaum hatte ich das ausgesprochen, kam eine abergläubische Unruhe in mir auf. *Fordere das Schicksal nicht heraus.*

Sophie hatte die Pfanne vom Feuer genommen. Betroffen schaute sie auf den Speck. «Wenn ich das gewusst hätte, hätte ich dich nicht in diese Sache hineingezogen.»

«Du hast mich in nichts hineingezogen. Und ich habe dir nur davon erzählt, weil alles so aussieht, als wäre der Überfall auf dich eine einmalige Sache gewesen. Der Einbrecher hat dir eigentlich nichts tun wollen, sonst … tja, sonst wärst du nicht mit einem blauen Fleck davongekommen.»

«Ja, wahrscheinlich.» Sie wirkte nachdenklich und niedergeschlagen. Doch mit einem Mal drehte sie sich um, stellte die Pfanne wieder aufs Feuer und grinste schelmisch. «Aber frühstücken wir erst einmal. Und bevor du fährst, kannst du mir noch deine Narbe zeigen.»

Aber ihre gute Laune war nicht von Dauer. Wieder wirkte sie abgelenkt und stocherte lustlos in ihrem Essen. Ich bot ihr Hilfe beim Abwasch an, doch sie lehnte ab. Da ich den Eindruck hatte, dass sie allein sein wollte, ging ich duschen und packte meine Sachen zusammen.

Ich fragte mich, ob ihr erst jetzt klarwurde, dass sie dieses Mal nicht an der Suchaktion beteiligt sein würde. Aus irgendeinem Grund war es für Sophie zu einem persönlichen Kreuzzug geworden, die Gräber von Zoe und Lindsey Bennett zu finden, doch sie war keine Polizeiberaterin mehr. Im Grunde hatte sie seit dem Moment, als wir beim Black Tor Monks Löcher entdeckt hatten, nichts mehr mit dem Fall zu tun. Nun würde die Polizei übernehmen, und sie war nur Zuschauerin.

Loslassen ist nie leicht.

Ich trug meine Tasche nach unten. Als ich in die Küche kam, lief das Radio. Sophie stand vor der Spüle, ihre Hände hingen reglos im Wasser.

«Kann ich noch etwas …?», begann ich.

«Pst!», unterbrach sie mich. Erst jetzt achtete ich darauf, was im Radio gesagt wurde.

«… *Polizei den Namen des Opfers nicht bekanntgegeben, es wurde jedoch bestätigt, dass von einem Gewaltverbrechen ausgegangen wird. Weitere Nachrichten …* »

Sophies Gesicht war weiß. «Hast du gehört?»

«Nur den letzten Teil.»

«Ein Mord in Torbay. Sie haben nicht gesagt, wer ermordet wurde, aber es war in der Nähe von Sharkham Point. Wohnt dort nicht …?»

Ich nickte. Und in dem Moment wusste ich, dass ich doch nicht abreisen würde.

Denn dort wohnte Wainwright.

KAPITEL 18

Von Padbury nach Sharkham Point fuhr man kaum eine
Stunde. Sophie hatte darauf bestanden hinzufahren, und ich
wollte auch wissen, wer das Mordopfer war. Ich hatte sofort
Terry angerufen, doch er war nicht ans Telefon gegangen.
Da er bestimmt an den Tatort gerufen worden war, hatte
mich das nicht überrascht. Ich sagte mir, Morde passierten
jeden Tag, und Zufälle ebenso, es musste nicht Wainwright
sein.

Aber ich glaubte mir selbst nicht.

Als ich vor zwei Tagen nach Torbay gefahren war, hatte
vom klaren blauen Himmel die Sonne gestrahlt. Jetzt war es
bewölkt, und die Landschaft sah trist und farblos aus. Wir
kamen an grauen Stoppelfeldern, gepflügten, morastigen
Äckern und kahlen Bäumen vorbei, an denen nur noch vereinzelt welke Blätter hingen und die wie Vogelscheuchen
aussahen.

Während der Fahrt sprachen weder Sophie noch ich viel.
Sie starrte aus dem Fenster, offenbar genauso gedankenver-
loren wie ich. Erst als wir die Küste erreichten und jenseits
der Klippen das unruhige Meer sahen, rührte sie sich. Ich
konnte mir vorstellen, was sie dachte: Bald würden wir Gewissheit haben.

Dann kamen wir ans Ortsschild von Sharkham Point, und kurz dahinter konnten wir die Blaulichter sehen.

Sophie legte eine Hand an ihren Hals. «O Gott. Ist das Wainwrights Haus?»

Mir wurde flau im Magen. «Ja.»

Die Straße war abgesperrt, das Plastikband flatterte im Wind. Am Straßenrand dahinter parkten Polizeiwagen und ein paar Transporter von Fernsehteams. In der Auffahrt zum Haus stand ein Krankenwagen mit ausgeschaltetem Blaulicht. Es gab keine Dringlichkeit mehr.

Ich parkte etwas abseits von der Absperrung. «Was sollen wir machen?», fragte Sophie, alles Selbstvertrauen schien sie verlassen zu haben.

«Jetzt sind wir hier und werden uns erkundigen», sagte ich und stieg aus dem Wagen.

Vom Meer wehte ein steifer Wind über die Klippen. Doch der Salzgeruch konnte die Abgase nicht ganz übertünchen. Irgendwo in der Nähe brummte ein Generator. Als wir näher kamen, stellte sich uns ein Polizist in einer leuchtend gelben Jacke in den Weg.

«Die Straße ist gesperrt.»

«Ich weiß. Mein Name ist David Hunter. Ist DI Connors hier?», fragte ich.

Er musterte uns einen Augenblick und sprach dann in sein Funkgerät. «Hier ist ein David Hunter und fragt nach ...»

«Detective Inspector Terry Connors», sagte ich, als er mich fragend anschaute.

Er wiederholte es und wartete. Es dauerte lange, ehe eine knisternde Stimme etwas sagte. Er ließ das Funkgerät sinken.

«Tut mir leid.»

«Heißt das, er ist nicht hier oder er will uns nicht sehen?»,
schaltete sich Sophie ein, bevor ich etwas sagen konnte.
Der Polizist betrachtete sie kühl. «Das heißt, dass Sie gehen müssen.»

«Wer ist tot? Professor Wainwright oder seine Frau?»

«Sind Sie Angehörige?»

«Nein, aber ...»

«Dann können Sie in den Zeitungen darüber lesen. Und
jetzt fordere ich Sie zum letzten Mal auf, zurück zu Ihrem
Wagen zu gehen.»

Ich bin mir nicht sicher, ob ich tatsächlich gegangen wäre,
doch in diesem Moment kam eine Gruppe Polizeibeamter
die Auffahrt entlang. Sie wurde angeführt von einem Mann,
dessen schicke Uniform und Schirmmütze ihn als hohes Tier
auswiesen. Die Uniform war neu, das Haar und der Schnurrbart waren noch mehr ergraut, doch der Blick war noch immer kalt, und das faltenlose Gesicht schien kaum gealtert zu
sein.

Simms beachtete uns nicht, als er zu einem schwarzen
BMW schritt. Aber ein Mann in seinem Gefolge starrte uns
an. Er war mittleren Alters, übergewichtig und hatte dünnes
Haar. Erst als ich seine vorstehenden Zähne sah, wurde mir
klar, dass es Roper war.

Er lief sofort zu seinem Vorgesetzten. Simms blieb stehen
und schaute uns an. *Da wären wir also wieder*, dachte ich, als
er zu uns kam. Roper folgte ihm wie Hund.

Der Constable, der uns gestoppt hatte, nahm steif Haltung
an. «Sir, ich habe nur ...»

Simms ignorierte ihn. Er betrachtete Sophie ungerührt
und ohne ein Zeichen des Wiedererkennens, ehe er mich
fixierte. Die arrogante Ausstrahlung, die er immer gehabt

hatte, war nun noch ausgeprägter. An seinen Abzeichen erkannte ich, dass er Assistant Chief Constable war, ein Rang, den wenige Kriminalbeamte erreichten. Ich war nicht überrascht. Simms war der geborene Uniformträger.

Auch Roper schien vorangekommen zu sein. Statt der zerknitterten Anzüge trug er jetzt maßgeschneiderte Kleidung und hatte sich die nikotingelben Zähne bleichen lassen. Außerdem hatte er an Gewicht zugelegt, jedenfalls von der Hüfte aufwärts. Während man dem Oberkörper des Detective Constable ansah, dass er gerne aß und trank, flatterte ihm die tiefhängende Hose noch immer um die dürren Beine.

Beide schienen nicht erfreut zu sein, uns zu sehen. Simms hatte ein Paar Lederhandschuhe in einer Hand, das er sich ungeduldig gegen den Oberschenkel schlug. «Dr. Hunter, richtig?», sagte er. «Darf ich fragen, was Sie hier tun?»

Sophie ließ mir keine Gelegenheit zu einer Antwort. «Was ist passiert? Wer ist getötet worden?»

Simms musterte sie kurz und wandte sich dann wieder an mich. «Ich fragte, was Sie hier tun.»

«Wir haben von dem Mord gehört und wollten uns nach Professor Wainwright und seiner Frau erkundigen.»

«Und weshalb?» Allmählich wirkte er etwas unsicher.

«Weil ich glaube, dass Jerome Monk sie umgebracht haben könnte.»

Roper warf Simms einen nervösen Blick zu. Die Miene des stellvertretenden Polizeipräsidenten blieb ungerührt, doch seine Augen glänzten. «Lassen Sie ihn durch», wies er den Constable an.

Ich verbarg meine Überraschung und bückte mich unter dem Absperrband hindurch. Sophie wollte mir folgen.

«Nur Dr. Hunter», sagte Simms.

Der Constable stellte sich ihr in den Weg. «Ach, kommen Sie», protestierte Sophie.

«Dr. Hunter ist Polizeiberater.» Simms' Blick blieb gleichgültig an ihrem blauen Fleck hängen. «Was Sie nicht mehr sind, soweit ich weiß.»

Sophie holte tief Luft, um etwas zu entgegnen. «Warte im Wagen auf mich», sagte ich schnell, denn ich wusste, dass Simms seine Meinung niemals ändern würde. Sie warf mir einen wütenden Blick zu, riss mir die Schlüssel aus der Hand und marschierte davon.

Simms war bereits auf dem Weg zurück zum Haus. Seine polierten schwarzen Schuhe knirschten auf dem Kiesweg. Roper folgte ihm wie ein Schatten, der Wind zerzauste sein dünnes Haar. Er benutzte noch immer zu viel Rasierwasser, aber wie alles andere an ihm war auch das teurer geworden.

«Das ist ja wie ein Klassentreffen, was?» Sein Grinsen wirkte beinahe wie ein nervöser Tic. Er deutete mit einer Kopfbewegung zurück zu Sophie. «Ist ziemlich sauer, oder? Was ist mit ihrem Gesicht passiert?»

Die Frage überraschte mich. Aber ich wusste ja nicht, ob er und Terry noch zusammenarbeiteten. «Jemand ist in ihr Haus eingebrochen und hat sie attackiert.»

«Sie braucht ein besseres Schloss. Wann war das?»

«Vor vier Tagen.»

Als er die Verbindung hergestellt hatte, verging ihm das Grinsen. Vor vier Tagen war Monk geflohen. «Wurde der Täter gefasst?»

Mir fiel wieder Terrys Warnung – oder Drohung – ein, dass auch ich ein Verdächtiger sein könnte. Ein unangenehmer Gedanke. «Noch nicht. Sie kann sich an kaum etwas erinnern.»

«Wurde sie vergewaltigt?»

«Nein.»

«Wurde etwas gestohlen?»

«Nein.»

Roper grinste wieder. «Verdammtes Glück.»

Ich wechselte das Thema. «Wann ist Simms stellvertretender Polizeichef geworden?»

«Das muss vor ... äh, vor mittlerweile vier oder fünf Jahren gewesen sein. Ungefähr zur gleichen Zeit, als ich zum Inspector befördert wurde.»

Er hatte mich dabei von der Seite gemustert. *Roper ist Detective Inspector?* Ich hätte ihm nicht einmal zugetraut, Detective Sergeant zu werden.

«Glückwunsch», sagte ich. «Wer ist hier der Ermittlungsleiter?»

«Steve Naysmith. Ein ziemlicher Überflieger, ist erst im letzten Jahr Detective Chief Superintendent geworden.» Man konnte Roper anhören, wie wenig ihm das gefiel. Was mich wiederum gleich für Naysmith einnahm. «Aber Simms hat ein sehr persönliches Interesse an dem Fall. Der Ermittlungsleiter ist ihm direkt unterstellt.»

Naysmith wird begeistert sein. Aber Simms hatte Wainwright gut gekannt und konnte natürlich nicht untätig bleiben.

Besonders da Monk der Hauptverdächtige war.

Simms war am Eingang des Hauses vor einem Klapptisch mit Schutzkleidung stehen geblieben.

«Ich konnte nicht ahnen, dass ich noch einmal reinmuss», sagte er gereizt und riss eine frische Packung mit Overalls auf. «Viel Zeit habe ich nicht. Ich muss bald eine Pressekonferenz geben.»

Manche Dinge verändern sich nicht. Ich hatte keine Ahnung, weshalb Simms noch einmal mit mir ins Haus ging, aber ich bezweifelte, dass er es mir zuliebe tat. Als er sich in den Overall zwängte, fiel mir auf, dass er noch unbehaglicher darin aussah als vor acht Jahren, und plötzlich wurde mir klar, woran es lag. Sein Gesicht war so unscheinbar, dass es nur durch seine Kleidung Charakter bekam. In dem weißen Einheitsoverall wirkte er seltsam unfertig.

«Brauchen Sie mich noch, Sir?», fragte Roper.

Simms beachtete ihn nicht, während er sich Überschuhe und Handschuhe anzog. «Im Moment nicht, aber bleiben Sie hier, bis Dr. Hunter und ich fertig sind.» Ohne sich darum zu kümmern, ob ich umgezogen war, ging Simms hinein.

Die vornehme Stille des Hauses, an die ich mich erinnerte, war zerstört worden. Obwohl die weißgekleideten Beamten der Spurensicherung bereits ihr Equipment zusammenpackten, konnte man überall sehen, was gerade geschehen war. Jede Oberfläche war mit einer feinen Puderschicht zur Sicherstellung von Fingerabdrücken bedeckt, sodass es den Anschein hatte, das Haus stünde seit einer Ewigkeit leer und alles wäre von einer feinen Staubschicht überzogen. Auf dem Parkettboden lagen die Scherben eines eingeschlagenen Fensters und die Erde von umgekippten Topfpflanzen. Es roch zwar noch nach Chrysanthemen, aber darunter auch nach Fäkalien und getrocknetem Blut, den Ausdünstungen eines gewaltsamen Todes.

«Der Täter hat die Küchentür aufgebrochen», sagte Simms und wich matschigen Fußspuren aus, die gerade von einem Kriminaltechniker fotografiert wurden. «Er hat nicht versucht, seine Spuren zu verwischen, wie Sie sehen können.

Wir haben außerdem mehrere Speichelflecken gefunden, die einen DNA-Test ermöglichen müssten.»

«Speichel?»

«Anscheinend hat der Mörder auf den Boden gespuckt», sagte er nüchtern. Simms ging vor mir durch die Diele und verdeckte mir den Blick. Als er zur Seite trat, sah ich Leonard Wainwright.

Der forensische Archäologe gab im Tod ein trauriges Bild ab. Im Schlafanzug und einem alten, gestreiften Bademantel lag er zusammengekrümmt zwischen den Scherben eines Glasschrankes vor der Treppe. Das Blut aus den Schnittwunden war auf seiner Haut getrocknet und über den Boden gespritzt. Doch es war nicht so viel, dass er verblutet sein konnte. Sein Gesicht wurde von einer grauen Haarsträhne verdeckt, durch die man die Schlitze seiner blutunterlaufenen, teilnahmslosen Augen sehen konnte. Sein Kopf war unnatürlich auf eine Seite gedreht und ruhte beinahe auf der Schulter. *Genickbruch*, dachte ich automatisch. Ich merkte, wie ich auf Wainwrights nackte Füße starrte. Sie waren schwielig und gelb, und die Knöchel, die aus den Pyjamahosen ragten, waren die eines alten Mannes, dürr und haarlos.

Es hätte ihm bestimmt nicht gefallen, dass ihn jemand so sah.

Eigentlich hatte ich damit gerechnet, dass die Leiche bereits abtransportiert worden war. Ich hatte schon mit unzähligen Tatorten und Gewaltverbrechen zu tun gehabt, aber dieser Fall war anders. Vor achtundvierzig Stunden hatte ich noch mit Wainwright gesprochen, und der Anblick von ihm auf dem Dielenboden traf mich unvorbereitet.

Neben der Leiche kniete eine kleine Person in einem weiten Overall und summte abwesend eine flotte Melodie, die mir bekannt vorkam. Das Lied stammte von Gilbert O'Sullivan, aber der Titel wollte mir nicht einfallen. Die Hand, die das Thermometer hielt, war so klein wie die eines Kindes, und obwohl das Gesicht durch Kapuze und Maske verhüllt war, erkannte ich sofort die goldgerahmte Lesebrille wieder.

«Fast fertig», sagte Pirie, ohne aufzuschauen.

Ihn zu sehen, überraschte mich. Ich dachte, der Gerichtsmediziner wäre mittlerweile pensioniert. «Erinnern Sie sich an Dr. Hunter, George?», fragte Simms.

Pirie hob den Kopf. Die grauen Augenbrauen wucherten über den Brillenrand, doch sein Blick war noch so klar und intelligent wie damals.

«Selbstverständlich. Es ist mir wie immer eine Freude, Dr. Hunter. Allerdings hätte ich nicht gedacht, dass Ihre Fähigkeiten in diesem Fall benötigt werden.»

«Er ist nicht offiziell hier», entgegnete Simms.

«Aha. Trotzdem würde ich mich sehr freuen, wenn Sie mir zur Hand gehen wollten.»

«Vielleicht ein anderes Mal.» Ich wusste sein Angebot zu schätzen, doch Autopsien waren nicht mein Gebiet. «Ich hatte angenommen, dass die Leiche bereits in die Gerichtsmedizin gebracht worden ist.»

Simms starrte mit unbewegter Miene auf die Leiche seines Freundes. «Wir mussten warten, bis Dr. Pirie mit einer anderen Untersuchung fertig war. Ich wollte bei diesem Fall jemanden haben, den ich kenne.»

«Was ist mit seiner Frau?», fragte ich. Von Jean Wainwright war nichts zu sehen, und in den Nachrichten war nur von einem Opfer gesprochen worden.

«Sie ist ins Krankenhaus gebracht worden. Hoffentlich

hat sie nur einen Schock erlitten, aber es ging ihr schon vorher nicht besonders gut.»

«Sie wurde also nicht verletzt?»

«Nein, aber ihr Mann ist vor ihren Augen ermordet worden. Die Reinigungskraft hat die beiden heute Morgen gefunden, als sie gekommen ist. Jean war in einem ... verwirrten Zustand. Bisher hat sie uns noch nicht viel sagen können, aber ich hoffe, dass sie später Fragen beantworten kann.»

«Sie hat nicht gesagt, wer es war?»

«Noch nicht.»

Aber meiner Meinung nach gab es kaum Zweifel. *Erst Sophie, jetzt Wainwright.* Vielleicht hatte Terry doch recht gehabt ... «Haben Sie schon etwas herausgefunden?», fragte ich Pirie.

Das Thermometer wie einen Dirigentenstab hochgereckt, dachte der Gerichtsmediziner nach. «Bisher kann ich nur erste Eindrücke wiedergeben. Der Grad der Leichenstarre und die Körpertemperatur lassen darauf schließen, dass er seit acht bis zwölf Stunden tot ist. Der Todeszeitpunkt liegt also zwischen ein und fünf Uhr heute Morgen. Wie Sie bestimmt selbst sehen können, ist sein Genick gebrochen, was nach den bisherigen Erkenntnissen die wahrscheinlichste Todesursache ist.»

«Dazu benötigt man eine Menge Kraft», sagte ich und musste daran denken, wie Monk vor acht Jahren im Moor den Polizeihund getötet hatte.

«O ja, ganz bestimmt. Um absichtlich das Genick eines erwachsenen Mannes zu brechen, benötigt man eine gehörige Portion ...»

«Danke, George, wir wollen Sie nicht länger stören», unterbrach Simms ihn. «Bitte halten Sie mich auf dem Laufenden.»

«Selbstverständlich.» Piries Miene war hinter der Maske verborgen. «Auf Wiedersehen, Dr. Hunter. Und sollten Sie Ihre Meinung ändern, mein Angebot steht noch.»

Ich dankte ihm, doch Simms ging bereits zurück zur Haustür. Kaum waren wir draußen, schälte er sich wie ein Insekt aus einer Puppe aus seinem Overall, und seine dunkle Uniform kam wieder zum Vorschein.

«Gibt es, abgesehen von Jean Wainwright, noch andere Zeugen?», fragte ich und zog den Reißverschluss meines Overalls auf.

«Leider nicht. Aber ich hoffe, dass sie uns bald einen detaillierten Bericht geben kann.»

«Es sieht so aus, als wäre es Monk gewesen, oder?»

Simms riss sich die Latexhandschuhe von den Fingern und warf sie in eine große, bereits halbvolle Plastiktonne. «Das bleibt abzuwarten. Und ich wäre Ihnen dankbar, wenn Sie in dieser Phase nicht spekulieren würden.»

«Aber Sie haben doch gehört, was Pirie über die Kräfte des Mörders gesagt hat. Und das Spucken auf den Boden klingt nach einem Zeichen der Verachtung. Wer soll es sonst gewesen sein?»

«Ich weiß es nicht, aber im Moment gibt es keine gesicherten Beweise dafür, dass Jerome Monk etwas damit zu tun gehabt hat.» Simms sprach mit kontrollierter Wut. «Hoffentlich wird uns Jean Wainwright sagen können, was geschehen ist. Bis dahin möchte ich keine nutzlose Panikmache. Nachher verbreiten die Medien diese unbegründeten Vermutungen noch.»

«Unbegründet? Es ist bekannt, dass Wainwright das

Suchteam geleitet hat. Über kurz oder lang werden die Medien die Verbindung herstellen.»

«Bis dahin ist Monk hoffentlich wieder in Haft. Und solange wir keine gegenteiligen Beweise haben, werde ich diesen Fall genauso behandeln wie jede andere Mordermittlung.»

Da begriff ich: Für jemanden, der sich der Wirkung der Medien so bewusst war wie Simms, war es schon schlimm genug, dass Monk geflohen war. Unter allen Umständen wollte er die Meldung vermeiden, dass der geflohene Mörder auf einer Art Rachefeldzug war. Auf eine solche Reklame konnte ein ehrgeiziger stellvertretender Polizeichef gut verzichten.

«Jean Wainwright hat mich vor zwei Tagen angerufen», sagte Simms. «Sie hat mir erzählt, dass Sie bei ihnen gewesen sind und dass sich Leonard sehr aufgeregt hat. Würden Sie mir sagen, worum es ging?»

Wahrscheinlich hätte ich mir denken können, dass Wainwrights Frau ihm von meinem Besuch erzählen würde. «Ich wollte mit ihm über Monk sprechen. Ich wusste nichts von seiner Krankheit. Wenn ich ...»

«Jerome Monk geht Sie nichts an, Dr. Hunter. Und nun haben Sie mich in die peinliche Lage gebracht, Sie fragen zu müssen, wo Sie heute Morgen zwischen ein und fünf Uhr gewesen sind.»

Mit dieser Frage hatte ich gerechnet. «Ich habe in Sophie Kellers Haus geschlafen. Und nein, sie kann es nicht bezeugen. Und was Jerome Monk betrifft, nach allem, was gestern passiert ist, können Sie sich doch wohl denken, dass ich mich erkundige.»

«Wovon sprechen Sie?»

«Davon, dass Monk uns im Moor verfolgt hat.» Simms schaute mich an, als wäre ich verrückt. Ich zog die Handschuhe von meinen Fingern und warf sie in die Tonne. «Ich bitte Sie. Das wird Ihnen Terry Connors doch erzählt haben!»

Simms war völlig erstarrt. Die einzige Gefühlsregung in seinem wächsernen Gesicht waren die zusammengepressten Lippen.

«Terry Connors ist nicht an dieser Ermittlung beteiligt. Er wurde suspendiert.»

KAPITEL 19

Als ich hinaus zum Black Tor fuhr, begann es in Strömen zu regnen, die Scheibenwischer kamen kaum gegen die Wassermassen an. Am Vortag war es viel später gewesen, als Sophie und ich ins Moor gekommen waren, doch als ich jetzt die verwunschene Mühle der Minenruine erreichte, hatte sich der Himmel so zugezogen, dass man den Eindruck hatte, es wäre bereits Nacht.

Auf dem Beifahrersitz saß dieses Mal Roper, der nach Rasierwasser und Zwiebeln roch. Er war genauso verstimmt wie ich, dass wir beide in einem Wagen sitzen mussten, aber Simms hatte uns keine Wahl gelassen. Er hatte mir gesagt, dass ich mich an Roper und nicht an Naysmith halten sollte, was darauf hindeutete, dass er und der Ermittlungsleiter nicht viel füreinander übrighatten. Sophie war immer noch in Wainwrights Haus und gab ihre Aussage zu Protokoll. Jedenfalls nahm ich das an, denn ich hatte keine Gelegenheit gehabt, mit ihr zu sprechen, bevor wir losgefahren waren. Roper hatte mir meine Autoschlüssel in die Hand gedrückt und mir versichert, dass man sie nach Hause bringen werde. Dann war der Fahrzeugkonvoi ins Dartmoor aufgebrochen.

Vor uns waren im Sprühnebel der Reifen verschwommen

die Rücklichter des schwarzen BMW des stellvertretenden Polizeichefs zu erkennen. Die Pressekonferenz war verschoben worden, damit Simms sich hier draußen selbst ein Bild machen konnte. Er hatte alles erfahren wollen, angefangen von dem Moment, als Terry am Morgen von Monks Flucht vor meiner Tür aufgetaucht war. Ich hatte nichts verheimlicht, nicht einmal Sophies Briefe an Monk, was mir ein schlechtes Gewissen machte, aber wir konnten uns keine Geheimnisse mehr leisten.

Simms' blassblaue Augen hatten gefunkelt, doch erst als ich ihm die Löcher im Moor beschrieb, die wir am Vortag entdeckt hatten, und von der anschließenden Verfolgung erzählte, war er aufgebraust. «Das war vor vierundzwanzig Stunden, und ich höre erst jetzt davon? Allmächtiger!»

Ich konnte es ihm nicht verdenken. Hatte ich es doch selbst noch nicht ganz verarbeitet. Terry war nicht nur suspendiert, er war nicht einmal mehr Detective Inspector. Simms hatte mir erzählt, dass er im vergangenen Jahr zum Detective Sergeant degradiert worden war.

Terry, was ist bloß los mit dir? Ich hatte noch die Visitenkarte, die er mir gegeben hatte: *Detective Inspector Terry Connors*. Aber nun wusste ich, warum er mir gesagt hatte, ich solle ihn nicht im Präsidium, sondern auf seinem Handy anrufen. *Ich bin nie dort*, hatte er gesagt.

Immerhin das hatte gestimmt.

In gewisser Weise konnte ich verstehen, warum er seine Suspendierung verheimlicht hatte: Stolz war immer eine von Terrys Schwächen gewesen. Doch wesentlich schwerer wog die Tatsache, dass er die Gelegenheit verschenkt hatte, Monk zu fassen. Nun war Wainwright tot und sein Mörder noch auf freiem Fuß.

Dafür gab es keine Entschuldigung.

Neben mir unterdrückte Roper einen Rülpser, allerdings nicht sehr erfolgreich. «Pardon», brummte er, bleckte die Zähne und grinste blöde. Dann schaute er hinaus auf das regengepeitschte Moor. «Mein Gott, wie das gießt. Hätten Sie uns nicht an einem sonnigen Tag herbringen können?»

«Nächstes Mal.»

«Sehr gut», sagte er und kicherte. Dann starrte er wieder in den Regen, der auf die Windschutzscheibe trommelte, und seufzte. «Dieser verfluchte Connors. Jetzt hat er sich alles versaut. Und uns.»

Die Gelegenheit war zu günstig. «Simms sagte, er ist degradiert worden.»

«Der dämliche Kerl hat sich bei der Manipulation von Ermittlungsprotokollen erwischen lassen.» Er schüttelte verständnislos den Kopf. «War nicht mal was Wichtiges, er hat nur ein paar Daten durcheinandergekriegt. Wenn er es zugegeben hätte, wäre er mit einer Rüge davongekommen, und man hätte die Sache vergessen, aber nein. Der Streber aus London konnte nicht eingestehen, dass er einen Fehler gemacht hat.» Er bemühte sich nicht, seine Genugtuung zu verbergen.

«Und seine Suspendierung?», fragte ich.

Roper atmete schwer ein, als würde er überlegen, ob er es mir sagen sollte. «Er hat eine Polizistin belästigt.»

«Was?»

«Nichts Schlimmes. Er hat sie zum Glück nicht vergewaltigt oder so. Er war einfach zu besoffen, um sich mit einem Nein zufriedenzugeben. Typisch Connors, der hielt sich immer für Gottes Geschenk an die Weiblichkeit. Konnte nie an sich halten.»

Ich merkte, wie ich das Lenkrad umklammerte. *Nein, konnte er nicht.* Ich zwang mich, durchzuatmen und meinen Griff zu lockern. «Er war also betrunken?»

«Betrunken? Er ist ein Suffkopf und seit Jahren so gut wie nie nüchtern gewesen. Verstehen Sie mich nicht falsch, ein paar Bierchen sind kein Problem, ich bin der Letzte, der was dagegen hat.» Er tätschelte seinen Blähbauch. «Aber manche Leute können damit umgehen und manche eben nicht. Und Connors konnte nicht damit umgehen. Er stand schon unter Beobachtung, bevor er zum Sergeant degradiert wurde, und danach ging es nur noch abwärts.»

Ich erinnerte mich, wie Terry am Telefon geklungen hatte, als ich ihm von Monk erzählt hatte. «Was wird jetzt mit ihm passieren?»

«Wenn er Glück hat, wird er nur rausgeschmissen, er könnte aber auch angeklagt werden. Behinderung einer Polizeiermittlung, Zurückhaltung von Informationen ...» Roper schüttelte den Kopf, aber ich nahm ihm sein Bedauern keine Sekunde ab. «Was für eine Verschwendung. Wenn ich seine Möglichkeiten gehabt hätte, ich hätte sie nicht verspielt, das kann ich Ihnen sagen.» Er schaute mich von der Seite an. «Wieso wissen Sie eigentlich nichts davon? Ich dachte, Sie beide wären befreundet?»

«Wir haben uns aus den Augen verloren.»

«An Ihrer Stelle würde ich es dabei belassen.» Er verstummte. Ich hörte ihn wieder schwer atmen. Als es ihm bewusstwurde, hielt er verlegen inne. «Dann erzählen Sie mir doch mal etwas über diesen Überfall auf Miss Keller.»

Ich fasste zusammen, was geschehen war. Roper hörte mit auf dem Bauch gefalteten Händen zu. Ich war versucht, meine Meinung über den Mann zu revidieren, der für Terry nur

Simms' Schoßhündchen gewesen war. Doch unabhängig davon, was für ein Typ Roper war, ganz offensichtlich konnte man ihm nichts vormachen. «Dann geht man im Dorf also von Einbruch aus, ja?», meinte er.

«Das sagen sie jedenfalls.»

«Wahrscheinlich haben sie recht. Alleinstehende Frau, die am Arsch der Welt wohnt. Das schreit geradezu nach Ärger. Und Sie sagen, sie ist jetzt Töpferin?» Er grinste und schüttelte den Kopf. «Soso.»

Danach hatten wir uns nicht mehr viel zu sagen. Aber wir hatten den Black Tor auch fast erreicht. Als wir ankamen, warteten am Ende des Weges bereits mehrere Wagen und ein Hundetransporter unweit der Stelle, an der ich am Tag zuvor geparkt hatte. Daneben standen ein paar uniformierte Kriminalbeamte mit hochgeschlagenen Jackenkragen. Keiner von ihnen sah glücklich aus, und einige zogen an Zigaretten, als hinge ihr Leben daran.

Die Zigaretten wurden schnell weggeworfen, als Simms aus seinem Wagen stieg und sich eine dicke Jacke überwarf. Einer der Zivilbeamten trat vor.

«Das ist Naysmith, der Ermittlungsleiter», raunte Roper, als wir zu ihnen hinübergingen.

Naysmith war ein hagerer, intelligent wirkender Mann Anfang vierzig. Er schaute in meine Richtung, doch Simms machte keine Anstalten, uns vorzustellen. Ich war zu weit weg, um zu hören, was gesagt wurde, aber Naysmith nickte knapp, ehe er zur Seite trat. Die Gruppe bereitete sich nun darauf vor, ins Moor zu gehen. Hundegebell ertönte, als ein Beamter einen Deutschen Schäferhund aus dem Transporter holte und an die Leine legte.

Ich hoffte, dass er mehr Glück hatte als der letzte.

Da Roper zu einer Gruppe Zivilbeamter getreten war, stand ich allein im Regen und hatte das Gefühl, nicht dazuzugehören.

«Ist lange her, Dr. Hunter.»

Ich drehte mich um und sah einen stämmigen Mann auf mich zukommen. Er trug eine reflektierende Regenjacke, sodass ich erst das Gesicht unter der Kapuze mustern musste, ehe ich Lucas erkannte, den Fahndungsberater von vor acht Jahren. Er war schon damals nicht schlank gewesen, in der Zwischenzeit hatte er eine rote Nase und rote Wangen bekommen, was auf viel Arbeit an der frischen Luft oder auf hohen Blutdruck hinwies. Doch sein Handschlag war fest wie damals, und in seinem Blick lag die Herzlichkeit, an die ich mich erinnerte.

«Ich wusste gar nicht, dass Sie wieder als Berater dabei sind», sagte ich, froh, ein freundliches Gesicht zu sehen.

«Ich weiß auch nicht, womit ich das verdient habe. Um ehrlich zu sein, hätte ich diesen gottverlassenen Landstrich am liebsten nie wiedergesehen.» Sein Blick schweifte über das Moor. «Schlimme Sache mit Wainwright.»

Ich nickte. Was sollte ich auch sagen.

«Je schneller wir Monk wieder hinter Gitter kriegen, desto besser. Sie und Sophie Keller sind ihm gestern über den Weg gelaufen, heißt es?»

Die Erinnerung daran kam mir schon beinahe irreal vor. «Ich glaube. Wir konnten ihn nicht aus der Nähe sehen.»

«Seien Sie froh, sonst wären Sie jetzt nicht hier.» Er ließ das einen Augenblick wirken und lächelte dann. «Wie geht es Sophie?»

«Ihr geht's gut.» Das war nicht der richtige Moment, um ins Detail zu gehen.

«Hat alles hingeschmissen, um zu töpfern, habe ich gehört. Schön für sie. Ich gehe nächstes Jahr in Rente.» Finster starrte er in den grauen Himmel. «Kann nicht behaupten, dass es mir leidtut. Langsam bin ich zu alt für diesen Mist. Und die Arbeit hat sich verändert, seit ich begonnen habe. Heute ist alles nur noch Schreibtischarbeit und Bürokratie. Wo wir gerade davon sprechen ...»

Simms' schneidige Stimme ertönte. «Wenn Sie dann so weit wären, Dr. Hunter.» Der stellvertretende Polizeichef hatte sich ein Paar nagelneue Gummistiefel angezogen, die zu seinem taillierten Mantel und seiner Uniform lächerlich aussahen, aber besser waren als Ropers dünne Lederschuhe. Roper schaute untröstlich, als wir den matschigen Weg betraten. Der Hundeführer, ein dunkler Typ mit rasiertem Schädel, ging ein wenig voraus und ließ dem Schäferhund viel Leine.

«Macht der Regen Probleme?», fragte ich.

Er antwortete, ohne den Hund aus den Augen zu lassen. «Nur, wenn es richtig schifft. Das Hauptproblem ist der Torf. Der saugt Wasser auf wie ein Schwamm, und wenn der Boden zu sumpfig ist, hält er die Fährte nicht.»

«Wo wir hingehen, ist es ziemlich sumpfig.»

Er schaute mich an, als hätte ich ihn gerade persönlich beleidigt. «Wenn es dort eine Fährte gibt, dann wird er sie aufnehmen.»

Wir anderen warteten, während der Hundeführer und sein Hund die Stelle absuchten, wo Monk gestanden und zugeschaut hatte, wie Sophie und ich weggefahren waren. Jedenfalls war es die Stelle, an die ich mich zu erinnern glaubte. Sie entdeckten nichts, und nach einer Weile rief Naysmith sie zurück. Vielleicht bildete ich mir das nur ein, aber ich meinte, danach mit ein paar kühlen Blicken bedacht zu werden. Als wir über den Weg weitergingen, fragte ich mich, ob Sophie und ich nicht doch überreagiert hatten.

Gott, lass mich nicht die Zeit dieser Leute vergeuden.

Der Black Tor in der Ferne sah noch dunkler aus als sonst, im Regen wurde die Felsformation ihrem Namen erst richtig gerecht. Wir verließen den Weg ungefähr an der gleichen Stelle wie Sophie und ich am Tag zuvor und begannen, quer durchs Moor zu wandern. Lucas hatte einen Kompass und eine Karte dabei, doch entweder war sein Orientierungssinn nicht so gut wie Sophies, oder das ganze Gebiet war über Nacht sumpfiger geworden, denn diesmal gestaltete sich das Vorankommen wesentlich schwieriger. Ich starrte nervös nach vorn und suchte nach den Löchern. Aber das Moor wirkte unberührt, ein tristes Meer aus Winterfarben, das sich über mich lustig zu machen schien.

Doch plötzlich waren Heidekraut und Gras um uns herum von matschigen Kratern durchzogen. Ich war erleichtert, denn ich hatte schon befürchtet, wir würden sie nie finden. Eine Weile war nur das unablässige Tröpfeln des Regens zu hören, dann durchbrach einer der Polizisten die Stille. «Hier gibt's anscheinend ziemlich große Maulwürfe.»

Niemand lachte. Naysmith schickte den Hundeführer los. Der Schäferhund zog an der Leine, die Nase auf dem Boden. Beinahe sofort schien er einer Spur zu folgen.

«Er hat eine Fährte aufgenommen», rief der Hundeführer, doch da änderte der Hund schon die Richtung und lief ziellos zwischen den Löchern umher. «Sie ist hier überall.»

«Dass hier jemand war, sehe ich, ich will wissen, wo er hingegangen ist», blaffte Simms.

Der Hundeführer warf Naysmith einen unsicheren Blick zu. Der Ermittlungsleiter nickte. «Versuch eine Spur zu finden, die wegführt.»

Während der Hundeführer weitersuchte, ging Simms zum ersten Loch. «Dr. Hunter, können Sie sagen, ob dadrin etwas vergraben war?»

Kein Loch war groß genug für eine Leiche, doch mehr konnte ich nicht sagen. «Nein, glaube ich nicht, aber Sie sollten die Löcher trotzdem von einem Leichenspürhund überprüfen lassen.»

«Tja, sieht so aus, als wären die Gräber irgendwo in der Nähe.» Naysmith hatte sich vor eines der Löcher gehockt. «Warum soll er hier sonst rumgebuddelt haben?»

«Wir haben letztes Mal das gesamte Gebiet hier abgesucht, ohne etwas zu finden», entgegnete Roper. «Er könnte auch Geld oder sonst etwas versteckt haben. Das macht auf jeden Fall mehr Sinn, als Leichen auszubuddeln, die seit acht Jahren vergraben sind.»

Sein Einwand war nicht abwegig, doch Simms wollte nichts davon hören. «Monk hätte niemals Geld vergraben. So etwas hätte er vorher planen müssen, und das passt nicht zu ihm. Nein, er wollte eindeutig die Bennett-Mädchen finden. Dr. Hunter, wo war Monk, als Sie ihn gestern das erste Mal gesehen haben?»

Ich blickte über das Moor. Ohne den Bodennebel sah alles anders aus, und es gab keine markanten Punkte im Gelände, an denen ich mich orientieren konnte. Sophie wäre uns jetzt eine große Hilfe gewesen, aber wegen Simms' Engstirnigkeit hatte sie zurückbleiben müssen. Dennoch zeigte ich recht zuversichtlich auf eine Stelle. «Dort drüben. Ungefähr hundert Meter entfernt.»

Regen tropfte vom Schirm seiner Mütze, als Simms skeptisch meinem Blick folgte. Das Moor sah dort aus wie überall, es gab keine Felsen oder Hügel, hinter denen sich der Hüne Monk hätte verstecken können.

«Er kann nicht aus dem Nichts aufgetaucht sein. Wo kam er her?»

«Als wir ihn gesehen haben, stand er einfach da. Mehr kann ich Ihnen nicht sagen.»

Simms trommelte ungeduldig mit den Fingern gegen sein Bein. «Bringt den Hund her», sagte er und ging los.

Das Moor wurde mit jedem Schritt sumpfiger, wir wateten durch klebrigen schwarzen Matsch, auf dem sich öliges Wasser gesammelt hatte. Manche Stellen waren so tief, dass wir Umwege machen mussten und Roper in seinen Straßenschuhen mehrmals wegrutschte und fluchte. Zweimal schien der Hund eine Fährte aufgenommen zu haben, doch beide Male schüttelte der Hundeführer nach einer Weile den Kopf.

Kurz bevor wir die Stelle erreichten, an der ich Monk gesehen hatte, fiel mir auf, dass wir dem gleichen Weg wie vor acht Jahren folgten. Damals hatte er behauptet, dass dort die anderen Gräber wären, doch dann hatte uns Sophies Entdeckung des Dachsbaus abgelenkt. Ich überlegte, ob ich es sagen sollte, aber Simms war schon skeptisch genug. *Übertreib es nicht.* Ich blieb stehen, schaute mich um und versuchte einzuschätzen, wie weit wir gekommen waren.

«Und?», fragte Simms.

«Es war hier irgendwo, aber es ist schwer zu sagen, wo genau.» Mir war unangenehm bewusst, dass mich jeder beobachtete. «Dort drüben, glaube ich.»

Die Stelle unterschied sich nicht vom restlichen Moor.

Gras und Heidekraut schwankten leicht im niederprasseln-
den Regen. Nichts deutete darauf hin, dass dort jemals jemand gewesen war.

«Sie sagten, er ist hinter Ihnen hergekommen. Wo ist er
langgegangen?», wollte Simms wissen.

Ich versuchte, es mir bildlich in Erinnerung zu rufen, doch
aus dieser neuen Perspektive war es nicht leicht. «Zuerst
folgte er uns zum Weg zurück, dann aber lief er quer durchs
Moor zur Straße, um uns den Weg abzuschneiden.»

Naysmith wandte sich an den Hundeführer. «Schau mal,
ob du etwas finden kannst.»

Doch es dauerte nicht lange, und der Schäferhund versank mit seinen Pfoten im schwarzen Matsch. Als der Hundeführer ihn herauszog, zappelte und jaulte er und blieb kurz
darauf wieder stecken. «Es ist zu feucht», rief der Mann
und zog sich auf festeren Boden zurück. «Das ist ein totaler
Sumpf hier.»

«Versuch's weiter», verlangte Simms.

Am Gesicht des Hundeführers konnte man deutlich sehen, was er davon hielt. Der Hund versank immer wieder
im weichen Matsch und musste mehrere Male herausgezo-
gen werden, bis sowohl Herr als auch Hund völlig verdreckt
und außer Atem waren. Schließlich schien er an einer weniger sumpfigen Stelle eine Fährte aufzunehmen. Seine Ohren
richteten sich neugierig auf, als er ihr zu folgen begann, nur
um plötzlich zu winseln und zurückzuweichen.

«Was ist los?», wollte Simms wissen, als der Hund nieste
und sich die Nase mit der Pfote rieb.

«Ammoniak», sagte der Hundeführer angewidert. Der
beißende, chemische Geruch war schon für Menschen
schlimm genug, für einen Hund mit seiner empfindlichen

Nase musste er regelrecht schmerzhaft sein. Der Mann streichelte den Hund und warf Simms einen vorwurfsvollen Blick zu. «Der Regen hat das Zeug teilweise weggespült, aber wir sind definitiv erwartet worden. Wir können hier nichts mehr tun.»

Simms schien etwas entgegnen zu wollen, doch da schaltete sich Naysmith ein. «Es wird sowieso bald dunkel. Wir können morgen mit mehreren Hunden noch einmal alles gründlich absuchen. Heute Abend kommen wir nicht weiter», sagte er und hielt gelassen dem bösen Blick des stellvertretenden Polizeipräsidenten stand. Simms klopfte sich mit der Hand ungeduldig an die Seite, ehe er grimmig nickte. «Na schön. Aber gleich morgen früh …»

«*Hierher!*»

Der Ruf kam von Lucas. Während sich der Hund durch den Sumpf gekämpft hatte, war der Polizeiberater allein umhergeschweift. Er stand auf einem niedrigen Hügel und schaute die entgegengesetzte Seite hinab. Simms schlugen die Gummistiefel gegen die Beine, als er hinübereilte und wir anderen ihm folgten.

Hinter dem Hügel fiel der Boden ab, sodass er aus der Nähe höher war, als es zunächst den Anschein hatte. Die andere Seite war von Ginster überwuchert, nur vereinzelt ragten Felsen wie kahle Schädel aus dem Gestrüpp. An einer Stelle lehnten mehrere Felsen aneinander, und in ihrem Schatten befand sich im Boden ein schwarzes Loch von knapp einem Meter Durchmesser.

«Mein Gott, ist das eine Höhle?», fragte Naysmith.

Lucas studierte seine Karte. «In diesem Teil des Moors gibt es keine Höhlen. Die sind alle im Kalkstein weiter am Rand, wie die bei Buckfastleigh. Hier besteht der Boden aus

Granit.» Er faltete die Karte zusammen. «Nein, das ist ein Stollen.»

«Was?», fragte Simms entgeistert.

«Der Eingang zu einer alten Mine. Bis vor ungefähr hundert Jahren gab es hier eine Menge Zinnminen. Die Abbaumengen waren größtenteils recht gering. Die meisten Stollen sind aufgefüllt oder verriegelt worden, aber nicht alle. Manche sind noch zugänglich.»

Ich musste an die zugewucherte Wassermühle nahe der Abzweigung zum Black Tor denken, die für mich nur ein Teil der Landschaft des Moors gewesen war. Unzählige Male war ich daran vorbeigefahren, ohne sie wirklich wahrzunehmen.

Nie hatte ich auch nur einen Gedanken daran verschwendet, was unter der Oberfläche liegen könnte.

Naysmith beugte sich über die Öffnung. «Sieht tief aus. Hat jemand eine Taschenlampe?» Die Polizisten sahen einander murmelnd an. «Mein Gott, irgendjemand wird doch eine dabeihaben!»

«Ich habe das hier.» Verlegen reichte ein Kriminalbeamter ihm eine kleine Stiftlampe.

Naysmith schüttelte verständnislos den Kopf, als er sie nahm. Dann leuchtete und spähte er in den Eingang. Seine Stimme klang hohl. «Viel sehen kann man nicht. Geht ziemlich weit in die Erde.»

«Bringt den Hund her», sagte Simms.

Der Hundeführer wirkte noch verärgert, als er mit dem Schäferhund kam, von dessen heraushängender Zunge Dampf aufstieg. Doch offenbar hatte er sich vom Ammoniak erholt. Kaum näherte er sich der Öffnung, richteten sich seine Ohren auf. Er schnüffelte aufgeregt an den Felsen und machte dann einen Satz auf das Loch im Boden zu. Seine Pfoten scharrten im Dreck, und der Hundeführer zog ihn zurück. «Okay, guter Junge.» Er streichelte und tätschelte den Hund, während er Simms anschaute. «Kein Zweifel. Entweder ist er hier rausgekommen, oder er ist runtergegangen. Oder beides.»

Jeder starrte schweigend auf das Loch. Roper fand als Erster die Sprache wieder. «Na, dann wissen wir ja jetzt, warum Monk vor acht Jahren hierher wollte. Und warum er so schwer zu finden ist.» Die vorstehenden Zähne des Detective Inspector waren zu einem Grinsen entblößt, das fast wie ein Knurren aussah. «Der Scheißkerl hat sich unter die Erde verkrochen.»

KAPITEL 20

In Sophies Haus brannte Licht, als ich davor anhielt. Ich schaltete den Motor aus, blieb aber sitzen und genoss die paar Augenblicke in Ruhe und Frieden. Der Regen hatte unterwegs aufgehört, doch die Straßen waren voller Pfützen, und die Reifen hatten ständig Wasser auf die Scheibe gespritzt.

Ich lehnte mich an die Kopfstütze und schloss die Augen. Ich hatte keine andere Wahl gehabt, als zurückzukommen. Einerseits war meine Tasche noch hier, denn als wir von dem Mord gehört hatten und hastig nach Sharkham Point aufgebrochen waren, hatte ich sie nicht mitgenommen. Andererseits wollte ich sowieso bei Sophie vorbeischauen. Seit wir uns bei Wainwright getrennt hatten, hatte ich keine Gelegenheit mehr gehabt, mit ihr zu sprechen.

Und in der Zwischenzeit war eine Menge passiert.

Naysmith hatte zwei Polizeibeamte vor dem Stollen postiert, falls Monk dort auftauchen sollte, obwohl das unwahrscheinlich war. Lucas hatte mir auf dem Rückweg zu den Fahrzeugen noch mehr über die Bergwerke erzählt. Überall im Dartmoor konnte man Ruinen von alten Zinnminen finden. Allerdings existierten nur noch wenige Stollen, die meisten davon waren selbst für Höhlenforscher nicht sicher.

Die leichter zugänglichen Öffnungen hatte man mit Toren und Gittern gesichert, doch trotzdem gab es noch immer solche Eingänge im Moor – wie der, den wir entdeckt hatten –, die überwuchert und nur zu erkennen waren, wenn man wusste, wonach man suchte.

Monk wusste es offenbar.

«Die Minen waren uns bekannt, doch man hat sie nicht als ernsthafte Möglichkeit betrachtet», erzählte mir Lucas. «Monk war ein Einzelgänger, der eine Menge Zeit im Moor verbrachte, aber soweit wir wussten, hatte er keine Erfahrung mit Höhlen. Und glauben Sie mir, diese Stollen sind wirklich unheimlich. Da will man nur rein, wenn man genau weiß, was man tut.»

«Dann wurden sie also überhaupt nicht überprüft?»

«Nur so weit, dass man sie als Versteck ausschließen konnte. Nachdem die Mädchen vermisst wurden, sind die größeren Stollen durchsucht worden. Aber wir sind nicht besonders weit reingegangen, und danach haben wir die Eingänge nur von Hunden überprüfen lassen. Als sie keine Fährte aufgenommen haben, beließ man es dabei.» Der Fahndungsberater hatte geseufzt. «Wenn Monk sich in einer Mine versteckt, dann wird er schwer zu finden sein. Manche sind ein paar hundert Jahre alt, und ich glaube kaum, dass jeder Eingang zu einem Stollen auf Karten verzeichnet ist. Monk könnte in einem Loch verschwunden sein und Gott weiß wo wieder auftauchen.»

Das war ein beunruhigender Gedanke. «Gibt es in der Nähe von Padbury Minen?»

«Padbury?»

«Dort wohnt Sophie.»

«Dann schauen wir am besten gleich mal nach.» Lucas

faltete seine Karte auseinander und fuhr mit einem kurzen, dicken Finger darüber. «In der Gegend ist keine. Die nächste wäre die Cutter's Wheal Mine, die ist ungefähr fünf Kilometer entfernt, aber abgeriegelt.»

Wenigstens eine gute Nachricht. Ich schloss den Wagen ab, schob die quietschende Pforte auf und ging zum Haus. Nach dem Regen war die Luft frisch und roch nach feuchtem Gras. Durch das Licht aus den Fenstern wirkte der unbeleuchtete Brennofen noch dunkler. Ich blieb vor der Haustür stehen und holte tief Luft, ehe ich anklopfte.

Eine Weile passierte nichts, doch als ich gerade erneut anklopfen wollte, hörte ich, wie drinnen die Riegel zur Seite geschoben wurden. Die Tür öffnete sich, bis die neu angebrachte Sicherheitskette sie stoppte. Durch den Spalt schaute mich Sophie an. Sie sagte nichts. Die Tür ging wieder zu, dann war das Klirren der Kette zu hören, und die Tür wurde ganz geöffnet.

Ohne ein Wort ging Sophie im Flur voran. Als ich die Tür zumachte und verriegelte, hörte ich, wie sie in der Küche Gemüse schnitt. *Dicke Luft.* Ich zog meine verdreckten Stiefel aus, hängte meine Jacke auf und folgte ihr in die Küche.

Sie stand mit dem Rücken zu mir, ihr dichtes Haar verdeckte ihr Gesicht, und das Messer krachte aufs Hackbrett.

«Roper hat gesagt, dass sie dich nach Hause bringen», sagte ich.

Sophie antwortete, ohne sich umzudrehen. «Haben sie auch. Vor ungefähr zwei Stunden.»

«Wie ist es gelaufen? Deine Aussage, meine ich.»

«Erwartungsgemäß.» Sie ließ die Karottenscheiben in eine Pfanne fallen und begann Kartoffeln zu schneiden.

Ich holte tief Luft. «Sophie, es tut mir leid. Ich habe Simms von deinen Briefen an Monk erzählt, ich hatte keine andere Wahl.»

«Ich weiß.»

Es klang gleichgültig. Ich hatte mich auf mehr gefasst gemacht. «Ich war mir nicht sicher, wie du darüber denkst.»

«Ich habe es den Polizisten selbst erzählt. Ich bin nicht völlig bescheuert, mir war klar, dass ich es nicht verheimlichen konnte. Ich habe ihnen sogar Kopien der Briefe gegeben.»

«Also ist alles in Ordnung?»

«Warum denn nicht? Es verstößt gegen kein Gesetz, jemandem Briefe zu schreiben. Selbst wenn es Monk ist.»

Sie stand noch immer steif da und drehte sich nicht zu mir um. Das Messer erzeugte ein Stakkato auf dem Brett. «Und was ist dann los?»

«Was los ist?» Sie knallte das Messer aufs Brett. «Die haben mich wie eine … eine Kriminelle behandelt! Niemand wollte mir etwas sagen! Ich wusste nicht einmal, dass du weg bist, bis irgend so eine hässliche Polizistin sagte, sie bringt mich nach Hause! Ich habe mich völlig nutzlos gefühlt!»

«Tut mir leid.»

Sie seufzte und schüttelte den Kopf. «Ach, es ist ja nicht deine Schuld. Erst der Schock, dass Wainwright ermordet wurde, und dann … dann wird mir die Tür vor der Nase zugeschlagen. Im Grunde habe ich da erst kapiert, dass ich keine psychologische Beraterin mehr bin. Ich bin bloß noch Zivilistin … und ich hasse es, ausgeschlossen zu werden!»

Sie lächelte mich verlegen an.

«Entschuldige. Ich sollte das nicht an dir auslassen.»

«Mach dir deswegen keine Gedanken. Es war für jeden ein harter Tag.»

«Ja, aber du kannst nichts dafür.» Sie legte mir eine Hand auf den Arm, und sofort entstand eine Spannung zwischen uns, die erst verging, als Sophie ihre Hand sinken ließ und sich schnell wieder zur Arbeitsplatte umdrehte. «Und was ist passiert, nachdem ich weg war?»

Ich erzählte ihr von Wainwright und dem Eingang zum Stollen. «Die Polizei wird ihn absuchen, aber Lucas glaubt nicht, dass Monk noch dort ist. Nachdem wir ihn gestern gesehen haben, wird ihm klargeworden sein, dass wir die Mine finden werden.» *Jedenfalls diese Mine.*

«Deswegen hat er also gesagt, er würde uns zu den Gräbern führen. Er wollte nur so nahe wie möglich an den Minenschacht, um fliehen zu können», sagte sie bitter. «Gott, ich habe mich wirklich zur Idiotin gemacht, oder?»

«Das konntest du ja nicht wissen. Und da ist noch etwas», sagte ich und erzählte ihr von Terry.

«Er ist *suspendiert*?» Sophie wirkte geschockt. «Ich hatte keine Ahnung ...»

«Woher auch? Offenbar ist er sich nicht darüber im Klaren, in welcher Lage er ist. Er hat ein Alkoholproblem, und seine Karriere ist am Ende. Simms möchte, dass wir Roper Bescheid sagen, wenn wir wieder etwas von ihm hören, aber nach der Sache mit Wainwright glaube ich nicht, dass er sich traut.»

«Denkst du ...?»

«Was?»

«Nichts. Spielt keine Rolle.»

Doch ich ahnte, was sie hatte sagen wollen. «Fragst du

dich, ob Terry etwas mit dem Mord an Wainwright zu tun hatte?»

«Ich weiß, es klingt dumm, aber nach allem, was er getan hat ...» Sie sah verängstigt aus.

«Das kann ich mir nicht vorstellen. Terry ist vielleicht auf die schiefe Bahn geraten, aber er hätte keinen Grund gehabt, so etwas zu tun. Simms will es noch nicht zugeben, aber meiner Meinung nach gibt es keinen Zweifel daran, dass es Monk war.»

Bist du dir sicher? Ich konnte nicht behaupten, dass ich Terry noch einschätzen konnte. Doch die brutalen Umstände von Wainwrights Tod und erst recht das verächtliche Ausspucken auf den Boden deuteten auf den entflohenen Häftling hin.

Was mich zu einem weiteren Problem führte. Ich holte tief Luft. «Ich denke, du solltest in Erwägung ziehen, woanders unterzukommen, bis die Sache ausgestanden ist.»

Sophie straffte sich. «Das haben wir doch schon durch.»

«Aber da war Wainwright noch nicht ermordet worden.»

«Wir wissen nicht mit Sicherheit, ob es Monk war, und selbst wenn er es war, warum sollte er mich töten wollen? Ich habe ihm nichts getan.»

Das ist auch nicht nötig, du bist eine attraktive Frau. Für eine Psychologin konnte sie ziemlich begriffsstutzig sein, wenn es ihr passte.

«Wainwright hat auch nicht mehr getan, als ihn vor acht Jahren zu beleidigen, und jetzt ist er tot», sagte ich und bemühte mich, nicht die Geduld zu verlieren. «Wir wissen nicht, was in Monk vorgeht. Vielleicht hat Terry recht, und er ist hinter jedem Teilnehmer der damaligen Suchaktion her. Aber unabhängig davon hast du durch deine Briefe seine Aufmerksamkeit erregt. Es ist das Risiko nicht wert.»

Sie war noch immer verängstigt, das konnte ich sehen. Dennoch hob sie ihr Kinn und schaute mich mit diesem Trotz an, den ich mittlerweile schon von ihr kannte.

«Es ist meine Entscheidung.»

«Sophie ...»

«Der Polizei habe ich heute Nachmittag das Gleiche gesagt. Ich kann auf mich selbst aufpassen. Niemand verlangt von dir hierzubleiben.»

Gott, sie konnte einen wirklich auf die Palme bringen. Ich hatte nicht übel Lust abzureisen. Meine Tasche war gepackt, und ich machte mir keinerlei Illusionen, irgendetwas ausrichten zu können, sollte Monk tatsächlich auftauchen. Aber ich wusste auch, dass ich sie nicht alleinlassen würde. Nicht weil sie attraktiv war und es mittlerweile zwischen uns knisterte. Nein, meine Gründe waren profaner.

Man muss sein Schicksal akzeptieren.

Ich seufzte. «Ich werde nirgendwohin gehen.»

Sie lächelte mich müde an. «Danke.»

«Aber versprich mir, dass du wenigstens darüber nachdenkst.»

«Versprochen», sagte sie, und ich war gezwungen, mich damit zufriedenzugeben.

Zum Abendessen gab es ein Gemüsecurry aus den Resten aus Sophies Speisekammer und Kühlschrank. Die Stimmung am Tisch war gedämpft. Ich musste ständig daran denken, wie abgeschieden wir hier draußen waren, und Sophie ging es trotz ihrer gespielten Tapferkeit ganz sicher nicht anders. Die letzten Tage waren hart gewesen. Sie hatte be-

hauptet, die Kopfschmerzen wären nur eine Folge der Anspannung, doch sie sah wirklich erschöpft aus. Als ich ankündigte, den Abwasch zu übernehmen, und sie ins Bett
schickte, sträubte sie sich kaum. «Bedien dich einfach, wenn
du etwas möchtest», sagte sie. «Im Wohnzimmer habe ich
Brandy und Whisky.»

Ich war auch müde, doch wenn ich jetzt zu Bett ginge,
würde ich nur wach liegen und jedem Knarren und Quiet-
schen in dem alten Haus lauschen. Nachdem Sophie nach
oben gegangen war, spülte und trocknete ich das Geschirr ab
und ging dann ins Wohnzimmer, um mir einen Drink zu ge-
nehmigen. Der Whisky war ein billiger Verschnitt, aber der
Brandy entpuppte sich als fünfzehn Jahre alter Armagnac,
der noch fast unangetastet war. Ich schenkte mir ein anständiges Glas ein, legte ein weiteres Scheit in den Ofen und ließ
mich aufs Sofa sinken. Erst überlegte ich noch, ob ich den
Fernseher anstellen sollte, um Nachrichten zu schauen, doch
ich bezweifelte, dass es irgendetwas über die Ermittlung gab,
was ich nicht bereits wusste.

So saß ich einfach still da, starrte in die Flammen und
lauschte dem gedämpften Knistern. Sophies Anwesenheit
war im ganzen Zimmer zu spüren. Auf dem Couchtisch
standen ihre Keramiken, auf dem Boden ein paar der größeren Vasen, außerdem hatten die abgebeizten Kiefernmö-
bel und die Teppiche den gleichen uneitlen Stil wie sie. Die
Kissen auf dem Sofa rochen sogar leicht nach ihr. Ich nippte an dem Armagnac, wunderte mich wieder über ihre Sturheit …

Das Klingeln des Telefons weckte mich. Ich schreckte
hoch und stellte schnell das Glas weg. Der Apparat lag auf
der Kommode. Ich ging ran, bevor es erneut klingeln konn-

te, und schaute auf meine Uhr. Halb drei. Um diese Zeit meldete sich niemand mit guten Nachrichten.

«Hallo?» Keine Antwort.

Wie du willst, dachte ich gereizt und wollte auflegen. Dann hörte ich ein Geräusch in der Leitung. Ein schweres, schnaufendes Atmen.

Plötzlich wusste ich, dass Monk am anderen Ende war. Meine Haut kribbelte, die Haare auf meinen Unterarmen richteten sich auf. Ich fand meine Stimme wieder. «Was wollen Sie?»

Nichts. Ich hörte weiter das Atmen. Der Moment zog sich in die Länge, dann ertönte ein leises Klicken: Die Verbindung war unterbrochen.

Ich merkte, dass ich die Luft angehalten hatte. Ich legte das Telefon hin. Im Haus war es vollkommen still. Offenbar war ich an den Apparat gegangen, ehe das Klingeln Sophie hatte aufwecken können. Ich lief in die Küche, suchte in den Schubladen nach Stift und Papier, schaute dann im Menü des Telefons nach der Nummer des Anrufers und schrieb sie auf.

Der Vorwahl nach war es ein Festnetzanschluss aus der Gegend. Benommen starrte ich auf das Blatt Papier, dann rief ich Roper an und hinterließ eine Nachricht auf seiner Mailbox. Ich hatte keinen Beweis dafür, dass es Monk gewesen war, und ein anonymer Telefonanruf würde ihn kaum beeindrucken.

Aber ich wusste es.

Ich vergewisserte mich, dass die Haustür noch abgeschlossen und verriegelt war, und überprüfte dann in jedem Zimmer die Fenster. Sie wirkten alt und morsch. Die Holzrahmen würden Monk nicht standhalten, doch wenn sie zu

Bruch gingen, würde ich es hören. Ich kehrte ins Wohnzimmer zurück, schürte die Glut im Ofen und legte neue Scheite nach. Als sie zu brennen begannen, schloss ich die Ofentür und legte den Schürhaken in Reichweite.

Dann setzte ich mich hin, um auf den Morgen zu warten.

KAPITEL 21

Obwohl ich Roper eine Nachricht hinterlassen hatte, hätte ich mich eigentlich nicht zuerst an ihn gewandt. Doch die Handynummer von Naysmith kannte ich nicht, und ich bezweifelte, dass der Ermittlungsleiter mitten in der Nacht in seinem Büro gewesen wäre.

Ich wartete bis zum Morgengrauen, ehe ich dort anrief. Auch nur der Anrufbeantworter. Ich erklärte kurz, was geschehen war, und gab wegen des schlechten Handyempfangs vorsichtshalber Sophies Nummer durch.

Nachdem ich also getan hatte, was ich tun konnte, bemühte ich mich, wach zu werden. Trotz meiner besten Absichten schlief ich beim morgendlichen Gezwitscher der Vögel auf dem Sofa ein. Als ich nach einer Stunde wieder aufwachte, war ich völlig erledigt und hatte mir den Hals verrenkt. Ich nahm eine ausgiebige heiße Dusche, bis ich mich ein bisschen besser fühlte.

Als ich nach unten kam, stand Sophie, in einen dicken Bademantel gehüllt, in der Küche. «Morgen. Zum Frühstück gibt es nur noch Müsli. Ich muss unbedingt einkaufen.»

«Müsli ist okay.»

Sie rieb sich die Augen. «Gott, ich bin total fertig. Ich wette, so sehe ich auch aus.»

Ich hatte gerade genau das Gegenteil gedacht. Selbst mit zerzaustem Haar und im Bademantel war sie attraktiv. Sie merkte, wie ich sie anschaute.

«Was?», fragte sie lächelnd.

Das schrille Klingeln des Telefons brachte mich wieder zur Besinnung. *Verdammt.* Ich hatte Sophie eigentlich von dem Anruf erzählen wollen, bevor sich Roper oder Naysmith meldeten. «Das könnte für mich sein», sagte ich schnell, aber da hatte sie bereits abgenommen.

«Ja ... Ach.» Sie verzog ihr Gesicht und gab mir wortlos zu verstehen, dass es Roper war. «Ja, der ist hier. Einen Augenblick.» Mit einem fragenden Blick reichte sie mir das Telefon. Und als ich Roper von dem Anruf mitten in der Nacht erzählte, stand sie die ganze Zeit neben mir.

«Wie kommen Sie darauf, dass es Monk war?», fragte er.

«Einmal, weil er nichts gesagt hat. Normalerweise entschuldigen sich die Leute, wenn sie sich verwählt haben, und ...» Ich hielt inne und schaute zu Sophie.

«Und?», fragte Roper.

Ach, verflucht. Ich konnte Sophies stechende Blicke spüren. «Es ist nur eine Vermutung, aber ich hatte den Eindruck, dass er ... überrascht war. Als hätte er jemand anderen erwartet.»

«Obwohl nichts gesagt wurde?» Ich konnte seine Skepsis hören. Aber ich hatte eine Menge Zeit gehabt, darüber nachzudenken, während ich darauf gewartet hatte, dass es hell wurde. «Woher wollen Sie überhaupt wissen, dass es ein Mann war?»

«Das Atmen klang zu tief für eine Frau. Und ich konnte ihn schnaufen hören, so als wäre er außer Atem oder hätte Asthma.»

«Schnaufen und Keuchen, aha. Sind Sie sicher, dass es nicht nur ein unanständiger Anruf war?»

Meine Hand hielt den Hörer umklammert. «Monk sollte gerade mit Verdacht auf einen Herzanfall verlegt werden, als er geflohen ist. Vielleicht ist er wirklich krank.»

Eigentlich konnte ich mir selbst bei jemandem wie Monk nicht vorstellen, dass er nach einem echten Anfall hätte fliehen können, aber irgendetwas musste die Krankenhausärzte überzeugt haben.

In der Leitung war ein komisches Geräusch zu hören. Offenbar klopfte sich Roper nachdenklich mit einem Stift gegen die Zähne.

«Na ja, es kann nicht schaden, die Nummer zu überprüfen», sagte er. «Passen Sie auf, ich komme später vorbei und nehme Ihre Aussage persönlich auf.»

«Machen Sie sich keine Umstände», sagte ich mit einem flauen Gefühl im Magen.

Roper kicherte. «Ach was, das macht überhaupt keine Umstände, Dr. Hunter. Der stellvertretende Polizeipräsident will, dass ich Sie und Miss Keller im Auge behalte.»

Was man so oder so auffassen kann, dachte ich, als ich auflegte. Sophie starrte mich böse an, die geballten Fäuste in die Hüften gestemmt. «Monk hat gestern hier angerufen? Und du hast mir nichts gesagt?»

«Es war mitten in der Nacht. Ich wollte dich nicht wecken.»

«Glaubst du nicht, dass ich es vielleicht gerne gewusst hätte?»

Nach der langen Nacht war auch ich ziemlich gereizt. «Gut! Wenn er das nächste Mal anruft, bitte ich ihn, einen Moment zu warten, und hole dich!»

«Du weißt genau, was ich meine! Das hier ist mein Haus! Ich muss nicht beschützt werden.»

«Wie du meinst ...» Aber ich hielt inne, es machte keinen Sinn zu streiten. «Tut mir leid. Ich wollte dir gerade davon erzählen, als Roper angerufen hat. Und dass es Monk war, ist ja auch nur eine Vermutung.»

«Mein Gott.» Sie fuhr sich beunruhigt durchs Haar. «Könnte es Terry Connors gewesen sein?»

«Ich glaube nicht. Wenn es Terry war, warum hat er dann nichts gesagt?»

«Bei ihm weiß man nie», sagte sie matt und rieb sich die Schläfen. Sie versuchte ein Lächeln. «Terry Connors oder Jerome Monk. Tolle Wahl.»

«Und es wird noch besser. Nachher kommt Roper vorbei.»

Sophie starrte mich an und brach dann in Gelächter aus. «Na schön, zur Strafe musst du Frühstück machen.»

Sophie hatte beschlossen, nach dem Frühstück zu arbeiten. «Ich habe seit Tagen nichts getan. Eigentlich soll ich bis Ende des Monats den Auftrag für ein Restaurant fertig haben.» Ich schaute zu, wie Sophie die Töpferscheibe in Gang setzte. Sie trug einen ausgeblichenen, fleckigen Männeroverall. Mit ihren kräftigen Händen bearbeitete sie geschickt den Ton. Es sah so mühelos aus, als würde er von allein Form annehmen. «Willst du es mal versuchen?», fragte sie.

«Nein danke.»

«Feigling.» Sie trennte die Reste vom Rand eines Tellers, den sie gerade geformt hatte, und klatschte sie an den großen Tonklumpen auf der Werkbank.

«Was wird das?», fragte ich.

«Das?» Sie lachte verlegen auf und strich den Klumpen

mit dem Daumen glatt. «Nichts. Das ist nur so eine Angewohnheit. Früher habe ich die Reste immer weggeworfen,
aber dann bin ich zu faul geworden. Und der Klumpen wird
immer größer. Irgendwie gefällt er mir. Er will nichts sein,
aber er verändert sich ständig. Außerdem ist es therapeu-
tisch.»

Sie gab ihm einen festen Klaps und wischte sich dann die
Hände an einem Tuch ab, das über dem Gerüst hing. «Jetzt
muss ich weitermachen.»

Ich verstand den Wink, ließ sie allein und ging hinaus in
den Garten. Ein dünner Nebelschleier hing in der Luft, dazu
nieselte es leicht. Ich spazierte quer über den nassen Rasen
in den kleinen Obstgarten. Die Bäume waren knorrig und
alt, wahrscheinlich genauso alt wie das Haus. An den kahlen
Zweigen hingen wie vergessene Weihnachtskugeln noch ein
paar verschrumpelte Äpfel. Im Gras darunter lag Fallobst,
das einen süßlichen, fauligen Geruch verströmte.

In der Ferne hörte ich das Brummen eines Wagens, das
langsam lauter wurde, durch den Nebel aber nur gedämpft
zu mir drang. Hinter den Hecken an der Straße konnte ich
etwas Graues vorbeihuschen sehen, und dann hielt der Wagen vor dem Garten.

Roper quälte sich stöhnend hinter dem Lenkrad hervor.
«Ich dachte, ich komme nie an», brummte er und schob die
Pforte auf. «Nicht leicht zu finden, das Haus.»

«Ich dachte, Sie wären in der Gegend.»

Er bleckte seine Zähne zu einem Grinsen, musterte aber
gleichzeitig ganz genau das Haus und die Umgebung. «Relativ gesehen, Dr. Hunter. Wo ist Miss Keller? Oder muss man
jetzt Trask sagen?»

Ich ging nicht auf seine Stichelei ein. «Im Brennofen.»

Skeptisch musterte er das rostige Gerüst vor dem alten Gemäuer. «Hält das?»

«Solange man nicht niest.»

Wir gingen los, doch Sophie kam bereits heraus und wischte sich die Hände mit einem Lappen ab.

«Guten Tag, Miss Keller», sagte Roper und schaute an ihr vorbei in den Turm. «Interessanten Arbeitsplatz haben Sie da.»

Sie zog die kaputte Tür hinter sich zu. «Ich bin im Moment beschäftigt. Wollten Sie nur mit David sprechen?»

«Eigentlich mit Ihnen beiden.» Ein Grinsen huschte über Ropers Gesicht. «Es hat sich da was entwickelt.»

Er war also nicht nur wegen des Anrufs gekommen. «Was ist passiert?», fragte ich.

Der Detective Inspector wirkte nervös. «Wainwrights Frau hat uns den Mörder ihres Mannes beschrieben. Es war Monk.»

«Ich werde nicht weggehen!» Sophie stand in der Küche, die Arme vor der Brust verschränkt. Sie trug noch immer ihren Arbeitsoverall, und neben ihr auf dem Tisch standen drei leere Becher. Ich glaubte nicht, dass sie bald mit Teewasser aus dem langsam sich abkühlenden Kessel gefüllt werden würden, aber im Moment war das unser geringstes Problem.

Roper schien mit seinem Latein am Ende zu sein. «Es wäre ja nur für ein paar Tage. Sobald Monk wieder in Haft ist, können Sie zurück.»

«Letztes Mal haben Sie drei Monate gebraucht, um ihn zu fassen», entgegnete Sophie. «Dass ich mein Leben so lange unterbreche, können Sie vergessen.»

Roper sah aus, als hätte er sie am liebsten eigenhändig erwürgt. Ich konnte es ihm nicht einmal verübeln. Jean Wainwright hatte sich so weit vom Schock erholt, dass sie berichten konnte, was geschehen war. Mitten in der Nacht war sie durch Geräusche aufgewacht. Sie und ihr Ehemann hatten getrennte Schlafzimmer, eine persönliche Information, die sie bestimmt nicht gern preisgegeben hatte. Da sie annahm, er schlafwandle, wozu viele Demenzkranke neigen, hatte sie sich einen Morgenrock übergezogen und war in die Diele geeilt. Als sie an der Treppe das Licht eingeschaltet hatte, hatte sie unten Wainwright in den Scherben des Glasschranks liegen sehen.

Über ihm hatte Monk gestanden.

Sie war in Ohnmacht gefallen und noch halb bewusstlos gewesen, als die Putzfrau eintraf. Die vorläufigen Untersuchungsergebnisse bestätigten ihre Geschichte. Monks Fingerabdrücke waren im ganzen Haus zu finden gewesen, und auch die DNA der Speichelflecken auf dem Boden stimmte mit seiner überein. Das Ausspucken konnte man nur als deutliches Zeichen der Verachtung verstehen. Monk hatte sich nicht bemüht, seine Spuren zu verwischen.

Darüber war er längst hinaus.

Das alles hätte nichts mit Sophie zu tun gehabt, wenn es nicht den anonymen Anruf bei ihr gegeben hätte. Er war von einer einsamen Telefonzelle am Rand von Princetown getätigt worden, einer Kleinstadt inmitten des Moorgebietes. Außerdem befand sich dort das Dartmoor-Gefängnis, in dem Monk die ersten Jahre seiner Haft verbracht hatte. Das mochte ein Zufall gewesen sein, doch es gab auch einen anderen Grund, warum er dort aufgetaucht sein könnte.

In der Nähe befand sich eine alte Zinnmine.

Die ersten Nachforschungen hatten ergeben, dass die Stollen dort, genauso wie die der größeren Mine beim Black Tor, nach den letzten Regenfällen überflutet und unpassierbar waren. Trotzdem würde man sie noch gründlicher überprüfen müssen.

«Mich würde es nicht wundern, wenn der Kerl absichtlich von dort aus angerufen hätte, damit wir unsere Zeit vergeuden. Schließlich hat er uns schon einmal dazu verleitet, ihn ins Moor zu bringen, um nach Gräbern zu suchen. Er ist also nicht so dumm, wie er aussieht», sagte Roper. «Aber es gibt nicht viele Minen, in denen er sich verstecken kann, außerdem wissen wir jetzt, was er vorhat. Über kurz oder lang werden wir ihn finden. Die Frage ist nur, welchen Schaden er bis dahin anrichtet.»

Und damit kam er auf den eigentlichen Grund seines Besuches zu sprechen. Nach dem Mord an Wainwright war Monks versuchte Kontaktaufnahme mit Sophie ernst genommen worden. So ernst, dass Simms ihren Aufenthalt in Polizeigewahrsam arrangiert hatte. Vermutlich war «befohlen» der treffendere Ausdruck.

Von dem Moment an war das Gespräch bergab gegangen.

«Wir schlagen so etwas nicht aus Spaß vor», fuhr Roper unbeirrt fort. «Es ist das Beste für Sie.»

«Was das Beste für mich ist, entscheide ich selbst, danke. Ich werde mich nicht irgendwo einsperren lassen, nur weil ... weil es einen dämlichen Anruf gegeben hat, von dem Sie nicht einmal genau wissen, ob er tatsächlich von Monk stammte! Ich bin hier zu Hause!»

«Trotzdem ist vor ein paar Tagen jemand hier reinspaziert und hat Sie bewusstlos geschlagen.» Roper hob spöttisch die Augenbrauen. «Ich nehme an, Sie können sich noch immer an nichts erinnern, oder?»

Sophies Hand wanderte zu dem blauen Fleck auf ihrer Wange. Als sie es bemerkte, ließ sie die Hand sinken und schaute ihn herausfordernd an. «Falls ja, hätte ich Ihnen das doch wohl erzählt, oder? Aber das hatte sowieso nichts mit Monk zu tun. Die Polizei hat gesagt, es wäre nur ein Einbruch gewesen.»

«Hat sie das? Sie haben aber nichts als gestohlen gemeldet, wenn ich das recht sehe.»

Sophie machte den Mund auf und wieder zu. «Ein bisschen Bargeld, das herumlag, und ein paar billige Schmuckstücke sind weg. Ich fand es nicht erwähnenswert.»

Das war mir neu. Bisher hatte sie nichts davon gesagt, dass sie etwas vermisste. Roper musterte sie einen Moment. «Hören Sie, meine Liebe ...»

«Ich bin nicht ‹Ihre Liebe›. Und ich werde hier nicht weggehen! Sie können nicht von mir erwarten, dass ich alles stehen- und liegenlasse, ich muss ein Geschäft führen!»

«Das hätten Sie sich vielleicht überlegen sollen, bevor Sie sich einen Mörder als Brieffreund ausgesucht haben», blaffte Roper sie an. «Für einen Typen wie Monk ist das so gut wie eine Einladung.»

Sophie verschränkte die Arme. «Ich werde nicht gehen.»

Roper seufzte und schaute mich hilfesuchend an. «Er hat recht», sagte ich ihr. «Es muss ja kein Polizeigewahrsam sein. Wie gesagt, wir könnten für ein paar Tage in ein Hotel ziehen. Oder du gehst so lange zu deiner Schwester ...»

Das war ein Fehler. «O nein! Niemals!»

«Es wäre ja nur für ...»

«Nein. Dann warte ich lieber auf Monk!» Sie wandte sich

an Roper. «Tut mir leid, aber Sie sind umsonst gekommen. Und wenn Sie mich jetzt entschuldigen würden, ich muss arbeiten.»

Sie stürmte hinaus. Roper starrte ihr hinterher. «So viel dazu.»

«Können Sie nicht irgendetwas anderes unternehmen?», fragte ich.

Er zupfte sich verärgert an der Lippe. «Ich könnte wahrscheinlich veranlassen, dass ein Alarmknopf installiert wird. Allerdings würde das auch nicht viel bringen. Bis ein Team hier draußen ist, ist es zu spät.»

«Könnten Sie nicht Polizeischutz organisieren?»

«Wir sind keine private Sicherheitsfirma. Ihr wurde Schutz angeboten, aber wenn sie lieber den Kopf in den Sand stecken will, ist das ihre Sache.» Er stand auf und schüttelte den Kopf. «Simms wird begeistert sein.»

«Noch begeisterter wird er sein, wenn Monk erneut zuschlägt.»

Roper sah mich durchdringend an. «Davon können Sie ausgehen, Dr. Hunter.»

Ich brachte ihn hinaus und schaute ihm hinterher, dann nahm ich meine Jacke und ging in den Brennofen. Schon bevor ich die Tür öffnete, konnte ich das Surren der Töpferscheibe hören. Sophie saß davor und formte angespannt eine Schüssel aus einem Stück feuchtem Ton.

«Ich werde meine Meinung nicht ändern», sagte sie, ohne aufzuschauen.

«Ich weiß. Ich wollte nur schauen, ob alles in Ordnung ist.»

«Bestens.» Die Schüssel auf der Scheibe war schief, doch das schien ihr gar nicht aufzufallen.

«Du hast bisher nichts davon gesagt, dass Geld und Schmuck fehlen.»

«Nichts Wertvolles. Es war nicht erwähnenswert.»

Ich wartete. Sie war in ihre Arbeit vertieft. «Wenn du mir irgendetwas erzählen möchtest ...»

«Ich möchte nur eine Weile allein sein, okay?»

Die Schüssel auf der Scheibe hatte angefangen zu eiern und verlor ihre Form. Eigentlich war sie nicht mehr zu retten, doch Sophie machte weiter, als würde sich das Problem irgendwie von allein lösen. Ich wusste nicht, was ich noch sagen sollte, also ging ich hinaus. Auf dem Weg zurück ins Haus kratzte mir die feuchte, dunstige Luft im Hals.

Ich konnte nicht verstehen, warum Sophie so stur war. Allerdings kannte ich sie kaum. *Und weshalb bleibst du? Nur ihretwegen?* Teilweise, aber es gab auch einen anderen Grund, einen, der mich bewegt hatte, seit ich von Monks Flucht gehört hatte. Vielleicht sogar schon vorher. Denn alles, was jetzt geschah, hatte mit der erfolglosen Suche im Moor vor acht Jahren zu tun.

Ich wollte Antworten.

Gerade als ich das Haus erreicht hatte, piepte mein Handy. Hier draußen hatte man eigentlich kaum Empfang, doch nun war offensichtlich eine SMS durchgekommen. Ich zog das Handy hervor und schaute nach. Die Nachricht war kurz und knapp.

Trencherman's Arms, 14 Uhr.

Sie war von Terry.

KAPITEL 22

Der Nebel wurde etwas dünner, als ich mich dem höher gelegenen Oldwych näherte, doch wie um das zu kompensieren, ging das Nieseln in Regen über. Es war ein monotones Prasseln, das nicht den Eindruck machte, je wieder aufhören zu wollen. Unter dem grauen Himmel erstreckte sich leblos das Moor, als läge ein Fluch darauf.

Auf dem Parkplatz des *Trencherman's Arms* stand nur ein Wagen. Ich wusste nicht, ob es Terrys war, er war außen so verdreckt und innen so zugemüllt, dass ich es mir eigentlich nicht vorstellen konnte. Den gelben Mitsubishi fuhr er bestimmt schon lange nicht mehr, doch Terry war in Bezug auf seinen Wagen immer genauso eitel gewesen wie bei seinem Äußeren.

Aber als ich eintrat, sah ich, dass er der einzige Gast war. Es musste also sein Wagen sein. Er saß an einem abseitsstehenden Ecktisch. Seine Kleidung war zerknittert und schmuddelig, und selbst aus der Entfernung konnte ich die Stoppeln auf seinem Kinn erkennen. Er starrte in sein halbleeres Bierglas und machte ein Gesicht, wie ich es noch nie zuvor bei ihm gesehen hatte.

Er wirkte resigniert.

Dann bemerkte er mich, und der Ausdruck verschwand.

Seine Schultern strafften sich, als ich zu ihm ging. Er lehnte sich zurück und betrachtete mich mit dem altbekannten, arroganten Blick. «Ich war mir nicht sicher, ob du kommst.»

Fast wäre ich auch nicht gekommen. Das Vernünftigste wäre gewesen, Roper zu informieren oder die Nachricht zu ignorieren. Ich hatte beide Möglichkeiten in Betracht gezogen, doch dass Terry sich in Schwierigkeiten gebracht hatte, war eine disziplinarische Angelegenheit und kein Verbrechen, und zu Simms zu laufen, wäre mir wie Verrat vorgekommen. Außerdem wollte ich hören, was er zu sagen hatte. Ich zog einen Stuhl heran und setzte mich ihm gegenüber. Er hatte eine Fahne. «Weshalb wolltest du mich treffen?»

«Willst du nichts trinken?»

«Ich bleibe nicht lange.» Sophie hatte ich erzählt, dass ich einkaufen gehen wollte, was nicht einmal gelogen war. Auf dem Weg hatte ich bei einem Laden angehalten, um unsere Vorräte aufzufüllen. Ich hatte sie nur ungern allein im Haus gelassen, doch nach Ropers Besuch brauchten wir beide etwas Abstand voneinander. Außerdem wollte ich ja nicht länger wegbleiben als nötig.

«Es kommt mir so vor, als hätten wir dieses Gespräch schon einmal geführt.» Terry trank einen Schluck. «Hast du jemandem erzählt, wo du hinfährst?»

«Nein.»

«Was ist mit Sophie?» Sein Grinsen war bösartig. «Du bist doch längst bei ihr eingezogen, oder? Eine Schulter zum Anlehnen und so weiter. Oder willst du mir immer noch sagen, ihr seid nur gute Freunde?»

«Sag mir einfach, was du willst, Terry.»

«Doch mehr als Freunde, hä? Hat ja nicht lange gedauert.» Ich stand auf und wollte gehen. Er hob seine Hände. «Schon gut, schon gut. Mein Gott, war nur ein Scherz.»

Ich setzte mich wieder. «Entweder sagst du mir, was los ist, oder ich gehe.»

«Okay.» Er leerte sein Glas und stellte es auf den Tisch. «Ich habe von der Sache mit Wainwright gehört. Monk macht Ernst, oder?»

«Wie hast du davon erfahren?» In den Mittagsnachrichten war nicht erwähnt worden, dass Monk unter Verdacht stand. Offensichtlich wollte Simms Zeit schinden.

«Genau so, wie ich auch erfahren habe, dass er sich in den Minen versteckt. Ich habe immer noch ein paar Freunde bei der Polizei.» Terry klang gekränkt. «Ich nehme an, du hast mit Simms gesprochen.»

«Er hat mir erzählt, dass du suspendiert worden bist.»

«Hat er gesagt, warum?»

«Er nicht, aber Roper.»

Terry grinste bitter. «Ja, kann ich mir vorstellen. Hinterhältiges Arschloch.»

«Er sagte, du hättest eine Polizistin belästigt.»

«Ich habe sie nicht *belästigt*, es war nur Spaß. Okay, ich hatte vielleicht ein paar Bier intus, aber sie hat sich nicht beschwert. Erst als ihr irgendjemand gesagt hat, ich hätte ihre Rechte verletzt. Ihre *Rechte*. Mein Gott.»

Aber ich war nicht an Terrys Ausreden interessiert. «Du hast mich glauben lassen, dass du zum Ermittlungsteam gehörst. Und Sophie auch, selbst nachdem sie überfallen worden ist. Weshalb?»

Er griff nach seinem Glas, bevor ihm einfiel, dass es leer war. Er nahm es trotzdem, als würde er sich wohler fühlen, wenn er es in der Hand hatte. «Schwer zu erklären.»

«Versuch es.»

Er starrte stirnrunzelnd in sein Glas. «Ich habe alles kaputt gemacht. Meine Ehe, meine Familie, meine Karriere, wirklich alles. Alle Möglichkeiten, die ich mal gehabt hatte ... sind futsch. Das letzte Mal, dass ich etwas getan habe, worauf ich stolz war, war damals im Moor, als ich Jerome Monk umgerissen habe. Erinnerst du dich daran?»

Sein Mund verzog sich bei der Erinnerung zu einem Grinsen, das aber nicht lange anhielt. «Als er geflohen ist ... ja, da sind eine Menge Dinge wieder hochgekommen. Ob suspendiert oder nicht, ich bin immer noch Polizeibeamter. Ich konnte nicht einfach zu Hause rumsitzen und Nachrichten hören. Und ich weiß, wie Simms tickt. Durch Monks Verhaftung hat er sich einen Namen gemacht, und er wird alles tun, damit sein Ruf nicht beschädigt wird. Er folgt seinen eigenen Zielen.»

«Soll das heißen, er will nicht, dass Monk gefasst wird?» Ich mochte Simms nicht, aber das konnte ich mir beim besten Willen nicht vorstellen.

«Nein, aber ich denke, dass es ihm vor allem darum geht, sich selbst zu schützen. Besonders jetzt, wo Wainwright ermordet worden ist. Das wird eine Menge Scheiße aufwühlen, und du kannst dich darauf verlassen, dass er alles tun wird, um einen Deckel draufzuhalten. Er verkauft es vielleicht so, dass er die Ermittlung nicht durch Medienhysterie gefährden will, aber das ist nur PR-Schwachsinn.» Terry grinste schief.

«Du hast dieses Gespräch bereits mit ihm gehabt, oder? Dann weißt du, dass ich recht habe. Wainwright und Simms waren Freunde, soweit Arschlöcher wie er überhaupt Freunde haben können. Und es macht einen ziemlich schlechten

Eindruck, wenn ein stellvertretender Polizeichef nicht einmal seine alten Spezis schützen kann. Besonders wenn die Leute zu fragen anfangen, warum Monk überhaupt hinter Wainwright her war.»

«Vielleicht hat er sich daran erinnert, wie Wainwright ihn behandelt hat.» *Kaum zu glauben, dass unsere Gesellschaft Geld verschwendet, um solche Tiere am Leben zu erhalten.* «Du hast selbst gesagt, dass er vielleicht auf jeden Teilnehmer der damaligen Suche sauer ist. Oder hast du dir das auch nur ausgedacht?»

«Nein, aber es muss mehr dahinterstecken. Monk ist ein Vergewaltiger, die letzten acht Jahre war er eingesperrt. Glaubst du wirklich, dass der nichts Wichtigeres zu tun hat, als einen senilen, alten Archäologen umzulegen, der ihn gekränkt hat?»

«Und weshalb hat er ihn dann getötet?»

«Um wieder an Simms ranzukommen.» Terry, offensichtlich aufgeregt, beugte sich über den Tisch. «Denk mal darüber nach: Simms hat Monk nicht nur hinter Gitter gebracht, er hat die Suche nach ihm zu einem persönlichen Kreuzzug gemacht. Jetzt läuft es genau andersherum, nur dass Monk weiß, dass Simms zu gut geschützt ist und er niemals in seine Nähe kommen kann. Deshalb will er ihn demütigen und sucht sich leichtere Opfer wie Wainwright, um so viel Wirbel wie möglich zu machen, ehe er gefasst wird. Nachdem er Anfang des Jahres einen Mithäftling umgebracht hat, ist ihm völlig klar, dass er nie wieder rauskommt. Was hat er also zu verlieren?»

Darin lag zugegebenermaßen eine perverse Logik.

«Warum erzählst du mir das? Was kann ich daran ändern?»

«Du könntest zum Beispiel Sophie dazu bringen, für eine Weile wegzugehen. Ich bin noch nie da gewesen, aber ich vermute, das Haus liegt etwas abgelegen.» *Das ist eine Untertreibung*, dachte ich, während er fortfuhr. «Jetzt, wo Monk Wainwright umgebracht hat, wird es ernst. Diese Sache wird so oder so in ein paar Tagen vorbei sein, aber bis dahin werden noch mehr Menschen leiden müssen. Bring sie irgendwohin, wo sie in Sicherheit ist, bis Monk wieder hinter Gittern ist. Oder tot.»

«Habe ich schon versucht. Ich weiß nicht, ob sie das Haus nicht verlassen will oder ihre Arbeit oder ob sie einfach nur stur ist.»

«Ihre Arbeit?» Terry sah aus, als hätte er daran noch gar nicht gedacht. «Ach, klar. Ihre dämlichen Pötte.»

«Simms hat Roper vorbeigeschickt, um sie zu überreden, so lange in Polizeigewahrsam zu gehen, aber sie wollte nichts davon hören. Ich habe um Polizeischutz in ihrem Haus gebeten, aber es sieht nicht so aus, als ob daraus etwas wird.»

Er wirkte abgelenkt, doch dann verzog er höhnisch den Mund. «Simms muss sich vor Schiss in die Hose machen, wenn er Gewahrsam anbietet. Er ist ein Politiker, er achtet immer darauf, wie etwas nach außen wirkt. Wenn er anfängt, Leute unter Polizeischutz zu stellen, gibt er im Grunde zu, dass er die Sache nicht im Griff hat. Und es besteht die Gefahr, dass man ihm vorwirft, er hätte etwas unternehmen müssen, bevor Wainwright umgebracht wurde. Für Simms ist das nicht mehr eine Suche nach einem Flüchtigen, sondern Schadensbegrenzung. Jetzt kann er den Mord nur noch als Einzelfall abtun und hoffen, dass Monk gefasst wird, ehe er noch jemanden tötet.»

Das klang plausibel, aber im Argumentieren war Terry immer gut gewesen. «Warum hast du mir das alles nicht gleich erzählt? Was sollte die Verstellung?»

«Glaubst du, ich tauche bei dir auf und gebe zu, dass ich zum Detective Sergeant degradiert wurde? Es war so schon schwer genug, zu dir zu kommen. Aber ich konnte mir vorstellen, wie diese Sache ablaufen wird, und ich wollte dich warnen. Ich dachte, das bin ich dir schuldig.» Terry schaute in sein leeres Glas. «Ich habe schon genug Fehler gemacht. Ich wollte nicht noch einen machen.»

Er sah mich an, als wüsste er schon, dass ich ihm nicht glauben würde. Und tatsächlich kannte ich ihn einfach zu lange, um mich so leicht aufs Kreuz legen zu lassen.

«Wenn du so besorgt bist, dass Monk auch ja gefasst wird, warum hast du dann nicht Naysmith oder Roper gesagt, dass wir ihn im Moor gesehen haben? Die ganze Sache hätte längst vorbei sein können.»

«Das war blöd, stimmt. Ich dachte, du übertreibst. Und wahrscheinlich hatte ich auch zu viel getrunken.» Er seufzte. «Gott, ich bereue es die ganze Zeit.»

Ich schüttelte den Kopf. «Schöner Versuch, Terry.»

«Was soll das heißen?»

«Du machst das alles nicht aus Sorge um Sophie. Ich habe keine Ahnung, was du willst, aber Simms ist nicht der Einzige in der Sache, der seine eigenen Ziele verfolgt, oder?»

Er wollte es mit einem Lachen abtun. «Du bist echt ein misstrauischer Kerl. Hey, gib mir eine Chance. Jeder hat eine zweite Chance verdient. Selbst ich.»

Nein, nicht jeder. Nur die, die aufrichtig sind. Ich sagte nichts und musterte ihn. Seine Miene veränderte sich nicht, aber irgendwie wurde sein Gesicht härter. Er lächelte angespannt. «So sieht es also aus, ja? Ich dachte, du bist vielleicht nicht mehr so nachtragend. Habe ich mich wohl getäuscht.»

Ich hatte keine Lust, mich zu streiten. Ich war gekommen, weil ich mir Antworten erhofft hatte, doch offensichtlich sollte ich keine bekommen. Ich schob meinen Stuhl zurück und ging zur Tür, aber Terry war noch nicht fertig.

«Schöne Grüße an Sophie!», rief er mir hinterher. «Und fall nicht auf ihre empfindsame Art rein. Die Masche hat sie bei mir auch abgezogen!»

Draußen war es kalt, und es regnete, doch ich nahm es kaum wahr. Ich fuhr ziellos aus dem Dorf. Als ich an eine schmale Straße kam, folgte ich ihr. Ein Stückchen weiter war ein überwuchertes Gatter zu einer Wiese, auf der ein paar Dartmoorponys im Regen grasten. Ich hielt davor an.

Sophie und Terry?

Die beiden hatten sich nicht einmal gemocht. Während der Suchaktion hatten sie kaum miteinander gesprochen, und wenn doch, dann war es beiden schwergefallen, höflich zu bleiben.

Warum wohl? Weil nichts zwischen ihnen war?

Irgendwie war mein ganzes Weltbild ins Wanken geraten. Es brachte nichts, mir vorzumachen, dass Terry gelogen hatte. In seiner Stimme hatte ein höhnischer Triumph gelegen, als hätte er nur auf diesen Moment gewartet. Sophies Vergangenheit ging mich nichts an. Ich hatte kein Recht, über sie zu urteilen, und noch weniger, eifersüchtig zu sein. Doch so einfach war das nicht. Wir befanden uns mitten in einer Mordermittlung, und es ging nicht um irgendjemanden.

Es ging um Terry Connors.

Eines der Ponys war ans Gatter neben den Wagen gekommen. Es lehnte sich mit seinem dicken Bauch und seinem verdreckten Fell gegen die Querbalken und blickte mich mit dunklen Augen neugierig an. An der Stirn, nicht ganz in der Mitte, hatte es eine weiße Blesse. Der Anblick erinnerte mich an etwas, und dann fiel mir ein, dass Monks Schädel ungefähr an der gleichen Stelle eine Delle hatte. *Hör auf zu grübeln. Du musst über wichtigere Dinge nachdenken.* Ich schaltete den Motor an und fuhr los. Da ich nicht darauf geachtet hatte, wohin ich gefahren war, wusste ich erst wieder, wo ich war, als ich ein Hinweisschild sah. Ich hatte die Padbury entgegengesetzte Richtung genommen und musste nun wieder nach Oldwych zurück, um auf die richtige Straße zu kommen.

Ich fuhr am Pub vorbei, ohne zu schauen, ob Terrys Wagen noch dort stand.

Nachdem ich das Hochmoor hinter mir gelassen hatte, wurde es wieder dunstiger. Bald war ich von dichtem Nebel eingehüllt und musste langsamer werden. Als ich bei Sophie ankam, dämmerte es bereits, und die Fenster schimmerten wie Leuchtfeuer durch die Finsternis.

Hinter Sophies Auto stand ein anderer Wagen in der Einfahrt.

Ich ließ die Lebensmittel, die ich gekauft hatte, im Kofferraum, und lief zur Haustür. Sie war abgeschlossen. Ich hämmerte dagegen und lauschte, ob drinnen etwas zu hören war. Dann wurden die Riegel zurückgeschoben, und die Tür ging auf.

«In der Einfahrt steht ein Wagen …» Ich hielt inne. Die Tür war mit der Kette gesichert, doch das Gesicht, das mich durch den Spalt ansah, war das eines Mannes.

«Das ist meiner. Kann ich Ihnen helfen?», sagte er.

Ehe ich antworten konnte, ertönte hinter ihm Sophies Stimme. «Alles in Ordnung, Nick, lassen Sie ihn rein.»

Der Mann schaute an mir vorbei, überprüfte mit einem Blick den Garten und löste die Sicherheitskette. Dann machte er die Tür auf und trat zurück, ohne den Gartenpfad aus den Augen zu lassen. Kaum war ich drin, schloss der durchtrainiert wirkende Typ Anfang dreißig ab und verriegelte die Tür wieder.

Sophie stand lächelnd im Flur. Neben ihr stand eine hübsche blonde Frau, die klein, aber muskulös wie eine Athletin war. Sie wirkte äußerst wachsam, und als der Mann abgeschlossen hatte, sah ich, wie sich ihre Hand von der Hüfte wegbewegte.

Sie trug eine Pistole.

«David, das sind Steph Cross und Nick Miller.» Sophies Lächeln wurde breiter. «Sie sind meine Leibwächter.»

KAPITEL 23

Hätte Sophie mir nicht gesagt, dass Miller und Cross Polizisten waren, ich wäre nie darauf gekommen. Beide waren speziell für den Personenschutz ausgebildete Beamte, doch wie sie sich gaben, hätten sie auch Lehrer oder Ärzte sein können.

Abgesehen von den Waffen natürlich.

«Wie kommt es, dass Roper seine Meinung geändert hat?», fragte ich. Wir saßen am Küchentisch, während Sophie die Einkäufe auspackte, die ich aus dem Wagen geholt hatte, und mit dem Zubereiten des Abendessens begann.

«Roper?» Miller biss in einen Streifen Paprika.

«Detective Inspector Roper. Er gehört zum Team des stellvertretenden Polizeichefs.»

«Dann ist er ein bisschen zu weit über uns», sagte Miller. «Wir haben unsere Befehle von Naysmith bekommen, aber mehr kann ich Ihnen nicht sagen. Wir sollten unsere Sachen packen und aufs Land fahren, also sind wir hier. In unserem Job stellt man keine Fragen.»

Er war der Extrovertiertere der beiden, ein umgänglicher und stets gutgelaunter Typ in Jeans und T-Shirt. Obwohl sein kurzes Haar bereits grau war, machte ihn das nicht die Spur alt. Steph Cross war jünger, wahrscheinlich erst Mitte zwanzig. Sie war zwar stiller als ihr Partner, strahlte jedoch eine gelassene Kompetenz aus, die beruhigend war.

Wenigstens nahm Naysmith Sophies Sicherheit ernst.

«Wie lange bleiben Sie?», fragte Sophie jetzt. Mir wurde bewusst, wie angespannt sie die ganze Zeit gewesen war. Die Ankunft der beiden hatte ihr offenbar eine Riesenlast von den Schultern genommen, denn sie wirkte beinahe beschwingt.

«So lange wie nötig», sagte Miller und spähte in die Bolognese, die Sophie zubereitete. «Keine Angst, wir werden Ihnen nicht auf den Füßen rumtrampeln. Geben Sie uns einfach was zu essen und zu trinken, dann werden Sie gar nicht merken, dass wir hier sind. Aber vielleicht sollten Sie die Zwiebeln ein bisschen länger dünsten, ehe Sie das Fleisch dazugeben.»

Sophie senkte den Löffel und sah ihn herausfordernd an. «Wollen Sie weitermachen?»

«Nee, Kochen gehört leider nicht zu meinem Aufgabenbereich. Aber ich bin zu einem Viertel Italiener, ich kenne mich damit aus. Ich würde auch mit dem Salz etwas zurückhaltender sein.»

Sophie wandte sich an Steph Cross: «Ist der immer so?»

Die blonde Polizistin lächelte kaum merklich, die blauen Augen ruhig und aufmerksam. «Mit der Zeit achtet man gar nicht mehr drauf.»

Miller schaute gekränkt drein. «Ich hab es ja nur gut gemeint.»

Fast hätte man vergessen können, warum die beiden da waren, und das war wahrscheinlich gewollt. Es ist leichter, eine Person zu schützen, die entspannt ist, als eine, die bei jeder Regung zusammenzuckt.

Und Sophie war eindeutig entspannt. Zwar hatte sie nicht in den sicheren Polizeigewahrsam gehen wollen, aber gegen andere Schutzmaßnahmen hatte sie keine Einwände gehabt. Ich war froh deswegen, aber das Treffen mit Terry machte mir noch zu schaffen. Als ich Roper angerufen hatte, um ihn zu informieren, war ich erleichtert gewesen, dass ich direkt an seine Mailbox weitergeleitet worden war. Ich hatte nur eine kurze Nachricht hinterlassen, ohne ins Detail zu gehen. Wenn er mehr erfahren wollte, konnte er mich zurückrufen.

Doch ich hatte noch keine Gelegenheit gehabt, mit Sophie darüber zu sprechen. Miller und Cross hatten das wohl gespürt, denn nach einer Weile entschuldigten sie sich und ließen uns allein. Sophie war so gut gelaunt, dass es ihr gar nicht auffiel.

«Die beiden sind wirklich nett. Ganz anders als die Personenschützer, die ich kannte», sagte sie und rührte die blubbernde Pastasoße um. In der Küche roch es nach Tomaten und Knoblauch. «Ungefähr eine Stunde nachdem du weg warst, sind sie hier aufgetaucht. Hier kommen nur selten Kunden vorbei, deswegen dachte ich zuerst, sie hätten sich verfahren oder wollten mir irgendetwas verkaufen. Dann haben sie ihre Dienstausweise gezückt und gemeint, Naysmith hätte sie geschickt. Wusstest du, was er vorhatte?»

«Nein.»

Sophie hielt inne und musterte mich. «Ich dachte, es würde dich freuen. Stimmt irgendwas nicht?»

«Ich habe heute Nachmittag Terry Connors getroffen.»

Sie wurde still und widmete sich wieder der Soße. «Aus welchem Loch ist der denn gekrochen?»

«Ich wusste nicht, dass zwischen euch beiden etwas war.»

Sie stand mit dem Rücken zu mir, ich konnte ihr Gesicht nicht sehen. Ich hörte nur das Klappern des Löffels. «Warum auch?»

«Findest du nicht, du hättest mir das sagen sollen?»

«Ich rede nicht gerne darüber. Es war ein Fehler. Und es ist sehr lange her.»

Ich sagte nichts. Sophie legte den Löffel weg und drehte sich zu mir um.

«Es hat jedenfalls nichts mit dem zu tun, was jetzt los ist.»

«Bist du sicher?»

«Das ist Geschichte, okay?», brauste sie auf. «Es geht dich nichts an, und außerdem bin ich dir keine Rechenschaft schuldig!»

Richtig, das war sie nicht. Doch sie irrte sich, wenn sie meinte, dass es mich nichts anging. Schließlich hatte sie mich um Hilfe gebeten. Und was auch immer Terry im Schilde führte, es betraf uns beide. Im Topf blubberte es.

«Du musst die Soße umrühren», sagte ich und ging nach oben.

Meine Tasche stand in meinem Zimmer. Ich warf meine restlichen Sachen hinein. Eigentlich hatte ich überhaupt keine Lust auf den langen Weg zurück nach London, doch mit Miller und Cross war Sophie jetzt in Sicherheit. Es gab keinen Grund mehr, noch länger zu bleiben, und ich hatte genug davon, mich ausgenutzt zu fühlen.

Als ich fertig gepackt hatte, stand Sophie in der Tür. «Was hast du vor?»

Ich zog den Reißverschluss der Tasche zu. «Es wird Zeit, dass ich abreise.»

«Jetzt?» Sie sah überrascht aus.

«Du hast zwei Leibwächter. Alles ist in Ordnung.»

«David …» Sie schloss die Augen und rieb sich die Schläfen. «Gott, ich kann nicht glauben, dass Terry Connors nach all der Zeit noch Probleme macht. Na schön, ich hätte etwas sagen sollen. Okay? Es tut mir leid, ich wollte es sagen, aber nicht jetzt. Ich bin nicht stolz auf die Sache. Ich hatte eine schlechte Phase, und da ist es … irgendwie passiert. Es ging nicht lange, eigentlich war es nur eine Affäre. Er hat mir gesagt, er lebe getrennt und warte auf seine Scheidung. Als mir klarwurde, dass er log, habe ich Schluss gemacht. Und das war es dann.»

Sie beobachtete mich nervös und mit ernster Miene. «Hast du ihn in letzter Zeit gesehen?», fragte ich.

«Nein, ich schwöre!» Sie kam näher, bis sie dicht vor mir stand. «Bleib wenigstens noch heute Nacht. Wenn du morgen immer noch fahren willst, werde ich dich nicht aufhalten, versprochen. Aber fahr jetzt nicht so weg, bitte!»

Ich zögerte und stellte dann meine Tasche ab. Sophie umarmte mich und schmiegte sich an mich. «Ich bin nicht immer ein guter Mensch», sagte sie leise.

Ausnahmsweise wollte ich ihr nicht glauben.

Die Stimmung beim Abendessen war erstaunlich gelöst, was größtenteils an Miller lag. Er sorgte für einen lockeren Gesprächsfluss, man vergaß beinahe, warum die beiden hier waren. Steph Cross sagte wenig, sie lächelte über die Scherze ihres Partners, überließ die Unterhaltung aber ihm. Sophie machte zu der Lasagne, die sie ungeachtet Millers Anregungen zubereitet hatte, eine Flasche Wein auf, von der nur sie und ich tranken. Die Polizeibeamten hatten ohne viel Aufhebens abgelehnt, und mir fiel auf, dass beide auch recht we-

nig aßen. Sie waren hier, um einen Auftrag zu erfüllen, und
ein voller Magen beeinträchtigt die Reflexe.

Ich hoffte, dass sie die nicht brauchen würden.

Vor dem Essen hatte Naysmith angerufen. Als mir Miller das Telefon reichte, klang der Ermittlungsleiter energisch
und sachlich.

«Gibt es Neuigkeiten von Monk?», fragte ich.

«Noch nicht.»

«Ich habe mich nur gefragt, ob etwas geschehen ist, das
Sie dazu veranlasst hat, Sophie unter Schutz zu stellen. DI
Roper schien von der Idee nicht gerade begeistert zu sein.»

«Nicht DI Roper ist der Ermittlungsleiter, sondern ich»,
sagte er. «Wir haben Monks Fingerabdrücke in der Telefonzelle sichergestellt, er hat also tatsächlich versucht, Kontakt
mit ihr aufzunehmen. Meiner Meinung nach rechtfertigt das
diese Maßnahme.»

«Ich beschwere mich nicht. Ich bin nur überrascht, dass
Simms zugestimmt hat.»

Es entstand eine Pause. «Wie gesagt, ich bin der Ermittlungsleiter. Der stellvertretende Polizeichef ist zu beschäftigt, um sich um jedes Detail zu kümmern.»

Mit anderen Worten, Naysmith hatte die Entscheidung
getroffen, nicht Simms. Spannungen zwischen dem Ermittlungsleiter und seinem unmittelbaren Vorgesetzten gab es
im Grunde bei jeder Ermittlung, aber ich hoffte, dass sie die
Arbeit nicht behindern würden.

«Ich habe Ihnen zwei gute Beamte geschickt», fuhr Naysmith fort. «Sie haben den Befehl, keine Risiken einzugehen. Was immer die beiden Ihnen sagen, tun Sie es. Keine
Diskussionen, keine Widerrede. Verstanden?»

Ich bejahte.

Auch wenn Monk während des Essens mit keinem Wort erwähnt wurde und trotz Millers Bemühungen, war der entflohene Häftling wie ein ungebetener Gast anwesend. Die Polizisten hatten das gesamte Haus überprüft und alle Vorhänge zugezogen, damit niemand von draußen hereinschauen konnte. Mir war außerdem aufgefallen, wie sie geschickt die Platzierung am Tisch so eingefädelt hatten, dass beide Sophie flankierten. Miller saß direkt an der Tür und Steph Cross zwischen ihr und dem Fenster.

Erst nach dem Essen, als wir das leere Geschirr in die Spüle gestellt hatten, wurde schließlich der Grund für ihre Anwesenheit thematisiert.

Sophie griff nach der Weinflasche. Ich schüttelte den Kopf, als sie mein Glas nachfüllen wollte, und sie schenkte sich den Rest ein. Dann stellte sie die Flasche mit einem Knall auf den Tisch. «Und wie lange machen Sie beide das schon?», fragte sie und nahm einen Schluck.

«Zu lange», sagte Miller. Cross lächelte nur.

«Arbeiten Sie immer als Team zusammen?»

«Nicht immer. Kommt auf den Auftrag an.»

«Aha.» Als Sophie ihr Glas absetzte, wirkte sie plötzlich angetrunken. Ich hatte nicht darauf geachtet, aber sie hatte offenbar schon mehr Wein getrunken, als ich dachte. «Und sind Sie beide … äh, Sie wissen schon … ein Paar?»

Miller war ausnahmsweise einmal sprachlos, und Steph Cross antwortete. «Wir arbeiten nur zusammen.»

«Ach so. Nur Kollegen.» Sophie deutete auf die Waffen in ihren Gürtelhalftern. «Fühlen Sie sich wohl damit?»

Miller hatte seine Gelassenheit wiedergefunden, er war jedoch leicht errötet. «Man gewöhnt sich dran.»

«Kann ich sie mir mal anschauen?»

«Lieber nicht.» Er hatte es leichthin gesagt, doch man merkte, dass es ihm nicht gefiel. Steph Cross betrachtete Sophie mit ihrer Zen-artigen Ruhe, ihre blauen Augen waren undurchschaubar. Doch die Atmosphäre am Tisch hatte sich plötzlich verändert. Sophie schien das nicht zu spüren. «Haben Sie Ihre Waffe schon einmal benutzt?»

«Na ja, wir sollten schon wissen, aus welchem Ende die Kugeln kommen.»

«Aber haben Sie schon mal jemanden erschossen?»

«Sophie ...», begann ich.

«Das ist doch eine berechtigte Frage.» Sie verhaspelte sich bei *berechtigte*. «Wenn Monk jetzt hier reinspaziert, wären Sie in der Lage, ihn umzubringen?»

Miller wechselte einen kurzen Blick mit Cross. «Hoffen wir, dass es nicht so weit kommt.»

«Ja, aber wenn er ...»

«Möchte jemand Kaffee?», fragte ich.

Miller ergriff die Gelegenheit. «Klingt gut. Ich könnte einen vertragen.»

Sophie blinzelte unsicher. «Kaffee? Ach, ja ... tut mir leid.»

«Ich mache welchen», bot ich an.

«Nein, schon in Ordnung.» Sie stand auf, kam aber sofort ins Schwanken und musste sich am Tisch festhalten. «Hui ...»

Ich hielt sie fest. «Alles okay?»

Sie war blass, doch tapfer versuchte sie ein Lächeln, als sie die Schultern straffte. «Gott ... was war denn in dem Wein?»

«Warum gehst du nicht ins Bett?», meinte ich.

«Ja ... ist vielleicht besser.»

Ich brachte sie nach oben. «Wie fühlst du dich?», fragte ich, als wir das Schlafzimmer erreichten.

«Nur ein bisschen schwummrig.» Sie lächelte. Sie war immer noch blass, aber es schien ihr besserzugehen. «Ich bin selbst schuld. Ich habe den ganzen Tag kaum was gegessen und jetzt der ganze Wein.»

Wahrscheinlich lag es nicht nur am Wein, sondern auch an ihrer Anspannung. Was sie durchgemacht hatte, hätte jeden belastet, außerdem erholte sie sich noch von der Gehirnerschütterung.

«Ist wirklich alles in Ordnung?»

«Ja. Geh ruhig wieder runter.» Sie lächelte müde. «Ich bin eine furchtbare Gastgeberin.»

In der Küche konnte ich gedämpfte Stimmen hören, doch als ich hereinkam, verstummten die beiden Polizisten. Miller stand am Fenster, der Vorhang schwankte, als wäre er gerade bewegt worden. Steph Cross mit ihren engen Jeans, in denen sich ihre muskulösen Beine abzeichneten, lehnte am Tisch. Die Gesichter der beiden waren regungslos.

«Wie geht es ihr?», fragte Miller. Mir fiel auf, dass er ein Funkgerät in der Hand hatte.

«Sie ist müde. Ist etwas passiert?»

«Ich habe mich nur in der Zentrale gemeldet.» Er steckte das Funkgerät weg. «Steht das Angebot auf einen Kaffee noch?»

Ich setzte den Kessel auf und löffelte löslichen Kaffee in drei Becher.

«Für mich nicht, danke», sagte Cross.

«Steph trinkt weder Tee noch Kaffee», Miller grinste. «Koffein ist Gift, sagt sie, ganz zu schweigen von Feinzucker. Für mich zwei Löffel, bitte.»

Es klang nach einem alten Disput, den beide nicht ernst nahmen. Cross stieß sich vom Tisch ab, als ich das kochende Wasser in zwei Becher goss. «Ich mache mal eine Runde.» Ich schaute ihr hinterher und wandte mich dann an Miller. «Sie geht doch nicht allein raus, oder?»

«Nein, sie schaut nur, ob alles abgeschlossen ist.»

«Ich dachte, das hätten Sie bereits überprüft?»

«Doppelt hält besser.» Er wirkte gelassen, doch mir wurde klar, dass sie sich vergewisserten, ob Sophie oder ich etwas aufgeschlossen hatten. Sie wollten nichts dem Zufall überlassen.

Ich reichte ihm einen Becher. «Darf ich Sie etwas fragen?»

«Nur zu.»

«Was geschieht, wenn Monk tatsächlich kommt?»

Er blies in seinen Kaffee. «Dann müssen wir uns unser Gehalt verdienen.»

«Wissen Sie, wie gefährlich er ist?»

«Keine Angst, wir sind instruiert worden. Und wir haben die Storys über ihn gehört.»

«Das sind keine *Storys*.»

«Wir unterschätzen ihn nicht, falls das Ihre Sorge ist. Wenn er kommt, werden wir ihn aufhalten. So einfach ist das.»

Das hoffte ich. Miller trank einen Schluck Kaffee, der offenbar noch zu heiß war, denn er verzog das Gesicht. «Sollten Sie sich wegen Steph Sorgen machen, das ist unnötig. Sie kommt allein klar.»

«Das glaube ich gern.»

«Aber es wäre Ihnen lieber gewesen, wenn zwei Männer gekommen wären?»

Obwohl ich es nicht gerne zugab, hatte er recht. Ich betrachtete mich nicht als Chauvinisten, doch Steph Cross war halb so groß wie der Flüchtige. «Sie haben Monk nicht kennengelernt. Ich schon.»

«Und er ist ein Vergewaltiger und ein Monster und so weiter. Ich weiß.» Millers Lockerheit war wie weggeblasen. «Steph ist eine bessere Schützin als ich, sie ist schneller, und in einem Kampf würde sie jederzeit gegen mich gewinnen. Als sie noch Streife fuhr, hat mal ein Verrückter ihren Partner ausgeknockt und sie mit einem Messer bedroht. Ich habe den Bericht gelesen. Er war eins neunzig groß und wog über achtzig Kilo. Sie hat ihm ohne Verstärkung das Messer abgenommen, ihn von den Beinen geholt und ihm Handschellen angelegt. Und das war, bevor sie ihren dritten Dan in Karate hatte.» Jetzt lächelte er, aber es war ihm vermutlich nicht bewusst. Ich musste daran denken, wie er rot geworden war, als Sophie gefragt hatte, ob er und Steph Cross ein Paar wären. Vielleicht waren sie wirklich kein Paar, aber mit Sicherheit waren die beiden mehr als Kollegen.

Jedenfalls soweit es Miller betraf.

«Wir sind nicht hier, um Monk zu verhaften, unsere Aufgabe ist es, Sophie zu schützen», fuhr er fort. «Beim ersten Anzeichen von Gefahr bringen wir Sie beide so schnell wie möglich hier raus. Misslingt das … tja, wie gefährlich er auch sein mag, kugelsicher ist er nicht.» Er setzte ein fröhliches Grinsen auf, das Falten um seine Augen erzeugte. Vielleicht fiel mir jetzt, weil ich danach suchte, die Härte in ihnen auf.

«Soll ich Ihnen beim Abwasch helfen?», fragte er.

Kurz danach ging auch ich zu Bett. Ich ließ Miller und Cross in der Küche allein, wo sie einträchtig am Tisch saßen. Das einzige Gästezimmer war von mir belegt, aber Miller versicherte mir, dass keiner von ihnen beiden schlafen werde. Obwohl ich froh war, dass sie da waren, war es ein komisches Gefühl, zu Bett zu gehen und die beiden unten allein zu lassen. Ich blieb vor Sophies Zimmer stehen und überlegte, anzuklopfen und nachzuschauen, ob es ihr gutging, doch da ich drinnen kein Geräusch hörte, nahm ich an, dass sie schlief.

Als ich in meinem Zimmer war, trat ich, ohne Licht anzumachen, ans Fenster. Eine undurchdringliche Nebelwand lag vor mir. Ich versuchte, etwas darin zu erkennen, bis mir so kalt wurde, dass ich den Vorhang zuzog und mich abwandte.

Ich war zwar müde, aber ich glaubte nicht, dass ich würde einschlafen können. Zu viel Adrenalin rauschte durch meine Adern. Eigentlich hätten mich die beiden bewaffneten Polizisten unten beruhigen müssen, doch ich war aufgewühlt und nachdenklich. Fast so, als wartete ich nur darauf, dass etwas passierte.

Wenn etwas passiert, dann wird es vorbei sein, ehe du etwas tun kannst. Miller hatte recht. Egal wie gefährlich Monk auch sein mochte, er war nicht unverwundbar.

Dennoch zog ich mich nicht aus, sondern legte mich völlig angekleidet aufs Bett. *Gott, was für ein Tag.* Ich starrte an die dunkle Decke und dachte an Monk, an Simms und an Wainwright. Und an Sophie und Terry. Als meine Augenlider schwerer wurden, meinte ich, einen Zusammenhang zu sehen, eine schwache Verbindung, doch sie geriet mir zunehmend aus dem Blick ...

Jemand schüttelte mich. Ich schreckte verängstigt auf und wusste zunächst nicht, wo ich war. Miller stand mit einer Taschenlampe in der Hand über mir. Wenn es ihm seltsam vorkam, dass ich völlig bekleidet auf dem Bett lag, dann ließ er es sich nicht anmerken. «Aufstehen, wir müssen weg.»

Das grelle Licht riss mich vollends aus dem Schlaf. Blinzelnd schwang ich meine Beine vom Bett. «Was ist passiert?»

Miller hatte nichts Umgängliches mehr an sich. Mit grimmiger Miene ging er zurück in den Flur. «Monk kommt.»

KAPITEL 24

Ich lief hinter ihm her. Durch den Strahl der Taschenlampe wirkten der Flur und die Treppe in der Dunkelheit fremd.

«Was soll das heißen?»

«Er ist unterwegs.» Miller wurde nicht langsamer. «Nehmen Sie Ihre Jacke, aber machen Sie kein Licht an. Wir fahren in zwei Minuten.»

Die Tür von Sophies Zimmer öffnete sich. Cross kam heraus, während Miller zum Fenster am Ende des Flurs ging.

«Sie zieht sich an», sagte sie ihm und ging nach unten. Miller nickte, zog den Vorhang zurück und spähte aus dem Fenster.

Ich versuchte krampfhaft, alles zu verarbeiten. «Woher wissen Sie, dass er kommt?»

Er drehte sich nicht um, als er antwortete, sondern suchte die nebelverhangene Finsternis ab. «Er hat wieder angerufen.»

«Ich habe es nicht klingeln gehört.»

«Wir haben den Anschluss oben ausgestöpselt, damit wir rangehen können, wenn er sich meldet.» Miller ließ den Vorhang fallen. «Wir überprüfen, von wo der Anruf kam, aber das braucht Zeit. Deshalb bringen wir Sie beide weg.»

«Nur weil er wieder angerufen hat?»

«Nein, weil er Steph für Sophie gehalten hat. Er hat ihr gesagt, er wäre in Padbury und würde kommen.»

«Warum sollte er sie warnen?»

«Keine Ahnung. Könnte ein Bluff sein, aber wir werden nicht hierbleiben, um das herauszufinden.» Er reichte mir die Taschenlampe. «Jetzt holen Sie Sophie. In dreißig Sekunden verschwinden wir, ob sie angezogen ist oder nicht.»

Mein Verstand war noch träge. *Na los, wach auf!* Ich eilte ins Schlafzimmer. Doch Sophie war nicht angezogen. Sie saß, in die Decke gehüllt, auf der Bettkante, den Kopf in ihre Hände gelegt. Ich richtete den Strahl der Taschenlampe auf sie.

«Komm, Sophie, wir müssen los.»

«Ich will nicht.» Ihre Stimme klang verschlafen und gedämpft. «Ich fühle mich nicht besonders.»

Ich begann ihre Sachen zusammenzusuchen. «Du kannst dich später ausruhen. Monk kann jeden Augenblick hier sein.»

Sie schirmte die Augen vor dem Lichtstrahl ab. «Gott, wie viel Wein hatte ich?»

«Sophie, wir müssen los.» Ich reichte ihr die Sachen, die ich aufgeklaubt hatte. «Ich weiß, dass du nicht wegwillst, aber wir haben keine Wahl.»

Ich rechnete schon damit, dass sie sich weigern würde und wir wieder in die Diskussion über den Polizeigewahrsam gerieten. Doch gehorsam nahm sie ihre Sachen und stand auf. Obwohl sie ein T-Shirt trug, drehte ich mich um, als sie sich anzog.

Cross erschien in der Tür. «Fertig?»

«Fast.»

Sie wartete, bis Sophie angezogen war. Als wir runterkamen, stand Miller vor der Haustür im dunklen Flur. Ich gab ihm die Taschenlampe zurück. «Wir gehen jetzt ganz still und leise zum Wagen», sagte er, während ich in Stiefel und Jacke schlüpfte und dann Sophie half, ihre anzuziehen. «Ich gehe voran, dann kommen Sie beide. Zügig, aber nicht laufen. Steph wird direkt hinter Ihnen sein. Steigen Sie hinten ein und verriegeln Sie die Türen. Okay?»

Sophie nickte unschlüssig und lehnte sich gegen mich. Miller versuchte, die Riegel leise zurückzuschieben, doch in der Stille hallten sie wie Schüsse. Er zog seine Waffe und öffnete gleichzeitig die Tür.

Kalte, feuchte Luft strömte in den Flur. Draußen war es stockdunkel. Der Strahl von Millers Taschenlampe prallte am dichten Nebel ab, der das ganze Haus einschloss. Ich spürte, wie Sophie meine Hand fester drückte.

«Dicht zusammenbleiben», sagte Miller und ging los.

Der Nebel verhüllte alles. Selbst Miller war nur ein dunkler Schatten, der sich vor dem Schimmer der Lampe abzeichnete. Auch jedes Geräusch wurde von den Schwaden aufgesogen, und lediglich das gedämpfte Knirschen unserer Schritte sagte mir, dass wir uns noch auf dem Pfad befanden. Als ich mich kurz zu Sophie umschaute, konnte ich kaum ihr Gesicht erkennen, obwohl sie direkt hinter mir war.

Quietschend zog Miller die Pforte auf, dann waren wir auf der Straße. Vor uns nahm der verschwommene Umriss ihres Wagens Form an, seine Lichter blinkten piepend auf, als er ihn entriegelte. «Okay, einsteigen.»

Ich schob mich neben Sophie auf die Rückbank des ausgekühlten Wagens. Cross schloss die Tür hinter mir und stieg vorne ein, während Miller bereits den Motor startete. Nachdem die Zentralverriegelung mit einem dumpfen Geräusch aktiviert worden war, fuhren wir in den dichten grauen Nebel.

Niemand sprach. Steph Cross brummte kurz etwas in ihr Funkgerät und verstummte dann wieder. Miller beugte sich übers Lenkrad und versuchte, die Straße zu erkennen. Padbury lag hinter uns, aber man konnte unmöglich sagen, wo wir waren. Mir kam es vor, als würden wir über den Meeresboden fahren. Im Licht der Scheinwerfer schwirrte der Nebel wie Plankton, schemenhafte Konturen, die kurz auftauchten und gleich wieder verschwanden.

Trotz dieser Umstände hielt Miller, der mit vor Konzentration hochgezogenen Schultern hinterm Steuer saß, eine recht zügige Geschwindigkeit. Nach ein paar Kilometern ließ die Anspannung im Wagen allmählich nach.

«Was für ein Spaß», sagte Miller. «Alles okay bei Ihnen?»

«Wohin fahren wir?», wollte Sophie wissen. Sie klang erschöpft.

«Wir werden Sie in Polizeigewahrsam bringen. Nur vorübergehend, wie es dann weitergeht, können wir morgen klären.»

Offensichtlich hatten sie einen Notfallplan. Ich wartete, dass Sophie sich widersetzte, doch mittlerweile schien ihr alles egal zu sein. In der Dunkelheit des Wagens konnte ich nur sehen, wie sie sich den Kopf rieb.

«Sophie? Alles in Ordnung?», fragte ich.

«Ich werde nicht …», begann sie, und dann schrie Miller «*Scheiße!*».

Im Nebel vor uns war plötzlich eine Gestalt aufgetaucht.

Ich konnte gerade noch ausgestreckte Arme und einen

flatternden Mantel sehen. Sophie wurde gegen mich geworfen, als Miller bremste und das Steuer herumriss, allerdings
zu spät. Statt den erwarteten dumpfen Aufprall zu erzeugen,
löste sich die Gestalt in einen Wirbel aus Splittern und Fet-
zen auf. Etwas knallte gegen die Windschutzscheibe, tau-
send kleine Risse entstanden und nahmen Miller die Sicht.
Wir kamen ins Schleudern, ich prallte gegen das Seitenfens-
ter, während Miller krampfhaft versuchte, den Wagen unter
Kontrolle zu bekommen.

Fast hätte er es geschafft. Er schlug ein Loch in die Windschutzscheibe. Kalte Luft strömte herein, Glasscherben flo-
gen umher. Der Wagen schien sich kurz zu fangen, und ich
hatte Zeit, *Gott sei Dank* zu denken. Dann gab es einen knir-
schenden Ruck, und alles neigte sich zur Seite. Einen Augenblick schienen wir in der Luft zu hängen, ehe etwas gegen
mich krachte. In einem tosenden Durcheinander wurde ich
herumgewirbelt und wusste nicht mehr, wo oben und unten war.

Dann war alles still.

Erst allmählich stellten sich wieder Geräusche und Emp-
findungen ein. Ein leises Ticken war zu hören, das gleichmäßige Getröpfel des Regens. Ich konnte ihn auf dem Gesicht spüren, genauso wie die kalte Luft, aber es war zu
dunkel, um etwas zu sehen. Ich saß aufrecht, aber verdreht.
Irgendetwas schnürte mir die Brust ein und machte mir das
Atmen schwer. Ich tastete mit schweren und klammen Fingern danach und merkte, dass ich mit einem feinen Staub
bedeckt war, den Resten der Airbags. Sie waren jetzt luftleer
und hingen da wie blasse Zungen. Aber der straffgespann-
te Sitzgurt hielt mich eisern an meinem Platz. Ich suchte
nach dem Verschluss, spürte dabei die scharfen Splitter und

rutschte, als es mir gelang, den Gurt zu lösen, die Sitzbank hinab.

«Sophie?» Ich versuchte sie in der Dunkelheit zu sehen. Erleichtert merkte ich, dass sie sich rührte. «Bist du verletzt?»

«Mir … mir ist übel.» Sie klang benommen.

«Warte.»

Während ich mich mit Sophies Gurt abmühte, rührte sich vor uns etwas. Ich hörte Steph Cross stöhnen.

«Alles in Ordnung bei Ihnen?», fragte sie.

«Ich glaube.» Ich zog an dem Verschluss von Sophies Gurt. «Was haben wir gerammt?»

Doch Cross stieß einen Schrei aus und kroch zu Miller.

«Nick? *Nick?*»

Er hing zusammengesackt und reglos in seinem Sitz. Ich löste hastig Sophies Gurt. «Kannst du jetzt aussteigen?»

«Ich glaube.»

Die Tür auf meiner Seite war eingedrückt. Die Scharniere quietschten, als ich sie auftrat. Kaum war ich aus dem Wagen geklettert, gaben meine Beine nach. Ich stützte mich an der Tür ab. Mir war schwindlig, und alles tat mir weh. Der Wagen war am Boden einer seichten Böschung zum Stillstand gekommen. Er stand aufrecht, neigte sich aber etwas zur Seite, die Karosserie war zerkratzt und verbeult. Ein Scheinwerfer war kaputtgegangen, und der andere erzeugte nur noch einen schwachen Lichtstrahl, der wie ein erblindetes Auge milchig auf den Boden leuchtete. Der Nebel war mit Benzingeruch versetzt, aber Feuer konnte ich weder sehen noch riechen.

Als ich rüber zur Fahrerseite humpelte, knirschten unter meinen Füßen funkelnde Glasscherben. Auf dieser Seite war der Wagen schlimmer beschädigt. Das Dach war eingedellt und hatte die Tür verzogen. Ich versuchte sie aufzureißen, aber es war zwecklos. Man würde sie abtrennen müssen, um Miller herauszuholen.

Cross hockte noch im Wagen neben ihm und sprach aufgeregt in das Funkgerät. Sie hatte eine Taschenlampe auf das eingedrückte Armaturenbrett gelegt, sodass ich Miller schlaff in seinem Sitz hängen sah, nur festgehalten vom Gurt. Blut hatte sein Gesicht verschmiert und sein Haar verfilzt, das im Licht der Taschenlampe schwarz glänzte.

Ich griff durch das scharfkantige Loch in der Windschutzscheibe und legte ihm zwei Finger auf die Halsschlagader. Ich konnte einen Puls spüren, aber er war schwach.

«Wie geht's ihm?» Sophie war aus dem Wagen geklettert und kam wacklig zu mir her.

«Er muss ins Krankenhaus», sagte ich. Auch wenn wir ihn aus dem Wagen kriegen würden, könnten wir ihm mit jeder Bewegung mehr schaden als helfen. «Und du?» Ich spürte, wie sie zitterte, als ich einen Arm um sie legte. Sie lehnte sich gegen mich. «Ein bisschen schwindlig, und mir platzt der Kopf.»

Ich wollte schon nachfragen, doch in diesem Moment quietschte der Wagen, und Steph Cross schob sich heraus.

«Hilfe ist unterwegs», sagte sie, wieder etwas ruhiger, und schaute uns über das Wagendach hinweg an. In ihrem Gesicht war Blut, entweder ihr eigenes oder Millers. «Ein Rettungshubschrauber soll losgeschickt werden, aber ich glaube nicht, dass er bei diesem Wetter durchkommt.»

Ich auch nicht. Der Nebel war undurchdringlich, und selbst wenn es irgendwo einen Platz geben sollte, wo der Hubschrauber landen könnte, bezweifelte ich, dass der Pilot das riskieren würde.

«Was ist eigentlich passiert?», fragte Sophie. Sie klang immer noch benommen. «Gott, haben wir jemanden überfahren?»

Im Tumult des Unfalls hatte ich das ganz vergessen. «Ich gehe los und schaue nach.»

«Nein», entgegnete Cross streng. «Niemand geht los. Wir warten hier, bis Hilfe kommt.»

Überrascht sah ich, dass sie ihre Waffe aus dem Halfter genommen hatte. Doch im Geiste spielte ich bereits die Bildfetzen von der Gestalt im Scheinwerferlicht ab und erinnerte mich, wie sie auseinandergefallen war, als wir sie gerammt hatten. Nicht so, als hätten Fleisch und Knochen in dem Mantel gesteckt, sondern eher, als wären es ... Äste gewesen.

Eine Vogelscheuche.

«Sie hat recht», sagte ich. «Wir sollten hierbleiben.»

«Aber wenn wir jemanden überfahren haben, können wir ihn doch nicht einfach so da liegen lassen!», protestierte Sophie.

Cross hatte in die Dunkelheit gestarrt, doch jetzt drehte sie sich um und schaute Sophie über das Auto hinweg an. «Doch, können wir. Wenn Sie etwas tun wollen, da ist eine Decke ...», begann sie, und dann stürzte sich aus dem Nebel eine dunkle Gestalt auf sie.

Als Miller gesagt hatte, sie wäre schnell, hatte er nicht gelogen. Der Taschenlampenstrahl flackerte durch die Finsternis, als sie sich blitzartig umdrehte. Die Gestalt war schon fast auf ihr, doch sie holte zu einem Karatetritt aus und richtete gleichzeitig die Waffe nach oben. Ich hörte einen dumpfen Knall, als der Tritt ihren Angreifer traf, aber postwendend bekam Cross einen brutalen Faustschlag ins Gesicht und sackte wie eine zerbrochene Puppe zu Boden.

Sophies Schrei riss mich aus meinem Schock. «Lauf!», brüllte ich, kroch um den Wagen herum und warf mich auf die Gestalt.

Es war, als wäre ich gegen eine Mauer geprallt. Ein Arm holte aus und rammte mich gegen den Wagen. Mir blieb die Luft weg, doch bevor ich schreien konnte, umklammerte eine Hand meine Kehle. Als sich die schwieligen Finger in meinen Hals gruben und mich gegen die Motorhaube pressten, tanzten Sterne vor meinen Augen.

Im Licht der heruntergefallenen Taschenlampe sah ich mich direkt dem maskenhaften Gesicht Jerome Monks gegenüber, der mit leeren Haifischaugen auf mich herabstarrte. Ich schlug nach ihm aus, doch der Arm in der schmierigen Jacke war massiv wie ein Baumstamm, und die Hand an meinem Hals drückte wie ein Schraubstock zu. Er verströmte einen widerlichen, animalischen Gestank. Mein Kopf drohte zu platzen. Meine Sehkraft ließ nach, und der Nebel schien immer dichter zu werden. Ich konnte gerade noch erkennen, wie er über seine Schulter schaute, dorthin, wo die Zweige knackten, über die Sophie davonstrauchelte.

Gott, nein! Ich versuchte zu schreien, bekam aber keinen Ton hervor. Monk knallte mich gegen den Wagen. Dann wurde mir etwas in den Magen gerammt, und wieder blieb mir die Luft weg. Mit einem Mal ließ der Druck auf meinen Hals nach, und ich merkte, wie ich fiel.

Schließlich schlug ich auf den Boden, vollständig eingehüllt vom Nebel.

KAPITEL 25

Ich musste ohnmächtig gewesen sein, aber wahrscheinlich nur für ein paar Sekunden. Als ich zu mir kam und versuchte, Atem zu schöpfen, lag ich mit brennenden Augen und pochendem Schädel im Morast. In meinen Ohren rauschte es. Wie in weiter Ferne hörte ich Sophie schreien. Ich wollte mich aufrichten, doch mein Körper reagierte nicht. Als ich mich mühsam auf Hände und Knie stützte, saugte sich meine Kleidung voll Matsch. Aber ich konnte wieder klarer sehen, der blutrote Schleier verzog sich. Mein Magen verkrampfte sich, mir wurde übel. Nach Atem ringend, richtete ich mich am Wagen auf.

Kaum hatte ich einen Schritt gemacht, knickten mir die Beine weg, und ich musste mich wieder am Wagen festhalten. Cross' Taschenlampe war vor den Autoreifen gerollt und warf ein schwaches weißes Licht über das Gras, in dem ich die Polizistin sah. Hingestreckt lag sie da, in der gleichen hoffnungslosen Haltung, in der sie gefallen war. Als Monks Faust auf ihr Kinn getroffen war, hatte das entsetzlich endgültig geklungen.

Aber ich konnte nichts für sie tun, auch für Miller nicht. Ich hob die Taschenlampe auf und öffnete den Kofferraum. Das Licht im Innenraum des Wagens war kaputtgegangen, doch das gedämpfte gelbe Leuchten der aufgeklappten Haube könnte dem Rettungsteam vielleicht einen Anhaltspunkt geben. Ich nahm die Decke heraus und legte sie über Steph Cross.

Dann stolperte ich los.

Wohin Sophie und Monk verschwunden waren, konnte ich nicht genau sagen. Der Wagen war am Rande eines Waldes von der Straße abgekommen, und knorrige Bäume versperrten mir den Weg. Der Boden bestand aus moosbedeckten Steinen und Sumpfgras, sodass ich mit meinen wackeligen Beinen immer wieder ausrutschte. Ich blieb stehen und leuchtete mit der Taschenlampe umher.

«SOPHIE!»

Mein Ruf wurde vom Nebel verschluckt. Keine Antwort und auch keinerlei Geräusche. Alles, was ich wahrnahm, war mein keuchender Atem und das tröpfelnde Knistern nasser Zweige. *Monk hatte alles genau geplant,* dachte ich düster. Entweder hatte er das Haus beobachtet und gewusst, dass Sophie unter Polizeischutz stand, oder er hatte es geahnt. Mit dem Anruf hatte er uns von Padbury weglocken wollen, dorthin, wo er wartete. Selbst der Nebel hatte sich zu seinem Vorteil ausgewirkt und die Vogelscheuche oder Puppe, die er auf die Straße gestellt hatte, so lange verborgen, bis wir direkt davor waren.

Verzweifelt suchte ich nach irgendwelchen Spuren, die sie hinterlassen hatten, doch ich war nur von einem dunklen Gewirr aus schiefen Bäumen umgeben.

Ich hatte sie verloren.

Diese grausame Tatsache wurde mir mit einem Schlag klar und lähmte mich. Es war hoffnungslos. Jeder Schritt könnte mich nur weiter in die falsche Richtung führen. Mir blieb nichts anderes übrig, als zurück zu Miller und Cross zu gehen und auf Hilfe zu warten.

Niedergeschlagen begann ich, meine Schritte zurückzuverfolgen. Ich war mir nicht sicher, wo der Wagen stand, doch im Licht der Taschenlampe sah ich bald die Schlammspuren, die ich im weichen Moos hinterlassen hatte. Da fiel mir etwas auf. Mit pochendem Herzen schwenkte ich den Lichtstrahl in einem weiten Bogen über den Boden.

Etwas abseits und im Nebel gerade noch zu erkennen, hatte sich eine andere schlammige Spur durch den weichen Untergrund gepflügt.

Ich folgte ihr, auch wenn ich unmöglich wissen konnte, ob sie von Monk und Sophie stammte. Doch ich bezweifelte, dass viele Leute hierherkamen. Das Moos klammerte sich an die Felsen wie Seetang bei Ebbe, und wer auch immer diesen Weg genommen hatte, war wie ich ständig weggerutscht, sodass man unter dem abgeschabten Moos den dunklen, feuchten Stein erkennen konnte. Wenn es Monk gewesen war, dann hatte er sich nicht bemüht, seine Spuren zu verbergen.

Entweder rechnete er nicht damit, dass ihm jemand folgte, oder es war ihm egal.

Ein Stück weiter endete die Baumreihe plötzlich. Ich fand mich auf einem überwucherten Pfad wieder, der offensichtlich von Wanderern benutzt wurde. Der Boden war in beiden Richtungen matschig und ausgetreten. Ich starrte japsend hin und her. *Komm schon, welche Richtung?*

Wenn ich nicht völlig die Orientierung verloren hatte, dann musste die Straße links von mir liegen. Falls Monk einen Wagen gestohlen hatte, würde er sich dorthin gewandt haben. Doch ich hatte keinen Motor gehört, und es war so still, dass ich das Geräusch selbst durch diesen Nebel wahrgenommen hätte. Ich humpelte los und folgte dem Pfad tiefer in den Wald hinein. Der Strahl der Taschenlampe flackerte wild umher, und meine Stiefel platschten durch den Schlamm. Als hätte sich der Nebel verdichtet, türmte sich bald eine schroffe Felswand vor mir auf. Das Licht fiel auf ein Eisengitter vor einem klaffenden Höhleneingang. Nein, keine Höhle, wurde mir klar.

Eine Mine.

Lucas hatte eine alte Zinnmine erwähnt, ein paar Kilometer von Padbury entfernt, aber er hatte gesagt, sie wäre verriegelt. *Jetzt nicht mehr.* Das rostige Gittertor stand offen, im plattgetretenen Morast davor lag ein aufgebrochenes Vorhängeschloss. Die Eisenstreben waren kalt und rau und quietschten, als ich das Tor aufzog und mit der Taschenlampe in die Finsternis des Schachtes leuchtete.

Mein Atem wirbelte im Nebel. *Und jetzt?* Mir tat alles weh. Ich war hinter Sophie und Monk hergejagt, ohne mir zu überlegen, was ich tun würde, wenn ich sie eingeholt hätte. Der Anblick des dunklen Schachtes im Felsen löste eine Urangst in mir aus, die mir die Nackenhaare aufstellte.

Aber ich hatte keine Wahl. Das blaue Display meines Handys leuchtete in der Dunkelheit und zeigte mir, was ich bereits vermutet hatte: kein Empfang. Und ich hatte schon genug Zeit vergeudet. Ich zog meine Brieftasche heraus und legte sie neben das Tor, damit die Polizei wusste, wohin ich gegangen war. *Die Hoffnung stirbt zuletzt.*

Ich wischte mir den klammen Schweiß von den Händen, nahm die Taschenlampe und betrat die Mine.

Der Schacht war so niedrig, dass ich kaum aufrecht gehen konnte. In der kalten Luft hing der muffige Geruch eines alten Kellers. Von den Deckenbalken tropfte Wasser, das in Rinnsalen über den abschüssigen Boden rieselte. Meine Schritte hallten, als ich darüber hinwegschlurfte. Nach einer Weile wurde der von längst verstorbenen Minenarbeitern roh in den Fels gehauene Schacht steiler und verlor sich jenseits des Strahls der Taschenlampe.

Nachdem ich ungefähr fünf Minuten gegangen war, wurde der Boden ebener. Der Schacht wurde breiter und gut doppelt so hoch. Doch direkt vor mir erkannte ich einen Haufen aus Felsen und Schiefer. Irgendwann in der Vergangenheit war die gesamte Decke eingestürzt, und nun ragten zersplitterte Holzbalken aus den Granitplatten wie gebrochene Knochen.

Die Mine war blockiert.

Das Rinnsal aus dem Schacht war von dieser Felslawine teilweise gestaut worden, sodass sich davor ein seichter Tümpel gebildet hatte. Ich platschte durch das Wasser und leuchtete mit der Taschenlampe umher, um einen Durchgang zu finden. Es gab keinen. Dabei war ich mir sicher gewesen, dass Monk Sophie hier heruntergebracht hatte. Aber ich hatte keine Gänge gesehen, die vom Hauptschacht abgezweigt waren, und der Einsturz war unpassierbar.

Oder doch nicht? Ich schwenkte die Taschenlampe ein weiteres Mal über den versperrten Schacht. Im Lichtstrahl schienen sich die Schatten der Felsen und zerborstenen Balken zu bewegen, aber der Haufen sah massiv aus. Als ich dann die Taschenlampe weiterschwenkte, stockte mir der Atem.

Ein Schatten bewegte sich nicht. Es war eine stockdunkle Ecke, hoch oben, wo die Felsen die Decke berührten. Ich hob einen Stein auf und warf ihn hinauf. Anstatt klappernd abzuprallen, verschwand er geräuschlos.

Das war kein Schatten, sondern ein Loch.

Jetzt verstand ich. Da der Mineneingang verriegelt und der Hauptschacht seit Ewigkeiten versperrt war, wusste wahrscheinlich niemand, dass es dahinter weiterging. Solange das Tor mit einem Schloss versehen war, konnte sich Monk dort unentdeckt aufhalten.

Aber was lag auf der anderen Seite?

Ich rüttelte an einem Stein. Er rührte sich nicht. Auch die anderen nicht. Vorsichtig stemmte ich mich hoch. Als ich meinen Arm ausstreckte und mit der Hand wieder nach Halt suchte, gab unter meinem Fuß etwas nach.

Ein lautes Krachen ertönte.

Ich erstarrte. Als nichts geschah, leuchtete ich mit der Taschenlampe nach unten. Einer der Balken, die aus den Felsen ragten, war geborsten. *Gott.* Ich wartete einen Moment, bis sich mein Herzschlag wieder normalisiert hatte, und kletterte dann weiter hoch, trotz der Kälte schwitzte ich. Jetzt konnte ich sehen, wodurch das Loch entstanden war. Eine Granitplatte war gebrochen und hatte eine Spalte hoch oben in der Ecke zwischen Decke und Wand erzeugt. Von unten war die glatte, vielleicht einen Meter breite und einen halben Meter hohe Öffnung kaum zu erkennen.

Das Loch dehnte sich ein paar Meter aus, dann verlor sich der Strahl meiner Lampe in der Dunkelheit. Es war breit genug, um durchzukriechen, aber nicht, um sich zu drehen. Wenn ich zurückwollte, musste ich mich mit den Füßen voran rückwärts herauswinden.

Und ich betete, dass ich nicht stecken blieb.

Ich legte meine Stirn auf den Rand des Lochs. Der Granit fühlte sich körnig und kalt an. *Ich kann das nicht.* Ich musste an das Gewicht uralter Felsen denken, die sich nur Zentimeter über meinem Kopf wölbten. Die Decke war schon einmal eingestürzt. Selbst wenn ich nicht zermalmt werden würde, hatte ich keine Ahnung, was mich auf der anderen Seite erwartete. Und wenn ich hindurchkroch, käme ich vielleicht nie mehr zurück.

Es ist an der Zeit, die Polizei zu informieren. Dann kann ein qualifiziertes Suchteam losgeschickt werden. Ein feiger Teil in mir flüsterte mir ein, dass dies das Beste wäre. Niemand würde es mir verübeln. Ich wusste ja nicht einmal mit Sicherheit, ob Monk Sophie hierhergebracht hatte. Und selbst wenn, was konnte ich schon bewirken? Es wäre nur vernünftig gewesen, zurückzugehen und Hilfe zu holen.

Und was wird dann aus Sophie? Was geschieht jetzt mit ihr, während du hier herumtrödelst?

Bevor ich es mir anders überlegen konnte, stemmte ich mich in das Loch. Der raue Granit kratzte an meinen Händen wie Sandpapier, und die Kälte der Felsen drang durch meine Kleidung. Aber das Loch war breiter, als ich gedacht hatte, sonst wäre Monk ja auch nicht hindurchgekommen. *Falls er überhaupt hier ist. Noch hast du keine Gewissheit.* Doch nun hatte ich mich entschieden. Während ich versuchte, die Taschenlampe nach vorn zu richten, kroch ich mit gesenktem Kopf durch den dunklen Felsschlund. Es kam mir wie eine Ewigkeit vor, ehe ich das andere Ende erreicht hatte. Mein Atem klang unnatürlich laut, als ich mit der Taschenlampe in die Dunkelheit leuchtete.

Ich war am oberen Rand einer langen, niedrigen Höhle herausgekommen. An einer Seite senkte sie sich ab und endete an einem Abgrund, von wo ich das Gluckern fließenden Wassers hörte. Ich konnte mir nicht vorstellen, dass dies hier ein Teil der Mine war. Eher eine horizontale Spalte im Fels, zudem kaum hoch genug, um sich aufzurichten. *Du wolltest sehen, was hinter dem Felshaufen ist. Jetzt weißt du es.* Aus dem Loch zu kommen, war schwierig. Ich musste mich erst mit dem Kopf voran herauswinden, ehe ich mich umdrehen und meine Beine hinablassen konnte. Meine Stiefel schabten über Felsen, dann ließ ich mich auf den abschüssigen Boden fallen. Wegen der niedrigen Decke musste ich mich bücken und sah erst jetzt das ganze Ausmaß der Höhle, die sich weit jenseits des Lichtstrahls ausdehnte. «*Sophie!*», rief ich. «*SOPHIE!*» Mein Ruf verhallte. Das einzige Geräusch war das Plätschern des unterirdischen Wasserlaufs, der in der Finsternis verborgen war. Ich richtete die Taschenlampe in die Dunkelheit am anderen Ende und ging tief gebückt los.

Lucas hatte gesagt, dass es in diesem Teil des Dartmoors keine Höhlensysteme geben würde. Dennoch war dies offensichtlich eine natürliche Formation und keine künstliche. *Sieht so aus, als hätte er sich getäuscht*, dachte ich, und in dem Moment krachte ich mit dem Kopf gegen einen Felsvorsprung. Ich taumelte zurück, nicht weil ich mir wehgetan hatte, sondern eher vor Schreck.

Und ließ die Taschenlampe fallen.

Nein! Ich versuchte sie zu erwischen, griff aber daneben. Klappernd fiel sie auf den Felsen und flackerte. Als ich sie mit dem Fuß festhalten wollte, rutschte sie weg und hüpfte den abschüssigen Boden hinab Richtung Abgrund, wobei ihr Lichtstrahl wirre Muster erzeugte. Ich kroch hinterher, doch sie rollte zu schnell. Dann erreichte sie die Kante, und als wäre ein Schalter umgelegt worden, versank ich in Dunkelheit.

Ich rührte mich nicht, fassungslos über das, was gerade

geschehen war. Ich starrte in die Finsternis, in der die Taschenlampe verschwunden war, und hoffte, einen schwachen Schimmer zu sehen. Nichts. Die Dunkelheit war so intensiv, als hätte sie Tiefe und Gewicht. Jetzt, wo ich sie nicht mehr sehen konnte, erschienen mir die Felsmassen um mich herum noch bedrohlicher.

Die bedrückende Stille wurde nur durch das Plätschern des unsichtbaren Wassers durchbrochen. *Keine Panik. Denk nach.* Mit zittriger Hand suchte ich in meiner Tasche nach meinem Handy. Als ich es rauszog und eine Taste drückte, hielt ich es fest umklammert.

Das Display leuchtete blau auf. *Gott sei Dank.* Das Licht war längst nicht so hell wie das der Taschenlampe, doch in diesem Moment kam es mir himmlisch vor. Während ich das Handy hochhielt wie eine Minilaterne, rückte ich vorsichtig näher an den Rand, über den die Taschenlampe gerollt war. Vielleicht hatte der Sturz ja nur eine Verbindung gelöst und ich könnte sie wieder in Gang bringen, wenn ich sie nur fand.

Ich war erst wenige Schritte weit gekommen, da ging das blaue Licht plötzlich aus.

Als mich erneut die Finsternis verschlang, kam Panik in mir auf. Aber das Display war nur in den Stand-by-Modus gewechselt, es leuchtete wieder auf, sobald ich eine Taste drückte. Erleichtert bewegte ich mich weiter. Das Geräusch des unterirdischen Flusses wurde lauter, die Luft war von einer feuchten Kälte erfüllt. Ich musste mich tiefer bücken, denn die Decke wurde noch niedriger, aber ich war fast an der Kante.

In dem Moment klingelte mein Telefon.

Das schrille Piepen war erschreckend laut. Für einen Augenblick keimte Hoffnung in mir auf, doch dann fiel mir ein, dass mein Handy hier unten keinen Empfang hatte. Was ich gehört hatte, war nicht der Klingelton.

Es war das Warnsignal des Akkus.

Ich hatte ihn seit Tagen aufladen wollen, und zwar schon bevor ich nach Dartmoor gekommen war. Doch da der Empfang so schlecht war, hatte ich das Handy kaum benutzt. Es war mir nicht wichtig erschienen.

Erst jetzt.

O Gott. Ich starrte auf das blinkende Akkuzeichen. Wie zur Bestätigung wurde das Display dunkel. Meine Finger bebten, als ich eine Taste drückte. Das Telefon leuchtete wieder auf, piepte aber auch beinahe sofort wieder. Ich hatte keine Ahnung, wie lange der Akku noch halten würde, und wenn ich das Display benutzte, würde er noch schneller leer werden.

Ich warf einen letzten, verzweifelten Blick Richtung Abgrund. Er war nur wenige Meter entfernt, aber es gab keine Garantie, dass ich die Taschenlampe wiederfinden konnte. Oder dass sie noch funktionieren würde, wenn ich sie fand. Weitergehen war keine Option mehr, ich musste raus aus dieser Höhle und Hilfe holen, solange ich noch dazu in der Lage war. Sobald ich es zurück in die Mine geschafft hatte, führte der Schacht geradewegs an die Oberfläche. Ich würde den Weg finden können, selbst wenn das Telefon seinen Geist aufgab. Doch wenn es vorher ausginge, dann ...

Denk nicht darüber nach.

Ich versuchte ruhig und gleichmäßig zu atmen und widerstand dem Impuls, blindlings zurück zum Loch zu eilen. Ich bewegte mich so schnell, wie ich konnte, aber vom ständigen Bücken tat mir der Rücken weh. Trotzdem kam ich nur furchtbar langsam voran. Während ich den abschüssigen Boden hochkroch, ging das Display des Handys noch zweimal aus. Jedes Mal erstarrte ich und hielt die Luft an, wenn ich eine Taste drückte und es wieder aufleuchtete. Ich hatte vielleicht den halben Weg geschafft, als das Display zum fünften Mal ausging. Schnell drückte ich eine Taste. Nichts geschah. Ich drückte eine andere. Und noch eine. Das Display blieb aus. Die Dunkelheit wurde immer undurchdringlicher, als ich verzweifelt auf die Tastatur hämmerte und um ein paar weitere Sekunden Licht betete.

Aber ich wurde nicht erhört. Die Finsternis legte sich mir wie eine schwere Last auf die Augen. Ich ließ das Telefon sinken.

Ich saß fest.

KAPITEL 26

Es war kalt dort unten. Kurz nachdem das Handy ausgegangen war, fing ich an zu zittern. Die Luft war feucht und eisig, und sobald ich mich nicht mehr bewegte, drang die Kälte der Höhle unerbittlich durch die Kleidung. Ich hatte mich erst auf den Felsboden gehockt und dann, als ich Krämpfe bekam, hingesetzt. Doch da ich überhaupt nichts sehen konnte, wagte ich mich trotz der Kälte nicht weiter. Einmal hatte ich mich nachts auf einer schottischen Insel verlaufen. Damals dachte ich, dass es nichts Schlimmeres geben könnte. Ich hatte mich getäuscht.

Zuerst hatte ich mich instinktiv zu dem Loch vortasten wollen, durch das ich gekommen war. Ich wusste, dass die Öffnung verlockend nah sein musste. Bestimmt würde es nicht leicht sein, im Dunkeln die Felslawine zu bewältigen, doch sobald ich zurück in der Mine wäre, hätte ich wesentlich bessere Chancen, an die Oberfläche zu kommen.

Wäre ich in der Lage gewesen, mir die Position des Lochs genau zu vergegenwärtigen, hätte ich es vielleicht versucht. Aber ich hätte meinen Weg blind finden müssen, unfähig, Steinschlägen oder Felsvorsprüngen auszuweichen. Selbst wenn ich mir nicht den Kopf aufschlagen und die Öffnung tatsächlich finden würde, könnte ich mir nicht sicher sein, ob es die richtige wäre. Am Ende kroch ich vielleicht immer tiefer in das Höhlensystem, ohne es zu merken ...

Nein, ob es mir gefiel oder nicht, meine einzige Chance bestand darin, zu bleiben, wo ich war. Die Polizei würde das aufgebrochene Gittertor und meine Brieftasche finden, und dann wäre es nur noch eine Frage der Zeit, bis die Mine durchsucht werden würde. Wenn ich den verborgenen Eingang finden konnte, dann würde ihn die Polizei bestimmt auch finden.

Und wenn nicht?

Sollte niemand kommen, würde ich früher oder später eine Entscheidung treffen müssen, das war mir klar. Aber ich war noch nicht bereit, darüber nachzudenken. Ich nahm wieder mein Handy und hoffte, dass die restliche Kapazität des Akkus das Display für ein paar Sekunden erleuchten würde. Aber es war zwecklos. Jetzt, wo ich Zeit zum Nachdenken hatte, erschien es mir unglaublich dumm, in die Höhle gegangen zu sein. Was hatte ich denn vorgehabt? Ihn angreifen und verscheuchen? Der Gedanke war lachhaft. Hätte ich vielleicht die Waffe von Steph Cross mitnehmen sollen? Nein, ich konnte ja gar nicht damit umgehen. Ich hätte beim Wagen bleiben und mich so gut wie möglich um sie und Miller kümmern sollen, bis Hilfe eintraf. Stattdessen war ich in einer Höhle gefangen, von deren Existenz vielleicht niemand wusste, während Monk und Sophie ...

Allein der Gedanke daran war unerträglich.

Gott, was für eine Katastrophe. Ich legte meinen Kopf auf die Knie und schlang meine Arme um die Beine, um mich wenigstens etwas zu wärmen. Ich spürte die Kälte bis auf die Knochen, doch ich kümmerte mich kaum darum. Ich wusste nicht einmal, wie lange ich bereits hier unten war. Das Zifferblatt meiner Uhr konnte ich nicht erkennen, und in der Dunkelheit hatte ich jedes Zeitgefühl verloren.

Zusammengekrümmt und zitternd, lauschte ich angestrengt auf jedes Geräusch, das auf Rettung hindeuten könnte. Einmal dachte ich, ich hätte etwas gehört. Das Echo eines Klapperns in der Ferne hallte durch die Höhle. Ich schrie in die Finsternis, bis ich heiser war. Doch als ich innehielt, um zu lauschen, hörte ich nur das Plätschern des unsichtbaren Wasserlaufs.

Noch nie in meinem Leben hatte ich mich so hilflos gefühlt. Ich schloss die Augen und versuchte mich auszuruhen.

Ich hätte es nicht für möglich gehalten, aber zerschunden und erschöpft, wie ich war, fiel ich in einen unruhigen Schlaf.

Und dann war ich plötzlich wieder wach. Für ein paar Augenblicke hatte ich keine Ahnung, wo ich mich befand. Ich schreckte panisch auf und hätte mir fast den Kopf an der niedrigen Felsdecke gestoßen. Nachdem mir die Ausweglosigkeit der Situation bewusstgeworden war, sank ich wieder auf den kalten Boden. In den Beinen hatte ich Krämpfe. Ich streckte erst das eine aus, dann das andere, und begann sie zu massieren.

In dem Moment hörte ich das Geräusch.

Es klang, als wäre irgendwo ein Stein heruntergefallen und auf den Boden geprallt. Ich erstarrte und lauschte. Nach einem Moment war das Geräusch wieder da, und dieses Mal hörte es nicht auf. Als es lauter wurde, erkannte ich, dass es Schritte waren.

«Hier!», schrie ich. «Ich bin hier!»

Die Krämpfe waren vergessen, als ich in die Finsternis

starrte und mein Herz vor Erleichterung und Aufregung raste. Es schien ewig zu dauern, ehe in der Dunkelheit ein Licht auftauchte.

Gott sei Dank. «Hier drüben!»

Das Licht kam näher, der umherschweifende gelbe Strahl einer Taschenlampe. Erst als er größer wurde, fiel mir auf, dass er aus der falschen Richtung kam, nämlich aus der Tiefe der Höhle und nicht vom Eingang der Mine. Außerdem war es nur ein einzelner Lichtstrahl, und ein Rettungsteam hätte aus mehreren Teilnehmern bestanden.

Der Ruf erstarb mir im Hals. Angsterfüllte Resignation breitete sich in mir aus. Hinter dem Lichtstrahl konnte ich nun einen kahlen Schädel und eine massige Gestalt erkennen, die gebeugt unter den herabhängenden Felsen näher kam. Ein paar Meter entfernt blieb sie stehen. Ich nahm einen ranzigen, animalischen Gestank wahr.

Monk senkte seine Taschenlampe. Die verschmutzte Armeejacke wirkte zu klein für seine kräftigen Schultern und Arme. Während mich die Knopfaugen musterten, hob und senkte sich seine Brust. Jeder Atemzug wurde von einem dumpfen Schnaufen begleitet.

«Aufstehen.»

Das Höhlensystem war ein unterirdisches Labyrinth, doch Monk schien genau zu wissen, wohin er wollte. Er zwängte sich durch schmale Spalten und kroch Passagen entlang, in denen das Wasser von der Decke tropfte. Nicht einmal blieb er stehen, und er schlüpfte durch Löcher, durch die ich mich allein niemals gewagt hätte. Unter freiem Himmel mochte er ein Ausgestoßener sein, doch hier, in den unterirdischen Schächten, war er offenbar in seinem Element.

Nach dem ersten knappen Befehl hatte er kein Wort mehr gesagt. Ohne auf meine verzweifelten Fragen nach Sophie einzugehen, hatte er sich einfach umgedreht und war zurück in die niedrige Höhle gegangen, als wäre es ihm gleichgültig, ob ich ihm folgte oder nicht. Völlig verdutzt war ich sitzen geblieben. Erst als es in der Höhle wieder dunkel geworden war und das Licht der Taschenlampe sich immer weiter entfernt hatte, war ich ihm widerwillig gefolgt. Monk schaute sich nicht um, obwohl er mich gehört haben musste. Ich verstand überhaupt nichts mehr. Warum war er zurückgekommen? Weshalb führte er mich – und wohin? Das ergab alles keinen Sinn. Der Gedanke, tiefer in die Höhle vorzudringen, entsetzte mich, doch was blieb mir anderes übrig, als ihm zu folgen? Er hätte mich längst umbringen können, wenn es ihm nur darum gegangen wäre.

Außerdem musste ich Sophie finden.

Der Gang, in dem wir uns befanden, öffnete sich mit einem Mal in einen Raum, der hoch genug war, um aufrecht zu stehen. Monk ging ohne innezuhalten weiter. Ich nutzte die Gelegenheit, um ihn einzuholen.

«Wo ist sie?», fragte ich keuchend.

Er antwortete nicht. Auch ihn strengte der Weg offenbar an, bei jedem Atemzug war ein dumpfes, feuchtes Rasseln zu hören. Langsamer wurde er allerdings nicht. Als ich ihn festhielt, fühlte sich sein Arm unter dem schmierigen Stoff wie ein Stück Holz an. «Was haben Sie ihr angetan? Ist sie verletzt?»

Er machte sich los, was ihm keine Mühe zu bereiten schien, während es mich von den Beinen riss. Ich krachte der Länge nach auf den Felsboden und schürfte mir Hände und Knie auf.

«Maul halten.» Seine Stimme war ein heiseres Brummen. Er drehte sich um und wollte weiter, krümmte sich aber mit einem Mal und begann fürchterlich zu husten. Er lehnte sich gegen die Felswand, seine breiten Schultern bebten unter der Heftigkeit des Anfalls. Als er Schleim auf den Boden spuckte, klang es, als wären seine Lungen voll davon. Schwer atmend fuhr er sich mit einer Hand über den Mund, ehe er weiterging, als wäre nichts gewesen.

Nach einem Augenblick folgte ich ihm. Doch jetzt musste ich an das schnaufende Atmen denken, das ich über das Telefon gehört hatte, und an die Speichelflecken, die von der Polizei in Wainwrights Haus entdeckt worden waren. Jeder hatte sie für ein Zeichen der Verachtung gehalten, aber ich war mir nicht mehr so sicher.

Monk war krank.

Dadurch wurde er jedoch weder ungefährlicher noch langsamer. Ich musste mich anstrengen, um mit ihm Schritt zu halten, aber ich wusste, dass ich ohne ihn verloren wäre. Es blieb mir nichts anderes übrig, als meinen Blick auf Monks breiten Rücken zu heften und darauf zu vertrauen, dass dieser Marsch irgendeinen Zweck hatte.

Als ich durch knöcheltiefes Wasser hinter ihm herlief, ging plötzlich die Taschenlampe aus. Ich erstarrte, voller Panik, dass alles nur ein sadistischer Trick gewesen war, um mich irgendwo hier unten in die Irre zu führen.

Dann hörte ich in der Nähe ein gedämpftes Geräusch und erkannte gleichzeitig einen schwachen Schimmer am Rand des leicht ansteigenden Gangs. Ich schob mich vorsichtig darauf zu und fand mich an einer Felsspalte wieder. Drinnen konnte ich Monks Schritte und sein Keuchen hören.

Die Spalte führte steil nach oben. Ich musste mich hochziehen und hinter dem immer winziger werdenden Licht von Monks Taschenlampe herklettern. Obwohl ich so schnell machte, wie ich konnte, wurde der Schimmer immer dunkler. Die schroffen Felswände kratzten an meiner Jacke, die Spalte wurde enger. Ich konnte kein Licht mehr sehen und ihn nicht einmal mehr hören. Ich versuchte, die Angst und die Übelkeit runterzuschlucken, die in meiner Kehle aufstiegen. *Bleib ruhig. Geh einfach weiter.*

Dann machte die Spalte einen scharfen Knick, und ein Schimmern über mir führte mich in eine kleine natürliche Felskammer. Ich blieb stehen, denn nach der Dunkelheit blendete mich das schummrige Licht einer Laterne, die auf dem Boden stand. Die feuchte, muffige Luft stank nach tierischen Ausdünstungen. Ein zischender Gasofen erzeugte eine Wärme, die nach der Kälte der Höhlenschächte erstickend wirkte. Nachdem sich meine Augen an das Licht gewöhnt hatten, sah ich, dass der Boden mit Tüten, Flaschen und Dosen übersät war. Monk hockte auf einer zerknitterten Decke und schaute mich mit diesem festgefrorenen Lächeln und den toten Augen an.

So weit weg von ihm wie möglich kauerte Sophie.

«O Gott, D-David …!» Sophie warf sich mir an den Hals, als ich mich vor sie kniete. Sie vergrub ihr Gesicht an meiner Schulter, und ich strich ihr übers Haar und spürte durch ihre Jacke, wie sie am ganzen Körper zitterte.

«Schsch, ist ja gut.»

Nichts war gut, doch die Erleichterung, sie zu sehen, verdrängte alles andere. Ihr Gesicht war blass und tränenüberströmt und noch immer geschwollen. Irgendetwas an ihr war anders, aber ich war so froh, sie lebend gefunden zu haben, dass ich den Gedanken nicht weiterverfolgte.

«Geht es dir gut? Hat er dir wehgetan?», fragte ich.

«Nein, hat er nicht ... Mir geht's gut.»

Das konnte man sich zwar kaum vorstellen, wenn man sie sah und hörte, doch ich war noch eine Spur erleichterter. Keine Ahnung, was Monk vorhatte, aber Sophie war es besser ergangen als seinen anderen Opfern.

Bisher.

Er saß auf der Decke und beobachtete uns. Seine verschorften und geschwollenen Pranken baumelten von den Knien. In dem schummrigen gelben Licht der Laterne glich die Delle in seiner Stirn einem dunklen Loch. So wie er dahockte, wirkte er wie ein Relikt der Vorzeit: ein unbehaarter Affe in seiner Höhle.

Allerdings schien er noch kränker zu sein, als ich gedacht hatte. Seine massigen Schultern hingen vor Erschöpfung herab, und die Haut seines klobigen Gesichts hatte eine ungesunde gelbe Farbe. Er atmete mit offenem Mund und stieß bei jedem Luftholen ein rasselndes Schnaufen aus. Offensichtlich hatte er eine schwere Erkrankung der Atemwege, vielleicht sogar eine Lungenentzündung, die sich unter diesen Umständen nur verschlimmern würde. Monk sah aus wie ein Mensch am Ende seiner Kräfte.

Nur dass Monk kein normaler Mensch war. Ob krank oder nicht, den dunklen Augen, die uns beobachteten, entging nichts.

Ich zwang mich, seinen Blick zu erwidern. Es war, als würde man einem Kampfhund in die Augen schauen. «Zwei Geiseln brauchen Sie nicht. Lassen Sie sie gehen.»

«Ich will keine Geisel», sagte er heiser, und sein Mund verzog sich zu einem höhnischen Grinsen. «Glauben Sie, ich erinnere mich nicht an Sie? Sie sind doch der, der damals seine kleinen Löcher gebuddelt hat. Jetzt sind Sie nicht mehr so klugscheißerisch, was?»

Nein, ganz und gar nicht. «Und warum haben Sie uns hergebracht?»

«Ich habe sie hergebracht.» Er wies mit dem Kopf auf Sophie. «Sie sind uns nur gefolgt.»

«Und warum haben Sie mich dann geholt?»

Monk wandte sich ab, um in die Ecke der Kammer zu spucken, und sank dann wieder zurück an den Felsen. Seine Atmung war gleichmäßiger geworden, klang aber immer noch, als würde Luft aus einem kaputten Gebläse entweichen.

«Fragen Sie sie.»

Ich schaute Sophie an. Sie bebte. «Ich ... Wir haben dich rufen gehört. Es ist total hellhörig hier. Als es still wurde, dachte ich ... dachte ich ...» Sie sah mich verzweifelt an. Erneut spürte ich eine plötzliche Unruhe, die nichts mit Monk zu tun hatte. «Ich habe ihm gesagt ... ich habe ihm gesagt, dass du ihm helfen kannst.»

«Was?»

Sophie schaute nervös in seine Richtung. «Er ... er behauptet, er kann sich nicht ...»

«Nein, er *behauptet* nicht, ich *behaupte* nicht, verdammte Scheiße! Ich *kann* nicht!» Sein Schreien hallte in der kleinen Kammer nach. «Ich versuche es, aber ich *kann* nicht! Es ist nichts da! Vorher war es egal, aber jetzt nicht mehr.»

Monk fuhr sich mit seinen verschorften Händen über die Stoppeln, die ihm auf dem Kopf gewachsen waren. Seine Lippen bewegten sich, als würden ihm die nächsten Worte schwerfallen.

«Ich will wissen, was ich getan habe.»

Zeit schien in der Höhle nicht zu existieren. Ich musste irgendwo mit meiner Uhr angestoßen sein, denn das Zifferblatt war zerbrochen und das Glas angelaufen. Die Zeiger bewegten sich nicht mehr und waren zwischen zwei und drei Uhr stehen geblieben. Aber hier unten hätte sie mir sowieso nicht viel genützt. Das Licht der Laterne erzeugte eine gespenstische Atmosphäre in der kleinen Kammer, die durch die einschläfernde Wärme des Gasofens noch verstärkt wurde. Die Dämpfe taten Monks Atembeschwerden bestimmt nicht gut, doch es gab genug Luftzug, dass wir nicht erstickten.

Immerhin etwas.

Ich saß auf einer zusammengerollten Plastikplane an den Felsen gelehnt, während sich Sophie an mich geschmiegt hatte. Monk hatte sich nach seinem Ausbruch beruhigt. Er wirkte erschöpft und saß vornübergebeugt da, den Kopf zwischen den angewinkelten Knien, um die er seine Arme geschlungen hatte. In dieser Position sah er seltsam verletzlich aus. Seit einer Weile hatte er sich nicht mehr gerührt, und da er zwar pfeifend, aber gleichmäßig atmete, nahm ich an, dass er eingeschlafen war. Trotzdem beobachtete ich ihn aufmerksam, als ich mich zu Sophie hinabbeugte.

«Was hat er gemeint?», flüsterte ich.

«Ich … ich weiß es nicht.»

Ich hielt meine Stimme gesenkt, ohne Monk aus den Augen zu lassen. «Er muss doch etwas gesagt haben. Warum will er Hilfe? Und wofür?»

«Ich weiß es wirklich nicht. Mir … mir ist so schlecht. Und das Licht ist zu grell.»

Ich setzte mich so hin, dass ich die Laterne abschirmte. «Sophie, das ist wichtig. Du musst es mir sagen.»

Sie massierte ihre Schläfen und schaute ängstlich hinüber zu Monk. «Er meint, er kann sich nicht daran erinnern, die Mädchen umgebracht zu haben. Es sind nicht nur die Gräber, er kann sich an nichts erinnern! Er will ... er glaubt, ich kann ihm helfen, weil ich gesagt habe, ich könnte ihm helfen, die Gräber zu finden, auch wenn er vergessen hat, wo sie sind. Aber ich meinte doch nicht, dass ich ihm helfen kann, seine *Erinnerung* zurückzukriegen! Mein Gott, ich fasse es nicht!»

Ich spürte, wie sie zitterte. Ich zog sie an mich. «Erzähl weiter.»

Sophie rieb sich die Augen. «Deswegen hat er diese Löcher in der Nähe von Tina Williams' Grab gebuddelt. Er glaubt ... er glaubt, wenn er die Gräber findet und die Leichen sieht, könnte er sich vielleicht erinnern. Deshalb ist er uns auch gefolgt, als er uns da draußen gesehen hat. Er wusste, dass ich das sein musste. Aber so etwas kann ich nicht, das hatte ich doch nicht gemeint!»

«Schsch, ich weiß.» Ich streichelte ihr den Rücken und beobachtete dabei Monk. «Was meinte er damit, als er sagte, es wäre vorher egal gewesen, aber jetzt nicht mehr?»

«Keine Ahnung. Aber ich habe ihm gesagt, dass du helfen könntest. Als ich dich rufen gehört habe. Etwas anderes ist mir nicht eingefallen. Mein Gott, es tut mir so leid, das ist alles mein Fehler!»

Ich hielt sie fest, während sie weinte und dann erschöpft einschlief. Auch ich war erledigt und mit meinen Kräften am Ende, aber ich musste wach bleiben. Ich starrte hinüber zu dem reglosen Monk und überlegte verzweifelt, was ich tun sollte. Man hatte immer angenommen, dass er log, als er gesagt hatte, er könne sich nicht erinnern, wo die Bennett-

Schwestern vergraben waren. Jetzt war ich mir nicht mehr sicher.

Doch das half uns nicht weiter. Selbst wenn Monk tatsächlich an einer Art Amnesie litt, konnte Sophie nichts für ihn tun. Sie war psychologische Beraterin gewesen, keine Psychiaterin. Sie war genauso wenig dazu in der Lage, seine Erinnerungen wachzurufen, wie ich. Früher oder später würde ihm das klarwerden, und dann …

Ich musste unbedingt hier raus.

Monk hatte sich immer noch nicht bewegt, und wenn man nach dem dumpfen, schnaufenden Rhythmus seines Atems urteilen konnte, schlief er tief und fest. Jedoch bestimmt nicht so tief, dass wir verschwinden konnten, ohne ihn aufzuwecken. *Und was nun? Soll ich ihn im Schlaf erschlagen?* Selbst wenn ich zu einer solch kaltblütigen Tat fähig wäre – und er nicht aufwachen und mich in Stücke reißen würde –, hatte ich keine Ahnung, wie ich hinausfinden sollte.

Ich schaute mich in der Kammer um und hoffte, etwas zu entdecken, was mir helfen könnte. Der Boden war übersät mit leeren Wasserflaschen und Essensverpackungen, mit ausrangierten Gaskartuschen und Batterien. Einiges davon war Jahre alt und stammte wahrscheinlich aus der Zeit, als sich Monk das letzte Mal hier unten versteckt hatte. Ganz in meiner Nähe lag ein zerfleddertes Telefonbuch, daneben ein Haufen aus aufgerissenen Arzneischachteln für Hustensaft und Antibiotika und kleinen braunen Fläschchen, die, wie ich erkannte, Riechsalz enthielten. Wahrscheinlich hatte er das alles in irgendeiner Apotheke gestohlen. Das Riechsalz verwirrte mich, bis ich eine Verbindung zu dem Polizeihund herstellte, der vor ein paar Tagen Monks Fährte gesucht hatte. Riechsalze enthalten Ammoniak.

Ansonsten lag nur eine Plastiktüte in der Nähe, die mit widerlich riechender Erde gefüllt war. Der penetrante Gestank kam mir irgendwie bekannt vor, aber ich konnte ihn nicht einordnen. Während ich weiterhin Monk im Auge behielt, versuchte ich nachzuschauen, was noch unter dem Müll verborgen war. Als ich behutsam eine Schachtel zur Seite schob und sah, was darin lag, hielt ich erstarrt inne.

Der schwarze Zylinder einer Taschenlampe.

Ich kam nicht ganz an sie heran. Selbst wenn sie nicht kaputt war, mussten wir noch an Monk vorbei, ehe wir sie benutzen konnten. Doch immerhin war es ein kleiner Hoffnungsschimmer. Vorsichtig, um Sophie nicht aufzuwecken, beugte ich mich so weit nach vorn, wie ich konnte. Meine Finger waren nur Zentimeter von der Taschenlampe entfernt, da nahm ich eine Veränderung in der Kammer wahr. Die Haare meiner Unterarme richteten sich auf, als wäre die Luft plötzlich elektrisch aufgeladen. Ich schaute hoch.

Monk starrte mich an.

Nein, nicht ganz. Sein Blick war auf einen Punkt knapp neben mir gerichtet. Ich fuhr mir mit der Zunge über die Lippen und suchte nach Worten. Doch bevor ich einen Laut von mir geben konnte, riss er seinen Kopf spastisch nach rechts und verzog seinen Mund zu einem schiefen Grinsen.

Dann begann er zu lachen.

Es war ein unheimliches, verschleimtes Kichern, das immer lauter und schriller wurde, bis es seine Schultern schüttelte. Ich zuckte zurück, als er plötzlich mit einer verschorften Faust ausholte und sie seitlich gegen die nackte Felswand neben sich schlug. Ob es wehgetan hatte, konnte man ihm nicht anmerken. Immer noch lachend, hämmerte er seine Faust wieder gegen den Stein. Und wieder.

Sophie rührte sich und stöhnte unruhig auf. Ohne Monk aus den Augen zu lassen, legte ich ihr eine Hand auf die Schulter, damit sie weiterschlief. Sie beruhigte sich und war offenbar zu erschöpft, um vollständig aufzuwachen. Allmählich erstarb Monks manisches Gelächter. Ich rechnete damit, dass sich diese toten Augen jeden Moment auf uns richteten, aber es war, als wären wir gar nicht da.

Ein letztes Mal kicherte er, dann stieß er wieder sein heiseres Schnaufen aus und saß reglos da, von seiner Hand tropfte Blut, und seine Mundwinkel hingen schlaff herab, als würde er unter Drogen stehen.

Mein Gott! Ich hatte keine Ahnung, was gerade geschehen war. Ich wusste, dass Monk labil war, aber das hier war etwas anderes. Es hatte unfreiwillig gewirkt, anfallartig, als wäre er sich dessen gar nicht bewusst gewesen. Mit einem Mal musste ich an das denken, was Roper vor all den Jahren gesagt hatte: *Gestern Abend ist er wild geworden … Offenbar macht es ihm Spaß, einen Koller zu kriegen, wenn das Licht aus ist. Deswegen nennen ihn die Wächter auch Spaßvogel.*

Monk begann sich zu rühren und blinzelte, als würde er aufwachen. Erneut erschütterte ihn ein Hustenanfall. Nachdem es vorbei war, räusperte er sich und spuckte auf den Boden. Er wirkte erschöpft und rieb sich mit einer Hand über das Gesicht, mit derselben, mit der er gegen die Wand geschlagen hatte. Als er das Blut sah, runzelte er die Stirn, dann merkte er, dass ich ihn beobachtete. «Was gibt's da zu glotzen?»

Ich schaute schnell weg, hob eine von den Antibiotikapackungen auf und versuchte, unbekümmert zu klingen. «Die werden bei Ihrer Lungeninfektion nicht helfen.»

«Woher wollen Sie das wissen?»

«Ich war mal Arzt.»

«Verarschen kann ich mich alleine.»

Ich ließ die Tabletten wieder auf den vermüllten Boden fallen. «Gut, dann glauben Sie mir eben nicht. Aber die sind für Blaseninfektionen, nicht für Atemwegserkrankungen.»

Monks dunkle Augen funkelten. Er schaute hinab auf Sophie, die mit dem Kopf auf meinem Schoß lag.

«Was ist das?», fragte ich rasch und stieß mit dem Fuß gegen die mit Erde gefüllte Tüte. Es war das Erste, was mir eingefallen war. Und es lenkte seine Aufmerksamkeit von Sophie ab.

«Fuchspisse», sagte er nach kurzem Zögern.

«Fuchs...?»

Er hob einen Fuß. «Für die Hunde.»

Das erklärte zumindest zum Teil, warum er so stank. Monk hatte sich mit der Erde eines Fuchsbaus eingeschmiert, um so seine Spur zu verwischen. Erneut hatte ich das Gefühl, ich müsste mich an etwas erinnern, doch ich war zu abgelenkt, um mir Gedanken darüber zu machen.

«Werden sie dadurch getäuscht?» Ich wusste, dass es nicht so war, aber ich wollte ihn ablenken und zum Reden bringen.

«Nicht die Hunde. Die Hundeführer.»

Ich hatte ihn unterschätzt. Polizeihunde waren durchaus in der Lage, ihn ungeachtet solcher Tricks aufzuspüren. Doch wenn ein unerfahrener Hundeführer den charakteristischen Geruch eines Fuchses wahrnahm, konnte er leicht denken, der Hund wäre auf der falschen Fährte.

«Was ist das hier für ein Ort?», fragte ich. «Ich dachte, in dieser Gegend gibt es keine Höhlen.»

«Das denkt jeder.»

Einschließlich der Polizei. «Haben Sie sich hier auch das letzte Mal versteckt?»

Er riss den Kopf hoch. «Ich habe mich nicht versteckt! Ich komme immer hier runter!»

«Weshalb?»

«Um solche Leute wie Sie nicht zu sehen. Und jetzt halten Sie das Maul.» Er durchwühlte den Müll am Boden und zog einen Schokoriegel hervor. Nachdem er die Verpackung aufgerissen hatte, stürzte er sich darauf, als wäre er am Verhungern. Danach schraubte er eine Wasserflasche auf und legte zum Trinken den Kopf in den Nacken. Als ich seinen Adamsapfel hüpfen sah, spürte ich, wie durstig ich selbst war.

Monk warf die leere Flasche zur Seite. Er deutete mit einer Kopfbewegung auf Sophie. «Wecken Sie sie auf.»

«Sie braucht Schlaf.»

«Soll ich es machen?» Er griff mit seiner blutigen Hand nach Sophie. Instinktiv schlug ich sie weg. Monk rührte sich zwar nicht, durchbohrte mich aber mit seinen Blicken.

«Sie ist verletzt», sagte ich. «Wenn sie Ihnen helfen soll, braucht sie Ruhe. Sie hatte gerade einen Autounfall, um Gottes willen.»

«Ich dachte nicht, dass er gleich von der Straße abkommt.» Monk klang beinahe betrübt. Dann schaute er wieder hinab auf Sophie und betrachtete den blauen Fleck auf ihrer Wange. «Was ist mit ihrem Gesicht passiert?»

«Wissen Sie das nicht? Jemand ist in ihr Haus eingebrochen und hat sie überfallen.»

Seine dunklen Augen flackerten. Die breite Stirn zog sich in tiefe Falten. «Es war alles kaputt geschlagen. Sie war nicht da. Ich wollte nicht … Ich kann nicht …»

Er verschränkte die Hände über dem geschorenen Kopf und murmelte etwas Unverständliches.

«Was können Sie nicht?», fragte ich automatisch nach.

«Ich kann mich nicht erinnern, verdammte Scheiße!» Sein Schreien hallte in der kleinen Kammer wider. Er knallte sich die Handballen gegen den Kopf, als wollte er ihn einschlagen. «Ich versuche es immer wieder, aber da ist nichts! Sie sind doch angeblich Arzt. Was ist los mit mir?»

Darauf wusste ich keine Antwort. «Ich war nur Allgemeinmediziner, aber es gibt Spezialisten ...»

«Scheiß auf die!» Speichel spritzte ihm aus dem Mund. «Was wissen diese Wichser in weißen Kitteln schon?»

Dieses Mal schwieg ich lieber. Seine Erregung schien nachzulassen. Seine großen Hände öffneten und schlossen sich, während er Sophie anschaute. Selbst jetzt war sie nicht aufgewacht.

«Sie beide ... Sie ist Ihre Freundin.»

Ich wollte verneinen, doch irgendetwas hielt mich davon ab. Monk schien sowieso keine Antwort zu erwarten.

«Ich hatte eine Freundin.» Er legte sich beide Hände auf den Hinterkopf. Sein Mund zuckte. «Ich habe sie umgebracht.»

KAPITEL 27

Mit fünfzehn Jahren war Monks Lebensweg vorgezeichnet. Von Geburt an verwaist, war er schon als Kind in doppelter Hinsicht ausgeschlossen, gemieden wegen seiner körperlichen Defekte und gefürchtet wegen seiner abnormen Kraft. Die wenigen Familien, die den störrischen, unberechenbaren Jungen in Pflege nahmen, schickten ihn bald wieder voller Entsetzen zurück. Bereits in der Pubertät war er kräftiger als die meisten erwachsenen Männer, sein Leben wurde durch Gewalt und Einschüchterung geprägt.

Dann begannen die Anfälle.

Am Anfang nahm er sie gar nicht wahr. Da sie sich meistens in der Nacht ereigneten, spürte er am nächsten Tag nur eine Benommenheit und Lethargie und bemerkte unerklärliche blaue Flecken oder blutende Wunden an seinen Händen. Das Problem kam erst in einer Jugendstrafanstalt ans Licht, weil sein nächtliches Verhalten den anderen Häftlingen Angst einjagte. Monk hatte Wutanfälle, lachte wie ein Irrer und reagierte auf jeden Versuch, ihn zu beruhigen, mit verheerender, zügelloser Gewalt. Am nächsten Morgen konnte er sich an nichts erinnern.

Zuerst glaubte er, die Anschuldigungen und darauffolgenden Bestrafungen wären lediglich eine neue Form der

Schikane, und wurde noch verschlossener und aggressiver. Nie kam ihm der Gedanke, um Hilfe zu bitten, und wenn ihm welche angeboten worden wäre, was nicht geschah, hätte er sie abgewiesen. Gefängnispsychologen sprachen von antisozialem Verhalten, von triebgesteuerten Störungen und soziopathischen Neigungen. Ein Blick genügte, um die schlimmsten Vermutungen zu bestätigen. Er war ein Irrer, ein Monster.

Er war Monk.

Als er älter wurde, begann er durchs Moor zu streifen. Die ursprüngliche Landschaft mit ihren Felsformationen und dornigen Ginsterbüschen hatte eine beruhigende Wirkung auf ihn. Vor allem aber konnte er dort allein sein. Eines Tages entdeckte er an einem Berghang ein überwuchertes Loch. Es war der Eingang zu einer alten Mine, was er damals allerdings nicht wusste. Diese Entdeckung eröffnete ihm buchstäblich eine neue Welt. Er begann, nach den alten Minen und Höhlen zu suchen, die sich unter dem Dartmoor verbargen, und erforschte sie. Bald verbrachte er genauso viel Zeit in den kalten, unterirdischen Schächten wie in dem heruntergekommen Wohnwagen, der sein Zuhause war. Dort unten war es egal, ob es Tag oder Nacht war oder welche Jahreszeit oben herrschte. In den Schächten fühlte er sich sicher. In Frieden. Selbst die Anfälle schienen seltener zu werden.

Als er eines Nachts auf dem Weg ins Moor war, begegnete er einer Jugendbande. Er war fast eine Woche weg gewesen und hatte auf einer Baustelle gearbeitet, wo er bar auf die Hand ausgezahlt worden war. Jetzt, mit Geld in der Tasche, verspürte er ein so starkes Bedürfnis, die Stadt zu verlassen, dass seine Haut überall juckte und kribbelte. In seinem ganzen Körper gärte und brodelte es vor lauter Unruhe, und in seinem Kopf herrschte ein heilloses Durcheinander, das häufig einen bevorstehenden Anfall ankündigte.

Zuerst ignorierte er die unter einer kaputten Straßenlaterne kauernden Jugendlichen mit ihren Kapuzenjacken. Zwischen ihnen lag ein Mädchen auf dem Boden, das sie offenbar gejagt und in die Enge getrieben hatten. Monk wäre gleichgültig vorbeigegangen, wenn sie nicht so gehässig und grausam gelacht hätten. Böse Erinnerungen an seine Kindheit kamen in ihm hoch. Nachdem er ein paar von ihnen verprügelt hatte, hatte sich die Bande aus dem Staub gemacht und die einsame Gestalt auf dem Boden zurückgelassen. Monks Aggression war noch nicht abgeflaut, am liebsten hätte er weitergeschlagen, doch das Mädchen auf dem Boden hatte ohne Angst zu ihm hochgeschaut und ihn schüchtern angelächelt.

Ihr Name war Angela Carson.

«Sie *kannten* sie?»

Die Frage war mir unwillkürlich entschlüpft. Laut der Berichte, die ich gelesen hatte, war Monk vor dem Mord im Viertel seines vierten Opfers gesehen worden, doch man war davon ausgegangen, dass er ihr einfach nachgestellt hatte. Niemand hatte angenommen, dass er Angela Carson gekannt hatte, geschweige denn, dass die beiden eine Art Beziehung gehabt haben könnten.

Der Blick in Monks Augen war Antwort genug.

Nach der ersten, zufälligen Begegnung hatten sie sich zueinander hingezogen gefühlt. Beide waren einsam. Beide waren, auf verschiedene Weise, von der Gesellschaft ausgegrenzt. Angela Carson war fast völlig taub, und die Zeichensprache fiel ihr leichter als die wörtliche Rede. Monk wusste nicht, wie, doch es gelang den beiden zu kommunizieren. In der einfachen jungen Frau fand er endlich einen Menschen, der weder abgestoßen von ihm war noch Angst vor ihm hatte. Es war nicht schwer, sich vorzustellen, dass seine Kraft aus ihrer Sicht beruhigend war. Er begann sie nach Einsetzen der Dunkelheit zu besuchen, wenn das Risiko geringer war, dass er von den Nachbarn gesehen wurde.

Es dauerte nicht lange, und sie bat ihn, über Nacht zu bleiben.

Seit sie sich kennengelernt hatten, war er ruhiger gewesen und hatte geglaubt, die Anfälle gehörten der Vergangenheit an. Trotzdem hatte er sich immer bemüht, nicht einzuschlafen.

Dann war es doch passiert.

Er behauptete, er hätte keine Erinnerung an das, was geschehen war, und wüsste nur noch, dass er plötzlich vor dem Bett stand. An der Tür hatte es gehämmert – die Polizei. Es herrschte ein totales Durcheinander. Seine Hände waren mit Blut bedeckt, doch es war nicht seins.

Er schaute hinab und sah Angela Carson.

In dem Moment verlor Monk den letzten Rest seiner Beherrschung. Als die Polizisten ins Zimmer stürmten, griff er sie völlig außer sich an. Dann lief er davon und versuchte vergeblich, den Bildern des über und über blutverschmierten Zimmers zu entfliehen, bis ihn die Kraft verließ.

Wie ferngesteuert war er hinaus ins Moor gelaufen.

Und unter der Erde verschwunden.

Dass man nach ihm suchen würde, war ihm im Grunde gar nicht in den Sinn gekommen. Er wollte nicht vor der Polizei fliehen, sondern vor sich selbst. Kälte und Hunger trieben ihn nach ein paar Tagen wieder hoch. Er hatte jedes Zeitgefühl verloren, und als er auftauchte, war es Nacht. Er stahl Kleidung und Essen und was er sonst noch benötigte und verschwand vor Sonnenaufgang wieder im Untergrund.

Während der nächsten drei Monate verbrachte er mehr Zeit unterhalb der Ginsterbüsche und Heideflächen des Dartmoors als unter freiem Himmel. Er kam nur an die frische Luft und ans Tageslicht, um in ein anderes Tunnelsystem umzuziehen oder neue Vorräte zu stehlen und die Fallen zu überprüfen, die er für Hasen ausgelegt hatte. Oben wurde er daran erinnert, wer er war und was er getan hatte. Unten im dunklen Felsgestein konnte er sich verkriechen.

Und vergessen.

Da er keine Angst vor dem Tod hatte, war er in der Lage, Orte zu finden und sich in Schächte zu zwängen, in die sich sonst niemand wagen würde. Zweimal stürzte die Decke ein, und er musste sich frei schaufeln, ein anderes Mal wäre er beinahe ertrunken, weil die Mine nach schweren Regenfällen überflutet wurde. Einmal hockte er zusammengekauert in einer dunklen Ecke, während nur wenige Meter weiter eine Gruppe Höhlenforscher vorbeiging. Er ließ sie ziehen und suchte sich danach einen weniger öffentlichen Zufluchtsort.

Die Anfälle kamen regelmäßig, doch dort unten war er sich ihrer nur vage bewusst. Manchmal erwachte er in einer anderen Höhle als der, in der er eingeschlafen war, ohne eine Erinnerung daran, wie er hergelangt war. Seitdem gewöhnte er sich an, mit einer Taschenlampe in der Tasche zu schlafen.

Dann, eines Tages, fand er sich im hellen Sonnenlicht auf

einer Landstraße wieder. Er war verwirrt, seine Kleidung völlig verdreckt, und er hatte keine Ahnung, wo er war und was er dort tat. In diesem Zustand entdeckte ihn die Polizei.

Von Tina Williams oder Zoe und Lindsey Bennett hörte er zum ersten Mal, als er wegen der Morde an ihnen angeklagt wurde.

«Weshalb haben Sie sich dann schuldig bekannt?», fragte ich.

Monk rieb sich abwesend einen Finger und starrte mit seinen Knopfaugen ins Nichts. Ich hatte sie immer für leer gehalten, doch nun fragte ich mich, wie mir die Traurigkeit in ihnen entgangen sein konnte.

«Jeder hat gesagt, ich hätte es getan. Man hat ihr Zeug unter meinem Wohnwagen gefunden.»

«Aber wenn Sie sich nicht erinnern konnten ...»

«Ich habe es doch versucht, verdammte Scheiße!»

Er starrte mich finster an, doch selbst das schien ihn anzustrengen. Wieder erschütterte ihn ein Hustenanfall, heftiger als die vorherigen, er krümmte sich zusammen, und als es endlich vorbei war, saß er keuchend und japsend da.

Ohne nachzudenken, griff ich nach seinem Handgelenk. «Kommen Sie, ich überprüfe Ihren Puls ...»

«Wenn Sie mich anfassen, breche ich Ihnen den Arm.»

Ich ließ meine Hand sinken. Monk lehnte sich an den Felsen und musterte mich misstrauisch. «Wenn Sie Arzt sind, wieso buddeln Sie dann Leichen aus? Glauben Sie, Sie können sie wieder lebendig machen?»

«Nein, aber ich kann dabei helfen, den Mörder zu finden.»

Am liebsten hätte ich die Worte sofort zurückgenommen,

aber es war zu spät. Als Monk zu schnaufen begann, dachte ich, es wäre ein weiterer Hustenanfall, bis ich merkte, dass er lachte. «Immer noch ein Klugscheißer», brummte er. Doch er beließ es dabei. Bei jedem Atemzug stieß er ein rasselndes Pfeifen aus, sein gelbliches Gesicht war mit einem Schweißfilm überzogen und wirkte eingefallen.

«Die Herzattacke war nicht vorgetäuscht, oder?»

Monk strich sich mit einer Hand über den Schädel, wobei sein Daumen genau in die Delle auf seiner Stirn passte. Es schien ihn zu beruhigen.

«Es war Schnee.»

Es dauerte eine Weile, ehe ich verstand. «Sie hatten eine Überdosis Kokain? Absichtlich?»

Der große Kopf nickte. Seine Hand strich weiter über die Stoppeln.

«Wie viel?»

«Genug.»

Das erklärte, wie Monk die Ärzte hatte täuschen können. Eine Überdosis Kokain lässt nicht nur den Blutdruck in die Höhe schnellen, sie kann auch Herzrasen und Herzrhythmusstörungen auslösen. Die Symptome können leicht für den Beginn einer Herzattacke gehalten werden und sich als ebenso tödlich erweisen. Seinem Zustand nach zu urteilen, vermutete ich, dass er an Gefäßverengung gelitten hatte, vielleicht sogar an Herzversagen. Gemeinsam mit der Atemwegsinfektion hätte das allemal gereicht, ihn umzubringen. Jetzt überraschte es mich nicht mehr, dass wir ihm draußen am Black Tor entkommen waren.

Er war zu krank gewesen, um uns zu kriegen.

«Sie hätten sich umbringen können», sagte ich.

Sein Mund verzog sich. «Na und?»

«Das verstehe ich nicht. Warum haben Sie acht Jahre gewartet und fliehen jetzt?»

Als sein Mund zuckte, hielt ich das zunächst für ein Lächeln. Dann sah ich den Blick in seinen Augen und wusste, dass es alles andere als das war.

«Weil die Bullen mich reingelegt haben.»

Bis zu diesem Moment war ich kurz davor gewesen, ihm zu glauben. Ja, ihn sogar, Gott helfe mir, zu bemitleiden. Monk war zu vielen Dingen fähig, doch die Schauspielerei gehörte nicht dazu. Aber während ich geschworen hätte, dass der spastische Anfall, den ich erlebt hatte, echt gewesen war, kam er mir nun mit Verschwörungstheorien. Offenbar konnte man mir meine Gedanken ansehen.

«Sie denken, ich bin ein Psycho, oder?»

«Nein, ich ...»

«Lügen Sie nicht, verdammte Scheiße!»

Er starrte mich an und neigte seinen großen Schädel nach vorn. *Sei vorsichtig!* «Warum glauben Sie, dass Sie reingelegt wurden?»

Er schaute mich noch einen Moment finster an und betrachtete dann seine verschorften Hände. Von der einen tropfte noch Blut, aber es schien ihn nicht zu stören.

«Ein Neuling in Belmarsh hat rumerzählt, er hätte gesehen, wie jemand unter meinem Wohnwagen war, bevor er durchsucht wurde. Der Typ hat einen Polizeiausweis gezückt und ihm gesagt, das wäre eine Polizeiangelegenheit und er soll sich verpissen. Wenn er irgendjemand davon erzählt, wird er als Kinderschänder verknackt und in die Klapsmühle gesteckt. Es wäre besser für ihn, wenn er den Mund hält. Und das hat er getan. Er hat nie jemand davon erzählt, bis er nach Belmarsh kam und sich groß aufspielen wollte.»

Monk wandte sich ab und spuckte aus. «Sonst hätte ich es nie herausgefunden.»

Das war nicht die Sorte paranoides Geschwätz, die ich erwartet hatte. Erst die Entdeckung von Zoe Bennetts Lippenstift und der Haarbürste ihrer Schwester unter seinem Wohnwagen hatte Monks Schuld bestätigt. Wahrscheinlich wusste er das, aber dennoch …

«Dieser Häftling …», sagte ich.

«Walker. Darren Walker.»

«Hat er Ihnen den Namen des Polizisten gesagt?»

«Er meinte, es war ein DI Jones.»

Der Name sagte mir nichts. «Er könnte gelogen haben.»

«Nein. Nicht nach dem, was ich mit ihm gemacht habe.» Monks Miene war mitleidlos. Sein Gesicht verzog sich zu einem höhnischen Grinsen. «Er hätte früher etwas sagen sollen.»

Als Terry mich über Monks Flucht informiert hatte, hatte er mir erzählt, dass Monk einen Mithäftling totgeschlagen hatte. *Als ihn zwei Wächter wegreißen wollten, hat er sie krankenhausreif geprügelt. Es überrascht mich, dass du nichts davon gehört hast.* Ich versuchte zu schlucken, aber mein Mund war so trocken, dass ich es mehrmals versuchen musste. Ich zeigte auf eine Packung ungeöffneter Wasserflaschen, die in der Nähe lagen. «Kann ich etwas zu trinken haben?»

Er zuckte mit seinen herabhängenden Schultern. Ich öffnete eine der Flaschen und merkte, wie meine Hände zitterten. Doch das Wasser tat meiner ausgetrockneten Kehle gut, außerdem war ich schon allein darüber froh, dass er es mir erlaubt hatte.

Ich trank die Hälfte und ließ den Rest für Sophie übrig, wenn sie aufwachte. «Was hat Wainwright damit zu tun?», fragte ich. «Warum haben Sie ihn umgebracht?» Ein Teil von mir rechnete damit, dass Monk sagte, er könnte sich auch daran nicht erinnern. Er räusperte sich lautstark und spuckte einen schleimigen Klumpen auf den Boden, bevor er antwortete. «Ich habe ihn nicht umgebracht.»

«Seine Frau hat Sie erkannt, und Ihre DNA-Spuren waren überall im Haus.»

«Ich habe nicht gesagt, dass ich nicht da war, ich habe gesagt, dass ich ihn nicht umgebracht habe. Er ist die Treppe runtergefallen. Ich habe ihn nicht angerührt.»

Das war möglich. Wainwrights Leiche hatte am Fuß der Treppe gelegen, beim Sturz hätte er sich das Genick brechen können. Jeder würde in Panik geraten, wenn in der eigenen Wohnung plötzlich Monk vor einem steht, erst recht ein Kranker.

«Warum sind Sie überhaupt zu ihm gegangen? Sie werden doch kaum gedacht haben, Wainwright hätte etwas damit zu tun gehabt, dass Sie reingelegt wurden.»

Monk hatte die Hände auf seinem Kopf gefaltet und schaute Sophie an. Sie rührte sich im Schlaf und runzelte die Stirn, als könnte sie seine Blicke spüren. «Als ich sie nicht finden konnte, wusste ich nicht, was ich sonst machen soll. Ich dachte, er weiß vielleicht, wo sie sind. Oder er kann mir sonst irgendwie helfen. Ich habe versucht, Löcher im Moor zu graben, so wie er es gemacht hat. Ich dachte, vielleicht kann ich mich dann erinnern. Dass Sie beide auftauchen, hätte ich allerdings nicht gedacht.» Er grinste mich an. «Aber Sie haben auch nicht mit mir gerechnet, oder? Sie hatten so viel Schiss, dass ich Sie regelrecht riechen konnte. Wenn ich vom Graben dieser Scheißlöcher nicht so k.o. gewesen wäre, hätte ich Sie gekriegt.»

Und deshalb hatte er in jener Nacht frustriert den einzigen anderen Menschen aufgesucht, der ihm eingefallen war. Einer, der leicht zu finden war, dessen Name im Telefonbuch stand.

«Wainwright war krank. Er hätte Ihnen nicht helfen können.»

Monk riss den Kopf hoch. «Woher sollte ich das wissen? Glauben Sie, mir tut auch noch leid, dass er tot ist? Das hochnäsige Arschloch hat mich wie Abschaum behandelt, das habe ich nicht vergessen! Ich hätte ihm sowieso den Hals umgedreht!»

«Ich wollte nicht ...», begann ich, aber es war, als wäre ein Schalter umgelegt worden.

«*Die Arschlöcher haben mich reingelegt!* Acht Jahre lang dachte ich, ich wäre zu kaputt, um mich an das zu erinnern, was ich getan habe! *Acht beschissene Jahre!*»

«Wenn Sie die anderen Mädchen nicht getötet haben ...»

«Die interessieren mich einen Scheiß! Aber wenn ich bei denen reingelegt wurde, dann vielleicht auch bei allem anderen! Bei Angela!» Die dunklen Augen waren fiebrig und manisch. Sein Kinn zuckte. «Vielleicht haben mich die Wichser nur glauben lassen, ich hätte sie getötet! Kapieren Sie? Vielleicht habe ich es gar nicht getan, und *deshalb muss ich mich erinnern, verdammte Scheiße!*»

In dem Moment erstarb meine Hoffnung, vernünftig mit ihm reden zu können. Im Grunde ging es Monk nicht darum, irgendwelche verschütteten Erinnerungen wachzurufen, er wollte sich lediglich von der Schuld für Angela Carsons Tod freisprechen. Aber das war unmöglich. Unabhängig vom Schicksal der anderen Opfer, unabhängig davon, ob er es beabsichtigt hatte oder nicht, er hatte sie mit bloßen Händen getötet. Und Sophie würde ihm nicht helfen können. Egal, was sie sagte.

«Ganz gleich, was Sie getan haben, wenn es während eines Anfalls passiert ist, sind Sie vielleicht schuldunfähig», sagte ich. «Es gibt Formen von Schlafstörungen, die ...»

«Maul halten!» Er sprang mit geballten Fäusten auf. «Wecken Sie sie auf!»

«Nein, warten Sie ...»

Er bewegte sich so schnell, dass ich es nicht kommen sah. Im Grunde war es nur ein Klaps, doch mir kam es vor, als wäre ich am Kopf von einem Brett getroffen worden. Während Monk Sophie packte, fiel ich auf den am Boden liegenden Müll.

«Los, aufwachen!»

Sophie stöhnte schwach, rührte sich aber nicht. Als er ihr eine Ohrfeige geben wollte, packte ich seinen Arm. Er stieß mich weg und schleuderte mich gegen die Felswand.

Aber Monk unternahm keinen Versuch mehr, Sophie zu schlagen. Er starrte auf seine Faust, die er vorhin gegen den Felsen gehämmert hatte, als würde ihm erst jetzt auffallen, dass sie blutete, und da verrauchte seine Wut so schnell, wie sie aufgekommen war.

«David ...?»

«Ich bin hier.» Ich hatte Blut im Mund, mein Kiefer pochte, doch ich rappelte mich auf und ging zu ihr hinüber. Dieses Mal hielt mich Monk nicht zurück.

Sophie rieb sich den Kopf, die Stirn vor Schmerzen zerfurcht. «Ich fühle mich nicht besonders», sagte sie undeutlich, und dann übergab sie sich.

Ich hielt sie fest, bis es vorüber war. Sie stieß eine Art Stöhnen oder Schluchzen aus und schirmte ihre Augen vor dem Laternenlicht ab. «Mein Kopf ... er tut total weh.»

«Schau mich an, Sophie.»

«Es tut weh.»

«Ich weiß, aber bitte schau mich an.»

Ich strich ihr das Haar aus dem Gesicht. Blinzelnd öffnete sie die Augen. Ich erschrak. Während ihre linke Pupille normal war, war ihre rechte deutlich erweitert. *O Gott.*

«Was ist los mit ihr?», wollte Monk wissen. Er klang misstrauisch und schien das Ganze für einen Trick zu halten.

Ich holte tief Luft, während Sophie versuchte, sich vom Licht wegzudrehen. *Bleib ruhig. Verlier jetzt nicht die Beherrschung.* «Ich glaube, es ist ein Hämatom.»

«Ein was?»

«Eine Gehirnblutung. Wir müssen sie ins Krankenhaus bringen.»

«Halten Sie mich für bescheuert?» Monk wollte nach ihrem Arm greifen.

«Finger weg!», fuhr ich ihn an und stieß ihn zur Seite. Jedenfalls versuchte ich es. Es war, als wollte ich einen Stier wegschieben. Doch er starrte mich nur reglos an. Dieses Verharren hatte ich schon zuvor an ihm erlebt, meistens war er danach durchgedreht.

«In ihrem Kopf sammelt sich Blut», sagte ich mit bebender Stimme. «Es könnte beim Autounfall oder schon vorher passiert sein. Aber wenn nichts dagegen unternommen wird ...» *Wird sie sterben.* «Ich muss sie hier rausbringen. Bitte.»

Monks Mund zuckte verärgert, sein Schnaufen wurde stärker. «Sie sind Arzt, können Sie nichts machen?»

«Nein, sie muss operiert werden.»

«Scheiße!» Er schlug mit der Hand gegen die Wand. In der kleinen Kammer hallte es wie ein Schuss. «*Scheiße!*» Ich achtete nicht auf ihn. Sophie war gegen mich gesackt. «Sophie? Hey, du musst wach bleiben.» Wenn sie hier unten das Bewusstsein verlor, würde ich es niemals schaffen, sie nach draußen zu bringen. Sie rührte sich schwach. «Ich will nicht ...»

«Komm schon, du musst aufrecht sitzen. Wir werden hier rausgehen.» Monk stieß mir mit der Hand gegen die Brust. «Nein! Sie wollte mir helfen!»

«Sieht sie aus, als könnte sie irgendwem helfen?»

«Sie bleibt hier!»

«Dann wird sie sterben!» Ich zitterte, aber jetzt vor Wut. «Sie hat versucht, Ihnen zu helfen. Wollen Sie noch mehr Unheil anrichten?»

«*Maul halten!*»

Ich sah seine Faust kommen, aber ich hatte keine Chance, ihr auszuweichen. Ich zuckte nur zusammen, als sie an meinem Gesicht vorbeiflog, sein Jackenärmel streifte meine Wange, und dann gegen den Stein direkt neben meinem Kopf krachte.

Ich bewegte mich nicht. Das einzige Geräusch war Monks rasselndes Schnaufen. Ich konnte seinen stinkenden Atem riechen. Mit wogender Brust ließ er seinen Arm fallen und trat einen Schritt zurück. Blut tropfte von seiner Hand. Sie war bestimmt gebrochen, denn dieses Mal hatte er die Wand frontal getroffen.

Aber er ließ sich keinen Schmerz anmerken. Er betrachtete die geschwollenen Knöchel, als würden sie nicht zu ihm gehören, und schaute dann hinab auf Sophie. Trotz seiner Größe hatte er etwas Trauriges an sich. Etwas Resigniertes.

«Sie hätte sowieso nicht helfen können, oder?», fragte er. «Es hätte nichts gebracht.»

Ich suchte nach einer sicheren Antwort, gab es dann aber auf. «Nein.»

Monk senkte den Kopf. Als er ihn wieder hob, war sein gruseliges Gesicht unergründlich. «Gehen wir.»

Ich nahm die Taschenlampe und eines der Riechsalzfläschchen, um Sophie aufzuwecken. Sie stöhnte protestierend und versuchte, ihren Kopf wegzudrehen. Das Ammoniak war bestenfalls eine vorübergehende Maßnahme, es würde ihr aber auch nicht schaden. Und sie musste so wach wie möglich sein.

Viel Zeit blieb uns nicht.

Nach Kopfverletzungen besteht immer die Gefahr von Hämatomen. Manche bilden sich sehr schnell, andere über Wochen. Es handelt sich um langsam anschwellende Blutblasen im Schädel, die Druck auf das Gehirn ausüben. In Sophies Fall hatten sie sich wohl während der letzten Tage gebildet. Entweder waren sie zu klein gewesen, um bei den Untersuchungen im Krankenhaus entdeckt zu werden, oder sie hatte sich selbst entlassen, bevor jemand darauf gekommen war.

Trotzdem hätte ich es merken müssen. Obwohl ich die ganze Zeit mit den Anzeichen konfrontiert gewesen war, hatte ich sie übersehen. Ich hatte ihr undeutliches Sprechen auf Alkohol und Müdigkeit zurückgeführt und ihre Kopfschmerzen als Kater abgetan.

Nun könnte sie durch meine Schuld sterben.

Sophie wusste kaum, wo sie war. Sie konnte gehen, aber nicht ohne Hilfe. Als ich sie gemeinsam mit Monk aus der Kammer führte, wurde mir klar, dass wir nicht den Weg mit den engen Tunneln und verzweigten Passagen nehmen konnten, den wir gekommen waren.

«Gibt es einen anderen Weg hinaus?», fragte ich, als sie gegen mich sackte.

Im Licht der Taschenlampe sah Monk furchterregend aus, doch mittlerweile hatte ich mehr Angst um Sophie als vor ihm. Sein Schnaufen klang schlimmer denn je. «Ja, aber ...»

«Was?»

«Egal», sagte er und ging los.

Die Welt schrumpfte auf die schroffen Felsen über und neben mir und auf Monks breite Schultern vor mir zusammen. Der Strahl der Taschenlampe war schwach, doch immerhin konnten wir sehen, wohin wir in der Dunkelheit gingen. Wenn ich jetzt fiel, würde ich Sophie mit mir zu Boden reißen.

Ich hatte einen Arm um sie gelegt und entlastete sie, so gut ich konnte. Sie wimmerte vor Schmerzen, und als sie mich bat, sie liegen und schlafen zu lassen, war ihre Stimme schwach und undeutlich. Sobald sie zu matt wurde, hielt ich ihr das Riechsalz unter die Nase und versuchte, nicht daran zu denken, was passieren würde, wenn sie hier unten kollabierte. Und schon gar nicht daran, dass unser Leben von einem Mörder abhing.

Abseits der luftleeren Wärme der Kammer war es eiskalt. Meine Zähne klapperten, und Sophie zitterte am ganzen Leib. Über den unebenen Boden des Gangs floss Wasser. Ich musste an die Geschichten von Leuten denken, die in überfluteten Höhlen ertrunken waren. In den letzten Wochen hatte es viel geregnet, doch ich sagte mir, dass Monk wusste, was er tat.

Die Wände des Gangs öffneten sich in eine gewölbte Höhle, in der ein feiner, kalter Dunst die Luft mit einem mineralischen Geruch erfüllte. In dem begrenzten Raum war das Plätschern des Wassers ohrenbetäubend. Im Licht der Taschenlampe sah ich, dass es von den Felswänden strömte und kaskadenartig in ein aufgewühltes Becken stürzte. Fast die gesamte Höhle stand unter Wasser, aber Monk bahnte sich einen Weg entlang des seichten Randes. Auf der anderen Seite war die Felswand direkt über dem Wasserpegel durch einen schmalen, vertikalen Riss gespalten. Mir rutschte das Herz in die Hose, als er davor stehen blieb.

«Hier durch.» Er musste laut sprechen, um das Wasser zu übertönen. Während ich Sophie festhielt, leuchtete ich mit der Taschenlampe in die Spalte. Sie wurde im Inneren immer enger. «Wohin führt die?»

«Zu einem Gang, der nach oben führt.» Selbst über das Rauschen des Wassers konnte ich Monks pfeifenden und rasselnden Atem hören. Im schummrigen Licht der Taschenlampe sah er mit seinem verunstalteten Gesicht wie eine wandelnde Leiche aus. «Sind Sie sicher?»

«Sie wollten einen anderen Weg nach draußen.»

Damit drehte er sich um und platschte am seichten Rand des Beckens zurück durchs Wasser. «Sie werden uns doch hier nicht alleinlassen?», brüllte ich hinter ihm her.

Keine Antwort. Der Strahl der Taschenlampe tänzelte über das Wasser, als er sich durch die geflutete Höhle entfernte. Während wir dort gestanden hatten, war der Pegel gestiegen.

«David ... was ...?»

Sophie wurde immer schwerer. Ich schluckte meine Angst hinunter. «Alles okay. Es ist nicht mehr weit.» Ich hatte keine Ahnung, ob das stimmte oder nicht. Aber wir hatten keine Wahl. Ich leuchtete mit der Taschenlampe nach vorn, zog sie an mich und zwängte mich seitlich in die schmale Felsspalte. Nach oben verlor sie sich in der Dunkelheit, doch zwischen den Felswänden war höchstens ein halber Meter Spielraum. Da sie mit jedem mühsamen Schritt näher zu kommen schienen, musste ich einen Anflug von Klaustrophobie unterdrücken.

Im schwachen Licht der Taschenlampe dampfte mein Atem. Nach ein paar Metern schaute ich zurück, aber die geflutete Höhle war schon nicht mehr zu sehen. Doch wir hätten sowieso nicht zurückgekonnt. Es war nicht genug Platz, um sich umzudrehen, und mit Sophie in meinem Arm konnte ich nicht rückwärtsgehen. Mittlerweile zerrte ich sie beinahe hinter mir her und hatte Mühe, sie festzuhalten, während ich mich Schritt für Schritt vorankämpfte.

Wie weit noch? Ich sagte mir, dass es nicht mehr weit sein konnte. Die Spalte wurde zunehmend enger. Ich konnte die massiven und unnachgiebigen Wände spüren, die mir gegen die Brust drückten. *Denk nicht darüber nach. Geh einfach weiter.* Doch je weiter wir kamen, desto schwerer wurde es. Auf dem zerklüfteten Boden drohte ich zu stolpern, und für uns beide reichte der Platz zwischen den vertikalen Felsplatten nicht mehr, jedenfalls nicht, solange ich Sophie festhielt.

Ich zwang mich, ruhig zu bleiben. «Sophie, ich muss dich loslassen. Du musst für ein paar Sekunden alleine stehen.»

Meine Stimme klang zwischen den Felsen seltsam flach. Sie antwortete nicht.

«Sophie, los, wach auf!» Doch Sophie bewegte sich nicht. Jetzt, wo ich stehen geblieben war, lag sie wie ein totes Gewicht in meinem Arm, und es fiel mir immer schwerer, sie aufrecht zu halten. Wenn die Wände der Felsspalte nicht gewesen wären, sie wäre mir wahrscheinlich weggesackt. Ich tastete mit einer Hand nach dem Riechsalz in meiner Tasche und versuchte verzweifelt, weder das Fläschchen noch die Taschenlampe fallen zu lassen. Als ich das Fläschchen mit den Zähnen öffnete, tränten mir die Augen von dem Ammoniakgestank, obwohl ich die Luft anhielt. Dann hielt ich es Sophie unter die Nase. *Komm schon. Bitte.*

Sie reagierte nicht. Nach einer Weile senkte ich das Riechsalz. *Okay, keine Panik. Denk nach.* Meine einzige Möglichkeit war, mich zuerst allein durch den schmalen Abschnitt zu zwängen und sie irgendwie hinter mir herzuziehen. Doch wenn ich sie losließ, und sie brach zusammen ...

Es ist so eng, dass sie nicht hinfallen kann, außerdem kannst du hier nicht ewig stehen bleiben! Tu es einfach! Mein Arm wurde schon taub. Ich versuchte ihn unter ihrer Schulter hervorzuziehen. *Du kannst es. Ganz ruhig.* Mein Jackenärmel schabte über den rauen Fels, doch sosehr ich mich auch anstrengte, ich konnte meinen Arm nicht befreien. Als ich mich ein wenig drehte, um einen größeren Hebel zu haben, spürte ich die Felswände wie einen Schraubstock um meinen Oberkörper. Für einen Augenblick konnte ich mich gar nicht mehr bewegen, dann drehte ich mich zurück in meine vorherige Position und scheuerte mir dabei die Knöchel auf.

O Gott. Ich schloss die Augen und rang nach Atem. Es schien nicht genug Luft zu geben. Ich sah Sterne funkeln. Als ich merkte, dass ich zu hyperventilieren begann, zwang ich mich, ruhiger zu atmen. *Um Himmels willen, werd nicht ohn-*

mächtig. Allmählich normalisierte sich mein Herzschlag. Ich machte die Augen auf. Beleuchtet von der Taschenlampe, war die Felswand nur Zentimeter vor meinem Gesicht. Ich konnte ihre schroffe, harte Struktur sehen und ihre salzige Feuchtigkeit riechen. Ich fuhr mir mit der Zunge über die Lippen. *Na los, denk nach!* Aber mir fiel nichts mehr ein. Mein Arm war völlig abgestorben. Sophie war bewusstlos und direkt neben mir eingeklemmt. Ich konnte weder vor noch zurück.

Wir steckten fest.

Als ich plötzlich ein Schimmern sah, spähte ich über Sophies Kopf und sah einen Lichtstrahl, der in die Spalte hinter uns leuchtete und die Unebenheiten der Felsen überdeutlich hervortreten ließ. Ein leises Kratzen war zu hören, begleitet von einem schweren, keuchenden Atem.

Nach einer Weile schob sich Monk in mein Blickfeld. Er klemmte seitlich in der schmalen Spalte und zwängte sich mit verzerrtem Gesicht in unsere Richtung. Für mich war es schon eng gewesen, wie es für ihn sein musste, konnte ich mir nicht vorstellen.

Er sagte nichts, bis er bei Sophie war. Während er die Taschenlampe festhielt, streckte er eine Pranke aus und packte sie an der Schulter.

«Ich hab sie ...»

Er keuchte gequält, und ich spürte, wie mir der größte Teil ihres Gewichts abgenommen wurde. Ich zog meinen Arm hinter ihrem Rücken hervor, schürfte mir dabei meine Knöchel noch mehr am Felsen auf, doch dann war ich frei. Als ich meine Finger dehnte und sie mit einem Mal wieder durchblutet wurden, musste ich die Zähne zusammenbeißen.

«Los ...», schnaufte Monk. Er hielt Sophie aufrecht,

während ich mich durch die Felswände zwängte. Als sie sich noch mehr verengten, blieb meine Jacke hängen, aber dann kroch ich weiter, und die Spalte wurde breiter. Erleichtert holte ich Luft und richtete meine Taschenlampe zurück auf Monk und Sophie.

Er hatte den Mund weit geöffnet und rang verzweifelt nach Atem, denn die Felsen schnürten ihm seine massige Brust ein. Aber er sagte nichts, als ich mit einer Hand Sophies Jacke packte und die andere schützend auf ihren Kopf legte.

Jetzt war die Enge der Spalte ein Vorteil für uns. Monk stützte Sophie von hinten ab, ich zog sie von der anderen Seite an die breitere Stelle. Ich legte einen Arm um sie, sodass ihr Kopf auf meine Schulter fiel, und nahm sie Monk ab. Dann leuchtete ich mit der Taschenlampe zurück zu ihm.

Er hatte sich immer weiter vorgearbeitet, um mir mit Sophie zu helfen. Nun steckte er selbst zwischen den Felswänden fest. Er japste mit offenem Mund wie ein Fisch an Land und stieß bei jedem Atemzug ein Pfeifen aus.

«Schaffen Sie es zurück?», fragte ich keuchend. Weiter würde er jedenfalls nicht kommen.

Es war schwer zu sagen, aber ich meinte, dass er grinste.

«Hab zugenommen ... seit dem letzten Mal ...»

Jedes Wort schien ihn furchtbare Kraft zu kosten. *Mein Gott, er wird da niemals rauskommen.* «Hören Sie, ich kann ...»

«Schnauze ... Raus mit ihr ...»

Ich zögerte, aber nur einen Augenblick. Er war hier unten schon lange sehr gut ohne Hilfe klargekommen, und ich musste mich um Sophie kümmern. Halb tragend, halb ziehend, schleppte ich sie weiter. Einmal schaute ich zurück, aber da war nur Finsternis.

Zwar war die Passage jetzt etwas breiter, aber Sophie hing mir schlaff und schwer in den Armen. Ich konnte nichts anderes tun, als sie abzustützen. Über den unebenen Boden der Spalte strömte Wasser, das mir über die Stiefel floss. Ich konnte nicht mehr sehen, wohin ich trat. Immer wieder stolperte ich, und unsere Jacken blieben an Felsvorsprüngen hängen. Ich kämpfte mich weiter vor, denn wenn wir nun feststecken sollten, wären wir auf uns allein gestellt.

Plötzlich teilten sich die Wände. Nach Luft schnappend, leuchtete ich mit der Taschenlampe in einen Gang, der kaum höher war als ich, dafür aber breit genug, dass wir nebeneinander stehen konnten. Wenn Monk recht hatte, musste dies der Weg nach draußen sein.

Er führte steil nach oben. Als ich losgehen wollte, merkte ich, dass meine Beine bleischwer waren und unter Sophies Gewicht zitterten. Bevor ich weiterkonnte, brauchte ich eine Pause. Ich setzte sie auf dem Boden ab und strich ihr eine Strähne aus dem Gesicht. «Sophie? Kannst du mich hören?»

Sie reagierte nicht. Ich überprüfte ihren Puls. Er ging zu schnell. Als ich ihr in die Augen schaute, stellte ich fest, dass die rechte Pupille sich noch mehr geweitet hatte und sich auch im direkten Licht der Taschenlampe nicht verkleinerte. Sofort wollte ich sie wieder hochheben, doch ich hatte keine Kraft mehr. Nach ein paar Versuchen wäre ich fast zusammengebrochen. Ich setzte Sophie ab. *Es ist hoffnungslos.* Fast hätte ich losgeheult. Ich hatte keine Ahnung, wie weit es noch war, aber ich konnte sie keinen Meter mehr tragen. Um sie zu retten, hatte ich im Grunde nur eine Möglichkeit.

Ich musste sie zurücklassen.

Vergeude keine Zeit. Tu es. Ich zog mir die Jacke aus, legte ihr vorsichtig die Ärmel unter den Kopf und deckte sie mit dem Rest zu. Die Kälte drang mir sofort in die Knochen, aber das war mir egal. Als ich zu ihr runterschaute, wurde ich unschlüssig. *Gott, ich kann das nicht tun.* Aber ich hatte keine Wahl.

«Ich komme zurück, versprochen», sagte ich. Meine Stimme bebte vor Kälte. Ich bückte mich und küsste sie. Dann drehte ich mich um und ließ sie in der Dunkelheit allein.

Der Gang wurde immer steiler. Bald musste ich auf Händen und Knien hochkriechen. Wände und Decke kamen näher, bis der Gang nur noch ein Tunnel war. Im Licht der Taschenlampe sah ich nichts als ein schwarzes, von Felsen umgebenes Loch. Es schien endlos zu sein. Vor lauter Erschöpfung wurde mir schwindelig. Meine Sinne begannen, mir Streiche zu spielen, und ich glaubte, ich würde mich nach unten bewegen und immer tiefer in den Untergrund kriechen anstatt nach oben an die Oberfläche.

Dann strich mir etwas übers Gesicht. In heller Panik riss ich es weg, und als etwas in meinem Haar hängen blieb, schrie ich auf. Ich richtete die Taschenlampe nach oben und sah dornige Zweige. *Pflanzen?*, dachte ich benommen. Ich spürte, wie mir Wasser aufs Gesicht tropfte, doch erst als mir ein kalter Wind ins Gesicht blies, wurde mir klar, dass es Regen war.

Ich war draußen.

Es war stockdunkel. Im Licht der Taschenlampe sah ich, dass ich inmitten eines Ginsterdickichts an einem felsigen Hang herausgekommen war. Ich musste mich unter den dornigen, tropfenden Zweigen hindurchzwängen, die an meinen Sachen hängen blieben und mir die Haut aufkratzten. Die letzten Meter schlitterte ich den Hang hinab und landete, die Füße voran, in einem eiskalten Fluss.

Zitternd vor Kälte, kletterte ich aus dem Wasser und schwenkte die Taschenlampe umher. Der Nebel hatte sich gelichtet, doch es goss in Strömen. Ich war im Moor, am Fuße einer kleinen Felsformation. Sie war mit Ginster überwuchert, der den Eingang zur Höhle, aus der ich gekrochen war, völlig verdeckte. Am Horizont sah ich einen Lichtstreifen, doch ich hatte keine Ahnung, ob er Morgengrauen oder Abenddämmerung bedeutete, geschweige denn, wo ich war. Ich versuchte, mein betäubtes Gehirn in Gang zu kriegen. *Wo lang? Na los, entscheide dich!*

Der Wind wehte ein leises Geräusch heran. Ich neigte den Kopf, um herauszufinden, aus welcher Richtung es kam. Es wurde leiser, und für einen Moment befürchtete ich, ich hätte es mir nur eingebildet. Dann hörte ich es wieder, lauter dieses Mal.

Das entfernte Brummen eines Hubschraubers.

Ich arbeitete mich den Berg hinauf. Müdigkeit und Kälte waren vergessen, als ich die Taschenlampe über meinem Kopf schwenkte.

«Hier! Hierher!»

Ich schrie, bis ich heiser war, und achtete nicht auf die dornigen Ginsterzweige, die mein Gesicht peitschten, während ich mich auf den Bergkamm schleppte. Jetzt konnte ich die Lichter des Hubschraubers sehen, grelle Farbtupfer am dunklen Himmel, ungefähr einen halben Kilometer entfernt. Einen schrecklichen Moment lang dachte ich, er würde direkt an mir vorbeifliegen. Dann neigte er sich und hielt auf mich zu. Die Lichter wurden größer, ich konnte an den Seiten das Polizeiemblem erkennen, und bei diesem Anblick übermannte mich die Erschöpfung. Meine Beine knickten weg, ich sackte auf dem kalten Stein zusammen und wünschte, die Maschine würde schneller fliegen.

KAPITEL 28

Ich habe den Eindruck, einen unverhältnismäßig großen Teil meines Lebens in Krankenhäusern verbracht zu haben. Das langsame Vergehen der Zeit, während ich auf harten Plastikstühlen sitze, die Angst und die Frustration sind mir nur allzu vertraut geworden. Das Warten.

Die vergangenen vierundzwanzig Stunden waren so unwirklich wie ein böser Traum, den ich nicht abschütteln konnte. Das lag zum Teil an der Unterkühlung, die ich davongetragen hatte und die zwar nicht ernsthaft war, aber doch schlimm genug, dass ich immer noch fror und irgendwie neben mir stand, so als würde ich auf Ereignisse zurückblicken, die einem anderen Menschen passiert waren. Das schummrige Licht am Horizont war die Morgendämmerung gewesen. Ich hatte das Gefühl, tagelang unter der Erde gewesen zu sein, dabei waren seit dem Autounfall nur Stunden vergangen.

Im Polizeihubschrauber war ich in eine Decke gehüllt und mit Schokolade und heißem Tee aus der Thermoskanne des Piloten versorgt worden. Obwohl ich zu dem Zeitpunkt bereits unkontrolliert zitterte, hatte ich mich nicht ins Krankenhaus bringen lassen wollen. Am liebsten wäre ich geradewegs zurück zu Sophie gegangen, aber das kam nicht in Frage. Nachdem das Rettungsteam eingetroffen war, blieb mir eine Weile fast das Herz stehen, denn zuerst konnten die Männer die Höhle nicht finden. Es schien eine Ewigkeit zu dauern, ehe ein Ruf aus dem Ginsterdickicht signalisierte, dass der Eingang entdeckt worden war. Die nächste Stunde war die längste meines Lebens. Während ich in der beengten Kabine des Hubschraubers hockte, wirr im Kopf vor Erschöpfung und benommen vom Geruch des Kerosins, hatte ich alle Zeit der Welt, das Geschehene im Geiste noch einmal zu durchleben. Im kalten Licht der Dämmerung kam mir plötzlich alles, was ich getan hatte, und jede Entscheidung, die ich getroffen hatte, falsch vor.

Sophie war am Leben, aber bewusstlos, als sie herausgetragen wurde. Mittlerweile hatte man die Ginsterbüsche direkt vor dem Höhleneingang abgeholzt, damit sie auf der Trage zu dem wartenden Rettungshubschrauber transportiert werden konnte. Ich flog mit ihr, ersparte mir aber jede Frage an die Sanitäter, die sie sowieso nicht hätten beantworten können. Nachdem wir am Krankenhaus gelandet waren, kam ein Team aus Schwestern und Ärzten gebückt unter die schwirrenden Rotorblätter geeilt und brachte sie weg.

Ich wurde etwas unaufgeregter in die Notaufnahme geführt, wo man mir ein Nachthemd und eine Infusion verpasste. Meine Schnitte und Abschürfungen wurden gereinigt, die schlimmeren mit aseptisch riechenden Mullbinden versorgt. Wieder und wieder musste ich meine Geschichte erzählen, erst einer Reihe uniformierter Polizisten, dann den Kriminalbeamten. Nachdem ich schließlich hinter einem Vorhang in ein Krankenhausbett gelegt worden war, ließ man mich allein. Ich konnte mich nicht erinnern, jemals so müde gewesen zu sein. Außerdem machte ich mir fürchterliche Sorgen um Sophie, doch keiner der Polizeibeamten, die mich vernommen hatten, schien etwas zu wissen. Obwohl ich eigentlich nur einen Moment ausruhen wollte, als ich meinen Kopf aufs Kissen legte, schlief ich sofort ein.

Das Rascheln des Vorhangs weckte mich. Ich richtete mich orientierungslos und mit Schmerzen im ganzen Körper auf und sah Naysmith vor meinem Bett stehen. Das Kinn des hochgewachsenen Ermittlungsleiters war von einer frischen Rasur gerötet, seine Augen waren vor Müdigkeit rot und von Falten umgeben, aber er wirkte rege und aufmerksam.

«Wie geht es Sophie?», fragte ich, bevor er etwas sagen konnte.

«Die wird noch operiert. In ihrem Gehirn hat sich Blut gesammelt. Mehr kann ich Ihnen nicht sagen.»

Obwohl ich damit gerechnet hatte, traf mich die Nachricht schwer. Es gibt verschiedene Arten von Hämatomen, aber die Genesung – und die Überlebenschancen – hängen davon ab, wie schnell eine Operation durchgeführt wird. *Das ist deine Schuld. Du hättest es früher merken müssen.*

Naysmith angelte einen in Plastik gewickelten Gegenstand aus seiner Tasche. «Die werden Sie bestimmt noch brauchen», sagte er und legte meine verdreckte Brieftasche auf den Nachttisch. «Wir haben sie vor ein paar Stunden gefunden und wollten gerade ein Suchteam in die Mine schicken, als der Hubschrauber Sie entdeckt hat.»

«Was ist mit Miller und Steph Cross?»

Ihm war nicht anzumerken, ob er mir übelnahm, dass ich die beiden alleingelassen hatte. Er zog einen Stuhl heran und setzte sich. «Miller hat einen Schädelbruch, gebrochene

Rippen und ein paar innere Quetschungen. Er ist bewusstlos, aber sein Zustand ist stabil. Cross hat einen Kieferbruch und eine Gehirnerschütterung. Sie war schon wieder bei Bewusstsein, als die Verstärkung eintraf, und konnte berichten, was passiert war. Mehr oder weniger jedenfalls.»

Ich war erleichtert. Es hätte wesentlich schlimmer kommen können, obwohl ich mir nicht sicher war, ob die verletzten Polizeibeamten das genauso sahen. «Und Monk?»

«Noch keine Spur. Wir schicken Suchteams runter und lassen beide Schachteingänge überwachen. Aber es könnte noch andere geben, von denen wir nichts wissen. Cutter's Wheal war seit Jahren abgesperrt, und niemand wusste, dass die Mine mit irgendwelchen Höhlen verbunden ist. Soweit wir bisher gesehen haben, ist es ein großes System, fast so groß wie Bakers Pit bei Buckfastleigh. Wenn Monk immer noch da unten ist, werden wir ihn irgendwann finden, aber das kann dauern.»

Und wenn er nicht mehr da unten ist, könnte er mittlerweile überall sein. Naysmith schlug energisch seine Beine übereinander und beugte sich vor. «Und, wollen Sie mir jetzt erzählen, was geschehen ist?»

Obwohl ich mir vorstellen konnte, dass er bereits informiert worden war, wiederholte ich meine Geschichte geduldig noch einmal. Er hörte kommentarlos zu, selbst als ich ihm von Monks bizarrem Verhalten und von seiner Behauptung erzählte, er wäre von einem Polizeibeamten reingelegt worden. Nachdem ich fertig war, seufzte er gepresst. «Na ja, was Wainwright anbelangt, hat er jedenfalls die Wahrheit gesagt. Er hat sich das Genick beim Sturz von der Treppe gebrochen. Bei der Autopsie wurden Abschürfungen entdeckt, die vom Teppich auf der Treppe stammen, und am Geländer waren Blut und Haare von ihm. Entweder ist er im Dunklen gestürzt, oder er ist vor Schreck ins Stolpern gekommen, als er Monk gesehen hat. Was mich nicht wundern würde.» Er hielt inne und musterte mich ausdruckslos. «Wie viel von dem Rest haben Sie ihm geglaubt?»

Das war jetzt schwer zu sagen. Die gesamte vergangene Nacht hatte mittlerweile etwas Surreales angenommen. Ich versuchte mich zu konzentrieren. «Was er über die Blackouts gesagt hat, glaube ich ihm. Auch das über seine Beziehung mit Angela Carson. Es ging ihm zu schlecht, als dass er sich groß hätte verstellen können, und der Anfall, oder was auch immer es war, der war echt.»

«Glauben Sie wirklich, er hat sie während eines Anfalls getötet?»

«Nach dem zu urteilen, wie ich ihn erlebt habe, würde ich sagen, dass es so gewesen sein könnte.»

«Was ist mit den anderen Mädchen?»

«Ich weiß es nicht. Es ist wohl möglich, dass er sie alle während solcher Blackouts umgebracht hat, aber ich glaube, das ist zu weit hergeholt. Dann hätte er ja auch ihre Leichen in diesem Zustand wegschaffen müssen, und das kann ich mir nicht vorstellen. Er schien sich wirklich nicht erinnern zu können, aber das hat ihn nicht interessiert.»

«Monk ist ein gefühlloses Arschloch, das ist nichts Neues.»

«Nein, ich meine, er ist nicht daran interessiert, seinen Namen reinzuwaschen oder gar sein Strafmaß zu reduzieren. Deswegen denke ich auch, dass er die Wahrheit sagt. Er ist allein deshalb geflohen, weil er sich unbedingt davon überzeugen will, dass er Angela Carson nicht getötet hat.»

«Er wurde in einer abgeschlossenen Wohnung mit ih-

rer brutal zugerichteten Leiche und Blut an den Händen angetroffen. Ich glaube, da gibt es nicht viel Zweifel, oder?»
«Diesbezüglich nicht, nein. Aber in den letzten acht Jahren musste er damit leben, den einzigen Menschen getötet zu haben, der ihm jemals nahegestanden hat, und sich nicht an die Tat erinnern zu können. Er ist sowieso nicht der stabilste Charakter. Kann man ihm verdenken, dass er sich an jeden Strohhalm klammert?»

Naysmith schwieg einen Moment. «Was ist mit dieser Geschichte, dass er reingelegt wurde?»

Jetzt kommen wir zum Punkt. Ich seufzte. Die Sache von Monk in der Höhle erzählt zu bekommen, war eine Sache, am helllichten Tag darüber zu sprechen, eine völlig andere. Es wäre leichter gewesen, das Ganze als das Geschwätz eines Gestörten oder die Erfindung eines Schuldigen abzutun. Das Problem war, dass ich beide Erklärungen nicht glauben konnte.

«Meiner Meinung nach hat er sich das nicht ausgedacht», sagte ich.

«Aber Darren Walker könnte es sich ausgedacht haben. Einen Detective Inspector Jones gibt es nicht, jetzt nicht, und vor acht Jahren hat es auch keinen gegeben. Vielleicht hat Walker ihm etwas vorgesponnen, um ihn vom Hals zu kriegen. Mein Gott, wenn Monk mich in die Enge treiben würde, würde ich wahrscheinlich das Gleiche tun.»

«Aber weshalb sollte Walker eine solche Geschichte überhaupt verbreiten?»

«Einem Kleinganoven wie ihm geht der Arsch auf Grundeis bei den harten Fällen in Belmarsh. Er wäre nicht der Erste, der irgendwelche Geschichten erfindet, um sich aufzuspielen.»

«Monk hat ihm geglaubt. Und irgendwie kann ich mir nicht vorstellen, dass Walker ihn angelogen hat.» *Nicht nach dem, was ich mit ihm gemacht habe.*

«Trotzdem haben wir nichts, was diese Geschichte bestätigt», entgegnete Naysmith verärgert, als hätte er selbst schon darüber nachgedacht. «Da er Darren Walker praktischerweise totgeschlagen hat, haben wir nur Monks Wort. Und Sie werden mir verzeihen, dass ich dem nicht viel Glauben schenke. Genauso wenig glaube ich übrigens einem Kleinkriminellen wie Walker, dass ein Polizeibeamter irgendwem Beweise untergeschoben hat. Ich habe mir seine Akte angeschaut. Der stand wegen einer ganzen Reihe von Diebstählen und Einbrüchen unter Verdacht, aber er hatte mehr Leben als eine Scheißkatze. Hat es immer wieder geschafft davonzukommen – bis letztes Jahr. Und weshalb soll er so lange gewartet haben, ehe er das Maul aufreißt?»

Ich wusste es nicht. Ich konnte selbst nicht ganz glauben, dass ich Monk verteidigte. Doch während ich im Krankenhaus gelegen hatte, hatte ich Zeit zum Nachdenken gehabt. Auch wenn mir das neue Bild, das sich formte, nicht gefiel: Ich durfte es nicht ignorieren.

«Sie sagten selbst, dass Walker in Belmarsh verunsichert gewesen sein muss. Die Menschen sind zu allem fähig, wenn sie Angst haben.»

«Kann ich mir nicht vorstellen», entgegnete Naysmith. «Woher sollte dieser mysteriöse Detective Inspector überhaupt Sachen haben, die den Bennett-Zwillingen gehörten? Niemand kann Beweismaterial aus einer so wichtigen Ermittlung klauen, ohne dass es auffällt. Besonders dann nicht, wenn es plötzlich unter Monks Wohnwagen liegt.»

«Und wenn er es nun nicht aus der Asservatenkammer hat?»

Die Worte hingen schwer in dem Krankenhauszimmer. Naysmith schaute mich lange mit zusammengekniffenen Augen an. «Sie wissen, was Sie da sagen, oder?»

«Ist Ihnen der Gedanke etwa noch nicht gekommen?» Er antwortete nicht. Das musste er auch nicht. Bisher hatten wir das Thema gemieden, doch ich wusste, dass ihm die Frage genauso zu schaffen machte wie mir.

Denn wenn Monk die anderen drei Mädchen nicht getötet hatte, wer war es dann gewesen?

Naysmith knetete seinen Nasenrücken. «Wir werden noch einmal mit Ihnen sprechen müssen. Was haben Sie vor, wenn Sie entlassen werden? Wollen Sie zurück nach London?»

Darüber hatte ich noch nicht nachgedacht. «Nicht sofort. Wahrscheinlich hole ich meine Sachen bei Sophie ab und gehe in ein ...»

Plötzlich wurde der Vorhang zurückgerissen, und Simms trat ans Bett. Mit seiner ordentlich gebügelten Uniform und der Schirmmütze wirkte der stellvertretende Polizeichef in der tristen Krankenhausumgebung lächerlich schick. Doch sein wächsernes Gesicht war rot angelaufen und sein Mund nur eine schmale Linie.

Naysmith erhob sich vorsichtig. «Sir, ich wusste nicht, dass Sie ...»

Simms beachtete ihn gar nicht. Er umklammerte seine schwarzen Lederhandschuhe so fest, als wollte er sie erwürgen. «Ich möchte mit Dr. Hunter sprechen. Allein.»

«Er wurde bereits vernommen. Ich kann ...»

«Das ist dann alles, Detective Chief Superintendent.»

Naysmith sah wütend aus, konnte sich aber beherrschen. Er nickte mir knapp zu und stürmte davon. Die entfernten Geräusche des Krankenhauses verstärkten nur die Stille im Zimmer. Simms starrte mich finster an. Er schien sich kaum unter Kontrolle zu haben. «Was, *verdammt nochmal*, haben Sie eigentlich vor?» Ich war nicht in der Stimmung für ein weiteres Verhör. Ich war todmüde und mir bewusst, dass ich ein albernes Krankenhausnachthemd trug. «Ich habe versucht zu schlafen.» Sein Blick war kalt und feindselig. «Glauben Sie ja nicht, Sie kommen aus dieser Sache unbeschadet raus, Dr. Hunter, denn ich werde persönlich dafür sorgen, dass Sie zur Rechenschaft gezogen werden!»

«Wovon sprechen Sie?»

«Ich spreche über diese wilden Behauptungen, die Sie aufstellen! Dass Jerome Monk unschuldig ist, dass ihm ein Polizeibeamter Beweise untergeschoben hat! Glauben Sie ernsthaft, das wird jemand glauben?»

«Das sind nicht meine Behauptungen. Und ich habe nicht gesagt ...»

«In den letzten Wochen hat Monk einen wehrlosen Mann getötet und um Haaresbreite zwei Polizeibeamte. Oder haben Sie das vergessen?»

Schlechtes Gewissen kam in mir auf. «Ich wollte nicht ...»

«Eine ehemalige Polizeiberaterin kämpft seinetwegen um ihr Leben, trotzdem scheinen Sie einen verurteilten Vergewaltiger und Mörder freisprechen zu wollen. Es ist kein Geheimnis, dass den Menschen in Ihrer Nähe schnell einmal etwas zustößt, Dr. Hunter, aber selbst von Ihnen hätte ich eine solche Rücksichtslosigkeit nicht erwartet!»

Ohne dass ich mich daran erinnern konnte, hatte ich mich offenbar im Bett aufgerichtet. «Ich versuche nicht, jemanden freizusprechen, ich habe nur gesagt, was geschehen ist.»

«Ach ja, dieser ‹Anfall›, den Monk zufällig in Ihrer Anwesenheit hatte! Haben Sie vergesssen, dass er bereits die Gefängnisärzte dermaßen getäuscht hat, dass sie glaubten, er hätte eine Herzattacke?»

«Was ich gesehen habe, war nicht vorgetäuscht. Die Herzprobleme hat er auch nicht vorgetäuscht, er hat sie herbeigeführt. Das ist ein Unterschied.»

«Oh, bitte verzeihen Sie mir, wenn ich Ihre Gutgläubigkeit nicht teilen kann, Dr. Hunter. Offenbar hat Monk Sie manipuliert. Er hat Ihnen diese … diese Lügengeschichte eingetrichtert und Sie dann gehen lassen, damit Sie genau das tun, was er will!» Er schlug sich mit den Handschuhen gegen den Oberschenkel. «Haben Sie eigentlich eine Ahnung, welchen *Schaden* das anrichten kann?»

«Für Ihren Ruf, meinen Sie?» Ich bereute sofort, die Beherrschung verloren zu haben, aber die Worte waren gesagt. Simms' blasse Augen traten hervor. Die Hand, die die Handschuhe umklammerte, zuckte, und für einen Augenblick dachte ich tatsächlich, er würde mich schlagen. Doch als er wieder sprach, war seine Stimme kontrolliert. «Ich entschuldige mich, Dr. Hunter. Vielleicht hätte ich mit meinem Besuch warten sollen. Sie sind offensichtlich noch nicht wiederhergestellt.» Er streifte sich beim Sprechen die Handschuhe über und zwängte seine Finger in das enge Leder. «Ich hoffe, Sie denken ein wenig über meine Worte nach. Wir stehen auf der gleichen Seite, und es wäre eine Schande, wenn sich eine unsachliche These verselbständigen würde. Die Leute reden schnell, und ich weiß, dass Beratungsaufträge für die Polizei schwer zu kriegen sind.» Mit völlig ausdruckslosem Gesicht starrte er auf mich herab. Als wären selbst seine Handschuhe kein Schutz vor Ansteckung, schob er dann den Vorhang mit seinem Jackenärmel zur Seite und ging hinaus.

Ich schaute zu, wie der Vorhang zurückfiel, während seine Schritte im Hintergrundlärm untergingen. *Was sollte das denn?* Ich war zu müde, um mich aufzuregen.

Aber was eine Drohung war, wusste ich.

KAPITEL 29

Nachdem Simms weg war, hatte ich ein wenig schlafen können, allerdings war es in der Notaufnahme so unruhig, dass ich immer wieder aufwachte. Dennoch fühlte ich mich danach besser und einigermaßen erholt. Während ich geschlafen hatte, waren mir meine Sachen gebracht worden, zwar ungewaschen, aber getrocknet und ordentlich zusammengelegt in einer Plastiktüte. Die Dreck- und Blutspuren bewiesen, dass die Ereignisse der letzten Nacht tatsächlich passiert waren, sosehr ich mir auch das Gegenteil wünschte.

Niemand konnte mir etwas über Sophie sagen, doch ich überredete eine der Krankenschwestern, sich zu erkundigen. Sie berichtete mir, dass sie die Operation überstanden hatte, ihr Zustand aber noch kritisch war. Ich sagte mir, dass man nach einer Notoperation am Kopf nichts anderes erwarten konnte, denn um das angesammelte Blut abfließen zu lassen, hatten die Ärzte ein Stück des Schädelknochens entfernen müssen.

Jedenfalls munterte mich die Nachricht nicht gerade auf. Ich zog mich an und saß grübelnd in meinem Krankenzimmer herum, bis schließlich eine Assistenzärztin kam und mir sagte, dass ich gehen könne.

«Wo ist die Intensivstation?», fragte ich sie.

Dort war es ruhiger und weniger hektisch als in der Notaufnahme, aber man spürte den Druck und die Anspannung. Die Stationsschwester wollte mich nicht zu Sophie lassen, und angesichts meiner zerrissenen und verdreckten Kleidung hätte ich wahrscheinlich genauso reagiert. Zum zweiten Mal innerhalb weniger Tag musste ich erklären, dass ich nur wissen wollte, wie es ihr geht. Sie blieb unnachgiebig und sagte, dass sie Informationen nur an die nächsten Angehörigen weitergeben dürfe. «Wenn Sie mir gesagt hätten, Sie wären ihr Ehemann oder Verlobter ...» Sie baute mir eine Brücke, aber ich zögerte.

«Dr. Hunter!» Es war Sophies Stimme. Ich drehte mich um, in der albernen Hoffnung, sie wäre wundersamerweise genesen. Doch es war eine andere Frau, die im Gang auf mich zukam. Da ihr Gesicht verheult war, dauerte es einen Moment, ehe ich Sophies Schwester erkannte. Sie ließ mir keine Chance, etwas zu sagen. «Was machen Sie hier?» Sie bebte vor Aufregung, die Knöchel ihrer Hände, mit denen sie ein Taschentuch umklammerte, waren weiß.

«Ich wollte mich erkundigen, wie es Sophie geht ...»

«Wie es ihr geht? Meine Schwester liegt auf der Intensivstation! Man hat ihr den Schädel aufgeschnitten, so geht es ihr!» Sie wurde von Weinkrämpfen geschüttelt. «Es könnte eine Gehirnverletzung sein oder, oder ...»

«Es tut mir leid.»

«Es tut Ihnen leid? Das ist ja die Höhe! Sie haben gesagt, Sie würden auf sie aufpassen! Ich wollte, dass sie zu mir kommt, wo sie in Sicherheit gewesen wäre. Stattdessen hat sie ...» Sie wandte sich an die Stationsschwester. «Ich möchte nicht, dass dieser Mann meine Schwester besucht! Wenn er wiederkommt, schicken Sie ihn weg!»

Dann drehte sie sich auf dem Absatz um und lief den Gang entlang davon. Die Krankenschwester sah mich betreten an. «Tut mir leid, aber sie ist eine nahe Angehörige ...» Ich nickte. Es war zwecklos. Die schweren Türen der Intensivstation schlugen mit einer trostlosen Endgültigkeit hinter mir zu, als ich zurück in den Haupttrakt ging. Es gab noch einen Menschen, den ich besuchen musste. Ich irrte von einer Station zur anderen, bis ich endlich herausfand, in welcher Steph Cross lag. Zuerst dachte ich, die Polizistin würde schlafen, denn ihre Augen waren geschlossen. Der Feigling in mir war erleichtert. Doch als ich mich ihrem Bett näherte, machte sie die Augen auf und sah mich direkt an.

Sie sah fürchterlich aus. Das blonde Haar klebte ihr strähnig am Kopf. Ihr Gesicht war noch schlimmer verfärbt und geschwollen, als es Sophies gewesen war, und ihr Kiefer wurde durch ein schmerzhaft aussehendes Gestell aus Drähten und Schrauben zusammengehalten.

Jetzt, wo ich hier war, wusste ich nicht, was ich sagen sollte. Eine Weile schauten wir uns nur an, dann nahm sie einen Schreibblock vom Nachttisch, schrieb kurz etwas auf und drehte ihn so, dass ich es lesen konnte.

Sieht schlimmer aus, als es ist. Morphium wirkt super.

Ich musste unwillkürlich lachen. «Das freut mich zu hören.»

Sie kritzelte erneut etwas und drehte den Block um. *Sophie???*

Ich wählte meine Worte mit Bedacht. «Sie wurde operiert und liegt jetzt auf der Intensivstation.»

Der Stift kratzte wieder übers Papier. *Miller bei Bewusstsein. Soll schon wieder dämliche Witze reißen.*

Ich lächelte. Das war seit einer Ewigkeit die erste gute Nachricht. «Großartig.» Ich holte tief Luft. «Hören Sie, ich ...»

Doch sie hatte bereits zu schreiben begonnen. Mittlerweile strengte es sie offensichtlich immer mehr an. Nachdem sie fertig war, riss sie das Blatt vom Block und faltete es zusammen. Ihr fielen schon die Augen zu, als sie es mir reichte. Ich glaube, sie war eingeschlafen, ehe das Blatt in meiner Hand war.

Ich faltete es erst auseinander, als ich wieder auf dem Gang war. Steph Cross hatte nur einen Satz geschrieben. *Sie haben richtig gehandelt.*

Als ich das las, stiegen mir Tränen in die Augen. Eine Weile musste ich mich sammeln, dann steckte ich das Blatt ein. Ich wollte unbedingt raus aus dem Krankenhaus, frische Luft atmen und einen klaren Kopf kriegen, doch das musste warten.

Zuerst hatte ich noch etwas anderes vor.

Mein Wagen und meine Sachen waren bei Sophie in Padbury. Ich hätte mir telefonisch ein Taxi rufen können, aber ich zog es vor, mir draußen eins zu suchen. Der Spaziergang würde mir guttun, und ich wollte nicht noch länger im Krankenhaus bleiben.

Am Empfangsschalter wurde mir der Weg zum nächsten Taxistand erklärt. Kaum war ich auf der Straße, hielt neben mir ein Wagen. Als ich mich umdrehte, wurde das Fenster herabgelassen.

Es war Terry.

«Dachte ich mir doch, dass ich dich hier finde», sagte er. Ich ging weiter. «David! Mein Gott, warte mal einen Moment!»

Er fuhr neben mir her.

«Hey, ich will nur reden. Ich habe gehört, was letzte Nacht passiert ist. Wie geht's Sophie?»

Widerwillig blieb ich stehen. Ganz gleich, was ich von ihm hielt, Terry hatte einmal eine Beziehung mit ihr gehabt. Gefühle vergehen nicht, nur weil jemand Schluss macht. «Sie liegt auf der Intensivstation. Mehr weiß ich auch nicht.»

«Himmel.» Er war blass geworden. «Ich weiß, dass ich der Letzte bin, den sie sehen will. Aber sie wird wieder gesund, oder?»

«Ich weiß es nicht.»

Er war wie gelähmt. «Wo willst du hin?», fragte er nach einer Pause.

«Ich muss meine Sachen bei Sophie abholen.»

Er beugte sich über den Beifahrersitz und öffnete die Tür. «Komm, ich fahre dich hin.»

Eigentlich wollte ich mit Terry nichts mehr zu tun haben, aber das Leben ist zu kurz, um nachtragend zu sein. Außerdem war ich so müde, dass ich mich kaum noch auf den Beinen halten konnte.

Ich stieg ein.

Während der ersten paar Kilometer sprachen wir kein Wort. Erst als wir die Stadt und die Vororte hinter uns ließen und aufs Land kamen, durchbrach er die Stille. «Willst du darüber sprechen?»

«Nein.»

Er verstummte wieder. Ich starrte durchs Fenster auf das vorbeirauschende Moor. Im Wagen war die Heizung an, und die Wärme und das Brummen des Motors machten mich schläfrig.

«Immerhin wissen wir jetzt, wer Sophie neulich überfallen hat», sagte Terry.

Ich seufzte. Terry hatte sich noch nie mit einem Nein zufriedengeben können. «Ich glaube trotzdem nicht, dass es Monk war. Er hat zugegeben, dass er bei ihr war, aber da war sie bereits im Krankenhaus. Als ich sie nach Hause gebracht habe, dachte ich, ein Tier hätte sich reingeschlichen, weil Monk sich mit der Erde von einem Fuchsbau eingeschmiert hatte, damit seine Fährte nicht aufgenommen werde konnte. Der Uringestank war unverkennbar. Wenn Monk schon vorher da gewesen wäre, wäre mir das aufgefallen.»

«Fuchspisse? Schlaues Arschloch.» Terry klang fast bewundernd. «Es sind eine Menge Gerüchte im Umlauf. Er soll zum Beispiel eine Beziehung mit Angela Carson gehabt haben. Und angeblich wollte er sie gar nicht umbringen.»

Ich rieb mir die Augen. Einerseits hatte ich keine Lust zu reden, andererseits konnte ich gut verstehen, dass Terry immer noch an dem Fall interessiert war. «Möglicherweise.»

«Ist das dein Ernst?»

Es gab eigentlich keinen Grund, ihm meine neuen Erkenntnisse vorzuenthalten. «Bevor ich das Krankenhaus verließ, habe ich mit einem Neurologen gesprochen. Er hat mir vom sogenannten Frontalhirnsyndrom erzählt. Das stellt sich manchmal ein, wenn der vordere Teil des Gehirns geschädigt ist.»

«Und?»

«Erinnerst du dich an die Delle in Monks Schädel?» Ich tippte mir an die Stirn. «Die wurde durch eine unfachmännisch ausgeführte Zangengeburt verursacht. Monks Mutter ist bei der Geburt gestorben, und ich glaube, dass dabei auch seine Frontalhirnlappen beschädigt wurden. Das kann ein gewalttätiges, unberechenbares Verhalten und Gedächtnisprobleme hervorrufen. In seltenen Fällen kommt es zu sogenannten gelastischen Anfällen, bei denen die Betroffenen lachen oder weinen und nach Dingen ausschlagen, die nicht da sind. Es ist eine Form von Epilepsie, die meistens im Schlaf auftritt und deshalb häufig nicht diagnostiziert wird. Für gewöhnlich führt man sie auf Albträume zurück. Oder man spricht von einem <Koller>, wie die Gefängniswärter bei Monk.»

Terry zuckte mit den Achseln. «Na toll, dann hat er also dieses Frontalhirn-Dingsda. Aber das entschuldigt nicht, was er getan hat.»

«Ganz und gar nicht. Aber mittlerweile sieht es so aus, als hätte er Angela Carson nicht vergewaltigt und ermordet. Sie hatten eine Beziehung, und er hat sie in einem Anfall getötet, nachdem sie Sex hatten. Sollte sie versucht haben, ihn zurückzuhalten, wird wahrscheinlich alles nur noch schlimmer geworden sein.»

Terry lachte auf. «Ach, ich bitte dich! Selbst du kannst doch nicht erwarten, dass das jemand glaubt!»

Dass Terry skeptisch war, überraschte mich nicht, war ich mir doch selbst noch nicht sicher, was von Monks Erzählungen glaubwürdig war. Er war trotz allem ein gewalttätiger, gefährlicher Mensch, und die Erinnerung an den Autounfall und den albtraumhaften Trip durch die Höhle würde mich lange verfolgen.

Aber der Fall war nicht so einfach, wie jeder angenommen hatte. Genauso Monks Verhalten. Simms konnte ruhig der Meinung sein, dass der geflohene Häftling uns aus Eigeninteresse hatte gehen lassen, aber ich hatte erlebt, wie er sich unter Qualen in die Felsspalte gezwängt hatte, um mir mit

Sophie zu helfen, anstatt uns beide dort unten sterben zu lassen. So handelt kein gewissenloser Mörder.

«Ich glaube, wir alle haben in Monk nur das gesehen, was wir sehen wollten», sagte ich. «Jeder hielt ihn für ein Monster, weil er ein taubes Mädchen vergewaltigt und totgeschlagen hat. Aber jetzt sieht alles ziemlich anders aus. Zum Beispiel stellt sich die Frage, ob er wirklich Tina Williams und die Bennett-Zwillinge ermordet hat.»

«Er hat *gestanden*, um Gottes willen!»

«Er hat sich selbst bestraft.» Ich erinnerte mich an die Leblosigkeit – und den Schmerz – in Monks Augen. Er hat sich selbst tiefer verabscheut, als die Gesellschaft ihn jemals verabscheuen könnte. «Weil er Angela Carson in einem Anfall getötet hat, kann er sich nicht sicher sein, ob er nicht auch die anderen getötet hat. Aber ich glaube, bei dem Prozess war ihm schon alles egal.»

Terry schnaubte. «Wenn du das glaubst, dann wäre Monk nicht der Einzige, der was am Kopf hat.»

«Es spielt keine Rolle, was ich glaube», wehrte ich erschöpft ab. «Jedenfalls ist es ein physiologisches Problem und keine Geisteskrankheit. Deswegen haben die Psychiater, die ihn untersucht haben, auch nichts festgestellt. Das könnte sich allerdings ändern, jetzt, wo sie wissen, worauf sie achten müssen.»

«Das ist doch nicht dein Ernst!» Terry kaute an seiner Unterlippe. «Und wenn er behauptet, er hätte die anderen Mädchen nicht umgebracht, wer war es dann?»

Ich zuckte mit den Achseln und unterdrückte einen Müdigkeitsanfall. «Hast du schon mal von einem DI Jones gehört?»

Terry bremste, weil der Wagen vor uns langsamer wurde. «Was macht der Wichser da?», brummte er. «Jones? Ich glaube nicht, wieso?»

Das war ein weiterer Punkt, über den ich im Krankenhaus nachgedacht hatte. Wenn Monk – und Walker – die Wahrheit sagten, war der Polizist, der die Sachen der toten Mädchen unter den Wohnwagen gelegt hatte, eindeutig ein Verdächtiger. Nur dass es diesen Jones, laut Naysmith, nicht gab.

Doch ich hatte bereits genug gesagt. «Spielt keine Rolle. Monk hat den Namen nur erwähnt.»

Terry schaute mich an. «Du siehst fertig aus. Wir haben noch eine halbe Stunde Fahrt vor uns. Ruh dich doch ein bisschen aus.»

Ich hatte bereits meinen Kopf zurückgelegt und die Augen geschlossen. Wirre Bilder schossen mir durch den Kopf, von der Höhle, vom Unfall, von Monks Delle, die in der Dunkelheit wie ein Loch ausgesehen hatte. Ich sah die verunstaltete, mit klebriger Erde überzogene Leiche von Tina Williams vor mir und hörte Wainwrights dröhnendes Lachen. Ich hörte eine Hacke in den feuchten Torf stechen, und dann holperte der Wagen durch eine Schlagloch, und ich wachte auf.

«Wieder unter den Lebenden?», meinte Terry.

Ich rieb mir die Augen. «Entschuldige.»

«Kein Problem. Wir sind gleich da.»

Ich schaute aus dem Fenster und sah, dass wir fast in Padbury waren. Während ich geschlafen hatte, hatte die Dämmerung eingesetzt. Ich hatte das Gefühl, die letzte Zeit nur in Dunkelheit verbracht zu haben. Wenn diese Sache vorbei war, musste ich unbedingt Urlaub machen und irgendwo hinfahren, wo es warm und sonnig war. Dann fiel mir Sophie ein, die im Krankenhaus lag, und jeder Gedanke an Urlaub löste sich in Luft auf.

Terry hielt vor dem Garten an, wo auch mein Wagen parkte. Er starrte zum Haus und ließ den Motor laufen. «Da wären wir. Soll ich warten?»

«Nein, ich bleibe nicht lange.» Die Hand am Türgriff, hielt ich inne. «Was ist mit dir? Was hast du jetzt vor?»

Sein Gesicht verfinsterte sich. «Gute Frage. Ich hole mir meinen Anpfiff von Simms ab und dann ... mal sehen. Ich werde wohl irgendwie versuchen, meine Probleme in den Griff zu kriegen.»

«Viel Glück.»

«Danke.» Er schaute nach vorn durch die Windschutzscheibe. «Und? Ist zwischen uns alles geklärt?»

Mir wurde bewusst, dass ich Terry wahrscheinlich nie wiedersehen würde. Nicht, dass es mir leidtat, aber es bedeutete, dass ein weiteres Kapitel meines Lebens zu Ende ging. Und ich wollte diese Seite mit einem guten Gefühl umblättern, früher oder später muss man die Vergangenheit ruhen lassen.

Ich nickte. Er streckte seine Hand aus. Ich zögerte nur einen Moment, ehe ich sie schüttelte. «Pass auf dich auf, David. Ich hoffe, Sophie kommt wieder in Ordnung.»

Es gab nichts mehr zu sagen. Schwerfällig stieg ich aus und schaute Terrys Wagen hinterher, dessen Rücklichter die Straße hinab verschwanden. Das Motorengeräusch wurde vom Wind weggetragen, und bald war nur noch das Rauschen der Bäume zu hören.

Ich massierte meinen Nacken. Mir tat alles weh, und während der Fahrt waren meine Gelenke steif geworden. Ich raffte mich auf und ging auf das dunkle Haus zu. Da die Vorhänge nach unserer hastigen Flucht noch zugezogen waren, sah es verlassen und unbewohnt aus. Ich wollte nur meine Tasche holen und dann aufbrechen. Eigentlich hatte ich überhaupt keine Lust zu fahren, aber der Gedanke, allein hierzubleiben, behagte mir nicht. Obwohl Sophie bestimmt nichts dagegen gehabt hätte, fühlte es sich nicht richtig an. Erst als ich vor der Tür stand, fiel mir ein, dass ich keinen Schlüssel hatte. Ich zog trotzdem am Griff, aber sie war abgeschlossen. Offenbar hatten sich in der vergangenen Nacht entweder Miller oder Steph Cross darum gekümmert. Völlig niedergeschlagen, sackte ich gegen die Tür und blieb auf der Schwelle hocken. Dann erinnerte ich mich an den Ersatzschlüssel, den Sophie im Brennofen aufbewahrte. Sie hatte ein neues Schloss einbauen lassen, hoffentlich hatte sie auch den versteckten Schlüssel ausgetauscht. *Bitte, lass ihn da sein.*

Ich ging den überwucherten Gartenweg entlang und sah den verfallenen Ziegelturm vor mir aufragen. Das Gerüst zeichnete sich vor dem dunklen Himmel wie ein Galgen ab. Die unverschlossene Tür quietschte, als ich sie aufschob und nach dem Lichtschalter tastete. Nichts geschah. Ich drückte ihn ein paarmal, aber anscheinend war die Glühbirne kaputt. *Großartig.* Im Wagen lag eine Taschenlampe, aber die Wagenschlüssel waren natürlich im Haus. In der Eile der vergangenen Nacht hatte ich sie dort liegengelassen.

Ich schob die Tür so weit wie möglich auf und ging hinein. Im Dämmerlicht wirkte das Innere des Turms wie ein Grabmal. Der lockere Ziegelstein, hinter dem Sophie den Ersatzschlüssel versteckt hatte, befand sich in der Nähe des abgestützten zentralen Schornsteins. Der feine Ziegelstaub und der Mief des feuchten Putzes kitzelten mir in der Kehle, und als es unter meinen Stiefeln knirschte, nahm ich auch einen anderen, ziemlich penetranten Geruch wahr, der mir irgendwie bekannt vorkam. Nachdem sich meine Augen an das Halblicht gewöhnt hatten, sah ich, dass der Boden mit Tonscherben übersät war. Und während mein träges Gehirn noch versuchte, sich einen Reim darauf zu machen, erkannte ich mit einem Mal den nicht hierherpassenden Geruch.

Rasierwasser.

Wie erstarrt blieb ich stehen, meine Nackenhaare richteten sich auf. Ich drehte mich um. Das schummrige Dämmerlicht von draußen reichte nicht weit in den Turm, die Finsternis in den Ecken war undurchdringlich. Dann bewegte sich etwas.

«Sind Sie das, Dr. Hunter?», fragte Roper.

KAPITEL 30

Roper spähte angestrengt in meine Richtung. In der Dunkelheit konnte er mich nicht besser sehen als ich ihn. «Freut mich, dass Sie wieder auf den Beinen sind», sagte er. «Sie haben ja echt Glück gehabt, nach allem, was man hört.»

Mein Herz raste noch, während ich versuchte, meine Gedanken zu entwirren. «Was machen Sie hier?»

Ich hörte eher, wie er mit den Achseln zuckte, als dass ich es sah. «Ach, ich bin nur vorbeigekommen, um ein paar Dinge zu überprüfen. Miss Keller sollte sich wirklich ein Schloss einbauen lassen. Es sei denn, sie steht drauf, dass jeder hier reinspazieren kann.» Die Bemerkung schien ihn zu amüsieren.

«Ich habe Ihren Wagen nicht gesehen», sagte ich.

«Den habe ich in einer Parkbucht an der Straße stehenlassen. Ich dachte, ein kleiner Fußmarsch würde mir guttun.»

Und keiner kriegt mit, dass du hier bist. Langsam begann ich klarer zu denken. Begann zu denken, dass Darren Walker in Bezug auf den Polizeibeamten, den er an Monks Wohnwagen gesehen hatte, die Wahrheit gesagt haben könnte. Vielleicht gab es keinen DI Jones, aber das bewies gar nichts.

Wer Beweismittel manipuliert, wird wohl kaum seinen richtigen Namen nennen.

Ich schätzte meine Chancen ein, an Roper vorbei zur Tür zu kommen, und versuchte unbekümmert zu klingen. «Hat Simms Sie geschickt?»

«Der stellvertretende Polizeichef hat im Moment genug um die Ohren. Nein, ich bin nur gekommen, um meine Neugier zu befriedigen, könnte man sagen.» Ein Klicken ertönte, und dann ging die Lampe auf der Werkbank an. Sie war umgekippt worden, Roper stellte sie aufrecht hin und schaute sich kopfschüttelnd um. «Hier hat aber jemand für Unordnung gesorgt, was?»

Im Licht sah ich die Verwüstung. Sophies Schüsseln und Gefäße waren aus den Regalen auf den Boden gefegt worden und zerbrochen. Selbst der elektrische Brennofen lag auf der Seite, die Tür hing lose herab.

«Sieht so aus, als hätte jemand etwas gesucht, was meinen Sie?» Roper lächelte, doch sein Blick war stechend und taxierend. «Was machen Sie eigentlich hier, Dr. Hunter?»

«Ich wollte meinen Wagen holen.»

«Komischer Ort für eine Garage.»

«Meine Tasche ist im Haus. Sophie bewahrt hier einen Ersatzschlüssel auf.»

«Ach, tatsächlich?» Er ließ seinen Blick durch den Turm schweifen. «Offenbar ist Miss Keller gut im Verstecken. Aber als ehemalige psychologische Beraterin ist das wohl kein Wunder. Sie hat gelernt, wo man suchen muss.»

Ich verlor die Geduld. Es machte keinen Sinn, Spielchen zu spielen. «Und haben Sie gefunden, was Sie gesucht haben?»

«Ich?» Roper schien aufrichtig entsetzt zu sein. «Ich

glaube, Sie haben da etwas in den falschen Hals gekriegt, Dr. Hunter. Ich war das nicht.»

Er klang gekränkt. Ich war nicht völlig überzeugt, aber ich merkte, dass sich mein Verdacht verflüchtigte. «Wer war es dann?»

«Tja, das ist die Frage, nicht wahr?» Roper betrachtete die Trümmer und kratzte sich abwesend am Bauch. «Wie gut kennen Sie Miss Keller?»

«Wieso?»

«Weil ich versuche herauszufinden, ob Sie in diese Sache verwickelt sind.»

Ich hatte Roper nie ernst genommen. Er hatte immer wie ein Anhängsel von Simms gewirkt und schien vor allem wegen seiner Loyalität und nicht wegen irgendwelcher Fähigkeiten Karriere gemacht zu haben. Wenn ich ihn jetzt betrachtete, fragte ich mich, ob ich ihn unterschätzt hatte. Vielleicht war Sophie nicht die Einzige, die gut im Verstecken war.

«Bis zu dieser Sache habe ich sie seit acht Jahren nicht gesehen», sagte ich vorsichtig.

«Schlafen Sie mit ihr?»

Ich verkniff mir die Bemerkung, dass ihn das nichts anging. «Nein.»

Er brummte zufrieden. «Sagen Sie, Dr. Hunter, kommt Ihnen die ganze Sache nicht ein bisschen seltsam vor? Terry Connors taucht aus heiterem Himmel auf, um Sie vor Monk zu warnen. Er fragt Sie, ob Sie etwas von den Mitgliedern des damaligen Suchteams gehört haben. Dann ruft Miss Keller Sie an – oder Miss Trask, wie sie sich mittlerweile nennt – und bittet Sie um Hilfe. Als Sie kommen, ist sie gerade überfallen worden und bewusstlos. Nur dass der Einbrecher nichts mitgenommen hat.»

«Sie hat gesagt, dass etwas Bargeld und ein paar Schmuckstücke fehlen.»

Er winkte ab. «Das glauben Sie doch genauso wenig wie
ich. Und ihr ‹Gedächtnisschwund› überzeugt mich auch
nicht. Jemand bricht in ihr Haus ein und schlägt sie nieder,
und sie kann sich an rein gar nichts erinnern? Ich bitte Sie.»

«So etwas kommt vor.»

«Ja, bestimmt, aber sie schien sich deshalb keinerlei Gedanken zu machen. Warum hat sie gelogen? Wen hat sie geschützt? Sich selbst oder jemand anders?»

Ich öffnete den Mund, um etwas einzuwenden, aber im
Grunde sprach er nur aus, was ich dachte, mir aber nicht eingestehen mochte. «Worauf wollen Sie hinaus?»

«Ich will darauf hinaus, dass ich nicht an Zufälle glaube.»
Er stieß mit dem Fuß gegen einen Tonklumpen. «Wenn
man etwas Wertvolles verstecken will, gibt es zwei Möglichkeiten. Entweder legt man es an einen wirklich sicheren Ort,
wo es nie gefunden werden kann. Das Problem dabei ist,
wenn man selbst auf diesen Ort gekommen ist, kann auch
jeder andere darauf kommen. Die andere Möglichkeit ist, es
irgendwo zu verstecken, wo niemals jemand suchen würde.
Also an einem Ort, den keiner für ein Versteck halten würde.
Am besten dort, wo man es jeden Tag sehen kann.»

Ich starrte auf die Werkbank, auf der Sophie aus den Resten einen dicken Tonklumpen geformt hatte. *Das ist nur so
eine Angewohnheit.* Ich erinnerte mich, wie sie, kaum dass wir
aus dem Krankenhaus zurückgekehrt waren, hier reingelau-
fen war, angeblich, um den Ersatzschlüssel zu holen. Wie sie
eine Hand auf den Klumpen gelegt hatte, als wollte sie sich
vergewissern. Vor aller Augen, aber zu groß zum Mitnehmen.

Kein Wunder, dass sie ihr Haus unter keinen Umständen verlassen wollte.

«Ich glaube, sie hat etwas in einem Tonklumpen versteckt», sagte ich. Sophie hatte sich nicht einmal die Mühe gemacht, ein Schloss an der Tür anzubringen, damit nur ja niemand auf die Idee kam, im Turm könnte sich etwas Wertvolles befinden. Roper lächelte. «Ich bin weniger daran interessiert, wo es versteckt ist, sondern mehr daran, was es überhaupt ist. Zumal es offenbar so wichtig für Miss Keller war, dass sie sich lieber großer Gefahr aussetzte, als es unbeaufsichtigt zurückzulassen.»

Und so wichtig, dass jemand sie bewusstlos geschlagen und ihr Haus durchsucht hat. Mein Gehirn arbeitete wieder, die Müdigkeit war völlig verflogen.

«Gestern Nachmittag hat Terry Connors versucht, mich davon zu überzeugen, Sophie von hier wegzubringen», sagte ich. «Deshalb wollte er mich treffen.»

«Tatsächlich? Dann hat ihm Monk vielleicht einen Gefallen getan. Jetzt, wo sie im Krankenhaus liegt, hatte er genug Zeit, zu finden, wonach er sucht.» Roper betrachtete die über den Boden verteilten Scherben und musste lächeln. «Für jemanden, der suspendiert ist, zeigt er ein krankhaftes Interesse an diesem Fall. Ich glaube, es wird Zeit, ein ernstes Gespräch mit Detective Sergeant Connors zu führen.»

Ich hatte ein flaues Gefühl im Magen. Vorhin war ich zu müde gewesen, um mich zu fragen, warum Terry auf mich gewartet hatte. Seine Fragen hatte ich auf Neugier zurückgeführt, doch das war es nicht, was mir jetzt in den Sinn kam. Obwohl er behauptet hatte, er wüsste nicht, wo Sophie wohnte, hatte ich ihm den Weg nicht erklären müssen.

Er hatte ihn bereits gekannt.

«Ich habe ihn gerade gesehen», sagte ich. «Er hat mich hergefahren.»

Ropers Lächeln verblasste. «Connors war *hier*?»

«Er hat mich rausgelassen und ist wieder gefahren.»

«Scheiße!» Roper griff in seine Tasche nach seinem Telefon. «Wir müssen weg. Ich sollte …»

Doch bevor er ausreden konnte, trat eine dunkle Gestalt durch die Tür hinter ihm. Als sie auf seinen Hinterkopf einschlug, hörte ich, wie Metall mit einem dumpfen Krachen auf Knochen traf, und dann fiel Roper mit dem Gesicht voran zu Boden, ohne seinen Sturz abzufangen.

Schwer atmend stand Terry mit einer Gerüststange in den Händen über ihm. Sein Mund verzog sich zu einem höhnischen Grinsen, als er herabschaute. «Das hat das Arschloch schon lange verdient.»

Es war so schnell passiert, dass ich keine Zeit gehabt hatte zu reagieren. Ich stand nur da und war genauso verblüfft von Terrys Auftauchen wie von dem plötzlichen Gewaltausbruch. Er strahlte eine fiebrige Verzweiflung aus und wirkte völlig verwildert. Sein vorhin noch ordentlich gekämmtes Haar war zerzaust, seine Schuhe und der Hosensaum waren mit Schlamm bespritzt. Keuchend wischte er sich den Mund an seinem Ärmel ab, hob den Kopf und sah mich an. «Mein Gott, David. Warum konntest du nicht einfach deine Klamotten holen und abhauen?»

Mein Gehirn begann fieberhaft zu arbeiten. Ich hatte kein Auto gehört, offenbar hatte Terry irgendwo geparkt und war querfeldein gelaufen. Wahrscheinlich hatte er Ropers Wagen in der Haltebucht gesehen. Der Polizist lag da, wo er hingefallen war. Auf seinem Hinterkopf schimmerte dunkles Blut, das im Licht der Lampe beinahe schwarz aussah. Ob er noch atmete, konnte ich nicht erkennen.

Als ich auf die beiden zuging, hob Terry drohend die Stange. «Lass es bleiben!»

Ich blieb in sicherer Entfernung stehen. «Nimm die Stange runter. Überleg mal, was du da tust.»

«Glaubst du, das habe ich nicht längst getan? Ich wollte dich gehen lassen, aber dann habe ich Ropers Auto gesehen ...» Terrys Gesicht zuckte gequält. Dann holte er mit einem Bein aus und trat gegen einen Tonklumpen, der an das Gerüst stieß, das die gewölbte Wand des Turms stützte, abprallte und in die Dunkelheit schlitterte. «Wenn du jemandem die Schuld geben willst, dann gib sie Keller! Das ist alles ihre Schuld!»

Ich musste an das denken, was Roper gesagt hatte. Und an den großen Lehmklumpen, der jetzt zerbrochen auf dem Boden lag. «Was hat sie versteckt, was so wichtig war?»

Zuerst schien er nicht antworten zu wollen. Er schüttelte den Kopf, doch sein Griff um die Stange schien lockerer zu werden.

«Zoe Bennetts Tagebuch.»

Es dauerte einen Moment, aber dann begann ich zu verstehen. Zoe, die Extrovertierte der beiden Bennett-Zwillinge, die lieber Partys feierte, anstatt wie ihre Schwester zu studieren. Und Terry, ein Frauenheld, der noch darunter litt, dass ihn die Londoner Polizei geschasst hatte. Was kam da gelegener, um sein Ego wieder aufzupolieren, als eine schöne, lebhafte Siebzehnjährige mit dem Ehrgeiz, Model zu werden?

«Dein Name stand darin», sagte ich.

Er ließ die Schultern hängen. Die Stange lag in seiner Hand, als hätte er sie vergessen.

«Ich hatte ein paar Monate was mit ihr. Die Fotos werden ihr nicht gerecht, sie war eine echte Augenweide. Das Problem war nur, dass sie es wusste. Sie hatte große Pläne, wollte nach London und zu einer großen Modelagentur. Sie war beeindruckt, weil ich bei der Londoner Polizei gewesen war und ihr Geschichten von Soho und so weiter erzählen konnte.»

Bei der Erinnerung hatte er ein Grinsen im Gesicht, aber es verblasste schnell. Sein Mund verzog sich. «Dann sah ich sie mit einem anderen. Irgendein großspuriges Arschloch Anfang zwanzig mit einem Angeberwagen. Du kennst die Sorte. Wir hatten Streit. Die Dinge gerieten außer Kontrolle. Ich knallte ihr eine, sie wurde hysterisch. Schrie mich an, sie würde dafür sorgen, dass ich gefeuert werde. Sie wollte rumerzählen, dass ich sie vergewaltigt hätte. Wir saßen in meinem Wagen, und ich hatte Angst, dass die Leute uns hören können. Ich wollte nur, dass sie den Mund hält, deshalb habe ich sie am Hals gepackt und … Es ging so verdammt schnell, Mann. Erst wehrt sie sich noch und dann …»

Ich schaute hinab auf Roper, der tot oder bewusstlos vor seinen Füßen lag. «Mein Gott, Terry …»

«Ich *weiß*! Glaubst du, ich weiß es nicht?» Er fuhr sich durchs Haar, seine Miene war gequält. «Ich hatte eine Garage, da habe ich ihre Leiche versteckt. Ich dachte … ich dachte, wenn ich mich ruhig verhalte, dann sieht es so aus, als wäre mal wieder eine Jugendliche durchgebrannt. Zoe hat ja ständig rumerzählt, dass sie unbedingt nach London will.»

«Sie war *siebzehn*!»

«Ach, hör doch auf», blaffte er mit der Herablassung, die ich von früher an ihm kannte. «Was hätte ich denn tun sollen? Mich stellen? Das hätte sie auch nicht wieder lebendig gemacht. Ich musste an Debs und die Kinder denken. Was hätte es für Sinn gemacht, ihnen das Leben zu versauen?»

«Hast du ihre Schwester auch umgebracht?», fragte ich angewidert.

Terry schien regelrecht zusammenzuzucken. Er schaute mir nicht mehr ins Gesicht, aber in seinem Blick lag so etwas wie Scham. «Lindsey hatte Zoes Tagebuch entdeckt», sagte er matt. «Da stand meine Telefonnummer drin und wie oft wir uns getroffen und miteinander geschlafen hatten. Sie hat niemandem davon erzählt, weil sie Zoe nicht schaden wollte. Und sie dachte, ich als Polizist könnte ihr helfen, sie zu finden.»

Mein Gott. Sie hatte Terry also das einzige Beweisstück geliefert, das ihn mit dem Tod ihrer Schwester in Verbindung brachte. «Guck mich nicht so an!», schrie Terry. «Ich bin in Panik geraten, okay? Wäre das rausgekommen – alles wäre vorbei gewesen! Ich konnte nicht zulassen, dass ich vernommen werde. Außerdem ähnelte sie Zoe so sehr, dass es eine Strafe war, sie sehen zu müssen!»

«Und Tina Williams? Warum hast du …» Ich verstand: *Eine weiterer Teenager, dunkelhaarig und schön.* «Sie war nur ein Köder, oder? Ein Köder, wie du ihn bei Monk ausgelegt hast. Es sollte nach einem Serienmörder aussehen und die Aufmerksamkeit von den Zwillingen lenken.»

Terrys Gesicht nahm einen seltsamen Ausdruck an, er wirkte, als würde er mit einem Teil von sich konfrontiert werden, den er kaum kannte. Er zuckte mit den Achseln, konnte mir aber immer noch nicht in die Augen schauen.

«So in der Art.»

Ich hatte den Schock überwunden und empfand nur noch

Wut und Abscheu. «Ich habe sie *gesehen*, Terry! Ich habe gesehen, was du getan hast. Um Gottes willen, du hast ihr auf dem Gesicht herum*getrampelt*!»

«Sie war schon tot!», schrie er. «Ich habe die Beherrschung verloren, okay? Oder glaubst du, ich habe das alles gewollt? Glaubst du etwa, es hat mir *Spaß* gemacht?»

Das spielt keine Rolle, sie sind trotzdem tot. Aber es erklärte eine Menge. Zum Beispiel Terrys Verhalten während der Suche, besonders, als Monk unerklärlicherweise anbot, uns zu den Gräbern zu führen. Pirie war der Wahrheit nähergekommen, als wir gedacht hatten. Der Gerichtsmediziner hatte vermutet, dass Tina Williams' Verletzungen ein Ausdruck des Schamgefühls ihres Mörders sein könnten, ein Versuch, jeden Hinweis auf seine Schuld auszulöschen. Das hatte in Bezug auf Monk keinen Sinn ergeben, doch jetzt sah die Sache anders aus.

Durch die Tür hinter ihm sah ich, dass es draußen dunkler wurde. Die Lampe warf einen hellen Strahl in den Turm, jenseits davon wurde die Finsternis immer undurchdringlicher. Ich hatte keine Ahnung, wie lange ich schon hier war, und ich konnte nicht mit Hilfe rechnen. Roper rührte sich noch immer nicht, und wenn ich ihn richtig verstanden hatte, wusste niemand, wo er war. Ich musste irgendwie an Terry vorbeikommen, obwohl ich mir nicht vorstellen konnte, wie. Außer den Keramikscherben bot sich in meiner Umgebung nichts als Waffe an.

«Ist dir kein besserer Name als DI Jones eingefallen?», fragte ich, um Zeit zu schinden.

«Ach, das weißt du auch schon, ja?» Terry lächelte tatsächlich. Er wirkte ruhiger, gerade so, als wäre er erleichtert, endlich gestanden zu haben. «Jones oder Smith, was soll's.

Monk kam mir natürlich mehr als gelegen. Ich hatte noch ein paar von Zoes Sachen, aber ich musste schnell handeln, bevor sein Wohnwagen von der Kriminaltechnik durchsucht wurde. Deswegen war ich vielleicht nicht vorsichtig genug. Ich bin fast über Walker gestolpert. Aber ich zückte meinen Dienstausweis und jagte ihm eine Todesangst ein. Ich habe ihm gesagt, wenn er den Mund hält, setze ich mich für ihn ein.»

Und acht Jahre lang hatte Terry Wort gehalten. *Er hatte mehr Leben als eine Scheißkatze*, hatte Naysmith gesagt. *Hat es immer wieder geschafft davonzukommen.* Kein Wunder mit einem Kriminalbeamten als Beschützer, der sich darum kümmerte, dass jedes Beweismittel zufällig verloren ging oder falsch deklariert wurde. Erst als Terry suspendiert wurde und DI Jones ihn schließlich im Stich ließ, hatte Walker sein Schweigen gebrochen.

Und war dafür von Monk totgeschlagen worden.

Wahrscheinlich hatte Terry den Grund sofort geahnt. Als Monk geflohen war, muss er panische Angst gehabt haben. Zumal es noch ein Beweisstück gab, das ihn mit Zoe Bennett in Verbindung bringen konnte.

«Wie ist Sophie an das Tagebuch gekommen?», fragte ich.

«Das neugierige Miststück hat in meinen Sachen rumgeschnüffelt. Es war ungefähr ein Jahr nach der Suchaktion. Debs hatte mich rausgeschmissen, ich musste mir eine Wohnung nehmen. Sophie und ich waren wieder zusammengekommen. Eigentlich hatte ich das Tagebuch immer loswerden wollen. Wirklich dämlich, dass ich es behalten habe. Ich hatte es versteckt, aber Sophie war immer gut darin, Sachen zu finden.»

Er klang verbittert. Mir war nicht entgangen, dass ihre Beziehung wohl doch nicht nur eine Affäre war, wie Sophie behauptet hatte, aber jetzt war nicht der Moment, daran auch nur einen Gedanken zu verschwenden. Wenn ich mich nicht täuschte, hatte sich Ropers Hand bewegt, ich wagte jedoch nicht, genauer hinzuschauen, und konzentrierte mich auf Terry. «Wie viel weiß sie?»

«Nur dass ich Zoe gevögelt habe, das stand ja klar und deutlich im Tagebuch. Sie war vor allem sauer, weil wir da noch zusammen gewesen waren. Sie ist an die Decke gegangen. Was sie mit dem Tagebuch gemacht hat, wollte sie mir nicht sagen. Nur dass es irgendwo an einem ‹sicheren› Ort wäre.» Bei der Erinnerung grinste er unbehaglich. «Solange Monk im Gefängnis war, spielte es keine große Rolle. Wenn sie jemandem davon erzählt hätte, hätte sie zugeben müssen, dass sie Beweismaterial zurückgehalten hat. Aber als Monk geflohen ist ... da hat sich alles geändert.»

«Deshalb bist du in Panik geraten und zu mir gekommen. Du wolltest herausfinden, ob Sophie mir etwas erzählt hat.»

«Ich bin nicht in *Panik* geraten. Ich wollte nur das Scheißtagebuch wiederhaben! Und ich kenne Sophie. Wenn sie sich an jemanden von damals wendet, dann natürlich an dich.»

Ist er eifersüchtig? Ein ersticktes Stöhnen war zu hören. Terry schaute überrascht hinab auf Roper, so als hätte er ihn vergessen. Der Polizist zuckte, seine Augen flackerten.

«Nicht!», rief ich, als Terry mit der Gerüststange ausholte.

Er hielt inne, die Stange noch immer erhoben. Ich meinte, in seinem Gesicht so etwas wie Bedauern zu erkennen.

«Dir ist doch klar, dass ich dich jetzt nicht mehr gehen lassen kann, oder?»

Es war mir klar. «Was ist mit Sophie?», fragte ich.

«Was soll mit ihr sein? Ohne das Tagebuch kann sie nichts machen.»

«Ist dir völlig gleichgültig, was du ihr angetan hast?»

«Was *ich* ihr *angetan* habe? Mein Gott! Dieses erpresserische Miststück hat mir seit Jahren das Leben zur Hölle gemacht!»

«Sie hatte Angst! Und jetzt liegt sie deinetwegen im Krankenhaus!»

Er starrte mich an und achtete nicht mehr auf Roper. «Wovon redest du?»

«Nicht Monk hat das Hämatom verursacht. Sondern du, als du mit aller Gewalt in ihr Haus eingebrochen bist, um das Tagebuch zu finden.»

«Blödsinn! Das glaube ich nicht.»

«Es ist eine Folgeverletzung von ihrem Sturz im Badezimmer. Sophie hat sich selbst aus dem Krankenhaus entlassen, bevor die Verletzung festgestellt werden konnte. Sie wollte offensichtlich nach Hause, um nachzuschauen, ob das Tagebuch noch da ist. Und selbst dann hat sie niemandem etwas erzählt. Trotz ihrer Angst hat sie dich geschützt!»

«Sie hat sich selbst geschützt! Sie hat sich nur um sich selbst gekümmert, das war schon immer so!» Er drohte mir mit der Stange. «Glaubst du, du kannst mir ein schlechtes Gewissen machen? Vergiss es, sie hat sich alles selbst eingebrockt!»

«Und wenn sie stirbt, ist es auch nur ein Unfall? Wie bei Zoe Bennett?»

An seinem Blick sah ich, dass ich zu weit gegangen war.

Abgesehen vom klagenden Säuseln des Windes draußen, war es mit einem Mal vollkommen still. Terry verlagerte seinen Griff um die Stange.

«Sag mir wenigstens, wo du sie vergraben hast», sagte ich schnell.

«Wozu? Du hast vor acht Jahren deine Chance gehabt.» Sein Gesicht verfinsterte sich, sein Blick war jetzt völlig gefühllos. «Bringen wir es hinter uns.»

Er kam auf mich zu, strauchelte aber plötzlich. Erst dachte ich, er wäre gestolpert, dann sah ich, dass sich Roper an sein Bein geklammert hatte. Die untere Hälfte seines Gesichtes schimmerte im Lampenlicht feucht von Blut, seine Vorderzähne waren am Zahnfleisch abgebrochen. Doch seine Augen funkelten entschlossen, während er sich hochzuziehen versuchte.

«Wichser!», brüllte Terry. Als ich mich auf ihn stürzte, schlug er mit der Gerüststange um sich. Ich duckte mich und wich zurück, fiel gegen den Schornstein in der Mitte des Turms und spürte, wie etwas unterhalb meiner Schulter knirschte. Terry riss seinen Fuß los und trat gegen Ropers Kopf wie gegen einen Fußball. Es klang, als ob eine Melone zerplatzte. Roper sank zurück. Als Terry wieder auf mich zukam, griff ich nach dem lockeren Ziegelstein, hinter dem Sophie ihren Ersatzschlüssel versteckte, und schleuderte ihn auf ihn. Terry versuchte ihn abzuwehren, aber der Stein streifte sein Gesicht, ehe er auf den Boden krachte.

«Arschloch!», fauchte er, spuckte Blut und Speichel aus und schlug mit der Gerüststange nach meinem Kopf.

Ich konnte gerade noch einen Arm heben, doch die Metallstange knallte mir gegen die Brust. Mir blieb die Luft weg, ich spürte, wie Rippen brachen. Höllische Schmerzen durchzuckten mich, und als ich zu Boden stürzte, machte Terry einen Schritt nach vorn und trat mir mit voller Wucht in den Bauch.

Ich krümmte mich zusammen und bekam keine Luft mehr. *Beweg dich! Tu etwas!* Aber meine Glieder wollten nicht gehorchen. Terry stand über mir. Er rang selbst nach Atem, sein Gesicht war schweißglänzend. Er legte eine Hand auf die Stelle an seinem Kopf, wo ihn der Ziegelstein getroffen hatte, starrte dann auf das Blut an seinen Fingern und verzog das Gesicht zu einer Grimasse. «Weißt du was, Hunter? Ich bin froh, dass du nicht abgehauen bist, als du die Gelegenheit hattest», keuchte er und hob die Metallstange.

Da knallte hinter ihm die Tür des Turms zu.

Monk, dachte ich automatisch. Doch in der Tür stand niemand. Es musste der Wind gewesen sein, und als Terry erschrocken herumwirbelte, stürzte sich Roper auf ihn. Obwohl er sich kaum auf den Beinen halten konnte, brachte er Terry aus dem Gleichgewicht. Durch seinen Schwung taumelten sie an mir vorbei und krachten in das marode Gerüst vor der Turmwand. Das wacklige Konstrukt erzitterte unter ihrem Gewicht und klirrte wie eine riesige Stimmgabel, während gleichzeitig einzelne Streben klappernd zu Boden fielen. Es schwankte, und für einen Augenblick dachte ich, es würde halten. Doch dann stürzte das gesamte Gerüst unter Ächzen und Knarren in Zeitlupe wie ein Kartenhaus über den beiden zusammen.

Ich hörte einen Schrei, konnte aber nicht identifizieren, von wem. Als eine Lawine von Brettern und Metallstangen unter höllischem Lärm herunterkrachte, rollte ich mich zusammen und legte mir die Arme über den Kopf.

Nach einer Weile war alles totenstill.

Mir klingelten die Ohren. Langsam nahm ich meine Arme vom Kopf. Dichter Staub hing in der Luft, und es war stockdunkel, denn das Gerüst hatte die Lampe umgerissen. Als ich hustete und keuchte, schoss mir ein wahnsinniger Schmerz durch die Brust. Der Boden war übersät mit Gerüstteilen und zerborstenen Brettern. Ich rappelte mich auf und tastete mich vor.

«ROPER? TERRY?»

Mein Ruf verhallte in der Dunkelheit, ein einzelner Ziegelstein krachte herab und brachte die umgestürzten Stangen zum Klirren. Danach hörte ich nur noch Mörtel rieseln. Sophie hatte mir erzählt, dass der instabile Schornstein des Brennofens und die Außenmauern seit Ewigkeiten durch das Gerüst abgestützt worden waren.

Jetzt hielt sie nichts mehr.

Allein konnte ich nichts tun, ich brauchte ein Telefon. Mit unsicheren Schritten bahnte ich mir durch die Finsternis einen Weg über das Gewirr der Gerüststangen bis zur Tür, die einen dünnen Streifen Dämmerlicht freigab. Die Luft draußen roch sauber und frisch. Am Himmel war ein letzter Lichtstreifen zu sehen, als ich, einen Arm gegen die verletzten Rippen gepresst, zum Haus humpelte.

Ich war fast dort, da hörte ich hinter mir ein Rumpeln.

Als ich mich umschaute, sah ich gerade noch, wie der Turm einstürzte. Erst schien er sich ein wenig zu senken, um dann in aller Ruhe einfach in sich zusammenzusacken. Eine dunkle Wolke bauschte sich auf, aus der Dreck und Schotter auf mich herabregneten, sodass ich schnell weitertaumelte und mir die Augen abschirmte. Dann war wieder alles still.

Ich ließ meinen Arm sinken.

Die Hälfte des Turms war eingestürzt, und über der zerklüfteten Ruine hing dichter Staub, der wie Qualm aussah. Der Mauerabschnitt mit der Tür war heil geblieben. Ich humpelte zurück, legte mir einen Ärmel vor Mund und Nase und spähte hinein. Der Eingang war teilweise durch Ziegelsteine versperrt.

Dieses Mal rief ich nicht. Ein letzter Stein stürzte mit dem Geräusch eines umfallenden Kegels auf den Schutt, dann war es vorbei. Es gab kein Geräusch mehr und kein Lebenszeichen.

Der Brennofen lag dunkel und still wie ein Grab vor mir.

KAPITEL 31

Die Rettungskräfte benötigten acht Stunden, um Terry und Roper unter den Mauerresten hervorzuholen. Und jeder wusste, dass es keine Überlebenschancen mehr gab.

Ich war nicht mehr dort, aber ich hatte gehört, dass weder die Leute vom Rettungsteam noch die anwesenden Polizisten einen Ton von sich gegeben haben. Nachdem die letzten Ziegelsteine entfernt waren, hatte man Roper auf Terry liegend gefunden. Bei der späteren Autopsie kam heraus, dass er fast augenblicklich gestorben war, was mich angesichts der Verletzungen, die er bereits erlitten hatte, nicht überraschte. Terry hatte nicht so viel Glück gehabt. Ropers Körper hatte ihn teilweise vor den herabstürzenden Trümmern geschützt, und der Ziegelstaub in seinen Lungen deutete darauf hin, dass er nicht sofort tot war. Niemand konnte sagen, ob er bei Bewusstsein gewesen war oder nicht, doch die Todesursache lautete Erstickung.

Er war lebendig begraben worden.

Meine Verletzungen waren schmerzhaft, aber nicht ernst. Durch den Schlag mit der Stange hatte ich mir drei gebrochene Rippen zugezogen, dazu jede Menge Schnitte und Schwellungen. Zum zweiten Mal innerhalb von vierundzwanzig Stunden fand ich mich im Krankenhaus wieder, jetzt allerdings in einem Einzelzimmer, wo die Medien von mir ferngehalten werden konnten.

«Sie haben ganz schön Dreck aufgewirbelt», sagte mir Naysmith. «Ihnen ist klar, dass wir schwer dafür büßen müssen, oder?»

Das konnte ich mir vorstellen, aber es regte mich nicht besonders auf. Naysmith beobachtete mich aufmerksam.

«Sind Sie sicher, dass Sie uns alles gesagt haben? Sie haben nichts ausgelassen?»

«Warum hätte ich das tun sollen?»

Als ich das Krankenhaus verließ und hinaus ans Tageslicht trat, kam mir alles etwas unwirklich vor. Man hatte mir gesagt, dass Sophie zwar noch nicht bei Bewusstsein war, ihr Zustand aber stabil, allerdings durfte ich wieder nicht zu ihr. Da ich es nicht über mich brachte, zurück in ihr Haus zu gehen, nahm ich mir ein Zimmer in einem nahen Hotel. Die nächsten zwei Tage verkroch ich mich dort, ließ mir Essen kommen, das ich kaum anrührte, und verfolgte die Entwicklungen in den Nachrichten. Monk war noch nicht gefasst worden, und es gab hitzige Spekulationen darüber, wo er sich verstecken könnte und warum die Polizei ihn nicht fand.

Naysmith hielt mich auf dem Laufenden, und deshalb wusste ich, dass es nicht an der Untätigkeit der Polizei lag. Der unablässige Regen hatte das Höhlensystem, in das Monk Sophie gebracht hatte, überflutet, und die Entdeckung eines dritten Eingangs entmutigte jeden. Eine Zeitlang sah es so aus, als könnte er geflohen sein oder das Dartmoor vielleicht sogar ganz verlassen haben.

Hatte er aber nicht. Nachdem die Wassermassen ein wenig zurückgegangen waren und die Suchmannschaft tiefer in die tropfenden Schächte eindringen konnte, entdeckte man ihn in der schmalen Spalte, in der ich ihn zuletzt gesehen hatte. Er war bereits seit einiger Zeit tot und so unglücklich zwischen den Felswänden eingeklemmt, dass es fast einen Tag dauerte, ihn herauszukriegen. Obwohl die Spalte überflutet worden war, war er nicht ertrunken. Die Anstrengung, seinen massigen Körper zwischen die Felswände zu zwängen, war selbst für ihn zu viel gewesen, und ich glaube, ihm war das bewusst gewesen. Als ich das Licht hinter uns nicht mehr sehen konnte, hatte ich angenommen, dass es ihm gelungen war, sich zu befreien. Doch die Mitglieder der Suchmannschaft entdeckten die Taschenlampe in seiner Tasche. Er war allein in der Dunkelheit gestorben, weit weg vom Tageslicht oder anderen Menschen.

Er hatte seine Entscheidung getroffen.

Die Todesursache war, wie von mir erwartet, Herzversagen und Lungenentzündung nach einer Kokainüberdosis. Aber die Autopsie führte zu zwei denkwürdigen Erkenntnissen. Bei den meisten Menschen sind die Verbindungen der Muskelfasern mit den langen Knochen der Arme und Beine ziemlich fein. Bei Monk waren sie ungewöhnlich ausgeprägt und entsprachen eher der kräftigen Muskulatur eines Tieres als der eines Menschen.

Das erklärte seine außergewöhnliche Kraft, aber wesentlich bedeutender war die andere Entdeckung. Sein Gehirn wies erhebliche Schädigungen auf, die mit der Delle in seinem Schädel übereinstimmten. Sie befanden sich im Frontallappen der Großhirnrinde, wo selbst leichte Verletzungen Verhaltensprobleme und Epilepsie auslösen können. Höchstwahrscheinlich waren sie durch die Zangengeburt verursacht worden, bei der seine Mutter gestorben war.

Monk war mit diesen Hirnschäden geboren worden, er war in gewisser Weise behindert, aber er war kein Monster. Dazu hatten erst wir ihn gemacht.

Die Nachricht von seinem Tod verstärkte mein Gefühl, mich in einem Schwebezustand zu befinden. Jedes Mal, wenn ich die Augen schloss, war ich wieder mit Sophie und Monk in der Höhle. Oder ich hörte den schrecklich hohlen Aufprall der Stange auf Ropers Hinterkopf. Dann wieder schweiften meine Gedanken plötzlich ab, ich bekam sie nicht recht zu fassen und hatte ständig das Gefühl, ich müsste mich an etwas Wichtiges erinnern.

Ich kam nur nicht darauf, was es war.

Nachdem ich in jener Nacht endlich in einen unruhigen Schlaf gefallen war, wachte ich plötzlich am frühen Morgen auf, weil mir Terrys Stimme durch den Kopf hallte, als würde er direkt neben mir stehen.

Du hast vor acht Jahren deine Chance gehabt. Das hatte er im Turm zu mir gesagt, und ich hatte es als höhnische Bemerkung abgetan. Doch nun legte dieser Satz eine in meinem Unterbewusstsein verschüttete dunkle Ahnung frei. Ich überdachte sie, glich sie mit allen anderen Einzelheiten ab, und als ich mir sicher war, rief ich Naysmith an.

«Wir müssen ins Moor gehen.»

Der erste Frost des Jahres benetzte das stoppelige Gras in der Senke, in der die Beamten der Spurensicherung den Hügel aufgruben, zu dem uns Sophie vor Jahren geführt hatte. Naysmith und Lucas standen neben mir und beobachteten schweigend, wie erneut der tote Dachs freigelegt wurde. Durch den Torf konserviert, war das Tier kaum verwester als beim letzten Mal. Doch je weiter der Hügel abgetragen wurde, desto besser konnte man sehen, dass der Kadaver platt gedrückt und zerquetscht war und die gesplitterten Enden der gebrochenen Knochen aus dem mit Torf verfilzten Pelz ragten.

«Was glauben Sie, woher Connors den Dachs hatte?», fragte Naysmith, als die Kriminaltechniker ihn vorsichtig aus dem Loch hoben.

«Er lag überfahren an der Straße», sagte ich. «Fallwild.»

Diesen Begriff aus der Jägersprache hatte Wainwright benutzt, als ich ihn besucht hatte, doch ich hatte das als wirres Geschwätz abgetan. Die Entdeckung des Dachses hatte uns damals sowohl eine Erklärung für die Reaktion des Leichenspürhundes als auch für die aufgewühlte Erde geboten. Der Kadaver hatte uns davon abgehalten, tiefer zu graben.

Es schien eine Sackgasse zu sein, und niemand hatte sich die Frage gestellt, weshalb ein Tier, das eine trockene, sandige Umgebung bevorzugt, seinen Bau in einem wassergetränkten Boden angelegt haben sollte. Monks gescheiterte Flucht hatte uns abgelenkt, doch wir hatten weitere Hinweise übersehen. Auch in Tina Williams' seichtem Grab waren Tierknochen gefunden worden, und allein die Übereinstimmung hätte mich aufmerksam machen müssen. Ebenso der Geruch der Verwesung, der zwar schwach war, aber doch wesentlich stärker, als er unter Torf hätte sein dürfen. Der deutlichste Hinweis war jedoch der Knochen, den Wainwright freigelegt hatte. Er wies einen Splitterbruch auf, der typisch ist für einen Sturz oder auch den Zusammenprall mit einem Auto. Ein Tier, das in seinem Bau gestorben war, hätte nicht solche Verletzungen gehabt.

Wer weiß, wann Wainwright das klargeworden war. Möglicherweise hatte er es bereits seit Jahren gewusst und lieber geschwiegen, um seinen Ruf zu schützen. Andererseits leben Demenzpatienten häufig eher in der Vergangenheit. Vielleicht war das Wissen nur durch eine zufällige Fehlzündung des erkrankten Gehirns ans Tageslicht gekommen. Aber ich hätte es erkennen müssen. Und in gewisser Weise hatte ich das auch. Schon damals, als die Suche ihren gewalttätigen Ausgang erreichte, hatte ich das Gefühl gehabt, etwas zu übersehen. Doch ich war ihm nicht gefolgt. Selbstsicher und von meinen Fähigkeiten überzeugt, hatte ich nicht in Erwägung gezogen, meine Erkenntnisse noch einmal zu überdenken. Ich hatte nur das Offensichtliche gesehen, den Monk-Fall unbeschwert ad acta gelegt und mich um meine Angelegenheiten gekümmert.

Und fast ein Jahrzehnt lang hatte ich überhaupt nicht mehr daran gedacht.

Nur wenig unterhalb des Dachskadavers fanden wir Zoe und Lindsey Bennett. Entweder aus Sentimentalität oder aus Bequemlichkeit hatte er die Schwestern gemeinsam vergraben. Der auf den Leichen lastende Druck des Erdreichs hatte ihre Glieder verrenkt, sodass es aussah, als würden sie sich umarmen, dennoch zeigte der Torf seine unheimliche Wirkung. Beide Leichen waren bemerkenswert konserviert, Haut und Muskeln wiesen keine Beschädigungen auf, und das dichte Haar klebte noch an ihren Köpfen.

Anders als bei Tina Williams gab es keine sichtbaren Verletzungen.

«Warum hat er die beiden wohl nicht so zugerichtet?», fragte Lucas und betrachtete die unversehrten, mit Torf überzogenen Leichen. «Ein Zeichen des Respekts, oder was meinen Sie?»

Ich bezweifelte, dass es mit Respekt zu tun hatte. Terry hatte Tina Williams aus reinem Selbsthass erschlagen. Nur war ihm das damals noch nicht bewusst gewesen. Was für ein Mensch er geworden war, hatte er erst jetzt erkannt.

Die Polizei entdeckte Zoe Bennetts Tagebuch in seinem Wagen, eingewickelt in eine lehmverschmierte Plastiktüte. Den auffälligen gelben Mitsubishi hatte er vor Jahren verkauft, doch auch das Rätsel um den weißen Wagen, den man sowohl bei Lindsey Bennetts als auch bei Tina Williams' Verschwinden gesehen hatte, war nun gelöst. In der Nacht ist es auf dem monochromen Filmmaterial von Überwachungskameras beinahe unmöglich, Gelb von Weiß zu unterscheiden. Laut Naysmith enthielt das Tagebuch über die simple Tatsache hinaus, dass Terrys Name erwähnt wurde, nichts Belastendes. Die Texte offenbaren eine Siebzehnjährige, die nicht so abgebrüht war, wie sie wirken wollte, und es aufregend fand, einen Kriminalbeamten als Liebhaber zu haben. Bei einigen der Sätze musste sich Terry geschmeichelt gefühlt haben.

Vielleicht hatte er das Tagebuch deshalb aufbewahrt.

«Was Simms macht, ist nicht richtig», sagte Lucas, als wir die Kriminaltechniker bei den Leichen ließen und zurück zu unseren Wagen gingen. «Da bin ich richtig froh, dass ich in Rente gehe. Man sollte Ihnen dankbar sein und Sie nicht behandeln, als hätten Sie etwas Falsches getan.»

«Was soll's», sagte ich.

Der Polizeiberater sah mich von der Seite an, sagte aber nichts. Da niemand mehr lebte, der meine Geschichte bestätigen konnte, tat Simms alles, um meine Darstellung der Ereignisse anzuzweifeln. Nachdem er sich seinen Ruf auf Kosten des zu Unrecht verurteilten Monk erworben hatte, war nun auch noch herausgekommen, dass er dem tatsächlichen Mörder die Verantwortung für die Suche nach den vermissten Opfern anvertraut hatte. Die Medien wollten Blut sehen, und Simms hatte wahrscheinlich zum ersten Mal in seinem Leben keine Lust, vor die Fernsehkameras zu treten. Aus Angst um seine Karriere hatte er sogar behauptet, ich würde nach den jüngsten Ereignissen unter posttraumatischem Stress leiden und wäre deshalb kein verlässlicher Zeuge. Bisher hatten mir seine Verleumdungen nichts anhaben können, aber meine Anwesenheit war nicht länger erwünscht. Er hatte dafür gesorgt, dass ich von der Ermittlung ausgeschlossen wurde, und nur dank Naysmiths freundlicher Genehmigung hatte ich die Polizei ins Moor begleiten dürfen.

Aber ich war lange darüber hinaus, mich über Simms zu ärgern. Ich kam gerade wieder ins Hotel zurück, als mein Telefon klingelte. Die Frauenstimme am anderen Ende erkannte ich sofort.

«Hier ist Maria Eliot, Sophies Schwester.» Sie klang erschöpft.

Ich spürte, wie mein ganzer Körper sich anspannte. «Ja?»

«Sie ist aufgewacht und möchte Sie sehen.»

Obwohl ich gewusst hatte, was mich erwarten würde, war es ein Schock, Sophie zu sehen. Die dicke Haarmähne war abrasiert und durch eine weiße Bandage ersetzt worden. Sie sah dünn und blass aus, und ihre Arme, die voller Infusionen steckten, waren abgemagert und zerschunden.

«Ich sehe bestimmt schrecklich aus ...»

Ihre Stimme war ein Wispern. Ich schüttelte den Kopf. «Du hast es überstanden, das ist die Hauptsache.»

«David … ich …» Sie nahm meine Hand. «Ohne dich wäre ich gestorben.»

«Wärst du nicht.»

Ihre Augen füllten sich mit Tränen. «Ich weiß von Terry. Naysmith hat es mir gesagt. Es tut mir leid, dass ich dir nicht alles gesagt habe. Das mit dem Tagebuch, das muss ich erklären …»

«Jetzt nicht. Wir können später reden.»

Sie lächelte schwach. «Wenigstens wurden Zoe und Lindsey gefunden … Ich hatte also doch recht …»

Ihr fielen bereits die Augen zu. Ich wartete, bis ich an ihrem Atem hörte, dass sie eingeschlafen war, und zog dann vorsichtig meine Hand aus ihrer. Sophie wirkte friedlich, der Stress der letzten Wochen war ihr nicht mehr anzusehen. Eine Weile blieb ich noch an ihrem Bett sitzen und betrachtete sie nachdenklich.

Bisher war nicht klar, ob sie wegen des Zurückhaltens von Zoe Bennetts Tagebuch mit einer Anklage rechnen musste, hatte doch Terry gesagt, dass sie es erst an sich genommen hatte, nachdem Monk für die Morde verurteilt worden war – und sie gestanden hatte. Da nichts in dem Tagebuch auf einen anderen Sachverhalt hindeutete, konnte man argumentieren, dass es zu dem damaligen Zeitpunkt kein Beweismittel war. Sie würde ein paar unangenehme Fragen beantworten müssen, aber nach allem, was Naysmith mir gesagt hatte, war es unwahrscheinlich, dass sie belangt werden würde.

Im Grunde hatte sie sich nicht strafbar gemacht.

Sie kam schnell wieder auf die Beine. Die Ärzte rechneten damit, dass sie vollständig genesen und keine Folgeschäden davontragen würde. Angesichts dessen, was sie durchgemacht hatte, hätte sie unglaubliches Glück gehabt, sagten sie.

Das sah ich genauso. Dennoch gab ich ihr noch eine Weile, ehe ich beschloss, das Gespräch zu führen, das ich aufgeschoben hatte. Meine Schritte hallten durch den Krankenhausflur, als ich zu Sophies Zimmer ging. Es kam mir wie ein langer Weg vor. Eine Krankenschwester war bei ihr, eine der Stationsschwestern, die ich schon früher gesehen hatte. Sie lachten laut, dann grinste die Schwester Sophie an, sodass ich mich fragte, worüber sie gerade gesprochen hatten. «Ich lasse Sie beide jetzt mal allein», sagte sie und verschwand.

Sophie setzte sich lächelnd auf. Ihr Kopf war nicht mehr verbunden, die ersten kastanienbraunen Stoppeln waren bereits nachgewachsen und verdeckten ein wenig die hufeisenförmige Narbe. Allmählich sah sie schon wieder fast wie früher aus. Wie die Frau vor acht Jahren, an die ich mich erinnerte. Sie wirkte, als wäre ihr eine Last von den Schultern genommen worden.

«Maria hat mit den Leuten von der Versicherung gesprochen», sagte Sophie. «Sie haben sich bereit erklärt, für die Ware und die Geräte aufzukommen, die ich bei dem Einsturz des Ofens verloren habe. Wegen des Gebäudes selbst verhandeln wir noch, aber ich werde mehr als genug kriegen, um wieder loslegen zu können. Das ist doch toll, oder?»

«Ja», sagte ich. Ich war nur noch einmal beim Haus gewesen, um meinen Wagen abzuholen. Der Anblick der Ruine und der von den Rettungsmannschaften über den ganzen Garten verteilten Steine und Trümmer hatte mich bedrückt. Ich war froh gewesen, wieder wegzufahren.

Sophies Lächeln erlosch. «Was ist los?»

«Ich muss dich etwas fragen.»

«Ach ja?» Sie neigte herausfordernd den Kopf. «Nur zu.»

«Du wusstest, dass Terry sie ermordet hat, nicht wahr?»

Ich sah, wie sich mit einem Mal ihre Miene veränderte.

«Was? Ich verstehe nicht ...»

«Du wusstest, dass er Zoe und Lindsey Bennett und wahrscheinlich auch Tina Williams ermordet hat. Ich bin mir nur nicht ganz sicher, ob du geschwiegen hast, um ihn zu schützen, oder weil du Angst hattest, er könnte dir etwas antun.»

Sie wich etwas zurück, während sie mich unentwegt anstarrte. «Wie kannst du so etwas sagen?»

«Ich behaupte nicht, dass du irgendwelche Beweise hattest. Trotzdem wusstest du es.»

«Nein, natürlich nicht!» Ihre Wangen waren rot geworden. «Glaubst du wirklich, ich hätte geschwiegen, wenn ich gewusst hätte, dass Terry ein *Mörder* ist? Wie kannst du so etwas auch nur *denken*?»

«Weil du zu intelligent bist, um nicht darauf gekommen zu sein.»

Das nahm ihr den Wind aus den Segeln. Sie schaute weg. «Ich bin offensichtlich nicht so clever, wie du denkst. Weshalb hätte ich Monk schreiben und ihn fragen sollen, wo die Gräber der Zwillinge sind, wenn ich gewusst hätte, dass er sie nicht umgebracht hat?»

«Das habe ich mich auch gefragt. Erst dachte ich, es wäre nur Zufall gewesen, dass du Kopien der Briefe aufbewahrt hast, aber ich glaube, es hatte nichts mit Zufall zu tun. Sie sollten beweisen, dass du Monk wirklich für schuldig gehalten hast, falls passiert, was jetzt passiert ist. Du hast nur nie damit gerechnet, dass er auf deinen Bluff eingeht.»

«Ich kann das nicht glauben! David, wenn es dir um das Tagebuch geht, ich habe der Polizei bereits alles gesagt. Sie wissen alles darüber.»

«Warum erklärst du es mir dann nicht?»

Sie schaute auf ihre Hände, die fest zusammengepresst waren, dann blickte sie wieder auf. «Na schön, was Terry und mich anbelangt, habe ich gelogen. Es war mehr als eine Affäre. Als er noch in London war, hatten wir immer mal wieder was miteinander. Irgendwann hat er sogar davon gesprochen, sich von seiner Frau scheiden zu lassen.»

Ein weiteres kleines Puzzlestück rutschte an seine Stelle. «Hattet ihr während der Suche noch was miteinander?»

«Nein, wir hatten uns vorher getrennt. Er war … Na ja, es war immer ziemlich hitzig zwischen uns. Wir haben uns häufig gestritten. Weil er auch was mit anderen Frauen hatte.» Die Ironie dessen, was sie sagte, schien ihr nicht aufzufallen. «Erst Monate nach der Suche sind wir schließlich wieder zusammengekommen. Er versprach, dass er sich ändern würde. Und ich Idiotin habe ihm geglaubt.»

«Hast du in der Zeit Zoe Bennetts Tagebuch gefunden?»

«Seine Frau hatte ihn mittlerweile rausgeschmissen. Er wurde zu einem Einsatz gerufen und ließ mich in dieser heruntergekommenen, kleinen Wohnung allein, die er sich genommen hatte. Mir war langweilig, also habe ich angefangen, ein bisschen aufzuräumen. Die Hälfte seiner Sachen war noch in Kartons. In einem lag das Tagebuch unter einem Haufen Papiere. Gott, wenn mir klar gewesen wäre, was es ist … Du kannst dir vorstellen, wie ich mich gefühlt habe.»

Nein, das konnte ich nicht. «Warum hast du niemandem davon erzählt? Du hattest einen Beweis, dass Terry eine Be-

436

ziehung mit einem ermordeten Mädchen hatte. Warum hast du eine solche Information verschwiegen?»

«Weil ich dachte, dass Monk schuldig ist! Jeder dachte das!» Sie sah mich ernst an. «Welchen Zweck hätte es gehabt, eine Menge unsinniger Probleme heraufzubeschwören? Gar nicht so sehr für ihn, sondern für seine Familie. Ich hatte ihnen sowieso schon genug angetan. Außerdem hatte ich schon früher Sachen gefunden, die seine Freundinnen vergessen hatten. Billigen Schmuck oder Schminksachen in seinem Wagen. Unterwäsche. Ich dachte, das Tagebuch wäre auch nur so eine Hinterlassenschaft!»

«Sophie, du warst Expertin für Verhaltenspsychologie. Willst du mir erzählen, dass dir nie der Gedanke gekommen ist, es könnte mehr dahinterstecken?»

«Nein! Ich wollte ihm eins auswischen, deswegen habe ich Zoes Tagebuch genommen. Ich wusste, dass er mit ihr geschlafen hat, aber mehr habe ich nie vermutet.»

«Und warum hattest du dann Angst vor ihm?»

Sie blinzelte. «Ich ... ich hatte keine Angst.»

«Doch, hattest du. Als ich dich vom Krankenhaus nach Hause gebracht habe, hattest du furchtbare Angst. Trotzdem hast du so getan, als könntest du dich nicht erinnern, wer dich überfallen hat.»

«Ich ... Wahrscheinlich wollte ich ihm keine Schwierigkeiten machen. Man kann seine Gefühle für einen anderen Menschen nicht einfach ausschalten, auch wenn er diese Gefühle nicht verdient.»

Ich fuhr mir mit einer Hand übers Gesicht. Meine Haut fühlte sich rau an. «Ich werde dir sagen, was ich denke», entgegnete ich. «Du hast das Tagebuch aus einem Impuls heraus genommen, um Terry eins auszuwischen, wie du gesagt hast. Du warst wütend und eifersüchtig, und damit hattest du ihn in der Hand. Erst später wurde dir klar, in welche Gefahr du dich begeben hast. Doch da konntest du nicht mehr zur Polizei gehen, ohne selbst Schwierigkeiten zu kriegen. Also hast du es versteckt und geschwiegen und gehofft, dass das Tagebuch ausreichen würde, damit er dich nicht auch töten konnte.»

«Das ist doch lächerlich!»

Aber ihre Empörung wirkte nicht echt. «Ich glaube, du hast Terry die Schuld am Scheitern deiner Karriere gegeben», fuhr ich fort. «Es muss schwierig sein, der Polizei dabei zu helfen, die Geheimnisse von anderen Leuten aufzudecken, wenn man selbst eines mit sich herumträgt. Deshalb hast du aufgehört, als psychologische Beraterin zu arbeiten, und einen Neuanfang versucht. Aber dafür braucht man Geld, oder?»

Für eine Weile sah Sophie verängstigt aus. Sie verbarg es mit einem Aufbrausen. «Was willst du damit sagen?»

Ich hatte in den letzten Tagen eine Menge Zeit gehabt, darüber nachzudenken. Terry hatte Sophie eine ‹erpresserische Schlampe› genannt, und obwohl ich seinen Worten nicht viel Glauben schenkte, hatte mich das hellhörig gemacht. Das bedeutete nicht, dass mir gefiel, was ich vorhatte. Aber ich war schon zu weit gegangen, um jetzt aufzuhören.

«Das Haus, in dem du wohnst, war bestimmt nicht billig. Und du hast selbst gesagt, dass man von der Töpferei nicht leben kann. Trotzdem scheinst du ein ganz anständiges Leben zu führen.»

Sophies Miene war trotzig, aber brüchig. «Ich komme zurecht.»

«Du hast also Terry nie um Geld gebeten?»

Sie schaute wieder auf ihre Hände, doch ich hatte noch gesehen, dass ihre Augen feucht geworden waren. Die Tür ging auf, und die Schwester, die vorhin im Zimmer gewesen war, kam herein. Ihr Lächeln erstarb. «Alles in Ordnung?» Sophie nickte schnell mit abgewandtem Gesicht. «Danke.»

«Sagen Sie Bescheid, wenn Sie etwas brauchen.» Die Schwester warf mir einen kalten Blick zu, ehe sie wieder hinausging.

Ich sagte nichts mehr, sondern wartete nur. Auf dem Flur konnte ich Schritte und angeregte Stimmen hören, aber in dem kleinen Zimmer war es völlig still. Der Lärm und die Energie draußen schienen einer anderen Welt anzugehören.

«Du hast ja keine Ahnung, wie es war», sagte Sophie schließlich mit bebender Stimme. «Du willst wissen, ob ich Angst hatte? Und wie ich Angst hatte! Aber ich wusste nicht, was ich machen sollte! Das Tagebuch habe ich ohne nachzudenken genommen. Ich ... Es hat mich einfach *wahnsinnig* gemacht! Er hat diese ... diese siebzehnjährige Nutte in der Zeit gefickt, in der wir zusammen waren! Aber ich schwöre, dass ich zuerst immer noch glaubte, Monk hätte sie umgebracht! Erst später, da ... da habe ich ... O Gott!»

Als ihr die Tränen kamen, bedeckte sie ihr Gesicht mit den Händen. Ich zögerte und reichte ihr dann ein Taschentuch vom Nachtschrank.

«Ich wollte einfach nicht glauben, dass es Terry sein könnte. Ich habe mir immer wieder gesagt, dass Monk der Mörder sein muss. Deswegen habe ich ihm auch geschrieben, ich wollte mir einreden, dass er es ist, dass mein Verdacht falsch ist.» Sie verstummte und rieb sich die Augen. «Aber ich war auch wütend. Ich habe wegen Terry alles aufgegeben. Meine Karriere, mein Leben. Nur seinetwegen bin ich hier rausgezogen, da war es ja wohl das Mindeste, dass der Scheißkerl mir half, neu anzufangen. Um viel habe ich nicht gebeten, ich brauchte bloß Unterstützung, um etwas Neues aufzubauen. Ich dachte ... ich dachte, solange ich das Tagebuch habe, bin ich in Sicherheit.»

Ach, Sophie ... «Aber das warst du nicht, oder?»

«Doch, bis Monk geflohen ist. Ich hatte über ein Jahr nichts von Terry gehört. Dann rief er an und hat mir alles Mögliche angedroht, wenn ich ihm das Tagebuch nicht gebe. Ich hatte ihn noch nie so gehört, ich wusste nicht, was ich tun sollte!»

«Also hast du mich angerufen», sagte ich müde. Es war ihr gar nicht um die Suche nach den Gräbern gegangen, jedenfalls nicht nur. Sie wollte jemanden in ihrer Nähe haben, falls Terry seine Drohungen wahr machen sollte.

«Mir fiel sonst niemand ein! Und ich wusste, dass du nicht nein sagen würdest.» Sie zupfte an dem feuchten Taschentuch. «Als ich mich am nächsten Tag fertig gemacht habe, um dich zu treffen, hämmerte es an der Tür. Und als ich ihn nicht reingelassen habe ... hat er sie aufgebrochen. Ich lief nach oben und wollte mich im Bad einschließen, aber er ist mir hinterhergestürmt. Mir ist die Tür ins Gesicht geknallt.»

Ihre Hand ging automatisch zu dem verblassenden blauen Fleck auf ihrer Wange. Ich erinnerte mich, dass die Stufen nass gewesen waren, als ich sie gefunden hatte. Wenn ich genauer darüber nachgedacht hätte, wäre mir klargeworden, dass sie nicht im Badezimmer überrascht worden war, wie sie behauptet hatte.

«Warum hast du das nicht gleich gesagt?», fragte ich.

«Wie denn? Ich hatte seit Jahren ein Beweismittel versteckt! Und ich hatte keine Ahnung, dass Terry suspendiert war. Als du gesagt hast, er wäre bei dir gewesen ...»

Ein Schauer durchfuhr sie. Instinktiv wollte ich sie trösten, hielt dann aber inne.

«Eigentlich habe ich doch gar nichts *Unrechtes* getan!», platzte sie heraus. «Ich weiß, ich habe einen Fehler gemacht, aber deshalb wollte ich ja die Gräber von Zoe und Lindsey finden. Ich dachte, damit könnte ich wenigstens ein bisschen wiedergutmachen, dass ... dass ...»

Was? Dass sie den Mörder geschützt hatte? Dass der Falsche im Gefängnis gesessen hatte? Sophie schaute auf das zerfetzte Taschentuch in ihren Händen.

«Und jetzt?», fragte sie leise. «Wirst du es Naysmith erzählen?»

«Nein. Das kannst du selbst tun.»

Sie nahm meine Hand. «Muss ich das wirklich? Die Polizei weiß bereits von dem Tagebuch. Es würde nichts ändern.»

Nein, aber es würde nach acht Jahren die Lügen beenden. Ich legte ihre Hand aufs Bett und stand auf.

«Leb wohl, Sophie.»

Ich ging hinaus auf den Flur. Meine Schritte hallten auf dem harten Boden, während mich die Hintergrundgeräusche des Krankenhauses einhüllten. Ich spürte eine seltsame Distanz, als wäre ich in einer Blase eingeschlossen, die mich vom Lärm und vom Leben um mich herum trennte, und selbst die frische, kalte Luft draußen konnte sie nicht auflösen. Das heitere, herbstliche Sonnenlicht kam mir irgendwie matt vor, als ich zu meinem Wagen ging. Ich schloss auf und setzte mich steif auf den Sitz. Mit den Rippenbrüchen kam ich zwar zurecht, aber es war immer noch schmerzhaft. Ich schloss die Augen und legte den Kopf zurück. Der Gedanke an die Fahrt nach London gefiel mir nicht, aber ich war lange genug hier gewesen. Zu lange, um genau zu sein. Die Vergangenheit war unerreichbar.

Zeit, weiterzuziehen.

Ich richtete mich auf, griff in meine Tasche nach meinem Telefon und zuckte zusammen, als meine Rippen gegen die Bewegung protestierten. Ich hatte das Handy im Krankenhaus ausgestellt, und als ich es nun wieder anschaltete, piepte es sofort. Für einen Moment fühlte ich mich wieder in die Dunkelheit der Höhle versetzt, dann schüttelte ich diese Erinnerung ab.

Dreimal war ich angerufen worden, immer von derselben Nummer. Sie war mir unbekannt. Ich runzelte die Stirn, doch ehe ich die Nachrichten abhören konnte, klingelte mein Handy. Das Display zeigte die gleiche Nummer an wie zuvor. *Offenbar etwas Dringendes.*

Neugierig ging ich ran.

DANKSAGUNG

Auch dieses Buch hätte ich nicht ohne die Hilfe anderer Menschen schreiben können, besonders nicht ohne die Fachleute des echten Lebens, die so großzügig waren, mir bei der häufig mühseligen Recherche zu helfen. Mein Dank gilt deshalb Tony Cook, Kriminalberater der National Police Improvement Agency; Dr. Markus Reuber, neurologische Fakultät, University Sheffield; der forensischen Ökologin Patricia Wiltshire; Dr. Tim Thompson, Dozent für forensische Wissenschaft an der University of Teeside, und Dr. Rebecca Gowland von der archäologischen Abteilung der Durham University, an deren Kursen zur Leichenlokalisierung und -bergung ich teilnehmen durfte; Doug Bain, pensionierter Hundeführer und Kriminaltechniker; Professor Sue Black und Dr. Patrick Randolph-Quinney vom Zentrum für Anatomie und Identifizierung der University of Dundee; Professor John Hunter, Institut für Archäologie und Antike der University of Birmingham; Dave Warne, Vorsitzender des Höhlenvereins Plymouth; sowie den Pressebüros der Landespolizeien von Devon und Cornwall und des Justizministeriums. Die Fakten zur Verwesung, die von David Hunter am Beginn dieses Romans zitiert werden, stammen aus einer Untersuchung von William R. Maples und Michael Browning (*Dead Men Do Tell Tales*, Double-day, 1994).

Außerdem danke ich Hilary für ihre treue Unterstützung; meiner Mutter und meinem Vater, die nie gezweifelt haben; Ben Steiner und SCF; Simon Taylor und dem Team von Transworld; meinen Agenten Mic Cheetham und Simon Kavanagh; allen Mitarbeitern der Marsh Agency sowie den Übersetzern, die David Hunter einem breiteren Publikum bekannt gemacht haben.

Riesigen Dank schulde ich schließlich Paul Marsh, meinem Agenten für internationale Rechte, dessen Tod im Jahr 2009 nicht nur ein Verlust für die Verlagswelt war, sondern für jeden, der ihn kannte.

Simon Beckett, August 2010